二見文庫

# 夜明けを待ちながら

シャノン・マッケナ／石原未奈子＝訳

**Return to Me**
**by**
**Shannon McKenna**

# 夜明けを待ちながら

## 登　場　人　物　紹　介

| | |
|---|---|
| サイモン・ライリー | フリーランスの報道写真家 |
| エレン（エル）・ケント | B&Bの女主人 |
| オーガスタス（ガス）・ライリー | サイモンの伯父 |
| ミュリエル・ケント | エレンの母 |
| ブラッド(ブラッドリー)・ミッチェル | エレンの婚約者 |
| レイ・ミッチェル | ブラッドの父親。元地方検事 |
| ダイアナ・ミッチェル | ブラッドの母親 |
| コーラ | エレンの友人 |
| ミッシー | エレンの助手 |
| エディ・ウェバー | サイモンのかつての親友 |
| ビボップ・ウェバー | エディの兄 |
| スコティー・ウェバー | 同上 |
| ウェス・ハミルトン | 警部補 |

# 1

ラルー川峡谷を見おろす丘のいただきにたどり着くやいなや、サイモン・ライリーはバイクのエンジンを切って路肩に寄せた。ヘルメットを脱ぐと、熱風がもつれた長い黒髪の汗を乾かし、革のライダースジャケットをふくらませる。一分、いや十分だけ、ラルーの町を眺めおろす時間が必要だった。心を鎮《しず》め、気力をかき集める時間が。

胃をよじられるような冷たい感覚が生じたものの、驚くにはあたらない。美しい眺めに息を呑んでしまうのさえ、当然に思える。世界中を旅したが、カスケード山脈のふもとに位置するこの緑なす川谷ほど美しいものは、ほかに存在しなかった。

こんな感覚もほかにない。フォークをコンセントの差しこみ口に突っこもうとする赤ん坊を見つけたときのような、迫り来る惨事を予期してうなじの毛を逆立たせる電気的な震え。いや、危険をもたらすのはむしろ彼自身かもしれない。もたらそうと思ったことは一度もないが、噂は始終ついてまわった。

穏やかな景色を見ているあと、ここを離れていた十七年のあいだに、なにも起きなかったのではないかという気がしてくる。だがそれもじきに変わる。この土地のなにかがサイモンを目の敵にしているのだ。そのなにかがサイモン・ライリーのにおいを嗅《か》ぎつけたが最後、目を覚まして首をもたげるに決まっている。

急に笑いがこみあげた。見てろ、ラルー。遊びの時間はおしまいだ。

サングラスをはずして周囲を見まわした。ここの色と音とにおいに刺激を受けて、混沌とした生活の騒がしさに何年も埋もれてきた脳の一部が目覚めた。道ばたの木の下で発酵する、ねっとりと甘い桃の香り。排水溝に詰まった落ち葉、眠気を誘う虫の低いうなり。ノコギリソウとバルサムルート、マツとモミの甘酸っぱいにおい。

濃厚に鼻をくすぐるあれこれ。故郷。

この土地のことはよく知っている。丘や小さな渓谷、深い渓谷や岩や洞窟、そのすべてを探険した。自由に駆けまわる子ども時代のサイモンにとって、私有地の境界線や鉄条網はなんの意味も持たなかった。

当時はいろんな生き物の兄弟になったふりをしたものだ。蛇やトカゲ、コヨーテやヤマネコ、鷲《わし》やフクロウ、ときにはカスケード山脈の高みから下りてくるクーガーまで。生き物たちに受け入れられ、居場所を与えられるのを想像した。

エルが居場所を与えてくれたように。

彼女を頭から追い払った。考えることはもう山ほどある。それに、トカゲやヤマネコや恋に浮かされた十代の少女に受け入れられても、それ以外の全員から拒絶されたのではたいして意味はない。思い返してみると、そういった拒絶にあまりうまく対処できなかった。いつも過剰反応した。自制心をなくし、問題を悪化させた。

きみは自分を傷つけているだけだ、サイモン。

十七年前の言葉が耳の奥で響いた。ことあるごとにいろんな人から言われた――生徒指導カウンセラー、校長、郡保安官、児童福祉課から来た目つきの厳しい女性。

知ったことか。当時、耳を傾けなかったのに、なぜいま傾ける必要がある？　サイモン・ライリーは故郷に帰り、生来の奔放さで自分を傷つけようとしている。

マクナリー峰とホースヘッド崖《ブラフ》のあいだを縫って進む渓谷を目で追った。ごつごつした線のその先に、ガスの家がある。片手で陽光をさえぎり、胃のなかの痛みを吐きだそうとした。鉛のかたまりのように重く冷たく居座っている。並みたいていのやり方では癒せないほど深い場所に。

何年か前まで、華々しい帰還を夢見ていた。夢想のなかでは、ガスはサイモンが子どもだったころのまま、酒瓶にどっぷり溺れる前のままだ。ガスがドアを開け、成長したサイモンの姿に無言の承認を示してうなずく。ガスが立派だと思っているなにかをサイモンがすると、いつも肌で感じた承認を。

それからヘラジカのステーキと茹でたじゃがいものフライ、タマネギにビスケットに、よく熟したトマトの塩漬けスライスとビールという食事をこしらえる。食事のあとは、手癖の悪い少年に届かぬよう鍵のかかった食料貯蔵庫から、ダークチョコレートのかたまりをひとつ取りだしてくる。まな板に載せたかたまりを、つまんで食べられるように肉切り包丁でたたき割る。ふたりの口のなかでほろ苦いかけらが溶けていき、キッチンに闇がおりて灯油ランプに火を灯す時間が訪れる。

それから壁で躍る影に囲まれて、サイモンは家出をしたあとの冒険の年月を語るのだ。自分の価値を証明してきたさまざまな道を。

しかし現実には、無言の承認もヘラジカのステーキもチョコレートもない。ガスが最後の食事をしたのは五カ月前、食らったのはCPA自動拳銃から発射された四五口径の銃弾だ。放蕩者の甥っ子の帰還などない。あるのはただ、静かで荒れ果てた家のみ。サイモンは頭に来るほどの徒労感を感じた。

そもそもなぜ帰ってきたのかさえわからなかった。こういう向こう見ずな衝動のせいで、何度もトラブルに陥《おちい》ってきたのに。ガスは五カ月前に死んで、すでに火葬されている。知らせがアフガニスタンまで届くには、長い時間を要した。サイモンの集中力はずたずたになり、また火事の夢を見るようになった。四方八方から迫りくる、貪欲に燃える炎の輪。

ガスに起きたことは、記憶のなかの伯父の姿と一致しない。ガスが死んだ日によこした謎めいたメールとも一致しない。たしかにそのメールは誇大妄想に取りつかれた男のたわごとに思えたが、打ちひしがれて自殺を決心した男のたわごとではなかった。

だからサイモンはここに帰ってきた。経済的には余裕があるから、仕事を休んでも支障はない。金の亡者ではないものの、幾多の危険を冒してきただけに、ずいぶん稼いだ。贅沢《ぜいたく》をする気にはめったにならないから、金はただ銀行の口座に蓄積していった。ラルーへは、ゆっくり戻りたかった。徐々になじんでいきたかった。そこでまずニューヨークへ飛び、バイクを買った。少なくとも四千八百キロのハイウェイが与えてくれる〝導入時間〟が必要で、サイモンはその時間を、故郷へ帰ろうという向こう見ずな衝動を正当化するために使った。ガスになにが起きたかを探りださなくてはならない。伯父を負け犬とみなした連中全員に中指を突き立ててやる。親切にしてくれた人には感謝を示そう。エルひとりだけでも、一万九千キロを旅する価値があった。エルの思い出はあまりにもまぶしく、記憶のなかで輝いていた。

ああ、くそっ。こんなふうに胃が疼《うず》くときにエルのことを考えないなんて、不可能だ。気がふさいだらエルのことを考えて自分を慰めるのが、習慣になってしまった。いま、その習慣が裏目に出ようとしている。

これほど長いあいだ世界中を旅しても、エルの妄想を現実と置きかえる決心はつかなかった。そういう妄想しか心のよりどころがないときもあった。人間にはなにかしらの避難所が必要だ。たとえそれが頭のなかにしか存在しなくても。お気に入りの小説が映画化されたとして、自分が抱いているイメージを壊されたくないから見たくない、と思うようなものだ。どうせその映画の結末がちがうことはわかっている。

現実は厳しい。だから傷つく。いやはや、驚きだ。

今日は思考の手綱を取れない。勝手に走りまわって、好きなところへ行ってしまう。エルのところへ。夢の女性。伯父以外にラルーでただひとり、彼を気にかけてくれた人。ガスは気にかけてくれた——泥酔していないときは。つっけんどんに賞賛のかけらを示したり、ふたりにしか通用しない辛辣《しんらつ》なジョークを言ったりした。

だがエルの献身的ともいえる愛情に、希望的な解釈はいらなかった。望むときにはいつもそこにあった。空気のように。つねに変わらず、甘美に。当たり前に手に入った。

ラルーを出てから、当たり前に手に入ったものなどない。

手をかざして陽光をさえぎり、深い金色に輝く谷を取り囲む、草深い丘に目を凝らした。

エル・ケントが生まれ育った立派な家は、ハイウェイからも見える。緑豊かな崖の上に建ち、その下の渓谷でいまにも崩れそうなガスの家を、永遠に見おろしている。

〈ケント・ハウス〉はしゃれたホテルに生まれ変わった。それを知っているのは、インターネットで手当たりしだいにエルの名前を検索したからだ。その結果、太平洋岸北西部にある一流ホテルの支配人を紹介したページに行きついた。


〈ケント・ハウス〉はラルー川を見おろす山腹に位置する上品なB&B《ベッド・アンド・ブレックファスト》……スポーツフィッシングや急流下りの愛好家にはまさに天国……どの部屋からも息を呑む眺望……ポートランドから車で二時間ほどかかるものの、風光明媚《めいび》な山道を行く価値は大いにある……平日のコンチネンタル・ブレックファストはペストリーの絶品さゆえに特筆すべきものがあり、ホテルの支配人にしてペストリー・シェフであるエレン・ケントが供する週末のビュッフェは至福のときを約束する……

一流批評家からの絶賛。ふん、悪くない。

緑の市松模様をなすお椀形の谷を見おろし、彼女の人生の大半は過ぎ去ったのだと、何回目になるかわからない言葉を自分に言い聞かせた。きっとサイモンのことなど忘れている。姓は昔のままだが、いまの時代、それにたいした意味はない。スクラグスとかリプシッツなんて姓の男と結婚したものの、仕事の上ではきれいな名字を残したということもありえる。もしかしたら騒がしい子どもをわんさか生んで、SUVに乗っているかもしれない。だとしたら、彼女のためだ。だれにせよエルが選んだ男が、サイモンよりも彼女の愛にふさわしいことを祈るばかり。

彼が町を飛びだした夜を、サイモンがいまも夢に見るように、エルも夢で見ただろうか。友達にさよならを言いに行ったつもりが、気がつけば恋人の腕のなかにいた。荒れくるう情熱とアドレナリンの嵐。

あの夜、エルの処女を奪った。その記憶は心に刻みつけられている。あらゆる細部まで。風が吹き、殴られたような形の雲のかたまりを押しやった。雲の影が体の上を流れていき、サイモンの物思いは不意に終わった。もちろん、彼のラルーへの帰還は雷雨で始まる。これは必然だ。

サングラスをかけてヘルメットをかぶり、スピードを上げて町へ向かった。ほとんど変わっていない。ストリップモール（商店やレストランが一列ひと続きに隣接し合い、店の前に細長い駐車スペースがあるショッピングセンター）は長くなり、ばかでかい駐車場の海に巨大チェーン店がただよっている。〈ツイン・レイク・ダイナー〉はビデオ店に取って代わられ、ドライブイン・シアターはシネコンに交替した。

かつてミッチェル厩舎《きゅうしゃ》があった丘を見あげた。再建されていない。代わりにカントリークラブのゴルフコースが延長され、なだらかに川へと下りていく美しい緑のじゅうたんが広がっていた。この町からサイモンを追いだすことを決定づけた、最大の騒ぎ。が皮肉なことに、あれはサイモンの仕業ではなかった。

記憶は鮮明に残っている。仲間と厩舎の裏でビールを飲んでいたら、エディーとランディが爆竹を鳴らすという名案を思いついた。よりによって八月に。森だけでなく、町まで焼き払われていたかもしれない。燃えたのが厩舎だけですんだのは、まったくの幸運でしかなかった。

火事がいつ、どんなふうに始まったのかは知らない。迫りくる災難を告げるおなじみの刺激をうなじに感じたときには、すでにみんな半分ほど丘を下っており、振り返ると、炎に照らされて不吉に輝く煙が目に飛びこんできた。友達だと思っていた連中はだれひとりとして、一緒に戻って馬を助けようとしなかった。サイモンだけが行動した。目と鼻を刺す煙とおびえた馬の甲高いいななきは、何年経っても悪夢としてよみがえってきた。

嵐を予感させる空を見あげた。数分の猶予《ゆうよ》がある――〈ショッピング・カート〉のひさしの下に逃げこみ、洗剤を買ってコインランドリーとホテルの場所を尋ねる時間が。そろそろ汚れと悪運を洗い流して冷静にふるまおう。これまでいくら努力をしても一向に報われなかったが、それでも。試す価値はある。

もしかしたら運に恵まれて、だれもサイモン・ライリーだと気づかないかもしれない。

「ねえ聞いた、エレン？　サイモン・ライリーが戻ってきたんですって」

ペギーがエレンのたまごとパプリカをレジのスキャナーに読みとらせながら、鋭い目でじっと反応をうかがった。

エレンはレジの店員を見つめ返した。口を閉じ、礼儀にかなった程度の好奇の表情を浮かべる。「そうなの？」

ペギーはだまされなかった。つづけてクリームチーズとバターをスキャナーにかざしながら、口元に勝利の笑みを浮かべた。「この目で見たの。いまじゃバイク乗りよ。大きくて汚くて汗まみれで、暴走族みたいに全身、黒いレザーで固めて。髪なんてこんなに伸ばして。もしあたしがあなたの母親だったら、あの子がいなくなったときに心底ほっとしたでしょうね。あのころも問題児だったけど、いまはもっと大きな問題を起こしそう。それにしても、あんな火事を起こしておいてねえ。どんな面の皮してるのかしら」

「あの火事はサイモンのせいじゃないわ」エレンはこわばった声で言った。

ペギーが同情の目を向ける。「まあ、なんとでも。三十二ドル七十九セントよ」

エレンは歯を食いしばって代金を渡した。ペギーの餌《えさ》に釣られてはいけない。この女性は、他人の弱みに関して猟犬並みに鼻が利くし、これまで同様、いまもサイモンをかばうことに意味はない。

買い物袋をつかむと、礼儀正しくさよならの会釈をすることもなく、〈ショッピング・カート〉の外に出た。いましがたの雷雨のせいで、まとわりつく湿った空気が息苦しい。途方に暮れて周囲を見まわした。どこにピックアップトラックを停めたか、忘れてしまった。サイモン・ライリーがラルーに戻ってきた。心臓が飛び跳ね、顔が汗ばんでほてった。サングラスを取りだそうと、震える手をハンドバッグに突っこんだ。頭がぼうっとして、めまいまで感じる。日射病かもしれない。

ああ、トラックを見つけた。〈ショッピング・カート〉の駐車場で太陽に焼かれるより、一ブロック先にある保険代理店の前の日陰を選んだのだった。賢い選択。エレン・ケントは賢い女性だから。

それを忘れてはいけない。その事実にしがみつかなくては。

サイモン・ライリーのことは何年も考えていなかった。だって、夢は数に入らない。それがどんなに激しくエロティックなものでも。選んで見たのではないのだから、悪いのは彼女ではない。それから、忙しくしていないと必ず忍び寄ってくる思考も彼女のせいではない。なにしろ、いまではそれほど頻繁ではないし。人生は豊かで充実していて完ぺきで、それにもちろん、ボーイフレンドのブラッドがいる。ちがった、ボーイフレンドではなく婚約者、とエレンは自分に言い聞かせた。二週間前の日曜から婚約者になったのだ。それも、とてもいい婚約者に。それほど遠くない将来、夫になる。その思いがもたらしてくれるはずの静かな満ち足りた温もりを、エレンは待った。

訪れなかった。

一時期、サイモンのことを考えまいとするのが人生の主要課題という時期があった。いまでは熟練したプロだ。お手のもの。横断歩道を半分渡ったところで、トラックを通りすぎたのに気づいた。

唇を引き結んで半ブロック戻り、生鮮食品をクーラーボックスに詰めた。数カ月前にサイモンの伯父のガス・ライリーが拳銃自殺したとき、それにつられるように、一時《いっとき》、かつての噂話がよみがえった。ずっと昔に町を飛びだしたあの少年はどうなったのだろうと、だれもが口々にささやいた。どこかの汚れた都会で、悪の道に染まって犯罪の人生を歩んでいるにちがいないと言う人もいた。

エレン・ケントはちがう。考えることならほかにある。食品のまわりに保冷剤を押しこみ、トラックに乗りこんだ。サイモン・ライリーの姿を思い描いたりしていない。大きくて汚くて汗まみれで、黒のレザーに身を包み、長く伸ばした黒髪を風になびかせている姿など。ああ。

前に進まなくては。

マクナリー・クリーク峡谷に沿って蛇行するでこぼこ道を、バイクはがたがたと進んだ。サイモンはできるかぎりの準備をした。食事をして濃いコーヒーを飲み、服を洗濯して滝が注ぐ冷たい深みで体を洗った。ガスの家と向き合わない言い訳はもう思いつかなかった。向き合うことを想像しただけで、吐き気とめまいをもよおすという事実以外には。

エンジンを切り、家のほうへと惰走させた。記憶にあるより小さくみすぼらしい。十七年前もじゅうぶんみすぼらしかったのに。ペンキは剝《は》がれ、大草原のゴーストタウンのような不気味な銀色味を帯びている。どちらを向いても時間が歪む。怒りっぽい少年に戻った気がした。おびえて混乱し、向きを変えればへまをしていたあのころに。

だがいまはもう、へまばかりする間抜けではない。少なくとも仕事の上では。熟達したプロで、腕前は一流だ。ふてぶてしいまでの大胆不敵さのおかげで、ジャーナリズムの世界である程度の名声を築いた。仲間からは〝頭より肝っ玉〟と言われるが、金になるのはそれだとみんな知っていた。

イヌワシが空を低く舞い、サイモンを観察する。広い翼幅の影が体をかすめた。短い静かな祝福。

これに勇気づけられて家に近づいた。腐ったポーチの板が体重を受けてたわむ。鍵のかかっていないドアは開けると軋《きし》んだ。埃《ほこり》とカビのにおいが鼻を突き、暗がりに目が徐々に慣れていった。

いいときでもガスは家事が得意でなかったし、最後の日々がいいときでなかったのは一目瞭然だった。流しに積みあげられた皿には、干からびてカビの生えた食べ物がこびりついている。汚いプロパンコンロの上には、表面を脂に覆われた鋳鉄製のフライパンが載せられたまま。バーボンの空き瓶がカウンターと床にひしめき、剝げかけたリノリウムの床の模様は、埃が積もってよく見えない。

キッチンに入ってみた。テーブルの上は雑多なものでいっぱいだ。皿、銀器、書類、そして驚いたことに、ノートパソコン。電灯や電化製品は見当たらないから、きっとガス発電機につないで使っていたのだろう。パソコンのケーブルは電話のジャックに差しこんであるものの、電話はない。インターネットのためだけに電話線を引いたらしい。

ぼろぼろの家のなかをゆっくりと歩きまわった。埃とがらくたと蜘蛛の巣。死んだ蠅《はえ》と酒の瓶。荒れ果てたさまにのどが詰まった。罪悪感を抱くな、と自分を戒める。ガスは自ら孤独を選んだのだ。機会さえ与えられていれば、サイモンは喜んで伯父を愛した。

ガスがこぶしを振りあげて甥を追い払ったのだ。

気分が悪い。色褪《あ》せた壁になにかを投げつけたかった。砕け散る音を聞くだけのために。バーボンの空き瓶ならうってつけだろう。サイモンは深く息を吸いこみ、衝動が過ぎるのを待った。

衝動に流されるのは過去のサイモンだ。若くて愚かで元気だけはありあまっていた少年。いまはかんしゃくを抑えられるだけの自制心を持ち合わせているつもりだが、少し呼吸ができる広い場所に出たかった。

ハンクの手紙には、ガスは家の前で発見されたと書かれていた。サイモンは家を出て草原に踏み入った。草は丈高く密に茂り、金色の炎のように揺れて、伯父の錆びついた車もほとんど埋もれさせていた。

こんなふうにガスにさよならを言うことはできない。嘆きと思い出を締めだしたままでは。目を閉じてこぶしをほどき、緊張を解いた。写真を撮るときのように、心を開いた。やわらかく広い心で、見つめているものと混じり合い、ひとつになるまで。

奥深い場所に手を伸ばし、ガスの最良の思い出を探した。

そうやって警戒を緩めたとたん、不意打ちを食らった。例の夢のように、炎が怒号をあげる。貪欲に燃えさかり、焼き尽くす。一瞬、揺れる草が火炎地獄に見えた。

訪れたときと同じく突然に、その光景は消えた。八月のまぶしい太陽の下、虫や鳥たちの歌が響くかぐわしい草原にサイモンは立ち尽くしていた。震える体を二つ折りにした。ひたいに冷たい汗が噴きだす。

片手で腹を押さえて吐き気が治まるのを待った。いやというほど知っている感覚。災難の前触れ。

それに続く衝動も知っている。この世でただひとつ、気持ちを楽にしてくれるもの。

エルを見つけなくては。

エレンは〈ケント・ハウス〉のドライブウェイに車を入れ、カエデの下のいつもの場所に停めた。家の前の小さな駐車場に並んだ宿泊客の車を、ホテルの支配人の目でざっと眺める。フィリップス家のローヴァー、フィル・エンディコットのシルバーのレクサス、スポーツ用品を山ほど載せたチャックとスージーのジープ、ミスター・ヘンプステッドの大きなベビーブルーのクライスラー。今日はみんな、お茶のためにホテルに残ったようだ。そのとき、見慣れないシルバーのボルボのセダンが目に留まった。新しい宿泊客だと助かる。今朝いきなりキャンセルが入ったので、ひとつ空室があるのだ。パートタイムの助手のミッシーが、勇気を振りしぼって新しい客のチェックイン手続きをしてくれているといいのだが。ミッシーにはもう少し自信を持つよう励ましているものの、道のりはかなり険しい。

一陣の熱風がライラックをたわませた。ライラックの茂みを挟んでこちら側が〈ケント・ハウス〉の芝生で、向こう側にはオークの林と草原が広がり、ガスの朽ちはてた車の墓場へとつながっている。その昔、ライリーの家はケント邸の馬車置き場だった。一九一八年のある日、シーマス・ライリーという抜け目ないアイルランド人青年が、エレンの曾祖父ユアンに自家製の密造酒をしこたま飲ませてポーカーをやったところ、結果的にユアンは理性を——だけでなく馬車置き場も——失った。

シーマスは新しい家に落ちつき、オレゴン州はペンドルトンで出会ったネズパース族の女性と結婚した。エレンは一度、ガスに焼き立てのパンを持っていったとき、キッチンでその女性の写真を見たことがある。曾孫にあたるサイモンは、彼女の高い頬骨と黒髪、そして翳りのある射るような目を受け継いでいた。

エレンの記憶にあるかぎり、家はひどいありさまだったが、だれが買い取りたいと言っても、ガスはにべもなく断った。もしかしてサイモンなら売ってくれるかもしれない。

「やあ、エレン！」

堂々とした中年の紳士がライラックをかき分けて現われた。レイ・ミッチェル、ブラッドの父親だ。未来の義理の父こそ、ガス・ライリーの地所から現われるのをもっとも予期しない人物だった。

「こんにちは、ミスター・ミッチェル」エレンは言った。

レイがにっこりした。「涼んでいるのかな？」

「まさか」つぶやくように言った。レイの愛想のいい声を聞くと、なぜか気に障った。〝にこやかで温厚〟というのはレイが示せる四つの性質のひとつだ。残る三つは〝厳かで誠実〟、〝深い憂慮〟、〝えらそうに愉快〟。

辛辣なのはわかっている。レイはいつだって親切そのもの。こんな社交術しか知らないのは、たぶん何年も表舞台に立ってきたからだろう。だけどレイ・ミッチェルの公の顔は、本来の彼に成り代わってしまったように思える。もしブラッドが政界に足を踏み入れる決心をしたとしても、父親のようにはならないでほしい。きっと頭がどうかなってしまう。

「うれしい驚きだわ」自分の声が聞こえた。「なかへ入ってアイスティーでもいかがですか？」

レイが彼女の腕からクーラーボックスを取った。「わたしが持とう。長居はできないが、きみのアイスティーなら喜んでごちそうになりたいね」

レイがエレンに続いてキッチンに入り、クーラーボックスをテーブルに置いた。エレンは製氷器の下にタンブラーを添えて尋ねた。「ピーチ、それともレモン?」

「レモンをもらおう」レイが言った。「ありがたい。まさにいま必要なものだ。外は地獄の暑さじゃないか?」

レイがアイスティーをすすって満足の声をもらした。なにか言うタイミングを見計らっているようだが、エレンはなにを言われるのか、すでにわかっている気がした。「サイモン・ライリーが戻ってきたという話はもう聞いただろうね?」

ビンゴ。そう来ると思った。後頭部がずきずきしはじめ、心臓が打ったびに疼いた。「ええ、聞きました」

「だけどまだ会っていない?」レイの顔つきがテレビのチャンネルのように〝表情その3〟に変わった――〝深い憂慮〟。

「だって、いま帰ってきたところですよ」エレンは言った。

「つまり彼はまだここへ現われていないんだね?」レイがしつこく尋ねる。

「影も見てません。ミスター・ミッチェル、なにが言いたいんです?」

レイがアイスティーをすすってキッチンの窓の外に目を向け、ガスの家を視界からさえぎる茂みを眺めた。「心配なんだ。きみがブラッドと交際を始める以前から、若くて美しいお嬢さんがガス・ライリーのような予測のつかない人物の隣りにたったひとりで住んでいると思うと、胸騒ぎがしたものだ」

「ひとりだなんて」エレンは指摘した。「宿泊客が六人以下だったことは、いままで一度もありません」

レイがそんな細かいことはどうでもいいと言わんばかりに手を振った。「かもしれない。ガスは精神を病んだことがあった。いつ何時、爆発するかわからない地雷のようなものだった。あの最期はたしかに悲劇だし、そこまで追いこまれたことは気の毒に思うが、率直に言わせてもらうと——ついに地雷は爆発した。もうだれもおびえながら慎重に歩かなくていい。きみのような心のやさしいお嬢さんには酷に聞こえるかもしれないが……」

「どうぞ言ってください。わたしなら平気です」エレンは言った。「だけど同意はできません。わたしの前では、ガスはいつも礼儀正しくふるまってくれました」ほとんどいつも。ガスの家にパンやお菓子を持っていくとかならず、散弾銃を装弾するカシャンという音に出迎えられた。が、エレンとわかるといつも銃を脇に置いてコーヒーを勧めてくれたから、たいしたことではない。

「いま、まだ爆発していない地雷がふたたび町に現われた」レイが言う。「きみのすぐそばに。またしても」

「サイモンのことですか？」エレンは無邪気を装ってまばたきをした。レイが皮肉に気づくかどうか、見るだけのために。

気づいた様子はなかった。「ああ、サイモンのことだよ、エレン。火事の一件はまったく別にしても——」

「あれはサイモンがやったんじゃありません」思わず声が甲高くなる。

「なあ、エレン」レイが言う。「彼が厩舎から逃げていくのをこの目で見たんだ」

「だけど火をつけるところはご覧になってないわ」

レイがため息をついた。「かもしれない。ずっと昔のことだし、わたしとしても、許して忘れようと――」

「やってもいないことをどうやったら許せるんです？」

レイの顔が〝厳かで誠実〟に代わる。「火事の一件はおいておこう。わたしはただ、きみの安全を気にかけているんだ。サイモンがガスの家に居座ることになったら、〈ケント・ハウス〉から離れることを考えてほしい。まあ、彼がこの町で温かい歓迎を受けるとは考えにくいから、居座るとは思えないが、当面は。どうだね？」

エレンは呆然と彼を見つめた。「ミスター・ミッチェル、わたしは事業をしてるんですよ。十月は予約でいっぱいです。ご自分がなにを提案してらっしゃるか、おわかりですか？」

「優先順位を考えなおしてみてはどうかと提案している」レイが熱をこめて言った。「結婚式までは、ダイアナとわたしのところで暮らせばいい。部屋はたくさんある。そうするのがいちばんだ」

エレンは首を振った。「ご親切には感謝しますが、それはできません。申し訳ありませんが、そろそろお茶の準備に取りかからないといけないので……」

レイが流しにグラスを置いた。「考えてみてくれ」とうながす。「少しでも不安を感じたらすぐに知らせてほしい。ドアはいつでも開かれているよ、エレン。絶対に責めたりしない、

〝だから言っただろう?〟なんて」

「この家を離れることはないと思いますが、もしものときはご相談します」

窓からレイを見送った。レイはしばらくガスの家を見おろしていたが、やがてボルボに乗って去っていった。

いつもとちがう一日の、さらなる奇妙な出来事。だけどそれには集中できなかった。頭のなかはサイモンでいっぱいだった。もし彼が本当に会いに来たら、エレンがすっかり変わったと悟るだろう。もう哀れで孤独な子どもではない。子犬のように彼の関心を求めたりしない。

彼が出ていった夜にキスを求めたように。

ああ、それは考えてはだめ。なにかほかのことを考えなくては。早く。お茶で出すスコーン用のバターを溶かすとか、ブルーベリーをすぐとか。なんでもいいから。

食料品を片づけはじめたが、むだだった。記憶はとめどなく心を駆けめぐった。

サイモンがオークの木を登ってきてベッドルームの窓をたたき、さよならを告げたあの夜、エレンは待ってと言った。ブタの貯金箱の中身を枕カバーのなかにぶちまけ、階段を駆けおりてキッチンに行き、手当たりしだいにカバーのなかへ放りこんだ。サラミ、ヨーグルト、グラノラバー、高エネルギーの携帯用食品。

脚は震え、大砲の弾のようなかたまりがのどにつかえた。彼が行ってしまうなんて耐えられなかった。ひとりでは宿題ができない、うるさくつきまとう子ども以外の存在として見てもらったことは、それまで一度もなかった。まだ胸はふくらみはじめたばかり。エレンは遅咲きで、もう十六近いのに、まだ十二に見えた。このまま行かせてしまったら、彼とキスをしたりダンスをしたりするのがどんな感じか、一生わからない——ほかのことをするのも。サイモンは芝生にうずくまって肩を震わせていた。膝に顔を押しつけ、長い脚をぎゅっと胸に引き寄せて、できるだけ空間を占めまいとしているみたいだった。

エレンは隣りに膝を突き、彼だけでなく自分まで驚く言葉を口にした——さよならのキスをして。

思い出すと、いまだに頬が熱くなる。コーヒー用クリームの滑りやすい容器を手に、開いた冷蔵庫の前に立っていても。なんて大胆になれたのだろう。何年も経ったいまでさえ、自分のどこにそんな勇気がひそんでいたのかまるでわからない。想像を絶する。

最初、サイモンは真に受けず、エレンにそういう感情は抱いていない、どうかしていると言ってからかった。そのときふと、からかいの笑みが目から消え、慎重な、なにかを期待するような表情が浮かんだ。そしてそれは起きた。

名状しがたいなにかがふたりのあいだで燃えあがった。太古から存在する、刺すような本能。熱がこみあげて、体が爆発しそうだった。謎めいた強いパワー。思い出すだけで震えが起きる。

なにもかも、つぶさに覚えていた。彼の胸に手のひらを当てて鼓動を味わったこと。汗の湿り気と体温。もう片方の手で抱いた頬の感触。小さな骨、やわらかい肌、鋭く尖ったあご。

髪に染みついた煙のにおい。

彼の目にはおびえとも呼べる表情が浮かんでいた。まるで彼女が――無知でドジで不器用なエル・ケントが――不思議な力を秘めており、サイモンが欲しているなにかを与えることも与えないことも、意のままにできるかのような。めまいがした。

ゆっくりと身を乗りだし、開いた唇からとぎれとぎれに出入りしている彼の息を顔に感じるまで近づいた。唇と唇が触れた瞬間、火花は大きく燃えあがった。膝の上に引き寄せられ、髪に指をうずめてキスされた。本物のキス。心が溶けて彼の心と混じり合い、体中がざわめいた。情熱的に唇で唇をこじ開けられた。

彼の首に腕を巻きつけた。世界が回りつづけるなか、気がつけば芝生に仰向けで横たわり、母のペチュニアの花壇を背中で押しつぶしていた。彼の体は燃えるように熱い。両手がナイトガウンの下に滑りこんでたくしあげた。体中に触れられて、エレンはわななき、喘《あえ》いだ。

こんなにも澄みきってたしかな気持ちになったのは、生まれて初めてだった。いまがそのとき。彼がその人。何年も前から彼に決めていた。なにをかはわかっていなかったけれど。しなやかな震える体を抱きしめ、持っているすべてを捧げた。彼女のすべてを。

そして彼は奪った。

思い出すと太腿をぎゅっと閉じずにはいられない。おびえたように見開いた彼の目を見つめながら、背中にしがみついた。親密ですさまじく、甘美な痛み。感情と感覚の嵐。ことが終わって、もつれ合ったまま喘ぐふたりの目からは、涙がこぼれていた。

そのとき、近づいてくる貨物列車の汽笛が遠くで聞こえ、上に重なる熱くしなやかな体がこわばった。彼は身を引き、あの列車に乗らなくちゃならないと言った。なにも彼の気持を変えられなかった。たとえエレンが愛していると打ち明けても。

笑いがこぼれたが、それは偽りの笑いで、声は湿っていた。いったいなにをしているのだろう。酷暑のなか、冷蔵庫の扉を開けっ放しにして、少女時代の思い出に浸るなんて。クリームが腐っても自業自得だ。

この三十二年間で出会った恋人のうち――数はそう多くないが――だれにも愛していると言ったことはない。ブラッドにさえ。だけどいま考えてみると、ブラッドから愛を表明されたこともない。いまのいままで、それを欠落と考えてこなかった。

ブラッドに言うところを想像できなかった。愛という言葉に付随する痛みともろさは、ブラッド・ミッチエルの高級感あふれる宇宙からは何光年も離れている。ブラッドの宇宙ではすべてに道理があり、ものごとが正しく機能する。そうでないものは無価値とみなされ、即座に拒絶される。

ブラッドはエレンに価値を見出した。彼女を評価して敬意を抱き、人生の伴侶に選んだ。それが論理的な大人にとっての愛だ。愛とは、暗い夜明けに胸から心臓をえぐりだされたり、煙のにおいに取りつかれることではない。それは子どもっぽい愚かさのなせる業。あるいは単なる運の悪さの。ちょっとした食あたりみたいなものだ。

「すみません。エル・ケントを探してるんですが」落ちついた低い声が、ダイニングルームへとつながる自在ドアのほうから響いた。

エレンは息を呑んでくるりと振り返った。その拍子にたまごが宙を舞い、床でぐしゃりとつぶれた。彼女をエルと呼ぶ人はいない。ただひとりをのぞいて——

目にした光景に背中を殴られたような気がした。なんてこと。こんなに背が伸びて。こんなに大きくなって。どこもかしこも。記憶にあるひょろりと痩せた少年は、硬く引き締まった筋肉を蓄えていた。白いTシャツは広い肩を際立たせ、袖から伸びる腕はたくましい。色褪せたジーンズは無造作な優雅さで、締まった腰と長い脚の完ぺきな線に吸いついている。視線を上げると揺るぎない黒い瞳にぶつかり、たちまちほてりと冷えの両方が全身を駆けめぐった。

エキゾチックな顔立ちの完ぺきさは、太陽と風と時間に鍛えられて、より顕著になった。エレンは細部に見入った。金色の肌、細いわし鼻、高い頬骨の下のくぼみ、尖ったあご、数日分の黒い無精髭《ひげ》。左の眉を斜めに横切る銀色の傷痕。輝く髪は湿っており、角張ったひたいから後ろに撫でつけてひとつに結わえられている。抑制された力が全身にみなぎっていた。

腕に鳥肌が立った。

彼の目がエレンの全身を一瞥《いちべつ》する。日焼けした肌にまぶしい白い歯をのぞかせて、言った。

「申し訳ない。ひとっ走り店まで行って、たまごを買ってきます」

丁寧語？　わたしだとわからないの？　また顔が震えはじめた。十七年も心配しつづけたのに、向こうは道ですれちがった女性でも眺めるように一瞥するだけだなんて。

彼はいま、エレンの返事を待っている。もう一度、上目づかいに顔を見た。片方の眉が、切ないほどよく知っている仕草でつりあがっているのに気づいて、涙がこみあげた。震える唇を片手で覆った。泣かない。泣くもんですか。

「驚かせて本当にすみません」彼がまた言葉をかけた。「ちょっと聞きたかったんです、ご存知ないかと――」声が途切れ、笑みが薄れた。はっと息を呑む。「まさか」ささやくように言った。「エル？」

## 2

仕草でわかった。目の前の女性が片手で口を覆って上目づかいにこちらを見た瞬間、彼女だと悟った。が、記憶のなかのエルをキッチンにいるブロンド美女に重ね合わせるのは容易ではなかった。覚えている痩せっぽちの少女は、いつも分厚い前髪の下からびっくりしたような大きな目でそっとこちらをうかがっていた。口は小さな顔には大きすぎた。

この女性は、全体がアンバランスなあの少女とは似ても似つかない。痩せた体は成熟した。さっき彼女が冷蔵庫をのぞきこんでいたとき、きれいな丸いお尻にすぐさま目を奪われた。胸もお尻に匹敵する。こんもりと豊かで、みずみずしくやわらかい。彼の好みどおり、口に含んでもまだあまるだろう。

彼女が両手を下ろすと、ふっくらした唇があらわになった。立派だった眉はきれいなカーブを描いている。繊細な頬骨のあたりにはピンク色の斑点が浮かび、目と口はいまやみごとに調和を成していた。髪は金色のすじが入ったブロンズの波打つカーテンで、先端はお尻まで届く。エル・ケントは美しく成長した。ぽかんとするほどに、頭が真っ白になるほどに。

記憶と目の前の像がなんの違和感もなくぴったりと重なった。なぜほんの一瞬でも彼女だとわからなかったのだろう。抱きしめたかったが、ふたりをうなるようにとりかこむなにかに押し止められた。

静寂が深まり、重くのしかかった。彼女は叫ぶこともなければ、驚いた顔も喜んでいる気配も見せない。むしろ、おびえているかのようだ。

「エル？」おずおずと前に出た。「おれがわからないのか？」

やわらかい唇が線になった。「もちろんわかるわ。ちっとも変わってないもの。ただ、その、あなたがわたしだとわからなかったのに驚いただけ」

「おれの記憶ではこんなにきれいじゃなかった」自分の言葉を検閲して、間抜けだったり失礼だったりしないか判断する前に、言っていた。

彼女の反応から察すると、その両方だったらしい。エルがカウンターの上のペーパータオルを束でつかみ、床からたまごを拭い取ってごみバケツに捨てた。さらにペーパータオルを取って、湿らせる。髪がヴェールのように下りてきて、顔を隠した。

「どうした、エル？」慎重に尋ねた。「おれがなにをした？」

エルがしゃがんで床のタイルを拭きはじめた。「別に」

「だけどおれを見ないじゃないか」

エルが湿ったペーパーをごみバケツに放った。「最近はエレンと呼ばれてるわ。それで、なにを期待してたの？　十七年も行方をくらませて、手紙も電話も、死んでないと知らせるはがき一枚よこさなかったくせに、わたしが喜びの悲鳴をあげて胸に飛びこむとでも思った?」

つまり、彼を忘れていなかったということ。怒られているにもかかわらず、気分が急上昇した。「その、悪かったよ《ソーリー》、手紙を書かなくて」と言った。

エルが背中を向けた。「わたしも残念よ《ソーリー》」ティーカップを拭くふりをする。

「この町を出てしばらくは、おれの人生はしっちゃかめっちゃかだった。生き延びるだけで精一杯だった。そのあと海兵隊に入って、地球上のあちこちへ行かされたんだが、二、三年もすると自分のやりたいことが見つかって――」

「なんなの?」エルの声は鋭く挑戦的だ。

「報道写真」と明かした。「いまはフリーランスだ。いつも旅してる、たいてい戦闘地域を。それで、ある程度人生に格好がついたときには、怖くなっていた……」声が途切れた。

「なにが?」エルがくるりとこちらを向く。「なにが怖かったの?」

「きみに忘れられたんじゃないかと」と言った。「その現実に直面したくなかった。ようやく手に入れた落ちつきを乱したくなかった。すまない、エル」

エルが返事もせずに顔を背け、ティーカップを壁のフックにかけはじめた。その肩に手を載せると彼女は跳びあがった。カップが手からすべり、下にかかっていたひとつにぶつかってフックから落とした。

ふたつとも、大理石の床の上で大きな音を立て砕け散った。

サイモンは歯のあいだから息をもらし、手を離した。「ちくしょう。すまない。まさか貴重なアンティークじゃないよな？　ちがうと言ってくれ」

「曾祖母のケントがスコットランドから持ってきたの。一八九四年に曾祖母と一緒にオルノス岬を回ったわ」

苦痛に顔をしかめた。「くそっ。家宝は大嫌いだ」

「持参金の一部だったの」

「だから謝っただろう」嚙みつくように言った。

気まずい沈黙が広がった。「いまも通ったあとに混乱と破壊を残していくのね」エルが言った。

怒りですぐさま防御本能が働いた。「そうとも」無頓着を装った口調で言う。「昔と変わらず」

「世の中には変わらないものもあるのね」エルがつぶやいた。

「そのようだな」むっつりと同意した。

エルがじわりと後じさる。「それで、その、どうしてラルーに戻ってきたの？」

たわいないおしゃべりをするような、〝先へ進みましょう〟と言いたげな口調が気に障った。「ガスのことを聞いた」ぶっきらぼうに答える。

「いまごろ？」エルが当惑した顔になった。「だけど亡くなったのは五カ月も前よ」

「おれのもとに手紙が届くまで、少し時間がかかった」と言った。「ハンク・ブレイクリーが手紙で知らせてくれた。高校時代に世話になった美術の教師だ。覚えてるか？」

「もちろん。彼があなたの居場所を知ってたなんて、驚いたわ。それで、どこにいたの？」

エルの目は慎重な好奇心でいっぱいだった。

「アフガニスタン」それ以上の説明はしなかった。

気まずい間が空く。「それじゃあ、ガスは地所をあなたに遺したのね？」

「さあ」と答えた。「どうでもいい」

「ガスにはあれ以来会ってない――？」

「ああ」

エルが首を傾けてしげしげと彼を見つめた。「じゃあ、どうして帰ってきたの？」

途方に暮れた仕草をした。「わからない。ガスが自殺するなんて、どうしても腑《ふ》に落ちなかった。家をこの目で見ないと気がすまなかった。じっくり考えてみないと」

「そうなの」エルにまっすぐ射るような目を向けられると、透明人間になった気がした。だらしなく貧しく、腹を空かせた十八歳に戻ったような気が。

冷静な目で見返すと、やがてエルが赤くなって視線を逸《そ》らした。「いいホテルはないかと町で尋ねたら」サイモンは言った。「ここをホテルに改造したと教わった」

エルの顔が警戒心でこわばった。「ここに泊まるつもり？」

「ガスの家には泊まれない。水も電気も来てないし、ひどいありさまだ。もっと悪い場所で寝たこともあるが、これは耐えられない」

エルが華奢な手をもみしだいた。腕のうぶ毛は色が薄く、金色に輝いている。爪は淡いピンク色を帯びて、まさに真珠母だ。彼女はいま、サイモンのせいでそわそわしている。ここにいてほしくないのだ。それで傷つくなど子どもっぽい。むしろ気の毒に思って別のホテルへ向かうべきだとじゅうぶんわかっていたが、わかるだけでは足らなかった。サイモンのなかの、ガスに似たつむじ曲がりのろくでなしが、彼女を苦しめたがっていた。

「おれが怖いなら、出ていく」と言った。「エル、きみにびくびくしてほしくない。ハンソンのホテルへ行くよ」

「あなたが怖い？　冗談言わないで」

サイモンは首を振った。「冗談じゃない。おれがいて気詰まりなら――」

「どうしてわたしが気詰まりな思いをするの？　わたしはプロよ。ハンソンのモーテルはひどいにおいがするわ。家具には煙草の焼けこげまである」

「そんなばかな」サイモンはつぶやいた。

エルが睨みつける。「それに虫！　ゴキブリと一緒のバスタブを使いたい？　窓のカーテンに蜘蛛の巣がかかっていてほしい？」

命中。つかまえた。降参したように両手を掲げ、にやりとしないようこらえた。「それだけは勘弁だ」

エルの狭めた目を見るかぎり、操られたと気づいているらしい。「じゃあ、ミッシーはチェックインの手続きをしてないのね？」

「フロントにいた娘のことを言ってるなら、ノーだ」サイモンは言った。「ひと目おれを見るなり逃げだした。心底ぎょっとした様子だった」

エルがため息をついた。「まったく。彼女には困ったものだわ。じゃあ当然、ここの説明も受けてないのね？」

「ああ。受けてない」と認めた。

「いいわ。ついてきて」そう言うと、ダイニングルームのほうへと歩きだした。「当ホテルの規則を説明します。お支払いは前もって、現金か主要なクレジットカードでお願いします。市外の小切手は取り扱いできません。平日は七時半から十時までコンチネンタル・ブレックファストを、土日は九時から十二時までブランチをお楽しみいただけます。朝早くお目覚めの場合は、六時半からダイニングルームに紅茶とコーヒーをご用意しています。夕方五時にはダイニングルームでコーヒーと紅茶、それに軽食が――」

「軽食？」サイモンはくり返した。「しゃれてるな」

「ええ。スコーン、ビスケット、もしくは焼き立てのペストリーをご提供いたします」から かったら承知しないわよ、と言いたげな視線を肩越しに投げかけた。「それから夜、おやすみになる前には、どうぞサロンにいらしてください。お客さま全員とシェリーを楽しむことにしています」

背中の優美な曲線を眺めながら、彼女に続いてキッチンを出た。「シェリーか。へえ、まさに洗練だな」

「もしそうしたいなら、ひとりで部屋にこもっていて。一向にかまわないから」エルは玄関広間にあるデスクの後ろに回り、クレジットカードの読み取り機を取りだした。「いま空いている部屋は一泊百二十ドル。現金になさいますか、それともカード？」

「カードにしておこう」戸惑いつつ答えた。

「かしこまりました」エルがキャビネットの引き出しからカード伝票をつまみ、読み取り機の正しい位置にセットした。「何泊のご予定ですか？」

「まずは一週間にしておいて、先のことは先で考えよう」

エルがカードを求めて手のひらを突きだす。札入れから抜きとって、手のひらにぱしんと載せた。「いいかげんにしろよ、エル」

エルの視線が泳ぎ、プロの笑みが少し揺らいだ。カードを機械に載せる。「いいかげんにって、なにを？」

「いかにもホテルの支配人って態度をさ。おれはサイモンだぞ。忘れたか？　もしもーし！だれかいますか？」

エルはカードの上にプレス機を滑らせ、承認コードをダイヤルした。数字のパッドを指で突き刺すように乱暴に。「なにを言ってるのかわからないわ。十七年間、音沙汰なし。いったいどこでどうしてるのか、飢え死にしそうなのか、病気なのか、それともどこかの溝で死んでるのか――」

サイモンは手を掲げた。「おい、そうまくしたてるなよ」

「ようやく姿を現わしたと思ったら、泊まる場所が必要なだけだった。昔とおんなじ。気のいいエル。とっても便利」ようやく画面にコードが現われた。数字を殴り書きし、ぞんざいな手つきでカードを返す。「いったいわたしになにを求めてるの、サイモン?」

サイモンはデスクに両手を載せて身を乗りだした。「おれが求めていないものを言おう。きみを利用したくない。利用しようと思ったことは一度もない。これまでもこれからも。きみが出ていってほしいと言うなら、そうする」一語一語を絞りだすように言った。

エルが怒った声をもらし、乱暴に引き出しを開けた。古風な長い鍵を取りだすと、デスク越しに放ってよこした。「お部屋はタワールームです」

「きみの昔のベッドルーム?」サイモンは宙で鍵をキャッチした。「覚えてる。ガスが酔っ払って手に負えなくなると、いつもあの部屋で寝かせてくれたよな。クッキーやココアや夕飯の残り物を持ってきてくれた。だがあの部屋にドアから入る日が来るとは思ってもいなかった。木をよじのぼって窓から忍びこむのが当たり前になっていたから」

エルの視線が下がり、頬のピンク色が深まった。クレジットカードの伝票とペンをデスク越しに突きだす。

サイモンは署名をして突き返した。「エル、説明させてくれ」

「やめて。説明してもらうことなんてないし、わたしはもうあれこれしゃべりすぎたわ」デスクの後ろから抜けだす。「もしよければ、いまお部屋に案内するわ。ミッシーが清掃を終えてるといいんだけど」

「エル、なあ——」

「バスルームは専用よ」階段のほうへ後じさりながら言った。「改築して、どの部屋にも専用のバスルームを設けたの」

「ありがたい」サイモンは言った。「まさにいま必要だ。シャワーを浴びて髭を剃《そ》らないと、ミセス・ミュリエル・ケントには会えない」

エルが咳払いをした。「母はもうここに住んでないの。二年前にカリフォルニアへ移ったわ。わたしは母からここを買ったの。だから、その、安全よ」

「なるほど」彼女の頰のカーブを見つめた。見た目どおり触れてもやわらかいのだろうか。目を見つめないようにした——ああ。なんてきれいなんだ。魅入られてしまう。官能的な金色の泉には森の緑が点々と散り、底知れぬ黒の瞳孔が繊細な脈拍に合わせて広がっては縮まる。

階段を見おろすステンドグラスの窓から陽光が降りそそぎ、彼女の目を、髪を、輝かせる。金色を際立たせる。まつげの先端、太陽で褪せた腕のうぶ毛。ほんの少し乱れた髪は、いにしえのフレスコ画に描かれた天使のごとく、光っていた。

まるで金色の粉をはたいたよう。

「サイモン?」エルがささやいた。「なにしてるの?」

接近していた。乳房が胸に触れそうだ。ちょっと身を乗りだせば、細い腰を抱ける。

頭のなかで記憶が花開いた。煙、草の露、夜明け。エルの目に浮かぶ官能的な約束、処女《おとめ》の固い締めつけ。危うく町を出る決心が揺らぎそうになったが、当時でさえ、自分が近づいた人はみんなこの不可解な悪運のとばっちりを受けることになるとわかっていた。エルは失敗だらけの人生で唯一のよいものであり、その彼女にしてやれる最高の親切は、離れていることだった。

十七年経ったいま、なにかが変わったとはこれっぽっちも思えないが、それでもここにいた。鼻はかぐわしい髪からほんの数センチ、両手はいまにも腰を包んで金色に輝くやわらかい体を抱きしめてしまいそうだった。

「あのう、エレン?」か細い声が頭上から呼びかけた。

ふたりはキスをしていたかのように、ぱっと離れた。

「なに、ミッシー、ここよ」エルの声はみごとなまでに落ちついていた。

「あのう、さっき男の人が来たんです。たぶん部屋を取りたかったんだと思うんですけど、タワールームの清掃が終わってなかったし、バスルームも散らかったままだったので、いま掃除してきました。でも、もう帰っちゃったかもしれません」希望的な声で言いながら、遠慮がちに階段を下りてきた。

「いいえ、帰ってない」エルの声は穏やかで辛抱強かった。「ここにいるわ。ミッシー、ミスター・サイモン・ライリーよ」

ミッシーが悲鳴をあげて踊り場に引き返した。エルが首を振って小さなため息をもらす。

「大丈夫よ、ミッシー」となだめた。「チェックインの手続きをしてくれてよかったのに。クレジットカードの読み取り機の使い方は教えたでしょう? すごく上手だったじゃない」

ミッシーは手すりの後ろに隠れていた。デニムのジャンパースカート姿の痩せた娘だ。薄茶色の髪はきっちり後ろに撫でつけられ、青白い顔はこれほど不安そうでなかったら愛らしいだろうと思えた。

「やあ、ミッシー」サイモンはできるだけおびえさせないように言った。

「こんにちは」ミッシーがささやくように答える。

「部屋を用意してくれてありがとう」エルが励ました。「じゃあ、次はブルーベリーをすすいでくれる？ わたしはミスター・ライリーをお部屋に案内してくるから」

ミッシーはうなずき、目を伏せたまま、ネズミのようにふたりのそばを駆けていった。サイモンは問いかけるような顔でエルを見た。

エルが両手を宙に放った。「なに？ 彼女が自信をもってくれるよう働きかけてるけど、まだ実現しないの。単純作業じゃないもの。時間がかかるわ」体が触れないよう気をつけながらサイモンのそばをすり抜けて、階段をのぼりはじめた。

「どうやらいまも世界を救おうとしてるらしいな」サイモンは言った。「きみは昔から、見こみなしの人間に弱かった」

エルが肩越しに冷たい視線を投げかけた。「とんでもない。いまはとっても現実的よ。情にもろかった昔とは大違い」大きく息を吸いこんで吐きだすと、ホテルの支配人の顔に戻った。

「家の正面側にあるベッドルームはどの部屋からも川を望めますが、これからご案内するお部屋は、フード山も見晴らすことができる唯一のベッドルームです……」てきぱきと慣れた声だった。サイモンは耳を傾けるのをやめ、陽光を含んだ波打つブロンズ色の髪に視線を移した。お尻に触れるカールした先端は、色褪せて銀色に近い。

「――そしてこちらがご覧のとおり、図書室です。本や雑誌を閲覧できますが、ほかのお客さまのご迷惑にならないよう、この部屋ではお静かに願います。おしゃべりがしたいときは、サンルーム、サロン、ダイニングルーム、応接室、ポーチのいずれかへどうぞ」

「フランク・ケントの内なる聖域で、両足をあげて新聞を読むのは不思議な気分だろうな」

タワールームへとつながるドアの前で、エルが立ち止まった。「父はあなたの楽しみを邪魔しないわ」と言う。「六年前に亡くなったの」

サイモンは心のなかで自分を罵《ののし》った。「悪かった」

「いいの」エルが言う。「こちらの階段をのぼると――」

「行ったことはあるよ、忘れたか？　エル、頼むから態度を崩してくれ」

彼の声など聞こえなかったかのように、きちんと制御された声で続けた。「タワールームです。あいにくクイーンサイズベッドを置けるほど広くないので――」ドアの鍵を開けて大きく開いた。「――どうかフルサイズでご満足いただけますように」なかへと手振りでうながした。

サイモンは戸惑って周囲を見まわした。ピンクと白のフリルつきのシーツをかけたツインベッドも、本がうずたかく積まれたドレッサーも、ユニコーンにまたがった、もの憂い目をした乙女のポスターもない。

いまやきれいで洗練された、特徴のない部屋に様変わりしていた。古風な四柱式のベッドにかけられた色鮮やかなキルト。上品でおとなしい花柄の壁紙。洗面台、大きな姿見、木製の衣装だんす、古布を織り交ぜた敷物。

置いてけぼりにされた気がした。「もうきみじゃない」

「改築したときに、主寝室を自分の部屋にしたの」

「そうか」見放された気分で、窓の外に立つオークの木を見やった。少なくともこの木は変わらない。大きくなっただけで。

「バスルームは階段を下りた右手です」エルが言った。「ミッシーが新しいタオルを用意したか確認しておくので――」

「もういい！」意図したより荒っぽい声が出て、エルがびくんとした。サイモンは口をつぐみ、このやるせない気持ちをどうにか言葉にしようとした。「おれたちは友達だった」途方に暮れて言う。「おれを締めださないでくれ。別れたところからやりなおせないか？」

エルがうつむき、髪で顔を隠した。「別れたとき、わたしたちがどこにいたか覚えてる、サイモン？」

もちろん。炎と煙。全身を駆けめぐるアドレナリン、頭にこびりついて消えないおびえた馬のいななき。抱きしめてくれた華奢な少女、説明のつかない激しい情熱と欲求。忘れられるものか。慎重に咳払いをした。「覚えてる」

エルがドアのほうへ後じさった。「じゃあ、そこからやりなおせないのはわかるわよね。ねえ、もうすぐティータイムで、そろそろわたし――」

「エル、頼む」サイモンはあきらめなかった。

「――準備を始めないと。ミッシーひとりには任せられないから。よかったら三十分後にダイニングルームへ来て、みんなと一緒にコーヒーと紅茶とスコーンを楽しんで」エルは目に感情をたたえて一瞬なにかを言いかけたものの、首を振ってなかったことにした。サイモンのことも。彼女が向きを変えると髪がふわりと舞った。

ドアが閉じた。軽やかな足音が階段をおりていき、立ち止まってバスルームのタオルを確認する。完ぺきな女主人らしく。それからまた、早く軽い足音は遠のいていった。

ブーツをむしり取ってベッドに倒れこんだ。マットレスの上で体が弾む。いかにもケント家だ。最高のものだけ。衝動的にここに泊まることになって、エルだけでなくサイモンも驚いた。はじめて気づいたが、ラルーにいれば傷つくのは彼だけではないかもしれない。エルがこれほど美しくなっていようとは思ってもみなかった。フェアじゃない。悪質で汚いペテンだ。

エルは本当によくしてくれた。外の世界へ飛びだしたとき、持っていたのは彼女が枕カバーに詰めてくれた食べ物と金だけだった。やがてエルはサイモンにとって家と安全の象徴になっていったが、そんなふうにとらえるのは間違っている。エルはただの世話好きで親切な少女だったにすぎない。

根っからやさしい少女。そしてサイモンはそのやさしさにつけ入った。家を出た夜に処女を奪った。彼女の母親の花壇で。

以来、数えきれないほどセックスをしてきたものの、最高にホットな行為でさえ——それは本当にホットだったが——花のなかでエルと体験した、あのぎこちない爆発の激しさに比べれば、なんでもなかった。

目を閉じてうつ伏せになった。こっそりみだらなことを考えるとは、まったくもって自分勝手なろくでなしだ。ケント邸で金色の姫のエロティックな妄想に耽っていられる立場ではないのに。家庭的な幸せは外から見ると温かく居心地がよさそうだが、それはサイモンには手の届かないものなのだ。筋書きがどうなるか、はっきりわかっている。

最初はささいなことから始まった。たまごを割ってティーカップを壊した。そこから徐々に悪化する。親切にしても災いをもたらされるだけだとひとたびエルが悟ったら、さっさと彼を追いだすだろう。

そんな屈辱は避けたい。

ベッドをともにする女にはいつも、未来は約束しないと率直に告げてきた。性的な満足を与えることで埋め合わせをしようとした。少なくともそれに関しては物惜しみしなかった。ベッドで女性を悦ばせるのは特殊技能であり、サイモンは少なからぬ情熱のすべてを注いできた。

だがエルのような女性は、男がひざまずいて永遠を約束しないかぎり、満足しない。

ガスに起きたことと向き合うのは、きっと地獄の辛さだろう。また町を去ると知りながら、慰めと気晴らしのためにエルを利用するなど許されない。すでに一度、そんな仕打ちをしたことがあり、彼女はまだ怒っている。

エルのような女性は、サイモンのような男とは結ばれない運命なのだ。確実に災いをもたらす男とは。

なんと皮肉な。笑いがこぼれたが、その声は苦々しく乾いていた。この整然とした部屋にいると、ひどく場違いに思えた。ここは古風で上品で奥ゆかしいセックスのための部屋だ。そんなセックスをしたことはないが、一度みだらになった思考はなんでもござれだった。四柱式のベッド、上質のリネンのシーツ、大きなふかふかの枕、上品な女。目に浮かぶ。

もちろんサイモンはその女にのしかかっている。正常位で。明かりは点けず、照らすのは窓からもれ入る月光だけ。彼女のなかに入るときも、ふたりの体は慎み深くキルトで覆われたままだ。やさしく抱きしめ、うやうやしく目を見つめる。厳かで正しく、礼儀正しい。

まずい。冗談がわが身に返ってきた。ペニスが育って窮屈になり、仰向けになるしかなくなった。エルのほっそりした裸体を組み敷いたらどんな感じか、はっきり知っていた。奥深くまで受け入れるなめらかで従順な感覚も。サイモンは貫きながらくちづけるだろう。むさぼるように深く。乳房を吸って絶頂へと押しやる。少女の情熱がどれほど激しくなれるかを思い知らされた何年も前のあの夜と同じように、エルはすべてを差しだすだろう。

慎ましく上品なセックスはもういい。レールをはずれて暴走しはじめた妄想のなか、いつのまにか枕はベッドから払いのけられてしゃれたキルトは床に放り捨てられ、シーツはマットレスから剝ぎ取られていた。明かりが点いてピンクと金色のすべてがあらわにされ、サイモンはなめらかな肌に舌を這わせて、しょっぱい汗の玉をひとつぶ残らず舐め取る——。

体中に触れて、どうしたら彼女が震え、どうしたら快楽にすすり泣くのかを知りたかった。深く激しく貫きたかった。命が尽きるまで抱きたかった。

ジーンズのなかに両手を滑りこませていくばくかの安らぎを得ようとしたそのとき、なにか小さなものが枕から転がり落ちて頭のてっぺんにぶつかり、首筋に納まった。手に取ると、笑いがこぼれた。金色のホイルで包まれたチョコレート。いやらしいことを考えはじめたとたん、チョコレートで頭を殴るとは、いかにもエルらしい。

包みを剝いだ。ほろ苦い、真夜中のダーク。ガスがこよなく愛していたのと同じだ。起きあがってチョコレートを頰張り、両手に顔をうずめた。閉じたまぶたの内側でエルの顔がぼんやりと金色に輝き、豊かなチョコレートの味はいつまでも口のなかに残った。

〝きみは自分を傷つけているだけだ、サイモン〟

知ってるさ。

# 3

つまりサイモンは世界中を飛びまわっていたのね。すばらしい。エレンはひどく世間知らずな気がした。田舎者でありきたりで退屈な。いままで本物の冒険をしたことはない。語って聞かせる物語もない。そう思うとこのうえなく気が滅入った。

そしていま、サイモンはこの家のバスルームのひとつにいる。裸でシャワーを浴びている。体を流れ落ちる石けんの泡。空気になってバスルームのドアの下から忍びこみ、彼が髭を剃るところを見たかった。

そう思ったとたん、これまで以上に顔がほてって汗ばんだ。あんなふうに口汚く罵った自分に嫌気が差す。何年も再会を思い描いてきたけれど、それがまさか、カットオフジーンズとくたびれて汗じみたブラウスを着ているときだなんて、思いもしなかった。よれた髪が汗ばんだ首とおでこにはりついているときだなんて。むさ苦しくて野暮ったい。謎めき指数はゼロ以下。

キッチンに入り、すでに大きなポットでコーヒーが沸きつつあるのを見てほっとした。濃厚な香りが部屋中に満ちている。クリーム入れにコーヒー用クリームを注いでいたとき、ミッシーが甲高い苦悶の声をあげた。

「水切り板の後ろに壊れたカップが！　今朝、洗ったときは壊れてなかったのに。ほんとです！」

エレンは急いで安心させた。「ちがうの、ミッシー。わたしがやったのよ。さっき割ってしまったんだけど、片づけるのを忘れていたの。いま片づけるから、コーヒートレイをダイニングルームへ運んでくれる？」

ミッシーはトレイをつかみ、気の毒なほど安心した顔でいそいそと出ていった。エレンはその背中を見送り、ため息をついた。ミッシーがここで働きはじめて一カ月以上経つが、いまも初日と変わらずびくびくしている。

不安はわかる。恥ずかしくてなにを言えばいいかわからない気持ちなら、いやというほど知っているけれど、今日はどうも気に障った。なにもかもが気に障った。ブラッドが迎えに来る前に冷静にならなくては。今日の午後、指輪を選びに行く予定なのだ。

婚約者。急に異質で遠い言葉に思えた。胃がきりきりと痛む。

マリッジブルーよ、と自分に言い聞かせた。結婚は大きな一歩。神経質になって当然。ならないほうがおかしい。

ブラッドのプロポーズを受け入れたとき、夢より現実を受け入れたのだ。潮時。花のなかのくすぶる情熱は、過去の夢のもの。ブラッドは実在するたしかな未来《コンクリート》。

コンクリート。そう。ブラッドを表現するのに、これ以上の暗喩はないだろう。たしかに堅実だけれど、重くて手ごわい。

室内が人であふれているのを見て、サイモンは驚いた。ボウタイに縦縞のサスペンダーを着けた年輩の紳士。バターを塗ったスコーンを互いに食べさせ合っている、日に焼けた活発そうな男女。テーブルのまわりで追いかけっこをしている八歳と十歳くらいの坊やと、その母親らしき疲れた顔の女性。赤毛の中年男性。エルはすべてに目を配り、繊細な陶器のカップに優雅な手つきでコーヒーを注いでいる。テーブルに載せられたバスケットからは、焼き立てのスコーンがよだれを誘うバターたっぷりの香りを放っていた。

サイモンを見て、年輩の紳士の目が輝いた。「やあ、バイクの青年だな！　みんな、彼のBMWは必見だぞ」

「コーヒー、紅茶、アイスティー、レモネード。どれにする？」エルが尋ねた。

壊れやすいティーカップを見て、サイモンの胸は沈んだ。「紙コップはないのか？」エルの唇が引きつる。「これは曾祖母のケントのカップじゃないから安心して。わたしがフード川骨董市で、一セット十ドルで買ったもの。壊されても宿泊代に上乗せするだけよ」

「よかった」サイモンはほっとして言った。「じゃあ、コーヒーを」

「みなさん、こちらはサイモン・ライリー。タワールームにチェックインしたばかりのお客さまです。サイモン、こちらはフィル・エンディコット、ライオネル・ヘンプステッド、メアリ・アン・フィリップスとその息子のアレックスとボイド。向こうにいるのがチャックとスージーのシムズ夫妻。ふたりは新婚旅行中よ」エルがスコーンの入ったバスケットを手渡し、バターとハチミツとジャムが載ったトレイを差しだした。

「ほんとにバイクを持ってるの？」ボイドが目を丸くして尋ねた。

「ああ、持ってるよ」サイモンはスコーンにバターをたっぷり塗った。大きくかぶりつくと満足の声をもらしそうになる。ああ、うまい。

「乗せてくれる？」アレックスが加わった。

「アレックス、失礼よ」母親がたしなめた。

「かまいませんよ」サイモンは言った。スコーンの角をもいで二種類の異なるジャムをつけた。「喜んで」

少年たちは歓喜の声をあげたが、メアリ・アンの顔には恐怖が浮かんだ。ちくしょう。得点、ラルー：1、サイモン：0《ゼロ》。

フィル・エンディコットが急いで気まずい沈黙を取りつくろった。「それで……きみはどういう仕事をしてるのかな？」

「報道写真家です」サイモンは言った。

フィルが目を丸くする。「へえ？　どうやってその道に？」

その質問なら何度も答えてきた。「募集広告に応募しました。ドキュメンタリー映画の監督がどこにでも同行できる助手を探していた。その人にいろいろ教わったんです」

「どこかおもしろいところへ行ったことは？」

「なにをおもしろいと呼ぶかによりますね」サイモンは言い、バスケットからもうふたつ、スコーンを取ってナプキンの上に置いた。念のために。「いまはアフガニスタンから戻ってきたばかりで、その前はイラクにいた。いろんな場所へ行き、その土地の現状を物語る写真を撮り、大手の新聞社に売った」

いくらか穏やかな冒険を二、三、語って聞かせた。エルは平然とした顔で聞いていないふりをしていたが、一言一句に耳を傾けているのがわかった。

「それで、どうしてこんな山奥に来たの、ミスター・ライリー?」メアリ・アンが尋ねる。

「ここではニュースになりそうな事件なんて起きないでしょう?」

「サイモンと呼んでください」四つ目のスコーンを取った。「エルに会いに来ました」

「エレンのこと? それってつまり、ふたりは知り合いということ?」メアリ・アンが好奇の目でふたりを見比べた。

「サイモンはすぐ近くで育ったの」エルが急いで説明する。「子どものころの知り合いよ」

「あのころからクッキーを焼くのが上手だった」サイモンは言った。「ああ、ほんとにうまい。バスケットを回してもらえるかな。相変わらずお菓子作りの天才だ」

年配のライオネルがウィンクを投げかけた。「スコーンがそんなに気に入ったなら、急いだほうがいいぞ、ライリーくん。ライバルがいるからな」

「ライオネル!」エルが高い声で言った。「やめて」

「わたしは現実をありのままに語る主義でね」ライオネルの声には独善的な響きがあった。

サイモンは嚙むのをやめた。口のなかが乾く。当然、エルのような女性がいつまでもひとりでいるはずはない。当たり前だ。コーヒーをがぶりとあおって、どうにかスコーンを飲みくだした。

エルのほうを向いた。「それで？」

「それでって？」エルが目を逸らしてフィルのカップにコーヒーを注いだ。

「だれなんだ？」追及した。

「サイモン、いまはそんな話をするときじゃ――」

「言えよ」容赦ない声が出た。

エルが三脚台にコーヒーポットをたたきつけるように置いた。「ブラッド・ミッチェルよ」

部屋のなかがしんと静まりかえり、炉棚に置かれたグランドファーザー時計の音だけが響いた。ほかの客がそわそわと視線を交わした。

サイモンはようやく声を取り戻した。「ブラッド・ミッチェル？」その名前を口にするとのどが締めつけられそうになった。「からかってるんだろう？　冗談だと言ってくれ」

いっせいにテーブルから椅子を引く音が響いた。

「ボイド、アレックス、いらっしゃい」メアリ・アンが息子たちをドアのほうへ追い立て、困ったような笑顔で振り返った。「じゃあね、みなさん」

「おれたちは、ええと、ハイキングに行く予定だから」チャックが口ごもりながら言い、スージーと一緒にキッチンのほうへ消えた。

「がんばれ、青年！」フィル・エンディコットにドアの外へ押しやられつつ、ライオネルが言った。「わたしはきみを応援するぞ」

エルがテーブルをじっと見つめた。「おみごとね、サイモン。たった十秒で部屋を空にするなんて」

「ブラッド・ミッチェル？」ばかみたいにくり返した。

「そうよ。どうしてそんなに信じるのが難しいのか、わからないわ」

「信じるのが難しい？　信じるなんて不可能だ！　エル、おれはあいつを知ってる。あいつは蛇だ」

エルがカッとなった。「じゃあ変わったのね。ブラッドはとてもいい人よ」

サイモンは言葉を失って首を振った。エルのような女性が――賢くてやさしく寛大な女性が、ずる賢くて尊大なくそ野郎につかまるなんて。犯罪だ。「エル、ブラッドについていくつか教えたいことが――」

「やめて、サイモン」きっぱりとした声だった。「聞きたくない。わたしは人の良いところを見るようにしてるの。それに、悪辣な噂話には耳を貸さないことにしてる」

彼女の言うとおりだ。あれこれ教える立場ではない。エルが自分で導きださなくては。それでも考えると胸が悪くなった。

ティーカップを置いて、握り締めたこぶしがなにも壊さないよう、膝の上に押し止めた。「あいつはずっときみのそばにいないぞ、エル」こわばった声で言った。「きみにふさわしい

ように は」

エルが鋭い怒った仕草をした。「だから？　この世のだれが、自分にふさわしいものを手に入れてるの？　それに、だれかにそばにいてもらおうなんて思ってないわ。いままでだれもいてくれなかった」

サイモンはテーブルクロスに散らばったスコーンのくずを見つめた。「がっかりさせて悪かった。だがおれには選択肢がなかったんだ。少なくともあのときはそうとしか思えなかった」

エルが両手で顔を覆った。「変なことを言っちゃったわね」ささやくように言う。「ごめんなさい。わたしが間違ってた。あなたはわたしになんの義務もないのに。わたしはあなたを知りさえしない。なにひとつ知らない」

「嘘だ。きみはほかのだれよりおれを知ってる」

エルの手が下がって濡れた目をあらわにした。「やめて！　現実を見てよ。わたしたちはただの子どもだった」ナプキンで鼻を押さえた。

「おれの話を聞いてなかったのか？　近況を知らせてるつもりだったんだが」と抗議した。

「あんなに大勢の前で？」

「人がそばにいたほうがいい」サイモンは言った。

エルが慎重にコーヒーをすすった。「どういう意味？」

もう、かまうものか。このおしゃべりな口が面倒を引き寄せるのは、いまに始まったことではない。「意味はわかるだろう」と言った。「おれたちのあいだにあるもののことさ。どこにも行っちゃいない」

エルがカップを置いて立ちあがった。話はおしまいよと顔にはっきり書いてある。「それはどこにも行ってないかもしれないけど、わたしたちは前に進んだの」静かな声で言った。「そろそろ失礼して——」

「一緒にディナーに出かけてくれ」はじかれたように立ちあがり、彼女の行く手を阻んだ。エルがこの場を去る思うと、焦りと怒りがこみあげた。

エルが後じさる。「サイモン、わたし——」

「ディナーだけ。頼む。久しぶりじゃないか、エル。会いたかった。おれが町を出ていったあと、きみに起きたことをひとつ残らず知りたい」

エルの体を走った細かい震えは、笑いのせいか涙のせいか、わからなかった。「そう長くはかからないわ。前菜を食べ終えるころには会話の種がなくなってる」

「そんなばかな。会話の種がなくなったことなんてないじゃないか。きみほどのおしゃべりには会ったことがない」

エルの笑みはこわばっていた。「ものごとは変わるの」

「ああ、かもしれない。もしきみに話すことがなくなったら——そんなのはありえないと思うが——おれに起きたことをなにもかも話すよ」

エルがふっと笑った。「そう？　この十六年と十一カ月と十三日のあいだに起きたことを全部？」

その言葉に驚き、心を動かされた。エルの伏せた目を見つめ、こっちを向いてくれと願った。「じゃあ、おれを忘れてなかったんだな？」

エルが首を振った。サイモンは揺れる髪をひと房、親指と人さし指でつまんだ。茶色に日焼けした手に金色の輝きが映える。彼女が顔をあげてくれさえしたら、目を合わせてくれさえしたら、つかまえることができるのに。

「おれを見ろ、エル」やさしく命令した。

エルがまた首を振る。彼女はばかではない。サイモンの策略をわかっているのだ。

「一緒にディナーに出かけてくれ」もう一度頼んだ。

エルが鋭く息を吐きだし、激しくかぶりを振った。夢から覚めようとするかのように。

「できないわ、サイモン。あなたのことを忘れはしなかったけど、わたしは忘れられたと思うしかなかった。もうすぐブラッドが迎えに来るの。〈ジグマンド宝石店〉に指輪を選びに行くのよ」

サイモンは向きを変え、落ちついて話せるようになるまで窓の外を見つめた。「もうそこまで進展してるのか」

「つき合ってしばらく経つわ」

自分の思考が向かっている次の地点へ行きたくなかったものの、道は一方通行だった。ブラッド・ミッチェルが彼女の恋人。四柱式ベッドでエルと礼儀正しく奥ゆかしいセックスをしているのはブラッド。

あのしゃれたティーカップをみごとな木の羽目板にたたきつけたら、さぞかし満足のいく大きな音を立てることだろう。

その衝動を心の奥深くに押し戻した。「それで？　式はいつだ？」

エルがテーブルからカップを集めはじめた。「まだはっきりとは決めてないけど、九月を考えてるわ」

「おめでとう」サイモンは言った。「おれの言動がまずかったなら謝る」

「いいの、気にしないで」エルが請け合った。

表で車のクラクションが鳴り響き、エルが身をすくめた。窓の外を見やる。「ああ。ブラッドが来たわ」

サイモンも窓辺に歩み寄り、カエデの木の下でエルを待っている車を眺めた。ポルシェ。納得だ。ブラッド・ミッチェルはこの世の王子さまで、最高級のものにしか満足しない。

エルがうろたえ、申し訳なさそうな顔になる。「その……失礼するわね」

「ああ、おれのことは気にするな」サイモンが言うと、彼女はそそくさと部屋を出ていった。

ブラッドがまたクラクションを鳴らした。その音に心が乱れ、エレンはカエデの木に寄りかかって気持ちを落ちつけた。胸がどきどきして顔はほてり、目からはタマネギを刻んでいたかのように涙があふれた。こんな状態でブラッドの車に乗ることはできない。好きなだけクラクションを鳴らさせておこう。

クラクションが大きく苛立った音で鳴り響き、エレンは歯を食いしばった。この不作法をやめてもらおうと何度も試みてきた。玄関まで来てほしいというのがそれほど大きな頼みだとは思えないものの、ブラッドは意味がないと言ってあっさり却下した。玄関まで行くのは、彼の時間とエネルギーの浪費だというのだ。もちろんエレンが時間に正確と想定してのこと。ブラッドは口論を締めくくるのがとても得意だ。

エレンは涙を拭い、ゆっくり十から一まで数えて、エンジンをぶんぶんいわせて待っているポルシェに歩み寄った。

エアコンの冷気で腕に鳥肌が立つ。ブラッドが彼女の顔を引き寄せてすばやくキスをした。

「遅刻だ」ブラッドが言う。「顔が赤いな。大丈夫か?」

「ええ」エレンは答えた。車が急発進して、背中が座席に押しつけられる。慌ててシートベルトを装着した。

「母が〈クロニクル〉紙に婚約発表の記事を載せたよ」

エレンはぎょっとした。「もう?　だけどわたしたち――」

「今朝、母がきみのお母さんと電話で話していた」ブラッドが言う。「もうケータリング業者や花屋の相談をしていたよ」

エレンは口を開いたが、言葉はなにも出てこなかった。

「母親ってやつは」ブラッドが知ったふうに言う。「一緒にいるのは耐えられないが、撃ち殺すわけにもいかない。婚約写真はドワイト・コリアーが撮ることになった」

「ドワイト・コリアー？　だけど彼、七十年代からスタイルを変えてないのに」

「ああ、知ってる」ブラッドがいらいらと言う。「だが父の——」

「お父さまのゴルフ仲間。ええ、そうよね」とつぶやいた。

ブラッドが顔をしかめる。「もっと積極的になる努力をしてくれるとありがたいんだが。ぼくたちの結婚式は地域の一大イベントになるんだぞ。友人知人を巻きこまざるをえないだろう。ああ、母から言付かったんだが、ドワイトのところへは土曜の朝九時に行くことになった」

「そんな、無理よ」エレンは反論した。「週末は正午までお客さまにブランチをもてなさなくちゃならないし、おまけにいまは満室よ。九人の食事を準備しなきゃならないの」

ブラッドがカーブを曲がると、遠心力でエレンの体はシートベルトが許すかぎりに投げだされた。「一日くらい、だれかほかの人間に任せろよ。この一点だけでも、結婚したら優先順位を考えなおしてもらわなくちゃいけないって事実を指し示してる」

また車が急カーブを曲がり、エレンはダッシュボードとドアをつかんだ。「お母さま、予定を聞いてくだされればよかったのに」と言う。「二時間後なら問題なかったわ」

「母もそのうち慣れるだろう」ブラッドが言った。「ぼくからのアドバイスは、慎重に戦えってこと。さもないと消耗しきってしまう。だがこのブランチ問題で、きみと話し合おうと思っていた別のことを思い出した。きみの仕事だ」

すのこ状の家畜脱出防止溝の上を車ががたがたと行くと、エレンは舌を嚙みそうになった。

「ブラッド、お願いだからスピードを落として」

「大丈夫さ、エレン。自分のしてることはわかってる。それで、きみが宿屋をやってるのはすばらしい――」

「正しくは〝B&B〟よ」こわばった声で言った。

「どっちでもいい。要は、ささやかだがいい事業だし、きみは立派にやってきた。きみにプロポーズした理由のひとつは、その率先力に感心したからだ。きみは自発的だ。そこを尊敬してる」

「ええと、ありがとう」エレンは落ちつかない視線を投げかけた。「〝でも〟があるのね？」

「でも、永遠にホテルを経営することはできない」ブラッドが言う。「ぼくたちもどこかに家を構えなくちゃならないだろう？　まさか階下に他人がうじゃうじゃしてる場所で暮らせとは言わないよな？」

「ええと、そうね」口ごもりつつ答えた。正直なところ、そこまで先のことはまだ考えていなかった。とてつもない見落とし。

「最近はそれなりの収益を上げているんだろうが、そのために長時間、あくせく働いてるだろう？」

「まあ、そうね」と認めた。「だけど苦にならないわ。この仕事が好きだから」

「結婚したら、きみの貴重な時間をぼくのためにも割いてほしい」ブラッドが言う。「金が問題になるわけでもないし」

「その、じつはそんなふうに考えたことはなかったわ」エレンは言った。「ブラッド、牛！」

ブラッドが急ブレーキを踏んだ。車はのんきな牛の数センチ手前で止まった。ブラッドがクラクションを鳴らす。牛はゆったりと時間をかけて道路を横切っていった。

「ばか牛め」ブラッドが文句を言う。

「ブラッド、お願いだから、スピードを落として」エレンは頼んだ。

「心配するな」噛みつくように言われた。「なにもかも見えてる」轟音《ごうおん》とともに発進した。ポルシェは跳ねるように丘を下った。「どこまで話した？　ああ、そうだ。エレン、きみは赤の他人相手に家族ごっこをしてきた。そろそろ大人になって、ごっこは卒業するときだ。それで？」

「それで、って？」質問をはぐらかす。

ブラッドのあごがこわばった。「話を聞いてなかったのか？」

エレンは髪の房を指に巻きつけた。「ちゃんと理解できてるか、確認させて」と言う。「わたしに仕事を辞めてほしいのね？」

ブラッドが顔をしかめた。「働くなとは言ってない。中心をずらして、ぼくとの生活、ぼくとの未来を大事にしてほしいと頼んでる。家族のことを考えてくれ」

「家族って？　あなたの？」

ブラッドが傷ついた表情を浮かべた。「ぼくたちのだよ。ほしくないのか？　家のなかを小さな足がぱたぱた駆ける音とか、そういうのは？　きみにとっての優先事項だと思っていたが」

「ええ」エレンは言った。「ほしいわ」

「だったら。もうしばらくはお菓子を焼いているといい、それが時間を食いすぎないかぎり。そうしながら、〈ケント・ハウス〉をぼくたちふたりのために改装しよう。母は手伝うのを心待ちにしてる」

エレンはまっすぐ前を見つめた。「まあ。そんなに関心を払ってくださるなんて、なんてやさしいの」棒読み口調で言う。「たったふたりの人間に、七つも寝室がある家が必要？」

ブラッドの手がわが物顔でエレンの髪をからめ取った。「言っただろう、いつまでもふたりじゃない」と指摘する。「すばらしい地所だ。名所といってもいい。ホテルにしておくのはもったいない。あんな家を持てるなんて、きみは運がいい」

「運は関係ないわ」エレンは言った。「今後二十四年間、毎月千二百ドル支払いつづけるんだもの」

ブラッドが黙りこみ、車は線路の上をがたごとと越えた。「お母さんから家を譲り受けたんじゃないのか」

「ちがうわ」エレンは言った。「母はできるだけいい条件を提示してくれたけど、価値のある地所だから。維持費もかかるし」

「話しておいてほしかった」

「いま話してるじゃない」エレンはぶっきらぼうに言った。「わたしが〈ケント・ハウス〉を無償で手に入れたと思われるなんて、考えもしなかった」

数分間、ふたりともまったく無言のまま進んだ。エレンは窓の外を流れていく店先を眺めた。ブラッドが言った〝家族ごっこ〟というのは当たっている。温かく美しい家を用意するのは、たとえ迎え入れるのが赤の他人ばかりでも、カレッジを卒業したあとに経験したどんな仕事より、充足感を得られた。

あの家を人と笑い声と料理のにおいで満たすことがずっと前からの夢だったけど、いまやっている〝家族ごっこ〟には、エレンがどんなにがんばっても埋められない空虚さがあった。それをいちばん感じるのは、夜、ベッドに入ったときだ。あの家を本当の意味で満たせるのは、家族だけ。とはいえエレンが生まれ育ったような家族ではない。あの巨大な家を、いつもひとりで持てあましていた。母は慈善事業で忙しく、よそよそしい父は仕事に没頭してばかり。エレンは内気な子で、本と夢の世界に生きていた。

いちばん強いつながりを持てたのがサイモンだった。彼と家庭を築くという夢のおかげで、思春期の寂しさをやり過ごせた。だけどそれも遠い昔の話だ。もし実際にあの家を満たしたいなら、よそに目を向けるしかない。

ブラッドは家族を約束してくれた。あのうつろな空間を満たし、意味を与える手段を。それに、エレンが仕事より家族を大事にするだろうという彼の推測は間違っていない。なにもかも事実で、正しくて、理にかなっている。

じゃあどうして、こんなに怖いの?

ブラッドの厳めしい横顔をちらりと見た。しかめ面をしていないときは、とてもハンサムだ。背が高く、体つきはたくましくて、日焼けした肌に猫のような緑の目が際立つ。二の腕の筋肉はポロシャツの袖をいっぱいに伸ばしていた。ブラッドは一度、言ったものだ、「ぼくたちのどっちに似ても、きっとかわいい子が生まれるだろう」と。

エレンはブラッドと子どもをつくるところを想像しようとしたが、うまくいかなかった。ふたりはまだ愛し合っていない。結婚したら、たぶん――いえ、きっと、その細部がふたりの関係を円滑にしてくれる。なにしろブラッドはとても魅力的だ。女性は彼を見てため息をつく。野心があり、洗練されていて、抜け目ない。プリンストン大卒。成功した弁護士。おまけに裕福。エレンにとっては重要ではないけれど。

ブラッドがエレンの髪の下に手を滑りこませて首をさすった。「拗《す》ねるな、エレン」

エレンは首を振った。「考えてるだけ」

「じゃあ考えるな。そんなふくれっ面になるなら」ブラッドは〈ジグマンド宝石店〉のまばゆいショーウインドウの前に車を停めた。「ダイヤモンドできっと機嫌が直る」

三十分後、ずらりと並んだダイヤモンドの指輪を前に、エレンは頭痛を抱えていた。どれもこれも同じに見える。冷たく輝く石が、血の通わない金色のかぎ爪に、容赦なくつかまれているだけ。

「やっぱり、両側に小さなサファイヤがついているホワイトゴールドが、いちばんきれいだと思うんだけど」疲れた声で訴えた。

ブラッドがボブ・ジグマンドと雄弁な視線を交わす。「エレン」大げさに忍耐をにじませて言った。「それはいままで見たなかでいちばん安い指輪じゃないか。考えるべきは自分のことだけじゃないのを忘れないでくれ。きみが選ぶ指輪はぼくのメンツにも関わってくるんだぞ」

「この美しさを見てごらんなさい、エレン」ボブ・ジグマンドが巨大なダイヤモンドを鼻先に突きつける。「二カラット、ピュアホワイト、一点の傷もない。この子の透明さを見て。じつにすばらしい」

「わたしの手にはしっくりこないんです」エレンは反論した。「なんていうか――」

ベルが鳴ってドアが開き、ダイアナ・ミッチェルが颯爽《さっそう》と入ってきた。背が高く魅力的な女性で、今日は流れるような白いパンツに、パステルカラーの透けるほど薄い長袖シャツ姿だ。淡いブロンドはふんわりとカールされている。「ああ！　ご機嫌いかが、エレン？」

「元気です。ありがとう」エレンはほほえみ、キスのまねをした。

「やあ、母さん。間に合ってよかった」ブラッドが言う。

「こんな機会を逃すものですか！　ブラッドリーから今日、指輪を選ぶと聞いて、じっとしていられなかったの。女性の意見は重要だものね。そうじゃない？」期待をこめて返事を待つ。

エレンは気力を奮い立たせて陽気に賛成しようとしたが、口を開く前にブラッドが割って入った。「来てくれて助かったよ、母さん。もう少し広い視野を持つよう、エレンを説得していたところなんだ。彼女はこれがいいって聞かないんだよ」ブラッドが問題の指輪を母親の前にかざした。

ダイアナが遠近両用眼鏡の向こうから指輪を睨み、片手を振って一蹴した。「いやだ、冗談じゃない。それはだめよ。息子がけち呼ばわりされるわ。あなたみたいなきれいなお嬢さんには美しい指輪が似合うの。ボブが見せてくれているような。そうよ、それこそ正しい婚約指輪だわ」

石の放つまばゆい光を見て、エレンの疼く頭に鋭い痛みが走った。ダイアナ・ミッチェルの期待に満ちた笑顔。ブラッドのいらついたしかめ面。ここまで抵抗する意味はあるのだろうか。どうせただの指輪なのに。

大きく突きでたダイヤモンドは、派手なりに美しい。そのうち好きになるかもしれない。好きにならなくてはいけない数多くのものと同じように。たとえば未来の義理の母とか。

「いいわ、それにします」エレンは言った。

「すばらしい選択よ！」ダイアナがにっこりする。

ブラッドがエレンの手をつかみ、左手の薬指に指輪をはめて、手の甲にキスをした。「いい子だ」とつぶやいた。

ワンワン。そう言いたい自分を抑えた。

ダイアナ・ミッチェルがエレンを抱きしめ、耳の横の空気にキスをした。「おめでとう！

とってもきれいな花嫁さんになるでしょうね。お母さまとわたしは、九月の第三土曜なら申し分ないと思っているの。もうそれほど暑くないけれど、寒いというにはまだ早いから。カントリークラブはもう予約したわ。すてきじゃない？」

「ああ。ええ……そうですね」エレンはふたりに続いて歩道に出た。

「言うでしょう、時は金なりって。そうそう、時間といえば、土曜のドワイトとの約束には遅れないでね」

「ミセス・ミッチェル、じつは――」

「少なくとも五、六着は着替えを持ってきて。カジュアルと、フォーマルと、そのあいだのバリエーションをすべて網羅する予定だから」ダイアナが批評の目でエレンを眺める。「あなたのその髪型だと、古風な感じを狙うべきね。いえそれより、撮影の前に美容師の予約を入れようかしら。八時なら間に合うものね。レイヤーを入れるといいかもしれない。ああ、きっと似合うわよ。わたしのスタイリストのマリリーに電話して、事前にいろいろ指示しておくわ」

「ミセス・ミッチェル、さっき言いかけたのは、土曜の朝は都合が悪いということなんです。その時間は宿泊客にブランチをもてなしている真っ最中なので」

ダイアナがぎょっとした顔になった。「ちょっと手を回せばいいだけの話でしょう、エレン！　ドワイトが都合をつけられるいちばん早い日が土曜なの。そろそろ動きださなくちゃ。こういうことには時間がかかるのよ」

「でも——」

「それから宿泊客といえば、サイモン・ライリーがあなたの家に泊まっているというのは本当なの？」

「なんだって？」ブラッドがくるりと振り向いてエレンを見つめた。

ダイアナが豊かな胸の前で腕組みをする。「ベア・キャンベルの誤解だと思うけれど。わたしはゴシップを信じないの」

エレンは咳払いをした。「ええと、その、じつは……本当です」

続く沈黙に、宝石店で見たダイヤモンドになった気がした。容赦ない金色のかぎ爪につかまえられた、冷たく透明な存在。「ティータイムの直前に訪ねてきたんです」偽りの虚勢を張って言う。「今朝、一件キャンセルが入って、部屋がひとつ空いていたので、その、受け入れました」こっそりブラッドの顔を見ると、こめかみの静脈が浮いていた。

ダイアナが咳払いをする。「そういうことなら。ホテル経営から手を引くいっそうの理由ね。お母さまはいったいなにを考えていらっしゃったのかしら」

「母は関係ありません」エレンは鋭い口調で言った。「わたしはもう大人だし、自分で生計を立てなくちゃいけないんです」

「もしお母さまが、あなたが〈ケント・ハウス〉にあんなくずを入れたと知ったら、どうなるかしら？」

ブラッドが助手席のドアを開け、エレンにぶっきらぼうな仕草をした。「乗れよ。話がしたい」

車が崖の曲がりくねった道を勢いよく走るあいだ、エレンは座席にしっかりつかまっていた。ブラッドは〈ケント・ハウス〉の下にある予備の駐車場に車を停めたが、エレンがドアハンドルに手を伸ばすと、恐ろしげな音を立ててオートロックがかかった。

「待て」ブラッドが言う。「説明しろ」

「サイモンはたまたまわたしの友達なの」静かな声で言った。

ブラッドの目が狭まる。「へえ？　どれくらい親しい友達だ？」

エレンはずきずきするこめかみを押さえた。「もう何年も会ってなかったのよ、ブラッド。勘ぐるのはやめて」

「しらばっくれるのはよせ。ぼくの婚約者でありながらサイモン・ライリーの友達でもあるなんて、許されない。やつは出ていく。今日。いいな？」

「だめよ。よくない」エレンはあごを上げた。「彼を追いだしたりしないわ」

ブラッドが運転席のロックを外して下りたった。「なかへ入ってきみの〝友達〟と話をする」

「ここにはいないわ」エレンは乱暴に車のドアを閉じた。砂利を踏みしめながらステップに向かう。「出かけたの」

「どこへ？」

「さあ。レストランかなにかじゃない？」

ステップをのぼりきってはじめて、ブラッドがもう追ってきていないと気づいた。

「本気だぞ、エレン」ブラッドが警告する。「ライリーを追いだせ」

エレンはくるりと振り向いた。朝から体のなかで募りつつあった抑圧が、突然、臨界点を超えた。「もうたくさん！」

驚いたブラッドがぽかんとして見つめる。

「今日はもうじゅうぶんこづきまわされたわ！」大声で言う。

「こづきまわしてなんかいない」ブラッドの独りよがりな声に神経を逆なでされた。「きみも冷静になればわかるはず――」

「わかりたくない！」エレンは叫んだ。「頭痛がするの」

ブラッドはエレンが角を生やしたかのように、おびえた顔になった。「おい、エレン。どうした？　わめいてるじゃないか」

エレンは自分を抑え、震える手を握りしめて息を整えようとした。「わかってる」と言う。「ごめんなさい。ちょっと横になるわ。おやすみなさい。指輪をありがとう」

「どういたしまして」ブラッドがつぶやいた。

車のドアがばたんと閉まる。ポルシェは砂利の上で向きを変え、轟音をあげて去っていった。エレンは息を呑み、土煙のなかで咳きこんだ。

# 4

サイモンは目の前にある食べかけのステーキを見おろした。やわらかく味わい深いのに、食欲をそそらない。旧友のコーラには、まったくもっておもしろくない食事相手だろう。今日、衣類を洗濯しに行ったコインランドリーはコーラが経営する店で、懐かしい顔に再会したサイモンは、夕飯をともにする相手がいれば気分も上向くかもしれないと思いついた。大きな間違いだった。

ビールをごくりとあおった。「すまない、コーラ。おれといても退屈だろう」

コーラが両手で頬杖をついた。「いいのよ」やさしく言う。「あなた、エレンに惚れてるんでしょ？」

「いや、彼女はただの古い友達だ。そんなんじゃない」

隣りのテーブルの客がこちらを見ている。ウィラード・ブレアとその妻、メイ・アンだ。疑わしそうな目つきだった。

うっすらと記憶がよみがえってきた。ひどい結末を迎えた、ウィラードの地所での違法なトラクター競争。地所にかなりの損害を与えた。心のなかの悪魔が騒いで、サイモンは夫妻に図々しくも大きな笑みを見せ、ビアマグを高く掲げて乾杯した。

　ウィラードとその妻が急いで目を逸らした。

「ただの友達?」コーラの声は皮肉っぽい。「じゃあ、彼女がブラッド・ミッチェルと婚約してるのもどうでもいいの?」

「思い出させるな」サイモンはつぶやいた。「あんな男にはもったいない」

「そうね」コーラがサイモンのフレンチフライを失敬してケチャップをつけた。「じゃあ、彼女が長いふわふわのブロンドヘアと、大きな茶色の目と、完ぺきなおっぱいと、憎たらしいくらいきれいな脚を持ってるって事実は?　それもどうでもいい?」

「おい、コーラ」苦々しい口調で言った。「大事なのはそれだけじゃない」

　コーラの頬にえくぼが浮かんだ。「じゃあ、あなたはあたしが知ってるたいていの男とはちがうのね」

「かもしれない」サイモンは言った。「残念ながら」

　コーラの鋭い目に居心地が悪くなり、レストランにいるほかの客に視線を移した。高校時代の親友、エディ・ウェバーの姿を見つけて、肺のなかで息が凍りついた。

　エディはけっして利口ではなかったが、ほかの人間がサイモンを敬遠しがちなときでも一緒につるんでくれて、サイモンはその友情に感謝していた。少なくとも、十七年前のあの夜までは。

　ミッチェル家の厩舎で少年たちが爆竹を鳴らす最初のきっかけを作ったのは、エディだった。全員が逃げてサイモンはひとり残り、自分が起こしたのではない火事の責任を負わされた。

エディはいま、バーベキューのリブ肉を食べている。ずいぶん体重を増やしたようで、赤毛はてっぺんが薄くなりつつある。サイモンに気づいて嚙むのをやめ、視線を泳がせた。

余計に気が滅入って、サイモンは自分の皿を見おろした。「エルがブラッド・ミッチェルと婚約したなんて、考えただけで胸くそ悪い。食欲が失せる」

コーラはまたフレンチフライに手を伸ばしかけていた。その手が宙で止まる。「よね」重い声で言った。「あのブラッドと。豚野郎よ」

こわばった口調にはたと気づいた。「すまない、コーラ。忘れてた。あいつのガールフレンドだったよな？　あのころでも趣味を疑ったが」

「ええ、ちょっとのあいだ、熱を上げてた。さんざんな結果に終わったわ」コーラはフローズンマルガリータをすすり、ほほえもうとした。「そのことはもう乗り越えたけど、なにが笑えるって、聞きたい？　あたしに男を見る目がないのは、いまだに変わらないの。だからいまもひとり」

「ブラッド・ミッチェルと別れて正解だったよ」サイモンは言った。

「たぶんね」コーラがつぶやくように言う。「ねえ、サイモン、あたしと一緒に人前に出るなんて、度胸があるのね。あなただって評判を落とすかもしれないのに、たいしたもんだわ」

わけがわからず、サイモンは彼女を見つめた。「どういうことだ？」

「知らないの？」コーラの笑みは茶目っ気たっぷりだった。「あたしはラルーの〝緋色の女〟なのよ。あなたが家出した夏からそうなったの。最初の噂は、玉の輿を狙うふしだら女のあたしが、ブラッドをたぶらかして結婚しようと画策しながら、あなたと熱いみだらな関係を続けてるっていう――」

「まさか！」仰天した。

「そのまさか。冗談抜き。お次は、あたしはあなたに孕《はら》まされて、こっそり子どもを堕ろしたっていうやつ。そのあとはもう、なんでもありよ。あたしが五十ドルでなにをやるか、コカインひと吸いのためになにをするか、ゴシップ好きのたわごとを聞いたら度肝を抜かれるわよ」

「だけどそんなのはどうかしてる！　どこの間抜けがそんなでたらめを信じる?」

コーラは笑おうとしたが、むだな努力に終わった。「ブラッドは信じた」

「だからあいつ、あの夏からおれを殴るようになったのか」サイモンは言った。「つまり勘違いしたんだな、おれたちが――」

「そういうこと」コーラがぐっとマルガリータをあおった。「だけど忘れましょ。そのことを思い出すと、飲み過ぎちゃうから」

「わかった」一も二もなく同意した。「しかし、そんなにひどい目にあったのに、どうしてまだこの町にいる？」

「たしかにしばらく町を離れたわ。何年かシアトルで暮らしたんだけど、都会って性に合わなくて。根なし草の気分になっちゃうのよね。そんなときにおばあちゃんが亡くなって、ダブルワイド（二台連結の移動住宅）をあたしに遺してくれたの。そこであたしは胸を張って町に戻り、コインランドリー〈ウォッシュ・アンド・ショップ〉をオープンしたってわけ。いい仕事よ。夢見てた職業じゃないし、あくせく働かなくちゃならないけど、それでもあたしの仕事だもん。だれにどなりつけられることも、命令されることもない」

「アーメン」サイモンは言った。「おれもそういうふうに生きるよう心がけてる。ラルーへ戻ってくるようなばかなまねをしたときは別だが。そんなの、頭をぶん殴ってくれと頼むようなものだ。エルとブラッド？　まったく、最高の侮辱だよ」

コーラがうなずいた。「エレンはいい子よ。だから余計に悪い組み合わせ。ブラッドはきっとひどい扱いをするだろうし、エレンは彼を喜ばせようとしたり、あの意地悪な母親に合わせようとがんばったりした挙げ句、虫けらみたいに押しつぶされるんだわ。いやな話」

サイモンは両手で顔を覆った。「恩に着るよ、コーラ。おかげでその光景がまざまざと浮かんだ」

「ブラッドはあの尊大なお尻を一時間おきに蹴飛ばしてくれるような女性と結婚するべきよ」コーラが陰気な顔で言った。「だけどそれが言えるほどエレンとは親しくないし。そうだ、あなたなら言ってあげられるんじゃない？」

「もうやってみた」サイモンは言った。「おれからは聞きたくないそうだ」

コーラの手がびくんとして、テーブルクロスにマルガリータをこぼした。「いやだ。話をすれば、だわ。トイレに逃げるにはもう遅い」

サイモンは首を回した。案の定、ブラッドがレストランの窓からのぞきこんでいた。サイモンと視線が合い、怒りに目が輝く。

「ああ、もう」コーラがうめくとほぼ同時に、レストランのドアが大きく開いた。「これできれいさっぱり食欲がなくなる」

ブラッドは大きかった。サイモンは私情を離れたプロの写真家の目で細部を観察した。ハイスクールのころより大きいが、ジムで鍛えた巨体であり、戦うためのすっきりした筋肉ではない。大きな両手はこぶしに握りしめられ、あごは引きつり、首の筋肉は収縮していた。面倒だが問題ではない――とサイモンの頭のなかにある、磨きあげられたデータ処理装置が弾きだした。ブラッドが銃を持ちだした場合は別だが、それはないだろう。「よう、ブラッド」サイモンは言った。「しばらくだな」

ブラッドの視線がコーラに移る。「これはこれは。畏れ入ったよ。きみは本当に時間をむだにしない女だな」

コーラがまぶしい笑みで答えた。「ええ、そうよ。知ってるでしょ。チャンスを逃すな、それがあたしのモットー」

ブラッドがサイモンに視線を戻す。「今日、おまえが町をこそこそうろつきまわっているという噂を聞いた」

「こそこそってのは、どういうのを言うんだ？」サイモンは尋ねた。

「戻ってこなければよかったのに」ブラッドが言う。「ライリー、おまえを歓迎する人間はひとりもいない。他人の建物を燃やしたら、敵を作るんだ」

サイモンはステーキを大きく切り分け、口に運んで頬張った。

ブラッドの顔がこわばる。「いいか、よく聞け。エレンの家から出ていくんだ。この町からも。彼女に近づいたら承知しない。おまえを追いだすためならどんな手も辞さないぞ。わかったな？」

サイモンはガーリックブレッドを口のなかに放りこんだ。静まりかえった店内にパンを嚙む音だけが響く。

「聞かれたら答えろ！」ブラッドがどなった。

サイモンはのんびりとビールをあおった。

ブラッドの口元がこわばる。「よし、わかった」脅すような声だった。「おまえが蒔いた種だ、ハイスクールのころと同じように」

ブラッドに腕をつかまれると同時に椅子を立った。ブラッドの親指と人さし指のあいだから手のひらをつかみ、しなやかな動きで手首をひねる。よじった腱に力を加えると、ブラッドが体を二つ折りにして息を吞んだ。「やるなら表に出よう」

「離せ、この虫けら」ブラッドが甲高い声で言う。

サイモンはさらに力を加えた。客が座ったテーブルのあいだを引きずっていくと、ブラッドが息を吸いこんだ。コーラが先に駆けていき、ドアを引き開けてくれた。見開いた目は心配そうだ。サイモンはドアの外にブラッドを放りだした。

ブラッドはポルシェのボンネットに倒れこみ、どうにか起きあがった。手首を支えて言う。「骨が折れていたら、訴えるからな！」

「どこも折れてない」サイモンは請け合った。「氷で冷やしとけ」

「それに、あんたが始めたんじゃない」コーラが言う。「見てたわよ。このいばり屋」

ブラッドの目が、コーラの体の線にぴったり吸いついたタイトジーンズと、襟元からのぞく胸の谷間と、ぶら下がったイヤリングを眺めた。「だれが札付きの尻軽女の言葉を信じる？」

サイモンが前進するふりをすると、ブラッドは後じさった。「今度、彼女にそんな口を利いてみろ、本当におれを訴える材料を提供するぞ」

「二度とエレンに近づいてみろ、人生をめちゃめちゃにしてやる」ブラッドがうなるように言った。

「おお怖い」サイモンは言った。「震えが起きる」

ブラッドは最後にもう一度、コーラに軽蔑の目を向けてから車に乗りこむと、タイヤを軋らせて去っていった。

サイモンは残ったアドレナリンを振り払おうとした。この町で歓迎されないのにいまさら驚きはしないが、かといって平然としていられるわけでもない。コーラがしゃべっているのに気づいて、彼女に意識を戻した。「すまない、いまなんて言った？」

「守ってくれてありがとうって言ったの」

「こちらこそ」サイモンは返した。

コーラがタイトなジーンズのポケットにどうにか両手をねじこんだ。「あれ、どこで覚えたの？」

「あれって？」

「彼をねじ伏せたでしょ。戦い方のこと。すごくかっこよかった」

「ああ、いろんなところでだよ。軍で教わったのもあるし、独学で身につけたのもある。カンフーと合気道と空手のミックスだな」しっかり化粧を施したコーラの目を見て、急に愛情を覚えた。気さくで素直なすてきな女性だ。この町が加えた仕打ちなど、ふさわしくない。サイモンよりはるかにふさわしくない。

「ブラッドは卑怯な男だな」サイモンは言った。「あいつの言葉をきみに聞かせたくなかった」

コーラが顔をくしゃっとさせた。「いいの、慣れてる。気にならないって言いたいけど、大きな嘘になっちゃうから」首を傾けてしげしげとサイモンを眺めた。「どうしてブラッドじゃなくあなたに惚れなかったんだろう。負けないくらいハンサムなのに。ううん、もっとかな、まるっきりちがう感じで。それに、あなたのほうがずっとやさしい」

その言葉に良心の呵責を覚えたが、コーラの目は無邪気かつ率直で、誘っている気配はなかった。「そうでもない」と言った。「やさしさの話だが。おれはたいした男じゃない。むしろトラブルの種だ」

「なに言ってるの」コーラが言った。「あなたが求めてるのは長い脚に大きな茶色の目をした、ふわふわブロンドヘアでしょ？　あたしはあなたを応援するわ」

みじめさの波が押し寄せてきた。歩道に視線を落とす。

コーラの手が肩に載せられた。「ごめん。追い打ちをかけるつもりじゃなかったの。ねえ、これって英語の授業で教わったシェークスピアのお芝居みたいじゃない？　二組の恋人が森のなかにさまよいこむんだけど、ドジな妖精が魔法の花の媚薬を間違った人のまぶたに垂らしちゃって、みんな間違った人に恋しちゃう話。覚えてる？」

「『真夏の夜の夢』か」サイモンは答えた。「そのとおりだな」

「なんてばかな間違いしちゃったんだろう」コーラが言う。「精神分析医に診てもらうべきね」

「診てもらうべきはあいつで、きみじゃない」サイモンは反論した。「あいつの扱い方ときたら――」

「ええ、わかってる。だけどね、あいつ、あたしの初めての相手だったの。深い感銘を与えられちゃったってわけ。もっといい人もいたけど、かすんじゃった。でもまあ、うちの父もろくでなしだったから、あたしはきっと、ひどい扱いをする男に惹かれる運命なのよ。おかしな話じゃない？　〈ジェリー・スプリンガー・ショウ〉に出ようかしら」

冗談でごまかそうとする姿は、痛々しかった。「きみにはもっといい男がふさわしい」と告げた。「最高の男が」

「心配しないで。きっと見つけてみせるから」少しばかり明るすぎる笑顔で言った。「さてと、今夜はそろそろお開きにしましょうか。家まで送ってくれる?」

「もちろん」ありがたく同意した。

食べ残した食事の会計を済ませて店を出た。

ツイン・レイクのほとりにたたずむダブルワイドの前でブレーキをかけると、コーラがバイクから滑りおりた。サイモンの背中をばしんとたたいて言った。「がんばって」

サイモンは片方の眉をつりあげた。「なにを?」

「自分で考えなさい、アインシュタイン」

ようやくエンジン音が聞こえたとき、エレンはベッドから飛びだした。あまりの勢いに、あやうく自分の足につまずきそうになる。胸をどきどきさせながら夏用のナイトガウンを脱ぎ捨てると、カットオフジーンズとTシャツを着て、サンダルに両足を突っこんだ。彼が部屋に入ってしまう前につかまえなくては。昼間のやりとりはさんざんだった。お腹にこんな不快感を抱えたままでは眠れない。階段を半分までおりたとき、ブラを着け忘れたことに気づいた。

どうしよう。たしかに、無理やり抑えこまなくてはならないほど豊満というわけではない。

どちらかというとやや小ぶりなほうだけど、自由にさせておくと、やたら飛んだり跳ねたりしがちなのだ。

いますぐ決めなくては。わがままな胸をさらして彼と向き合うか、それとも脱兎のごとく階段を駆けあがる姿を見られる危険を冒すか。衝動より威厳が勝った。髪を揺すって前に垂らし、胸を隠したそのとき、ドアが開いた。

ゆったりと階段をおりて彼にほほえみかけた。自宅をぶらついているだけ。自分のことをしているだけ。なにか冷たい飲み物を取りにきた。さりげなさの縮図。

「あら」エレンは言った。「早かったのね」

「早い？」暗い瞳が謎めいた光を放った。ヘルメットを脇に抱えている。ひとつに結わえた豊かな黒髪は乱れ、のみで削ったようなあごのまわりで躍っていた。

「だって、まだ十一時半よ」

彼の目がエレンの全身を眺める。実際に肌に触れられたような気がした。「朝まで帰らないと思ってたのか？」

エレンは肩をすくめ、彼の目がちらりと胸を見たのに気づいて、そうしたのを悔やんだ。

「なにも思ってないわ」と答える。「どうしてわたしがなにか思わなくちゃいけないの？」

サイモンがひたいから髪をかきあげた。「とにかく、帰った」

エレンは体を弾ませないよう、できるだけなめらかな足取りで階段をおりた。硬くなって疼く乳首が髪に隠れていることをたしかめつつ、彼のそばを通りすぎてキッチンに向かった。

「説明する必要なんてないわ。わたしには関係ないもの」

「つまり関心がないってことか？」

険悪な口調に思わずエレンは振り向いた。「関心があるのはわかってるはずよ、サイモン」

穏やかな声で言う。「あなたは友達だもの」

「友達」サイモンがくり返す。

「そうよ」キッチンへとつながる自在ドアを押し開けた。「アイスティーでもどう？」

「完ぺきな女主人、だな」声に辛辣さが混じる。

「偏屈な態度はよして」ぴしゃりと言った。「わたしは冷たいものを飲みにおりてきたの。ひとりでいたいなら、無理には誘わないわ。別に――」

「ああ、そのアイスティーをもらうよ」

一瞬、言葉がつかえて顔が赤くなった。「そう？」手招きした。「じゃあどうぞ」

エレンに続いてキッチンに入ったサイモンは、冷蔵庫からアイスティーのピッチャーを取りだす彼女をじっと見ていた。「ミント味の緑茶よ。カフェイン抜き。だから眠れなくならないわ」エレンは請け合った。

彼の短く乾いた笑いに、むっとした。くるりと向きなおって睨みつける。「なにがおかしいの？強くたくましいサイモン・ライリーはカフェインの影響を受けない、そういうこと？気にかけるわたしはばかみたい？」

サイモンが首を振った。「いや。そうじゃなくて、最近ほとんど眠れないんだ。カフェインを摂ろうと摂るまいと。だが気にかけてくれてありがとう」

エレンはタンブラーに氷を入れてアイスティーを注ぎ、差しだした。「どうぞ。体にいいわよ。抗酸化物質が豊富だから」

ふたりはしばし見つめ合い、気詰まりな時間が流れた。エレンはキッチンテーブルをあごで示した。「座る？」

「今夜は満月だ」サイモンが言う。「見たか？」

「いいえ。よかったら、一緒に裏のポーチに座って眺めましょうか」その言葉が口からこぼれた途端、エレンのなかのなにかが必死でだめだと手を振った。サイモンと月光の組み合わせなど、心の平穏にとって果てしない危険を意味する。すでに乱されっぱなしの心の平穏に。

「ああ、いいな」サイモンが言った。

ばかね、一緒にアイスティーを飲むだけじゃない。大人らしく冷静にふるまいなさい。エレンは網扉を押し開けた。ステップのいちばん上に並んで腰かける。礼儀正しく五十センチ以上、離れて。

月は天空高くで輝いていた。ガスの家の屋根が月光を浴びて四角く浮かびあがり、うごめく草葉の海にただよう。コオロギが鳴き、風がそよぐ。氷が溶けてカランと音を立てた。お腹のなかで蝶々がしゃにむに羽ばたき、エレンは胸と脚と顔にその大きな羽音を感じる気がした。

サイモンが手振りでガスの家を示した。「ハンク・ブレイクリーの手紙に書いてあった、きみが見つけたって……」言葉が途切れる。

「ええ。バナナブレッドを持っていくところだったわ」エレンは答えた。「週に一度くらいの割合で、パンやお菓子を持っていってたの。草原を半分ほど渡ったときに……見つけた」

「くそっ」サイモンがつぶやいた。「そんなことになってすまない、エル」

「落ちつけと自分に言い聞かせたわ」エレンは続けた。「向きを変えて家に帰って、警察に電話をした。あとになって聞いたけど、亡くなってすでに一週間は経っていたそうよ。ガスは草地に横たわってた、家から三メートルくらい離れた場所に」

風が強くなり、枝を揺らしてたわませた。

「ありがとう」サイモンが言った。

「なにが？」と尋ねる。「警察に電話したこと？」

「いろいろ持っていってくれて」サイモンが言う。「ガスにやさしくしてくれて」

「あなたが彼に代わってお礼を言うなんて、びっくり」

サイモンが肩をすくめた。「おれだって、きみがガスにバナナブレッドを持っていってたなんて、びっくりだ」

エレンはグラスを置いて膝を抱えた。「気の毒だったの。独りぼっちだったから。いつも礼儀正しくしてもらったけど、友達だったとは言えないわ。酔って子どもに手をあげたり、食事を与えなかったりする人となんか、絶対に友達にはなれない」

サイモンが鋭く息をもらし、ぎゅっと背中を丸めた。「そうか」疲れた声で言う。「それでも、やさしくしてくれたことに感謝してる。なぜかはわからないが」

「きっと伯父さんを愛していたからよ」エレンは言った。

サイモンがすばやく手を振る。「分析なんかしてほしくない」

ぶっきらぼうな口調にしばし口をつぐんだが、好奇心に背中を押された。「町を出たあと、連絡はとってたの？」

「数カ月前までは、一度も。いきなり奇妙なメールが届いたんだ。おれの写真記事が載ったニュース雑誌気付で送られてきた。あちこちに転送されて、ようやくおれのもとに届いた」

「なんて書いてあったの？」エレンは尋ねた。

サイモンが月明かりに照らされた夜をじっと見据えた。アイスティーを飲み干してグラスを脇に置くと、ジーンズのお尻のポケットから財布を取りだした。

折りたたんだ紙を抜きとって彼女に手渡した。

エレンは紙を開いた。転送先のアドレスで埋めつくされていたのだろう上半分は切り取られていた。よく見ようと、キッチンドアの窓から漏れる明かりにかざした。

むだな言葉はいっさいなし。そっけない文章に目を通すと、ウイスキーで焼けたガスのぶっきらぼうな声が聞こえる気がした。

宛先：関係者各位
差出人：ガス・ライリー

フォトジャーナリスト、サイモン・ライリー氏のメールアドレスをご存知の方は、氏の親族によるこの私的メールを転送してください。

サイモン

おまえの写真が載っていた雑誌宛てにメールした。手短に書く。

今日、おれがいかれていないという証拠を見つけた。これでみんなに真実を話せる。もちろんおまえにも。

このメールは他人の目にも触れる怖れがあるからこれ以上は書けない。

上記アドレスまで連絡をくれ。おまえが聞きたいならすべてを話す。

もしおれになにかあったら、おまえの母さんが証拠を守ってくれる。

いい伯父じゃなくてすまなかった。

雑誌ですばらしい仕事ぶりを見た。

おまえの母さんは鼻が高いだろう。

おれもだ。

おまえの伯父、オーガスタス・ライリー

手紙の文字がぼやけた。エレンは前かがみになり、髪で顔を隠した。すり切れた一枚の紙がふたりの男について物語るすべてに、のどが締めつけられた。サイモンはこれが貴重な遺物であるかのように、財布に入れて持ち歩いている。紙はくたびれ、何度もたたんだり開いたりしたせいで、折り目はやわらかい。ふつうの人なら家族の写真を持っていて、それを大切にできるけれど、サイモンにあるのは死者がよこしたこの謎めいた短いメッセージだけ。

ほかにはなにも、だれも、ない。

のどがいっそう締めつけられた。サイモンのストイックなまでの孤立とガスの痛ましい孤独は、エレン自身の寂しさに訴えかけた。胸が痛み、反響し合って増幅させた。木々をすり抜ける風はもの悲しく、コオロギは〝もう遅い、過ぎ去った、帰ってこない〟と歌う。手を伸ばせば愛がつかめたのに、ガスは孤独に浸っていたのだと思うと、胸が張り裂けそうだった。しかしガスは怒りと恐怖しか見出さなかった。自分を見失っていた。

考えると気がふさいで悲しくなった。空に浮かぶ月さえ寂しく見えた。ああ、自分で自分を悲しみに追いこんでいる。いますぐやめないと、泣きだしてしまいそう。だけどそんなの、サイモンは喜んだりしない。彼を憐れんでいると思わせないようにしなくては。

うるんだ目を髪で押さえ、聞こえないように鼻をすすった。紙をたたんで彼に返す。しばらくはしゃべれそうになかった。

サイモンにも急ぐ様子はなかった。紙を財布に戻し、月を見あげた。

もう声が震えないと確信してからようやく話しかけた。「そのメールでガスがなにを言いたかったか、わかる?」

サイモンが首を振った。あごのまわりに垂れた髪が揺れる。「いや」と言った。「おれになにを言いたかったのか、まるでわからない。証拠というのがなんなのか、二十八年前に死んだおふくろがどうやってそれを守れるのかも。タイミングがおかしすぎる。何年も経ったあとにこんなメールをよこしておいて、それから拳銃をくわえるなんて。筋が通らない」

「ええ、そのとおりね」エレンは同意した。

「知りたくてたまらない」サイモンがふっと笑った。「まるで拷問さ。ガスは昔から、こんなふうにおれをからかうのが好きだった。目の前に餌をぶらさげて、オチを教えてくれとおれにせがませる。だがあんなひねくれ者でも、おれをいらいらさせるためだけに、なにも語らないまま死ぬなんてありえない」

「もちろんよ」エレンはつぶやいた。「ありえないわ」

「いったいなにを話したかったんだろうと、頭のなかを引っかきまわしてみた。ガスはベトナムで大怪我をしたことがあるんだが、詳しくは知らない。それから、おれがまだ小さかったころになにか悪いことが起きた。おふくろが動揺したのを覚えてる。だがちょうどそのころおふくろが死んで、おれは自分の殻に閉じこもるようになった。当時のことは、記憶からすっぽり抜け落ちてる」

あのとき、エレンはまだ四つだったが、サイモンの母親が火事で亡くなった日のことは覚えていた。薪ストーブの火花が原因だそうだ。あらゆる子どもにとっての悪夢が、サイモンには現実になった。

以来、サイモンはほかの子どもたちとは異なる存在になった。だれひとりとして知りたくない恐怖を知ってしまったから。

「ガスと暮らすようになって、ある種の質問はしてはいけないんだと悟った」サイモンが言う。「一度、ベトナムで撮った写真を見せてくれと頼んだことがある。ガスは激怒したよ。だから二度と頼まなかった。おふくろの話をしたときも同じだったから、おふくろの話もしなくなった」

「ほかになにか手がかりを知っていそうな人はいないの?」

サイモンが首を振る。「もう家族はひとりもいない。おれの知るかぎり、ガスには友人もいなかった。ときどき酔っ払うと熱弁をふるう、目に見えない敵ならいたが。〝おまえなんか焼け死ぬがいい、炎のなかで悶《もだ》え苦しみ死んでいくさまを見届けてやる〟とかなんとか言ってたな。ベトナム時代の思い出と、おふくろに起きたことが重なったせいだろう。それと、バーボンと」

「そうなの」彼に寄り添いたくてたまらなかった。手を取るか、肩に腕を回したくてたまらなかった。必死でその衝動をこらえた。

「ガスがその見えない敵に話しかけはじめたら、おれはとっとと家を逃げだして、森のなかで眠った」サイモンがちらりと横目で見る。「それかきみの部屋で」とつけ足した。「そのほうがずっとよかった。温かくてやわらかくて、いいにおいで。ほんとに親切にしてくれたよな。クッキーに、ココアに、夕飯の残り物。おれの台所天使《キッチン》だ」

温かい声に体がわなないた。「からかわないで」ささやくように言った。「なにか食べさせずにはいられなかったんだもの。ガスの家ではなにも食べてなかったから」

「そんなことはない。朝はよかったんだぜ」サイモンが言う。「きついのは夜だった。そのころにはガスは酔っ払って、酔うとなにも食べたがらなかった。酔いが醒めると言って。それに、夜になると〝人の心にひそむ悪〟についてうるさい説教が始まるから、ひどく気が滅入った。それだけは避けようとしたもんだ」

さりげなく皮肉っぽい口調に、またのどが締めつけられた。いまになっても、たいしたことではないふりをしようとしている。

「あのメールは単なる酔っ払いのたわごとだったのかもしれない」サイモンの口振りは、自分を説き伏せているかのようだった。「おれには絶対に謎が解けないと思ってからかおうとしたのかも」

「メールに返信したの？」エレンは尋ねた。

「もちろん。何度も返信したが、返事はなかった。そうこうするうちにハンクの手紙が届いて、理由がわかった」両手に顔をうずめる。「おれはアフガニスタンでのプロジェクトにのめりこんでた。知っていたら……だが、なにもできなかったかもしれないな。メールの送信日は死亡推定日と同じだった。願わくば……いや、なんでもない。願って馬が手に入るなら、物乞いが馬に乗る、だ。おふくろがよく言ってたよ」

コオロギが歌い、風がそよぐ。エレンは震える口に両のこぶしを押しつけ、静かに同情した。

「ガスがベトナムで撮った写真が、ジャーナリズムの賞を獲ったって知ってたか？」サイモンが尋ねた。

「いいえ」そっと答えた。「知らなかった」

「才能があったんだ。怪我をする前は。あれで歯車が狂ってしまった。だが本当にすばらしいカメラマンだった。最高の」

「あなたみたいに」エレンは言った。「ガスはあなたを誇りに思ってた」

サイモンが肩を上げ、おろした。「ふん」

「わたしも誇りに思ってる」エレンは言い張った。

「おれの仕事を見たことがないくせに」少しおもしろがっている口調で言った。「なぜわかる？」

「わたしにはわかるの」

ふたりは見つめ合った。夜の影が静かな秘密のうちに包みこむ。エレンのお腹のなかで蝶々がぐっと下って旋回した。

サイモンが手を伸ばし、胸を覆う髪をやさしくかきあげた。「髪の陰に隠れるな。悪い癖だ。十六歳なら許されるが、ゴージャスな女性には許されない」

薄い布地を押しあげる乳首を痛いほど意識した。「そういうあなたは、わたしを困らせて窮地に追いこんでる。悪い癖よ。あなたこそ、許されないのに」

「きみを困らせるつもりはなかった」サイモンが人さし指の先で頬を撫でた。その甘美でぞくぞくする感触に、エレンは息を呑んだ。「どうしてこんなにきれいになった、エル？」サイモンが問う。「なぜおれにこんな仕打ちをする？」

「サイモン」震える声でささやいた。「やめて」

彼の手が止まった。

エレンは顔を背け、ぎゅっと膝を抱いた。「それで……夕飯はどこで食べたの？」

「〈クレアズ〉で」サイモンが答えた。「コーラと」

エレンは彼を見つめた。「ああ。ステーキのおいしい店ね」しばらくして言った。

「あそこがいちばんうまい」サイモンが同意する。「コーラは元気そうだった」

「じゃあ、ふたりで、その、旧交を温めたのね？」

温かい手が膝に置かれた。エレンがびくんとすると、手はすぐに離れた。「コーラはいい子だが、おれが旧交を温めたいのはきみだ」

エレンは両手を組んだ。「いま、やってるじゃない？　それで、なにを食べたの？」

「おれはフレンチフライ、彼女はサラダ。おれはビール、彼女はフローズンマルガリータ」

楽しい時間を思い出したのか、低い声がやわらかくなった。「あれこれ話をしたよ。彼女を家まで送ったあと、ホースヘッド崖にのぼって月が昇るのを眺めた。まっすぐ帰っていたら九時までには戻ってた」

「ああ」恥ずかしいほどうれしそうな声が出た。「上で見たらきれいでしょうね」

「月があんまり明るいから、空の星はほとんどかき消されて、谷は月光で満たされていた」

そう語る低い声に、魔法をかけられそうになる。「月の下に星がひとつ、ダイヤモンドのイヤリングみたいにぶら下がってる。ほら」

エレンは空を見あげた。やわらかい声が全身に染みわたっていく。

「山の上から眺めたいか？」サイモンが言った。「連れて行ってやる」

面食らった。「ええと……」

「ヘルメットは持ってるか？」サイモンが問う。

「まさか。バイクに乗ったこともないのに」

サイモンがさっと見た。「一度も？」度肝を抜かれた声だ。「なんてこった、エル、三十二年も生きてきて？」

「なにも驚くことないでしょう？」むきになって言った。「そういうことには臆病なの。乗せてくれるボーイフレンドもいなかったし」

サイモンが彼女の手をつかみ、ステップに置いていたヘルメットを拾った。「行こう、エル。やってみなくちゃ。その呪縛を解きたい」

「でも――」引き起こされて息を呑んだ。

「かぶれ」彼がヘルメットを突きだす。

「でも、あなたは？　あなたもかぶらないと――」

「心配するな。飛ばさない」と請け合う。「だれにも見られない。裏道を通ってホースヘッド崖にのぼる。バイクに乗ったことがないだと？　まったく、間違ってる！」

憤った口調に思わず笑ってしまったが、彼が手をつかんで芝生を横切りはじめたので、笑いは不意に途絶えた。手は大きくて温かく、荒れた部分がやわらかい肌を擦る。体中にエネルギーがほとばしり、熱が波のように広がっていった。「サイモン、いい考えだとは思えな――」

「シーッ」サイモンがなだめる。「バイクに乗るだけだ。ささいなことだよ、エル」

ひらりとバイクにまたがって彼女を待った。じっと黙って挑む。昔みたいに。臆病なエルが勇気を奮い立たせるまで、手持ちぶさたにしている。

だけどポーチでアイスティーを飲むのが危ないと思うなら、月明かりの下でバイクに乗るのはその何倍、危険だろう？

そのときはたと気づいた。月明かりの下でバイクに乗るのは、ブラッド・ミッチェルの妻としての人生には含まれないだろう。いまを逃したらチャンスは二度とめぐってこない。その思いを押しやった。今夜は〝二度と〟のことは考えたくない。悲しすぎるし、決定的すぎる。あまりにも残酷。

これはどこへもつながらない小さな秘密の寄り道だ。なにも意味しないし、なにも変わらない。ブラッドに知られることもない。エレンはバイクにまたがった。

サイモンが後ろに手を伸ばし、エレンの手を取って腰をつかませると、ぴったりとしがみつかせた。乳房が背中に押しつぶされて、鼻がつややかな髪に埋もれる。それからエレンの冷たいこぶしを開いて硬いお腹に載せさせ、安心させるようにぽんぽんとたたいた。ああ、気持ちいい。熱くてたくましくて息づいている。大きな体は手の下で脈打っていた。

すばらしい雄の生き物。

「つかまってろ」サイモンが言い、バイクは走りだした。

# 5

サイモンは最高の気分を味わっていた。激しい幸福感で血がたぎり、全身を駆けめぐって脳を刺激する。エルは彼にしがみつき、バイクがカーブを曲がるたびに細い指に力をこめた。彼を苦しめるためにわざとブラを着けなかったのだろうか。エルらしくないが、大人の女性に成長したいま、男に与える影響に気づかないほど純真とは考えにくい。

とはいえ、エルは昔からみんなとちがった。

頭に浮かんだもうひとつの疑問に、ますます熱くなった。Tシャツとカットオフジーンズを着たとき、パンティも省略したのだろうか。あのローライズジーンズに包まれたお尻は、完全にむきだしなのだろうか。冷たく震える指で股間のものをくるんでほしかった。きっとしっかり応えるだろう。岩のように硬く。

たしかに不純な思考だが、サイモンにも限界はあり、その限界はずいぶん前に通り越していた。エルはとても美しく、今夜は満月で、あのメールを見せてガスへの感情を吐露したあとでは心を裸にされた気がした。エルに虚勢を見透かされた。昔と同じように。

この女性がブラッドのものになるとは許しがたい。あの尊大なろくでなしは、彼女の美しさを戦利品のごとくひけらかすだけで、手中に収めた宝の真の価値には気づきもしないだろう。ふと、ふたりのセックスはどんなだろうという疑問が浮かび、すぐにその考えを押しやったが、遅すぎた。激しい怒りが胸のなかで渦を巻き、いまにも噴出しそうになった。

やめろ。そのことは考えるな。おまえにはブラッドがけっして知ることのないエルの一部があるじゃないか。幼いころの絆。エルの処女。そしてエルには、彼の童貞が。花に囲まれて過ごしたふたりだけの夜。秘密の宝物。この月光のなかのツーリングもそのひとつだ。人生は短く、痛みは長い。未来など知ったことか。今夜もし、エルがベッドに受け入れてくれるなら、喜んでもぐりこむ。

バイクは長く緩やかな側道をスイッチバックしながら、順調にホースヘッド崖をのぼった。のぼるにつれて、眼下の景色が広がっていく。側道をのぼりきると、山頂づたいの砂利道をがたがたと進んだ。

月光を浴びたパノラマが両側に描きだされた。片側では丘が険しい山々へと連なり、もう片側には川谷が広がる。あいだに挟まれたラルーはきらめく三角形を成し、そのすべてを上から包みこむ広大な空には、月が皓々と輝いていた。

風が髪を躍らせる。サイモンはいちばん高い場所でエンジンを切り、惰走してから停止した。「おれの大好きな場所だ」エルに告げる。「なにもかもが見える。大きな火山も、六十キロ先の町も」

「こんなに空に囲まれてると、月までちがって見えるのね」エルが言った。「夜にここへ来たのは初めてよ。まるで別世界」

サイモンは彼女のほうを向いた。「まだやってないことがたくさんあるんだな」

エルがこわばり、背中に触れていた温かい体が離れた。「なにが言いたいの？」鋭い口調で尋ねた。

サイモンは彼女の目を見つめ、沈黙で答えた。

エルがバイクから降りてヘルメットを脱ぎ、後じさった。「たしかにわたしは世界中を旅したり、銃弾をかわしたり、死に直面したりしてないけど、だからって臆病者ということにはならないわ」

「臆病者だなんて言ってない」サイモンは言った。「きみは勇敢で気高くてやさしい女性だ。かばう価値などなかったおれを、かばってくれた」

「価値がないわけないでしょう。ばか言わないで」道路の真ん中まで下がると、片手にヘルメットを持ったまま、両手を大きく広げた。月光に酔っている。サイモンと同じく。「こんなに果てしなく広がる空を見たのは、本当に久しぶり」エルが言う。「ふだんは青いガラスのボウルの内側を見てるだけだもの」

不可解な緊張がこみあげてきた。「そのボウルの外は危険だ」

エルが笑う。「わたしをおどかそうとしてるの？　ついさっき、わたしにはまだやってないことがたくさんあるとほのめかしたのはだれ？　はっきりしてよ、サイモン。どっちつかずは、ずるいわ」

サイモンは首を振った。「きみに傷ついてほしくないだけだ」

「あら、だれがわたしを傷つけたがるの?」エルが両腕を掲げて月光を浴びた。「どうしてわたしが傷つくの?」

真っ先に頭に浮かんだ答がサイモンだった。僅差でブラッド。そこからリストは果てしなく悲惨に続く。人が傷つくいくつもの形を見てきた。それが仕事だったから。

「きみには知らないままでいてほしい」サイモンは言った。

エルがうんざりした声をもらす。「やめてよ」

「やめるって、なにを?」

「よそよそしく謎めいた態度はやめて。その口調、まるでこう言ってるみたい――〝世の中で膨大な経験を積んだ賢者のサイモンは、お尻と肘の区別もつかない世間知らずの哀れなエレンを守らなくてはならない〟。勘弁して。えらそうにされるのは嫌いなの。嫌い、嫌い、大嫌い!」

サイモンは笑った。彼女の言葉に解き放たれ、心が浮き立った。「やっと打ち解けてくれたな。ようやくおれの知ってるエルが戻ってきた。いつもおれを叱って、化けの皮を剝いで」

「わたし、そんなにいやな子だった?」不安そうな声だ。

「おれはそれが大好きだった」サイモンは答えた。「きみが気にかけてくれてるとわかるから」

ふたたび濃密な沈黙がおりた。

エルが向きを変え、山並みを眺めた。「それで、ええと……ラルーを出てからどこへ行ったの？」

サイモンは心のなかでため息をついた。またうろたえさせてしまった。例の、いかにも有能な女主人らしい、こわばった声。振り出しに戻る、だ。

「寒くなってきたから、ヒッチハイクして南へ向かった」サイモンは言った。「最終的に、サンディエゴに落ちついた」

「どうやって生活してたの？」

「あれやこれや。家のペンキ塗り、道路工事、オレンジ摘み。見つけた仕事はなんでもやった。一度、写真スタジオで働いて、それが転機になった。おれに見こみがあると気づいて、店の主人は喜んだものさ」

「海兵隊は？」

サイモンは肩をすくめた。「旅に出たくなったんだ。最初の湾岸戦争のときは兵士として、二度目のときはジャーナリストとして海を渡った」

エルが道の端までぶらぶらと進み、腰の高さまで伸びた風にたなびく草を撫でた。「一度、夢を見たの、湾岸戦争中に。あなたがいたわ。銃を持って、砂漠みたいな場所に」

「あまり草むらに近づくな、エル」サイモンは忠告した。「ガラガラヘビの時期だ」

「あなたと一緒なら、ガラガラヘビなんて怖くない。わたしが蛇のすぐそばを踏んでしまったときのことを覚えてる？　噛みつかれる前に、あなたがナイフを投げてまっぷたつにしてくれた。もののみごとに」

サイモンは笑った。「もちろん覚えてるさ」

「どうして笑うの？」エルが尋ねる。「感動したのよ」

「秘密を教えようか。あれはまったくの幸運のたまものだった。きみをあっと言わせたくて、なんでもないふりをした」

エルがくすくす笑いだした。「本当に？　すっかりだまされたわ」

「夢を壊してすまない。だがこれだけは言っておくと、あのあとすぐに、ナイフの投げ方を特訓して身につけた。また蛇からきみを守らなくちゃならないときが来たときに備えて。新しいタフガイ像に恥じないように」

「じゃあ、いまは――」

「ああ」と答えた。「ナイフの扱いはお手のものだ。それもこれも、きみとあの蛇のおかげだな。いつか披露するよ」

「よかった」エルが言う。「なら安心。現実は夢よりいいから」

「現実はたいてい厳しいもんだ」サイモンは言った。

エルが笑うのをやめ、視線を逸らした。「そうね」抑えた声だった。「たいていそう。わたし、明け方には起きてコーヒーを淹れたり朝食の準備をしなくちゃいけないから、その、そろそろ……」

「帰ろうか」サイモンはつぶやくように言った。

自分を蹴飛ばしたい気分だった。夢を叶えるような気の利いたことを言うべきだったのに、厳しい現実を持ちだすとは。

エルがヘルメットをかぶって後ろにまたがった。彼女の純真さと信頼が信じられなかった。大人になったのに、本質は変わっていない。うまく言葉にできない、エルのまぶしい芯の部分。鋭いウィットと笑いと心地よい温もり。自分がどんな危険にさらされているか、まるでわかっていない。月光のなか、股間を膨らませたサイモンとふたりきり。彼がいつ何時、バイクを停めて振り向いてもおかしくない。

だがそうしなかった。背中に触れるやわらかさと、しがみつく小さな手の感触を味わった。彼女の信頼こそ、なにものにも代えがたかった。

ドライブウェイのてっぺんでエルに肩をたたかれ、サイモンはバイクを停めた。

「郵便物を取らせて」エルが言う。「昼間、帰ってきたときは慌ててたから、拾うのを忘れたの」郵便ポストから封筒を集めた。

エルが後ろにまたがろうとしたとき、サイモンは体を後方に滑らせた。「前に乗れよ」と言う。

エルがためらった。「でも、わたし、運転できない——」

「しなくていい。ドライブウェイを惰性で進むだけだ」と説き伏せた。

エルが前にまたがる。その体を胸に引き寄せると、彼女が声もなく息を呑んでびくんとした。静かにバイクを転がし、カエデの木陰に入った。

大きな家は暗く静まりかえっていた。風に揺れる葉が月光と影のダンスを踊る。バイクから降りようとしたエルを、細い腰に腕を回して引き止めた。「ちょっと待て、エル」

エルの体がこわばる。「なに？」落ちつかなげな細い声で言った。

彼女のヘルメットを脱がせてハンドルにかけ、顔からそっと髪を払ってやった。「月光の尾根を見せたお礼に、欲しいものがある」

実際に唾を飲む音が聞こえた。「その、サイモン。わたしには――」

「頼む」片方の頬から髪をすくいあげ、顔を寄せた。「ささいなことだ。ひとつ教えてくれるだけでいい」

「なにを？」エルが尋ねた。

「おれが出ていった夜を覚えてるか？　きみにさよならを言いに来た夜を？」

「もちろんよ。忘れられるわけない」

「おれがあのナイトガウンを脱がせて花のなかに横たわらせたとき、きみは下になにも着けてなかった。覚えてるか？」

郵便物が彼女の手からこぼれ、バイクの回りに散らばった。「ペチュニア」エルがささやくように言う。

「なんだって？」顔をさらに近づける。唇があごの下のかぐわしい部分に触れそうだ。

「ペチュニアっていうの」エルが説明する。「あの花は」

「ペチュニア。そんな名前なのか。あの花を見ただけで硬くなっちまう」サイモンは言った。「今夜、服を着たとき、きみはブラを着けなかった」肩を撫で、背中のやわらかい線を手で伝いおりる。背骨の優雅な曲線を、ゆるいカットオフジーンズのてっぺんまで。デニムのウエストバンドの下に指を滑りこませた。「パンティも穿かなかったのか？　おれが出ていった夜のように」

エルのためらいは少しばかり長すぎた。「まさか」

「嘘つき」息で首筋を愛撫した。「昔から、きみの嘘はすぐにわかる」

「どうとでも思えばいいわ」エルが言った。「だけどほかのことに頭を向けるべきよ」

「やってみた」サイモンは答えた。

エルが体を彼にあずけてささやいた。「わたしも」

信じがたいほどやわらかい頰に手を当てた。触れられて彼女が震える。細かく、速く。つややかで温かい髪を撫で、繊細な肩の骨と腰のくびれに手を這わせた。Ｔシャツの下に手を滑りこませ、やわらかいお腹を手のひらで抱いた。

カットオフジーンズのいちばん上のボタンは難なく外れた。分厚いデニムのなかに手をもぐりこませても、彼女は震えて息をもらしただけだった。少しずつ手を下へ向かわせる。その下降を物語るのはやさしい愛撫と吐息だけ。指先が縮れ毛に触れた。「ああ。穿いてない」つぶやくように言った。「思ったとおりだ」

エルは身をよじったものの、なめらかな毛を指先で翻弄すると、すすり泣くような声をもらした。バイクのシートにまたがっているから、すでに脚は開かれている。そこで後ろに引き寄せて、手にさらなる空間を与えると……指は熱く湿った楽園に到達した。もうすっかり濡れていた。軽く触れるとエルはわななき、身をこわばらせて弓なりになった。

「エル、きみに触れたい」耳元でささやいた。「悦ばせたい。すごくきれいだよ」鼻先を擦りつけながら待った。

エルが彼の指に腰を押しつけて猫のような声を出した。エルには彼の手を押しのけることも、やめてと言うこともできる。が、押しのけも止めもしなかった。すべて彼のもの。

エルが肩に首をもたせかけ、顔をこちらに向けた。キッチンで彼女を見たときから欲しくてたまらなかったものが、ついに手に入る。震えるやわらかい唇に唇を重ね、ふっくらした官能的な形やなめらかな感触や甘い味、それらすべてを堪能した。唇と舌で愛撫して酔いしれながら、指をさらに下へ這わせ、湿って熱い体の奥へと進んでいった。濡れたひだをかわいがりながら。

舌で口を貫くと同時に、長い指を沈めた。エルが悲鳴をもらし、内側の小さな筋肉が指を締めあげた。ささやきとキスでなだめながら、震えつつ目覚めたクリトリスを親指でいたぶった。エルは敏感に反応し、その反応を隠そうとしなかった。サイモンは感覚を研ぎすまし、エルの深い思いやりと共感と情熱から生まれた、快楽を丹念に見守った。

締めつける濡れた深部をさすりながら、親指でそっとクリトリスを転がした。とても繊細で小さい。内側のあらゆる筋肉が指を抱きしめる。このなかに身を沈めたら、すばらしい心地だろう。

彼女をおびえさせないよう、穏やかなリズムを作りあげて、一緒に動ける空間を与えた。うごめく指と秘密の場所が織りなす、緩やかな野性のダンス。空いているほうの手で、最初の手が這いおりた道を這いのぼった。おへそのくぼみをかすめ、あばらを一本一本たしかめて、胸のふくらみにたどり着いた。十六のエルはようやくほころびはじめたつぼみだったが、いまでは完全に咲きほこっていた。指先でやわらかい肌を擦り、畏怖の念を覚えつつ、温かい曲線と小さな硬い乳首を撫でた。いたぶられて身をよじる彼女をしっかりと抱き、すすり泣きをもらす唇を唇でふさいで、エルのしとやかさを守るためにキスを深めた。

この場で彼女を昇天させ、すぐさま二階へ運んで最初に見つけたベッドに横たえたい。服を剝ぎ取り、十七年前の無我夢中だったあの夜からいままでにどれだけ快楽の与え方を学んだか、証明したい。悶える体に指で快楽をもたらしながら、やわらかいお尻に股間のそそり立ったものを押しつけた。

エルが動揺して抗おうとしたものの、後戻りするには遅すぎた。エルと同じくらい、サイモンも彼女が解き放たれることを求めていた。容赦なく解放の谷へ突き落とし、快感に貫かれて身をわななかせる彼女をかき抱いた。脈打つのを感じたくて、指を深く沈めた。わななきが治まるまで腕のなかであやし、首筋や頰にキスをして、誉め言葉をささやいた。彼女がどんなにきれいで、かわいくて、セクシーかを。

濡れた指をゆっくりと抜きとり、カットオフジーンズを押し下げてお尻を半分あらわにした。完ぺきな丸みを撫でて暗い割れ目をなぞった。前からいたぶった熱の泉を後ろからも感じたかった。ジーンズさえなければ、いますぐ前かがみにさせられるのに。彼のジーンズの前を開いて、あの締めつける部分にペニスを滑りこませられるのに。ゆっくりと腰を前後に動かしながら、前に手を回してクリトリスをいたぶれるのに。

指から露を舐めとった。温かくて甘い蜜の味。「エル、きみをむさぼりたい」とささやいた。「溶けかけのアイスクリームみたいにきみを舐めまわしたい。一晩中。だから二階へ行こう」

エルの体を震えが走った。華奢な肩が震える。笑っているかのように、あるいは……ああ、そんな。慌てて彼女の髪をかきあげた。「エル、おい、どうした？　痛かったのか？　なにがいけなかった？」

エルは首を振ってくしゃくしゃの顔を背けた。お尻から彼の手を取り、しばし両手でぎゅっとつかんだ。まるで自分でもどうしたいのか、わからないかのように。やがて唇に掲げてそっと指の節にキスをした。「ひとりにさせて。お願い」

勝ち誇った気分がしぼんだ。エルが泣くのを見るのは昔から大嫌いだった。

後ろにさがって空間を与えた。エルがバイクから降りてカットオフジーンズのボタンをかける。それから膝を突いて、あたりに散らばった郵便物を拾い集めた。そのあいだも、頬を拭い洟をすすりながら。

「泣かせるつもりはなかった」途方に暮れてサイモンは言った。「悦ばせたかっただけなんだ。謝る」

「悪いのはわたしよ。こんなことをしちゃいけないのに。婚約してるんだし、それをふいにはできないわ……昔の恋人とのつかの間のセックスのために」震える声で吐きだすように言う。「ここまで許した自分が信じられない」

その言葉にカッとなった。彼女の手首をつかんで引き戻した。「おれとのセックスはつかの間では終わらない」と言う。「きみが体験したなかでいちばん長く激しいものになる」

「やめて。わたしはこんな人間じゃないの。ごめんなさい。わたしが……わたしが仕向けたんだわ。下におりるべきじゃなかった。裏のポーチに出るべきじゃなかった。バイクで出かけたりするべきじゃ――」

「おれをホテルに泊めるべきじゃなかった」

エルの沈黙は同意を物語っていた。「ごめんなさい」ささやき声でくり返す。

彼女の腕を放した。「謝らないでくれ。強引にしたおれが悪いんだ」ハンドルからヘルメットを引ったくってかぶると、エンジンをかけた。

「どこへ行くの？」

「関係ないだろう？　きみのベッドはいっぱいなんだから」

鋭い口調にエルがたじろいだ。「サイモン――」

「きみは前に進んだ」サイモンは言った。「言いたいことはわかったよ。きみを責めはしない。心配するな、エル。みんな満月のせいさ」

サイモンはバイクの向きを変え、ドライブウェイを加速していくとハイウェイを目指した。あんなふうにエルを振りまわして、最低の気分だった。みじめで混乱した気持ちにさせて。泣かせて。自分勝手な、くそばか野郎だ。

セックスをしたい女性にはかならずする、いつもの〝事前のスピーチ〟さえしなかった。エルがどんな反応を示すかわかっていた。約束はしないという原則などくそ食らえと言うに決まっている。まあ、もっと洗練された物言いをするだろうが、要はそういうことだ。もう始まっている。淡々とした声が頭の奥で告げた。ラルーに帰ってたった六時間で、もめごとを起こしてエルを泣かせた。トラブルは一生つきまとうのだ。母はいつも、おまえは困った子だと冗談交じりに言っていた。家と一緒に焼けてしまう前に。それが最初の暗示だった。

ガスもけっしてそのことを忘れさせてくれなかった。壊れやすいものがある部屋に入ると、彼が近寄ろうが近寄るまいが、それは壊れる。時計のそばに行くと、わけもなく止まる。彼が近づくともの は破裂し、車はぶつかり、火事は起きる。どんなに頭を低くしていても。近くの火山が噴火して三つの州を灰で覆ったときは、自分のせいだと確信したものだ。

ガスがひどく酔って暴力的になったときも、驚かなかった。捨てばちでみじめな気分にはなったが、驚きはしなかった。

ラルーを出たあと、周囲が混沌とした場所であればあるほど、つきまとう影に気づかれにくいと悟った。だから都会ばかりを選んだ。海兵隊に入ると、状況はさらによくなった。送りこまれるのがすでに悲惨な場所だから、彼自身の影など取るに足らなかった。完ぺきな職業に就いたサイモンは、戦争と政変と自然災害をひたすら追いまくり、向こうに追わせる隙を与えなかった。こちらに収穫する気があれば、災厄はけっして裏切らない作物なのだ。決まった土地に住みつくことはしなかった。だれかの地所や心や命が損なわれた責任を負わされる前に、出ていった。危険と災厄を追っているかぎり、追いつかれることはない。独特の奇妙な平穏を手に入れた。虎の尾をつかまえたものの、もし手を離したら、虎は振り返って彼を八つ裂きにするだろう。キッチンでエルを見た瞬間、血液は脳から下半身へと勢いよく流れこみ、虎の尾は手からすり抜けてしまった。

いまや時間の問題だ。

熱い期待でレイの心臓は高鳴っていた。全員が死に、生き残ったのは彼自身と、足元に転がっているふたりの傷ついたベトコンだけ。老人と少女だ。なにもかもが燃えている。炎、煙、悪臭。

間抜けなヘリのパイロットはココナツの木に回転翼をぶつけ、ピストンを破壊した。ヘリはわらぶき屋根に墜落して爆発し、レイの部下を殺して、乗せられていたベトコンを火あぶりにした。このふたりをのぞいて。

ドアガンナー（ベトナム戦争時、側面のドアを取り払って機関銃を装備したヘリコプターの銃手）はのどに銃弾を食らった。通信兵は瓦礫《がれき》に埋もれ、折れて副木を添えた片手だけが突きだしている。そのときが来たら、部下のために嘆き悲しもう。手順は熟知している。必要とあらばむせび泣くことさえできる。だが今日はだれも見ていない。演技をする必要はない。

ヘリに補充するはずだった、五十ガロン入りのドラム缶から吸いあげ管で吸ったガソリンを取りだした。捕虜の上にまき散らす。ふたりはもがいて悲鳴をあげた。この密林の殺戮場《さつりく》に来てから数えきれないほどの人を殺してきたが、炎は特別だ。子どものころに殺したトカゲや猫がそう教えてくれた。だれも知らない秘密。慎重に、辛抱強く、チャンスを待ちつづけてきた。ふたりにほほえみかけ、さよならと手を振った。マッチを擦って火をつけ——

パジャマのポケットに収めた携帯電話の振動で、レイは夢から醒めた——いまのが夢と呼べるなら。むしろ幻に近い。心的外傷後ストレス障害について、あれこれ文献を読んでみた。フラッシュバックは一般的だという。ストレス下ではとくに。ガス・ライリーの頭に銃弾をぶちこんだのは、愉快ではあれ、間違いなくストレスのたまる経験だった。

携帯の画面を見る。ベッドから這いだして手下のひとりと落ち合わなくてはならない、と画面は告げていた。細かく指示してやらないと、スコティーとビボップは自分の尻も拭けない。

後ろにもたれて、まだ硬いペニスをぼんやりとさすった。夢はあまりにも頻繁に訪れ、睡眠を阻害している。不眠と睡眠導入剤、両方のせいで、仮面を維持する力が弱まっていた。

そのうえ、用心深く計画した秘密の趣味に耽る時間を過ごすたび、仮面を取り戻すのはいっそう難しくなった。ときどき、内圧で壊れるのではないかと思う。髪の生え際の部分にひびが入り、粉が舞って、がらがらと崩れ落ちるのではないかと。いまや力は圧倒的なまでに高まっている。そのせいで、地方検事の職からの引退を余儀なくされた。苦々しく悔やんでいるものの、大丈夫かと問う人が増えすぎていた。いつのまにかぼんやりして混乱しているということが増えすぎていた。そんなときは自分がどんな顔をしていたか、なにを言ったか、まるでわからなかった。

ガスを殺したせいで仮面がもろくなった。あの男の言ういまいましい証拠とやらを見つけたら、レイの心にも閉含（心理学の用語できれいなまとまりを示す）とやらがもたらされるのだろうか。ダイアナが感情のことを――主に自分の感情のことを――語るときに言うそれが。ベッドの隣りで眠るダイアナを眺めた。これほど自己中心的な女性はほかに知らず、そのことに感謝していた。おかげでプライバシーを保てる。ダイアナを操るのはたやすい。ご機嫌取りとおべっかとお世辞をてきとうに混ぜるだけ。レイは自分勝手な妻の尻に敷かれた夫の鑑《かがみ》として有名だ。その評判に、ひとりほくそ笑んだ。

ブラッドは好奇心旺盛で頑固な子だったから、厄介だった。しかしレイは、プライバシーを邪魔しないよう息子に教えた。ブラッドは慎重に父との距離を保つようになり、いまもそうしている。賢い息子だ。鼻が高い。

バスローブをはおってローファーを履いた。足を止めて満月を見あげ、ぶらぶらと芝生を横切った。

あずまやの影からかすれた声がささやいた。「ボス？」

「いい夜だな、ビボップ」レイは言った。「なにか報告があるのか？」

「ええ。それもすごい報告ですよ。未来の義理の娘さんはライリーと寝てるようです。天使のエレンはそれほど天使じゃなかったってことですね。おれには驚くことじゃありませんが。女はみんな同じ、汚らわしい娼婦だ」

不快な知らせの衝撃が体中に広がった。エレン・ケントは彼の完ぺきな家族に加える極上の仕上げだったのに、ライリーは舞い戻った初日に彼女を汚した。仮面にストレスがかかった。生え際の部分にひびが入り、蜘蛛の巣のように広がる。がらがらと崩れ落ちていく。

「……しました？　大丈夫ですか、ボス？」ビボップがおびえた声で言った。

レイはしばし前かがみになり、血液を頭に送りこんだ。「大丈夫だ」どうにか声を落ちつかせる。「心配ない。ありがとう」

「奇妙な声を出してましたよ、過呼吸を起こしてるみたいな――」

「大丈夫だ」嚙みつくように言った。「正確にはなにを見た？」

「そうですね、まず彼女はやっと一緒に裏のポーチに出て、話をしました。それからふたりでバイクに乗って、出かけていきました。しばらくして帰ってくると、バイクを木の下に停めたんです。暗くてよく見えませんでしたが、見る必要はありませんでした。言ってる意味はおわかりでしょう？　まったく、彼女ときたら、そりゃもう――」

「もうじゅうぶんだ」レイは鋭い口調で言った。「細部に興味はない」

「監視を続けましょうか？」ビボップが熱心な声で尋ねる。

「ああ」レイは言った。「だが監視以上のことをしてもらいたい。不快な事故が起きるよう、手配してくれ。ライリーに、この町で歓迎されていないと思い知らせてほしい。エレンが怪我をするのは望まないが、あの男と一緒にいることの是非を真剣に考えてもらいたい。おまえとスコティーに頼めるか？」

ビボップがしばし考えた。「二、三人、仲間を呼んでもいいですか？」

「その連中が知らなくていいことを知らせずに実行できるなら」レイは言った。「金の入った封筒は、明日、いつもの場所に置いておく。正体を悟られないよう気をつけろ。わかったな？ ライリーにおまえだと気づかせるな」

「いつやりましょう？」

「完ぺきなタイミングが訪れしだい」レイは答えた。「詳細は任せる」

「了解です」ビボップが言った。「あの野郎をこてんぱんにしてやりますよ」

「それでは、有能なおまえに一任しよう。おやすみ、ビボップ」

話は終わったとビボップが気づくまでに、少し時間がかかった。レイ・ミッチェルの手先は向きを変えると、ふんぞり返って闇のなかへ消えていった。

# 6

エレンは香ばしいアップル・シナモン・マフィンでいっぱいの焼き皿をオーブンから取りだした。午前九時、朝食はもう終わろうとしているのに、サイモンはまだおりてこない。とはいえ今朝起きたとき、バイクはカエデの木の下に停めてあった。たしかめたのだ。真っ先に。

メアリ・アンがキッチンに顔をのぞかせた。「エレン、ミルクはまだある？　ボイドがシリアルで使い切ってしまったの」

「もちろん。ちょっと待って」冷蔵庫を開けたとき、窓の外でなにかが動いたのに気づいた。サイモンがガスの家から出てくるところだった。なにをしているのだろうと、エレンはつま先立ちになった。

「ええと、エレン？　ミルクを……」メアリ・アンが急かす。

「ごめんなさい」エレンは慌ててミルクのパックを渡した。

メアリ・アンは控えめな好奇心をただよわせながら、ダイニングルームへ戻っていった。

エレンは窓に向きなおった。つまりサイモンは、彼女が午前六時に朝食の準備を始めるより早く目を覚まし、ガスの家へ行ったということ。エレンは目が覚めてからずっと、長身の裸体がシーツにからまって横たわっているところを想像していた。彼が寝返りを打ち、眠たげで無防備な笑みをこちらに投げかけるところを。

そんなことを考えたら、また涙が出てしまう。一晩中、泣いていたのに。エロティックな夢を見ていないときは。そういうわけで、今朝は心も体もゾンビ同然だった。

サイモンに避けられている。だけど責められない。ゆうべはあれほど気詰まりだったのだから。エレンが彼でも、やはり避けているだろう。とはいえ、どれだけサイモンが不快に感じていようと、朝食を抜く理由にはならない。エレンのマフィンが好きなのはわかっている。十七年前も好んで食べてくれたし、いまはあのころよりずっと上手に焼けるようになった。それに、もう朝食代を受け取ってしまった。部屋代に含まれているのだ。これは彼の権利。

エレンはビニール袋を取りだした。ダイニングルームの戸棚からストロベリーヨーグルトをつかみ取り、シリアル皿にブルーベリーをどっさり盛る。棚をあさって、カレッジ時代の懐かしいプラスチック製の携帯マグを見つけた。コーヒーを注ぎ、昨日のサイモンのコーヒーの飲み方を思い出して、たっぷりクリームを足す。そんな細かいところまで観察していたと思うと、なんだかばつが悪かったが、B&Bで大事なのは細部まで注意を行きわたらせることだ。ほかと一線を画すのは、女主人のもうひと押しの努力。

昨夜のホースヘッド崖への寄り道みたいにね、と頭のどこかで嘲《あざけ》るような声が言った。たしかにあれは行きすぎだった。それも、あと少しで最後まで行くところだった。よりによって宿泊客でいっぱいのホテルの前の芝生で。昨夜はありとあらゆる可能性が夢に登場した。バイクのハンドルに前かがみになって。ライオネルのクライスラーのボンネットにもたれかかって。曾祖母のケントの手織りのラグの上で。

サイモンとの再会がどれほど怖くて困惑させられる出来事か、少しでもわかっていたなら、あんなに熱望しなかったかもしれない。まるで体内で爆弾が破裂したようだった。

焼き皿からマフィンを四つつかみ取ると、てっぺんを水平にカットして、バターとアプリコットジャムをたっぷり塗った。少し迷ってからもうふたつ、バターとジャムを塗って皿に追加した。山盛りのトレイを見て、恥ずかしくなった。これではかつての子どもっぽいエルのまま。注目されたがって。跳ねまわる小犬のように賞賛を求めて。思わず顔をしかめた。

これはちがう、と自分に言い聞かせた。もう代金をもらったんだもの。食事をさせるのは女主人の義務よ。それに、サイモンが空腹なのはわかっている。あんなにたくさん食べる人はほかに知らない。燃えさかる野火のような代謝の持ち主なのだ。行く手にあるものすべてをむさぼり尽くす。

エル、きみをむさぼりたい。溶けかけのアイスクリームみたいにきみを舐めまわしたい。

やわらかい声を思い出してめまいがした。

キッチンのドアを出るやいなや、サイモンがこちらに気づいた。エレンが芝生を横切り、トレイを手にライラックのあいだを慎重に通り抜けて、草深い丘をおりていくのをじっと見ていた。

彼と目を合わせられなかったが、そのせいで視線はたくましい首から下をやみくもに駆けまわった。サイモンはブルーの作業用シャツのボタンを外し、袖を肘までまくっていた。前腕は太くたくましい。熱風を受けてシャツがはためき、厚い筋肉がついた胸と引き締まった腹筋をあらわにする。濡れて光る濃い胸毛が大胸筋のあいだのくぼみを渦巻きのようにおりていき、細くなめらかな黒いすじとなって、ジーンズのウエストバンドの下に消えていた。

髪はざっくりとひとつにまとめている。太陽の下では、ところどころが赤く輝いていた。つややかな黒に、深いルビー色。アイルランドの血筋を忍ばせる名残り。

ああ、神さま。月光は危険だと思っていたが、まばゆい陽光は十倍、上だった。太陽のせいで、彼がどんなにゴージャスな男性か、残酷なまでに思い知らされてしまった。対処できない。頭がぼうっとして、頬が熱くなるのを感じた。

「朝食を食べ損ねるわよ」トレイを差しだした。

サイモンが受け取り、未知の物体でも見るかのように、じっとトレイを見おろした。「ああ……ありがとう。ここまでしなくてよかったのに」空の酒瓶ばかりが入っているらしい箱の上に置いた。

「わかってる」エレンは請け合った。「だけどしたかったの」そのとき突然、山盛りのトレイが彼の視点から見え、それがどれだけ彼女を表しているかに気づいて恥ずかしくなった。

なんて哀れ。逃げだして岩の下に隠れたい。

「おれを哀れまなくていいんだぞ」サイモンが言う。「最近は、自分の面倒は自分で見られる」

「哀れむ？」エレンは後じさり、錆びたボックススプリングでつまずきそうになった。腕を振りまわして態勢を立て直す。「哀れんだりしてないわ。あなたには朝食を食べる権利があるから、その世話をしただけよ」

「エル――」

「あなたに同情なんかしてない。食べたくないなら捨てて。約束するわ、二度と親切にしてお互いに気まずい思いはさせません。だってあなたにその価値はないもの」くるりと背を向けた。

「エル、頼む」サイモンのすがるような声に、エレンの足は止まった。「変なことを言って悪かった。ばかだったよ。おれはただ……まだきみに会う心の準備ができていなかった」

「帰ってほしいなら帰ります」小さな硬い声で言った。

「だめだ！　エル、頼むから怒らないでくれ。朝食を持ってきてくれてありがとう。感謝してる。本当に。わかったか？」

エレンは向きなおった。「わかったわ」慎重に言った。「たぶん」

サイモンが箱を引きずってきてうやうやしい手振りで勧めてから、草の上にあぐらをかいた。「座れよ。その上なら安全だ。古い〈ナショナル・ジオグラフィック〉が詰まってる」

エレンはそっと腰かけた。「ありがとう」

サイモンがマフィンをつかみ、ひとくちで半分を平らげた。咀嚼《そしやく》するにつれて顔の緊張が解けていく。エレンの心のなかにあるなにかが、かすかにやわらいだ。少なくとも今朝はまともな食事をさせられた。ささいなことかもしれないが、それくらいは与えられると思うと、心が慰められた。

サイモンがコーヒーで飲みくだし、満足そうにため息をついた。「うまいな」言いながら、ヨーグルトの容器からホイルの蓋を剥がす。「マフィンはなかまで温かくて、溶けたバターが全体に染みこんでるにかぎる。自分がこんなに腹ぺこだとは思ってなかった。きみも食べるか？」

「いいえ、もう食べたから。全部あなたのよ」

「ありがたい」そう言って、ヨーグルトをブルーベリーにかけた。

それから食事に没頭しはじめたので、エレンは見られることなく彼を見るという貴重なひとときを過ごせた。食べる姿を眺めながら、変化を見極めようとした。

戦争を経験して鋭く険しくなった。口のまわりには溝が、目元にはしわが刻まれ、にじみだすエネルギーが過去の冒険を物語っている。語るべき物語は山ほどあるのだろう。エレンの穏やかな生活とはかけ離れた人生。重なるところはない。

昨夜、カエデの木の下ではきれいに重なり合ったけれど。そう思った瞬間、顔から火が出た。

旺盛な食欲でひとつぶ残さず食べるサイモンを見て、もっと持ってこなかったことを悔やんだ。「ゆっくり寝てるんだと思ったの」エレンは言った。「そうしたら、キッチンの窓からここにいるのが見えて」

サイモンがごくりとコーヒーを飲んだ。「何時にベッドにもぐろうと、朝は早く起きる習慣がついてる。今日はここの片づけに取りかかろうと思った」

エレンはがらくたの山を見まわした。「ごみ捨て場に運ぶものがあるなら、うちのトラックを使って」と申し出た。

サイモンが汗ばんだひたいから髪をかきあげてうなずいた。「助かるよ。たぶん借りることになると思う」

「大仕事になりそうね」エレンは言った。

「だな。なかはひどい」サイモンの目は辛そうだった。

「ガスがメールで言っていた証拠を探してるの？」

ばつの悪そうな表情が浮かぶ。「だと思う。どうにも忘れられないんだ。ちょっとキッチンに来てくれないか？　見せたいものがある。ポーチの板には気をつけろ。いつ抜け落ちてもおかしくない」

彼のあとから腐ってたわんだポーチを進み、みすぼらしいキッチンに入った。なかの空気はむっとして苦い。「お菓子を持ってきたときにここへ通されたわ」エレンは言った。「ガスはいつもコーヒーを淹れてくれた」

サイモンがテーブルの上のノートパソコンに載せられた紙の束を手に取り、差しだした。

「これを見てほしい」

エレンは見おろした。「電気は通ってないんだと思ってた」

「ガス発電機があった」サイモンが言う。「今朝、起動させた」

エルは紙の束を受け取って目を通した。コンピュータ言語に、名前や数字が混じっている。戸惑って顔をあげた。「これはなに？　わたしにはちんぷんかんぷんよ」

「失敗したログインの履歴だ」サイモンが言う。「ガスはセキュリティ機能をオンにしていた。何者かがパスワードを解いてコード化されたシステムに侵入しようとしたらしい。ガスが死んだ二週間後に」

エレンはサイモンの底知れない目を見つめた。「そんな」

「ああ。妙だろう？　このなかに入ってるものにだれが興味を持つ？　そうだな、たとえばおれ以外に」

もっとよく書類を見てみた。「あなたの名前がある」と言った。「それから……これはお母さんの名前？　ジュディス」

「ああ。ミドルネームもある。それからおれの誕生日、おふくろが死んだ日、おれの知らない女性の名前もいくつか。なんの日だかわからない一九七三年のある日付。ベトナム人の名前。こいつはパスワードに目星をつけられるくらいにガスを知っているが、当てられるほどよくは知らない人物だ」

ぞくっとした。墓場からの冷たい風。「サイモン」とささやいた。「気味が悪いわ」

「ああ」サイモンが同意する。「こいつはおれよりガスを知っている」

「じゃあ、彼にはパスワードはわからなかったのかしら。いえ、彼女？　女性ということもありえる」エレンは言った。

「わからなかったんだろう」サイモンが言った。「少なくとも、このときは。こいつは腕の立つ暗号解読者でもハッカーでもない。運を頼みに、でたらめにトライしただけだ」

「それじゃあ犯人の目星はほとんど狭まらないわね」エレンは言った。「ラルーは暗号解読者であふれかえってるわけじゃないもの。それで、あなたはコンピュータのなかに入れたの？」

「ああ」サイモンがうわのそらで言った。「ちょろいもんだ」

「わたしにもわかるように説明して！」謎だらけのもどかしさに、つい焦れた声が出た。

サイモンがわれに返った。「たいしたことじゃない。おれはガスの思考回路を知っている。ここで一緒に暮らすようになったとき、ガスは学校から帰ってきたおれへの宿題として、暗号で書いたメモを残して仕事へ出かけていた。おれの論理的な思考力を磨くために。ルールはこうだ――もしガスがアルミ工場から帰ってくる前におれが暗号を解いたら、晩飯のあとにチョコレートを食べられる」

「解けなかったら？」

サイモンが肩をすくめた。「チョコレート抜き。おれは単純な方法から始めた。大文字のおふくろの名前と小文字のおれの名前を、いろんなパターンで混ぜてみた。五度目の挑戦で大当たりが出たよ。ひとつ目がジュディスの最後の文字、H。次がおれの最後の文字、N。

それからおふくろの最初の文字、J。おれの最初の文字、S。それからおふくろの最後から二番目の文字、という具合だ。それでできあがったのが、これ」紙の裏になにやら書きつけて、掲げた。〝HnJsToUiImD〟。「ビンゴ」サイモンが言った。

エレンは首を振った。「そんなに奇妙で複雑なもの、わたしには絶対に解けないわ」と言う。「一生かけても」

サイモンがにやりとした。「ああ、だがきみはガス・ライリーと暮らしたこともない」

「それで?」エレンはせっついた。「コンピュータにはなにが入ってたの? なにか見つかった?」

サイモンの顔から笑みが消えた。「たいしたものはなにも。どうやらほとんどネットサーフィンにしか使ってなかったらしい。お気に入りのウェブサイトは、おれの写真が載ったニュース雑誌社のものだった」少したためらってから続けた。「たぶん、おれの仕事を追うためにこれを買ったんだと思う」

みすぼらしいキッチンが突然、いっそうわびしくなった。

「こっちの棚に、おれのものを収めたファイルがあった」サイモンが言う。「こんなものを見つけた」ボックスファイルを取りだす。「シアトルにある探偵事務所とのやりとりだ。手紙に請求書。おれを見つけるのに三年かかったらしい」

その言葉に隠された無数の感情に、エレンはもう少しで返事ができなくなりそうだった。どうにか気持ちを静めて、軽い口調で言った。「なあに、潜伏でもしてたの?」

「そんなようなものだ。非合法の仕事をして、だれ名義で借りてあるのか、だれも知らないグループハウスで寝起きしていた。車もクレジットカードも銀行口座も持っていなかった。海兵隊に入るまでは、ずっと身を隠していた」

彼の手に手を重ねた。「ガスはあなたの無事をたしかめたかったのよ」と言った。「その願いが叶ってよかったと思うわ。彼が気にかけてたのをあなたが知ったことも」

サイモンが重ねられた手をじっと見つめた。ふたりのあいだのエネルギーが瞬時に高まる。エレンは急いで手を引っこめた。

サイモンが埃っぽいファイルを棚に戻した。「おれもよかったと思う」と言った。「だが関係を修復するチャンスは逃してしまった。おれのもとに残されたのは、わけのわからない謎ばかり。それと、気が遠くなりそうな後始末」周囲を見まわす。「そのうち、灯油をぶっかけてマッチを擦りたくなるだろうな」

「そんな、だめよ！」エレンは息を呑んだ。

サイモンの口元がこわばった。「冗談だ」

「この町で火事の冗談はやめて」エレンは言った。「だれもおもしろがらないわ」

「おれがそんなことをすると本気で思うのか？」サイモンが尋ねた。「通り道には必ず焼け跡を残していくって？」

「そんなふうに思うわけないでしょう」エレンは反論した。「だけどあなたって、その、散らかしがちじゃない？」

「それは、きみが知ってるのが腕と脚がいきなり二十センチも伸びて、自分でも途方に暮れてたころのおれだからだ」サイモンが不機嫌そうに言った。「エル、あれからおれは成長した。自分の体は立派に操れるようになった。きっと驚くぞ」

いいえ、驚かないわ。心の声がつぶやいた。

威厳と理性をかき集めた。「なんでも当てつけに取らないで。わたしはただ、馬車置き場が焼け落ちる可能性に条件反射してしまうだけ」

「馬車置き場？」サイモンが目を狭めた。「ここはライリー家のものだ」

「それについて話がしたかったの」エレンは話題の転換にしがみついた。「この家のこと。わたしに売る気はないかなって」

「売る？」

「ガスを何度も説得しようとしたんだけど、強情で。あなたは遠くに住んでるし……」サイモンの体からにじみだす冷ややかさに、エレンは言葉を濁した。「もし興味があるなら、母が協力してくれる――」

「興味はない」

「でも――持っていてなんになるの、ここには――」

「興味はない」硬い声で言った。

エレンは下唇を噛んだ。「また気分を害しちゃったのね。そんなつもりじゃなかったのに。単なるビジネスの申し出だったの」

冷たい視線に震えが走った。「きみだけじゃなく、ラルーの人間全員が、おれをここから追いだそうと躍起になってるんだろうな。きれいさっぱり、片づけたいんだろう？　不幸なライリーの痕跡を拭い去って、新しいペンキを塗りたいんだ」

エレンは啞然とした。「どうしてわたしにそんなことが言えるの？　いつだってあなたの友達だったじゃない。あなたが出ていったときは、胸が張り裂けそうだったのよ」

サイモンが背を向けた。「悪かった」静かな声で言う。「この土地のなにかのせいで、怒りっぽくなってる。きみに八つ当たりする気はなかった。朝飯を持ってきてくれてありがとう」

あまりにも悲しく寂しそうな背中に、エレンは胸が苦しくなった。「サイモン？」

彼が振り返り、慎重な目で見た。「なんだ？」

「出ていってほしくなかった」エレンは言った。「引き止めるために、あらゆることをしたのよ。忘れた？」

サイモンが忘れていないとすばやく首を振った。

エレンはまばたきをして涙をこらえた。「なんの意味があるのかわからないけど、覚えていてほしかったの」ドアに向かって歩きだした。

強い腕に後ろからつかまえられた。「おれには大きな意味がある、エル」低い声は震えていた。「こんなに意味があるものはほかにない」

エレンは袖で涙を拭った。「サイモン、やめて」

「やめるって、なにを？」言いながら彼女を振り向かせ、ゆるい三つ編みからほつれた髪の房をそっと耳にかけた。指先に触れられた部分が熱く燃えあがった。

「触らないで」エレンは言った。「そんなふうに話さないで。混乱するの。頭がどうにかなってしまうの」

「ほかの話し方はできない、エル」サイモンの目は真剣だった。「信じたくなかった」

「なにを？」エレンは尋ねた。

サイモンに抱き寄せられる。「愛し合ったあの夜、きみはおれに魔法をかけた。ずっとそうじゃないかと思ってた。再会したとき、正しかったとわかった」

半ば開いたドアから差しこむ光がまぶしい。家の外で歌うマキバドリの声は甘く澄んでいる。虫たちの低いうなりはからみつく魔法のようだ。風は家のまわりを颯爽と駆け、草を波打たせた。

「あべこべよ、サイモン」エレンはささやくように言った。

「同じこと。同じ魔法だ」たくましい腕が腰を抱いた。

エレンは両手のひらを彼の胸に当てたが、押しのけることはできなかった。頭がぼうっとして、どうしたらいいのかわからず、当惑していた。「こんなことを言っちゃいけないのに」と言った。「あんなことを言っちゃいけなかったのに」

「関係ない。わかっていた」

エレンは上を向いた。「わたし、そんなにわかりやすい？」

「見くびってるわけじゃない」サイモンが穏やかに言った。「おれはただ、きみを知ってるんだ、エル。なにからなにまで」

「わたしの人生の半分以上はあなたが出ていってから過ぎたのに、いきなりぶらりと戻ってきて、〝きみを知ってる〟ですって？　尊大な人ね」

「じゃあ、おれが出ていったあとのことを聞かせてくれ」サイモンが挑む。「どんな秘密を隠してる？　知りたくてうずうずするよ」

声に嘲りを聞きつけて、エレンは傷ついた。「そんな言い方しないで」とささやく。「あのころと同じで、からかわれるのは嫌いなの。たしかにわたしは退屈でわかりやすい女かもしれないけど、それでも感情はあるわ」

「ああ、くそっ」サイモンがひたいをエレンのおでこにあずけた。「今日は口を開くたびにへまをやってるな。きみに退屈なところなんてない。わかりやすいところも――ものすごくゴージャスだって点をのぞいて。それと、思いやりがあってやさしいところ。どんなに隠そうとしてもそれは輝きだしてる。すごくわかりやすい」

おでこの触れ合っている部分で、明るい紫色の光が輝いて脈打った。「エレン、よ」小さな声で言った。「最近はエレンと呼ばれてるの。エルじゃなく」

サイモンの手が頰を撫でた。「おれには永遠にエルだ」

「でも、そう呼ばれると十六に戻った気がするわ」

サイモンがじっと顔を見つめた。「おれもきみといるとティーンエージャーに戻った気がする」と認めた。「だが別の意味で」頬のカーブを撫でる。

「別のって、どういう？」ささやくように尋ねた。

サイモンが身を乗りだした。「もっと強い」

網扉をノックする音が響き、エレンはさっと身を引いた。サイモンが小声で罵り、ドアに大股で近づいた。「はい？」

「ミスター・ライリー？」鼻にかかったテノールが問いかけた。

サイモンが慎重に足を止める。「だれだ？」

「〈ジーグラー、ウィッカム＆プリンプトン〉のマーシャル・プリンプトンです。戻ってこられたと聞いたので、これをいい機会と思い――」

「用件は、ミスター・プリンプトン？」

「亡くなった伯父上の遺言の件です」プリンプトンが独善的なむっとした声で言った。「興味がおありでは……？」

サイモンは答えず、ただ相手を眺めまわした。プリンプトンが裂けた網扉にぐっと顔を近づけ、なかをのぞきこんだ。

エレンは物陰に縮こまりたい衝動をこらえた。男の肉づきのいい顔が訳知りな笑みを浮かべた。「おや！　もしかしてお取り込み中――あっ……あれ？　もしや、レイ・ミッチェルの息子さんの婚約者では？」

エレンは無理やり笑みを繕った。「ええ。エレン・ケントです。隣りに住んでます」

たくましい憶測に輝く目が、エレンからサイモンへと戻った。「伯父上の遺言について話をしに来ました。あなたに連絡を取る手段がなかったので遅くなってしまいましたが、そうでなければもっと早く——」

「じゃあ早く話せ」サイモンが言った。

プリンプトンの笑みがかたまり、と思うや顔中に広がった。「なかへ入ってよろしいですか？」

サイモンは一瞬ためらってから、網扉を開いた。

プリンプトンがキッチンに入り、好奇の目で周囲を見まわした。「なんと。見てください、このありさまを」

「あんたには見てほしくなかったが」サイモンは壁に寄りかかり、腕組みをした。「それで、話というのは？」

プリンプトンがちらりとエレンを見てから、サイモンに眉をつりあげてみせた。

「彼女に隠すことはない」サイモンが言った。

「ほう？ そうですか」プリンプトンの目が貪欲にエレンを眺めまわした。エレンはほてった頰と乱れた髪をひどく意識した。

サイモンの目に浮かぶ慎重さが、激しい怒りに変わった。「早くしてくれ」ぶっきらぼうに言った。「やることが山ほどある。ご覧のとおり」

「ああ、そうですね。わかりました」サイモンの口調を聞きつけ、プリンプトンの視線がブリーフケースを置く場所を探してさまよった。どこにもないと悟ってそっと床に置き、留め金を外して書類の束を取りだした。「伯父上の財政状態についてどれだけご存知かわかりませんが――」

「困窮してたんだろう?」サイモンが言った。

「ああ」プリンプトンがにっと笑い、歯全体だけでなく歯ぐきの一部まであらわにした。「オーガスタス・ライリー氏はあなたを唯一の遺言書受取人に指名しました。あなたは彼の財産をすべて相続します。この家と家財、それから十万ドルの生命保険。もちろん、自殺の場合はゼロになりますが」

「もちろんだ」サイモンが冷静に言った。

「そして……こちら」プリンプトンが大仰に別の書類を取りだした。「その他の財産です」

「その他の財産?」サイモンは顔をしかめた。「その他のって、どういうことだ?」

「本当にご存知ないんですか?」プリンプトンが楽しげに問う。

サイモンは苛立たしげに、続けろと手を振った。

「伯父上はたいへんな、その……」プリンプトンの目が室内を見わたす。「……倹約家だったようですね。亡くなったとき、投資対象の総価格は八十万ドルを超えていました」

しばし広がった驚きの沈黙は、プリンプトンの愉快そうな笑い声に破られた。

「いま、なんて……」サイモンが呆然として言葉を失う。

「ええ、ミスター・ライリー。聞き間違いではありません。あなたは八十二万二千四百ドルの、唯一の受取人です」

「だがどうやって……」サイモンは唾を飲みこんだ。「どこで手に入れたっていうんだ？」

「思うに二十六年前、伯父上はあなたのお母さまの生命保険から得た権利金を投資したのでしょう。元金にはけっして手を着けず、配当金はすべてまた投資した。伯父上は抜け目ない投資家だったようです。市場全体が下落したときはそれなりの打撃を受けましたが、それがなければゆうに百万ドルは超えていたでしょう。しかしおおむね、じゅうぶんに持ちこたえた」

サイモンがみすぼらしいキッチンを見まわした。顔がこわばる。「なんてこった」とつぶやいた。「どうして？」

プリンプトンが浮かべた同情の色は、彼の顔にあまりそぐわなかった。「あなたを驚かせたかったんでしょう。きっと伯父上は――」

「あんたに聞いたんじゃない」サイモンがさえぎった。「伯父の動機を勝手に思いめぐらすな」

プリンプトンが胸をふくらませる。「なにもわたしは――」

「知らせてくれてありがとう。書類は置いていってくれ。時間ができたときに目を通す」

プリンプトンの顔が真っ赤になった。「じつはいくつかの点についてお話ししておきたいことが――」

「名刺を置いていけ」サイモンがプリンプトンの手から書類を奪い取った。「いくつかの点についてはあんたのオフィスで話そう。おれの都合がいいときに」

プリンプトンの目が光った。「都合が悪いときに訪ねてしまって失礼しました、ミスター・ライリー。じかに会ってお知らせしようと、わざわざここまで足を運んだのですが。たいていの方はそんな大金を相続したと聞いたら、跳びあがって喜ぶものですよ」

サイモンが食いしばった歯のあいだから、聞こえるほど大きな息をもらした。「伯父は銃弾を食らって死んだ。最近じゃ、なにを聞いても跳びあがって喜べない」

「そういうつもりでは――」

「名刺を置いていけ」サイモンがくり返す。「少し考えたい。いい一日を。さよなら」

プリンプトンが名刺を引き抜き、散らかったテーブルに放った。視線をエレンに向ける。

「わたしがあなただったら気をつけますね」吐きだすように言う。「ここにいてはいけないことくらい、あなたもわかっているはずだ」

プリンプトンが背後で網扉をたたきつけ、エレンは身をすくめた。車が走り去る音が聞こえるまで、ふたりともじっと待った。

「さあ」エレンはきびきびと言った。「必要以上に不快だったわね。なにもあんな態度を……サイモン？　大丈夫？」

サイモンはこちらに背を向けていた。広い肩はこわばり、プリンプトンが置いていった書類をくしゃくしゃに握りしめている。

彼が腕をさっと振り、カウンターの上の酒瓶を数本、手の甲で払いのけた。瓶は床で砕け散った。「くそったれ、ガス。頑固でいかれたろくでなし」さらに瓶をつかむ。

「サイモン、やめて！」鋭い声で言った。「いますぐ」

サイモンの動きが止まった。瓶が手から床に落ちる。体を丸め、片手で顔を覆った。

エレンは駆け寄りたくてたまらなかったが、抑えきれない荒々しさが彼の体のなかで震えているのを見てとり、こらえた。「ねえ、ちょっと、その、落ちついたほうがいいわ」口ごもりながら言った。「わたしはそろそろ帰る――」

「いてくれ」

声の鋭さに、ガラスが砕け散る音よりびくんとさせられた。サイモンが近づいてきた。ブーツの底がガラスの破片を踏む。

エレンは網扉のほうへ後じさった。サイモンが不意に足を止めた。

「おれを怖がるな」彼が命じた。

その皮肉に、思わず笑いそうになった。「ええ、そうよね！　だけどあなたはかんしゃくを起こしてる。感心しないし、見ていたくもないわ」

サイモンはしばし彼女を見つめていたが、やがて机の下から壊れそうなキッチンチェアを引きだした。部屋の真ん中に、彼女のほうに向けて置いた。

ゆっくりとその上に腰をおろした。「じゃあやめる。な？　おれだってやめることは知ってるんだ。悪かった。おれを怖がらないでくれ。頼む」

サイモンが怖がらせまいとしているのはわかったが、うまくいっていなかった。彼の目の磁力が恐ろしかった。

「おれを世話しに来たんだろう?」やわらかい、催眠術のような声で言う。「エル、きみがおれを慰めるのが好きなのはわかってる」

エレンは唾を飲もうとした。のどがからからだ。網扉に背中を押しつけて、彼の圧倒的な魅力に抗った。

「だったら慰めてくれ」サイモンが言う。「こっちへ来て……慰めてくれ」

のどが締めつけられた。「それはできないとわかってるはず――」

「必要なんだ、エル。ものすごく。頼むから、こっちへ来てくれ。早く」

「プリンプトンの言うとおりだわ」エレンは言った。「たいていの人はあんな話を聞いたあとに慰めなんていらない」

「おれはたいていの人間とはちがう」サイモンが言った。

エレンは一歩前に出た。「知ってる」ささやくように言った。

サイモンの目は嘆きと不眠でうつろだが、それでも全身は野性的な力で輝いていた。サイモンが片手を差しだした。自信に満ちて。

エレンは長く優雅な手を見おろした。時が流れる。数えられることも、意識されることもなく。彼の手はおりない。

サイモンは昔から沈黙を怖れず、待ちくたびれることもなかった。エレンを魅了してやまない、どこか超越した性質のひとつだ。ある晩など、エレンの部屋の窓の外にあるオークの枝に陣取って、部屋の明かりが灯るのを三時間も待っていた。

脚が勝手に動いて、エレンを部屋の中央へ運んだ。引力に従うように手が伸びて、大きくたくましい手に包まれる。温かい指に指をくるまれて引き寄せられ、気がつけば腿のあいだに立っていた。彼がエレンの手を唇に掲げ、キスをした。「ありがとう」

「なにが？」エレンは尋ねた。「まだ慰めてもいないのに」

「いや、慰めてくれた」サイモンがつぶやく。「いままでずっと」言うなり表情が崩れ、エレンの乳房に顔をうずめた。

エレンは息ができなかった。どこに触れ、なにをしたらいいか、まるでわからなかった。彼の頭のてっぺんはあごの下に収まり、たくましい体は震え、腕はウエストに回されて、腿は腰をとらえている。顔をうずめられた乳房は、はち切れそうで熱い。触れ合うすべての部分が苦しいほど敏感になっていた。

彼にはなにもかも知り抜かれている。この魅力的な卑怯者に弱点を利用されているというのに、背中を撫でずにはいられない。全身をとらえる緊張を癒そうとせずにはいられない。

サイモンが乳房に鼻を擦りつけた。「きみの部屋の床で眠らせてもらったとき、髪を撫でてくれたのを覚えてるか？」

エレンは凍りついた。「でも……撫でたのはあなたが眠ってるときだけよ。それに、ほとんど触れてない。あなたが気づいたわけないわ」

「きみより先に眠ったことはない」サイモンが打ち明けた。「撫でてもらえるように眠ったふりをしていた。気持ちよかったから」

「だましたのね」エレンは言った。「じゃあ、ずっと知ってたの……？」言葉を切った。のどが震えだす。「……わたしがあなたをどう思ってるか？」

「ああ、知ってた」サイモンが言う。「きみの気持ちはおれにとってすごく大きなものだった。心地よかった。ほとんどそのためにきみの部屋へ行っていた。あんなふうに扱ってくれた人はいなかった」

「知ってたなら、どうしてわたしになにもしなかったの？」エレンは尋ねた。「出ていった夜まで触れたりキスしたりしなかったのはなぜ？　たしかに目を見張るような美人じゃなかったけど——」

「唯一のいいものを壊したくなかった」サイモンが簡潔に言った。「おれにとって、きみはたったひとつの安全な場所だった。それさえ神々に破壊させるようなことはできなかった」プリンプトンが残していった書類が汚い床に落ちる。「昔みたいに髪を撫でてくれ、エル」

エレンは首を振った。

サイモンが彼女の手を自分の唇へ、さらに頬へと運ぶ。手のひらを頭の側面に押し当てて、彼のつややかな髪を撫でおろさせた。従わせようとしている。エレンは無言の命令を感じた。愚かな泳ぎ手を荒々しい深みへと引きずりこむ、隠れた潮流。

脚から力が抜けた。サイモンがそれを感じ取り、エレンを膝の上へ引き寄せた——とたんに事態は悪化した。サイモンがエレンの両手を髪に押しつけ、無言で訴える。彼の体はしなやかでたくましい。髪は輝き、指のあいだをすり抜ける。森を駆けまわっていた少年のころとちがって、松ヤニでべとついたりもつれたりしていない。

これくらいは許していいはず。つかの間の、控えめな慈愛の行為。これで彼が幸せになるのなら。そのあと、退くだけの強さがあればいい。

ええ、そんなことができるなら。小さくて愚かな選択をするたびに、彼の罠にはまっていく。立ちあがって出ていくのは彼女の気持ちひとつだけど、もし身を引こうとすれば、すぐさまたくましい腕にしっかり閉じこめられ、なだめすかされて一歩、また一歩と前進し、気がつけば後戻りできないくらいの深みにはまっているにちがいない。

そして彼のものになるのだ。サイモンが欲しいものすべてを手に入れても、エレンは自分しか責められない。そう思うと、苦しいほど深い切望で胸が疼いた。

いまという時間に屈した。乱れた髪がきちんと整うまで撫でた。そうやってゆっくり撫でるたびに強い魔法に呑まれていき、時間が意味を持たず思考が形を成さない深みにからめ取られていった。こんなことをしてはいけないすべての理由は、溶けて壁紙に吸いこまれていった。彼の髪を結わえているゴムを引っぱって外すと、肩に撫でつけ、完ぺきなまでに美しい顔から払った。サイモンは目を閉じたまま、エレンの指が黒い絹のもつれを梳《す》くと、気持ちよさそうにため息をついた。これは慰めではない。癒しでもない。

エレンの飢えた手と乾いた心のための行為だ。

ふたりの顔はほんの数センチしか離れていない。彼の息に、持ってきたコーヒーの香りを感じた。体からは、宿泊客のバスルームに用意しているローズマリーとミントのシャワージエルの香りがする。

サイモンに抱えあげられた。エレンは一瞬、手足をばたつかせたものの、すぐさまくるぶしで片脚をさらわれて腿の外に回され、今度はまたがる格好で引き寄せられた。大きな手が背後で鍵をかける。彼の望みどおりの場所に連れてこられた。

もはや慰めでも癒しでもない。これは明らかにセックスの体位だ。彼の股間のふくらみと彼女の脚のあいだの静かな疼きをさえぎるものは、何枚かの薄い布だけ。しっかり閉じこめられて身動きならず、あたかも裸で実際に貫かれているような気がした。

離れようとしたものの、彼の腕にいっそう力がこもっただけだった。

「シーッ」サイモンがなだめる。「ただのハグだ。きみに包まれて、どんなに甘美でやわらかいかを感じたい。クリームを舐める猫のようにきみを飲み干したい。きみがして欲しくないことはなにもしない」

ああ、なんてずるいの。彼の熱いあらわな胸から数センチ、どうにか体を離した。「これはただのハグじゃないわ。やめて!」

からかうようなセクシーな笑みが、引き締まった顔を変形させた。「じゃあ、ハグとキスにしようか?」とそそのかす。

エレンは彼の肩をたたいた。「もっと悪い!」

「そうかな。どれだけ悪くなるか、試してみようか」

声にならない問いが、ふたりのあいだで震えた。どちらも答を聞くのを怖れていた。この瞬間を手放すのをいやがっていた。

サイモンが彼女の手を取って、頬に擦りつけた。「きみに髪を触られるのが好きだ。もう一度、さっきみたいに撫でてくれ。頼む、エル」

エレンは彼の髪をつかみ、引っぱった。「こんなことしないで」と頼む。「残酷よ」

「残酷なのはきみだろう」サイモンが言い返す。「おれはいい子にしていようと自分のやるべきことをやっていたのに、きみがわざわざうまい食事を持ってやってきた。きみはゴージャスでセクシーでやさしい。おれが喜ぶようなことを言い、髪を撫でておいて、おれがキスしないと思うのか？　触れないと？　目を覚ませ。おれだって生身の人間だ」

「ええ、そうよね」エレンは言った。「たしかにそうかもしれないけど、わたしは婚約して──」

むさぼるようなくちづけでさえぎられた。

唇が口をこじ開け、舌が滑りこんでくる。エレンは彼の首に両腕を回し、負けない激しさで応じた。ふたつの体は必死にからみ合うひとつの存在になった。このキスはセックスへの序章ではない。セックスそのものだ。

息をしようと顔をあげると、いつの間にかブラウスのボタンが外されていた。慌てて前を閉じようとしたものの、大きな手に手をつかまえられた。フロントホックのアイボリー色のブラに縁取られた、上下する乳房を熱い視線が見つめる。サイモンが器用に片手でホックを外し、胸があらわになった。

サイモンの息が肌にかかる。「ああ、すごい、エル」のどを締めつけられたような低い声が言い、熱い顔が乳房に押しつけられた。

彼の首に腕を回して頭をかき抱かずにはいられなかった。時間が歪んで広がり、不思議な秘密の繭《まゆ》でふたりを包んだ。永遠にこうしていられそうだったが、サイモンが顔をあげて乳房を愛撫しはじめた。

「すごくやわらかい」つぶやくように言う。「生まれたばかりの葉が開くときを知ってるか？　どんなにやわらかくて完ぺきかを？　きみの胸はまさにそれだ。信じられないほど完ぺき。理性が吹っ飛ぶ」

サイモンが屈み、熱い口で乳房を愛しはじめた。あらゆる曲線を舐めて乳首を吸い、情熱的なテクニックで快楽を導きだす。要求しながら懇願する。エレンは息ができなかった。言葉もなかった。彼にしがみついて体を弓なりにし、目を閉じて首を反らした。

サイモンが求めるものは慰めをはるかに超えていた。エレンの胸のなかにある感情は溶けて熱い液体になり、彼の前にあふれだした。サイモンは飢えた口と舌でそれをむさぼった。激しい渇望でエレンのなかからそれを引きずりだしたが、奪うと同時に惜しみない快楽を与えるので、だれが与え、だれが奪っているのか、エレンにはもうわからなかった。

乳房に埋もれた彼の顔を見おろした。濡れた唇が執拗にいたぶるたびに、からみつく舌が官能的に吸うたびに、エレンの口からすすり泣きがもれた。彼のせいで乳房は湿り、乳首は硬くなっていた。愛撫を受けて全身に震えが走り、体の奥で脈打つ疼きが深まった。いまやエレンは輝く雲だった。流れる水で、空気で、炎で、すべてだった。やさしく与え、貪欲に奪うこの行為と完全に混じり合っていた。

緊張が高まってきて、わが物顔の腕のなかで身をよじった。その瞬間、こらえがたい快感が頂点に達して爆発し、いつまでも全身にさざ波を立てた。サイモンにぐったりもたれかかると、彼が腕のなかであやしてくれた。

「ああ、サイモン」エレンはささやいた。「あなた、なにをしたの？」

「きみをイカせた」彼の声はビロードのようにやわらかく体を撫でた。「これからきみを横たわらせて、もう一度イカせる」

エレンは首をもたげ、彼の顔を見おろして目をしばたたいた。あらわな乳房は彼の胸で押しつぶされ、太腿の付け根には硬くそそり立ったものが押しつけられている。胃のなかで混乱が渦巻いた。「わたしたち、その、冷静になったほうがいいわ」

サイモンの顔が苛立ちでこわばった。「そんな、くそっ」エレンを引き寄せる。「またおれを苦しめるのか、エル」

「わたしが？　あなたを苦しめる？　なにを言うの」腕のなかから抜けだして、ブラをもとの位置に戻そうとした。「あなたはわたしを誘惑して、わたしはそれを許したの。慰め？　なんてばかだったのかしら。あなたがなにを考えてるのかわからない。あなたのそばにいると、自分さえわからなくなる」

「おれが本気で誘惑したらどうなるか、教えてやりたい」

愛撫するようなその声が、頭を鈍らせて魔法をかけるとわかっていた。エレンは力任せに網扉を開け、その場から逃げだした。

# 7

彼女を追うのは愚かだとわかっていたが、いまのサイモンには理性もなにもなく、ただエルを草のなかに押し倒して服を剝ぎ取り、この十六年と十一カ月と十四日のあいだずっと夢見てきたことをもう一度したいという、苦しいほどの欲求しかなかった。ただし今度は正しくやる。長続きさせ、快楽でとろけさせ、すすり泣かせてやる。

ライラックの茂みの下の草原でつかまえた。彼女がつまずき、深い草のなかに膝を突く。サイモンもうずくまって体で押さえつけた。「エル、まだ終わってない。どんなふうになるか言わせてくれ。すごく気持ちよくさせてやるから」

エルが体の下でもがいた。「こんなことしないで!」

「怖がるな」サイモンはすがった。「頼む、エル。絶対に傷つけたりしない。無理強いもしない。そんなふうに震えるな。リラックスしろ」

「じゃあ……離して!」

彼女の耳元に唇を寄せた。「最後まで言わせてくれたら、離すと誓う」

「いや!」エルが体の下で背中を反らす。「こんな場所で」

「きみを悦ばせたいだけだ」涙に濡れたほてった顔から髪を払った。「エル？」

彼女が鼻を押さえ、すすりあげた。「いいわ。言って」小声で言う。「早く。わたしの気持ちを揺さぶって。あなたにはその力がある。したいと思えばわたしを誘惑できる。あなたを止めることはできないわ。だけどそのあとは？」

「ああ？」体が欲望と期待で激しく脈打っていたので、言葉についていけなかった。「なんだって？」

「めくるめくオーガズムのあとよ」エルが言う。「そのあとはどうなるの？」

答えようと口を開いたが、なにも出てこなかった。エルに押しのけられ、無抵抗に離れた。ふたりとも息づかいが荒かった。

「バン！　バン！」子どもの声が叫んだ。

アレックスのそばかすだらけの顔がライラックの茂みからのぞいた。緑のプラスチック製の水鉄砲をサイモンに向け、引き金を引くと、みごとに顔に命中した。「エレンをいじめるな。じゃないともう一発食らわせるぞ！」

ボイドが茂みのなかから現われ、十歳なりの厭世観をただよわせてふたりを一瞥した。「いじめてたんじゃないよ、ばかだな」アレックスに言う。「キスしようとしてたんだ。オエッ。大人って気持ち悪い」

エルがブラウスを整えて髪を撫でつけた。唇は青ざめ、一文字に結ばれている。「あなたたち、あっちで遊んできたら？」

「エレンはあのポルシェの人と結婚するんじゃないの？」ボイドが言う。「キスするならサイモンじゃなくて、あの人でしょ？」

「あっちへ行きなさい、ふたりとも」エルの声は珍しく鋭かった。ふたりの銃撃戦は、なにごともなかったかのように続行した。

ボイドとアレックスは互いに肩をすくめ、茂みのなかを這い戻っていった。

「くそっ」サイモンは顔の水を袖で拭い、仰向けに倒れた。空を見あげる。もどかしくて、大声で叫びたかった。「だれも来ない場所で話し合おう」

「話し合う？」エルの声が震える。「〝話し合う〟は〝慰める〟と一緒でしょう？ここでなにがあったか、お茶の時間が終わるころには、宿泊客全員に知れわたってるわ。窓から自分の目で見なかったとしても」エルが目を閉じ、赤い頬を手で覆った。「いずれにせよ、ボイドの言うとおりよ。キスをする相手はあなたじゃない。別の人と婚約してるんだから」

サイモンはがばっと起きあがった。「本気であんなくそ野郎と結婚する気か？そんなこと許されない！」

エルが目を拭いながらよろよろと立ちあがった。「あてのない夢を見るのに疲れたの」と言う。「いつまでも夢を追っていられない。夫がほしいの。子どもがほしいの。できることなら三、四人。家族がほしいのよ、サイモン。だけど時間はあんまり残ってない。もう大人になって、現実を見なくちゃ」

「だがあんなやつ、きみにふさわしくない！」サイモンはどなった。

エルがまっすぐ目を見つめた。「じゃあ、もっといい人がいるの?」

混乱に貫かれた。さあ来た。エルは彼を欲し、彼はエルを欲している。とても単純なはずなのに、そうではない。ガスの家という崩れそうな災厄のかたまりが思い出させてくれた。炎に包まれたミッチェル家の厩舎、おびえた馬のいななき。黒焦げになった母の家。サイモンの人生は暴力と荒々しさと喪失にまみれている。

一生、逃れられないのだ。理由はわからないが。

戦場で何年も過ごしたせいで、皮肉っぽさと厳しさが増していた。世界を変えられないのと同様、自分の影からは逃れられないし、近づく人をも同じ危険にさらしてしまう。できることなら彼女を守りたいが、これまでひとりも守れなかった。自分さえ。声がのどでつかえ、無力に彼女を見つめた。

答を待つエルの目のなかにあった慎重な希望の光が薄れていく。彼女が視線を落とし、静かな威厳をたたえて言った。「だと思った」

「エル、おれは――」

「やめて。もういいの。せめて正直でいてくれたことに感謝するわ。あなたは一度も将来を約束するようなことは言わなかったし、それに……もういいわ。忘れましょう。なにも起こらなかった、そうよね? そろそろ戻って朝食の後片づけをしなくちゃ」

そう言い残すと、背筋をまっすぐ伸ばしたまま、ライラックの茂みをかき分けて芝生を横切り、キッチンのなかへと消えていった。

サイモンはうつ伏せになり、しばらくのあいだ、ほてった顔を草むらにうずめていた。やがて立ちあがると、ガスの家へ戻ってがらくたの山から木製のキャビネットを表へ引きずりだした。草の上に置き、徹底的に蹴り壊しはじめた。古びた家具が、曲がった釘とぎざぎざの木片になりはてるまで。

コーラは前方にビボップ・ウェバーの黒いフォードのトラックを見つけ、車のスピードを落とした。ビボップと顔を合わせたら、一日が台なし。そもそもろくな日じゃないのに。いまは〈ウォッシュ・アンド・ショップ〉を休憩中にして、エレン・ケントの家へリネン類を届けるところだ。ふだんは配達には別の人を雇うのだが、いつもお願いする人が肩関節を壊してしまったので、コーラが自分を増殖させてすべてを担当しているというわけだ。

ちょっと座ってアイスティーでも飲みながら、エレンとおしゃべりするつもりだった。このところ、エレンとは疎遠になっており、そのことで後ろめたく感じていた。ブラッドがろくでなしなのはエレンのせいじゃない。エレンはいい子なのだから、冷たくしてはかわいそうだ。

崖のてっぺんを曲がると、必要以上に大きなタイヤを履いたビボップのトラックのお尻が見えた。マクナリー・クリーク峡谷をのぼる、いまはもう使われていない伐採用の道に入っていく。

おかしい。あの道はどこへも行かないはず。なにもない丘をくねくねとのぼっていって、最後はぷつりと終わるだけだ。上に住む人はいないし、個人の地所でもある。正確には、ライリー家の地所だ。

ビボップ。あの男のことを思うと、口のなかに苦い味がこみあげた。密かに調べてわかったのだが、コーラが男だけのパーティを主催しているという噂を広めたのは、ビボップとスコティーのウェバー兄弟だった。兄弟がつけた料金表では、男六人で四百ドル、七から十人まではひとりにつき百ドル追加、料金にはフェラチオが含まれており、アナルセックスには追加料金が必要だった。

以来数カ月にわたって、この世のクズから何本もの電話がかかってきた。電話番号を変えたあとも。

ウェバー兄弟に有毒の洗濯溶剤を飲ませて殺そうかとも考えたが、殺人罪は彼女の評判にとどめの一撃を加えるだけだ。そういうわけで、電話がかかってくるたびに、汚らわしい連中の耳を警笛でつんざくことで満足するしかなかった。なかなか愉快だった。

それから努めて楽しいことを考えた。たとえば、育ててくれた亡きおばあちゃんのこと。あんなにやさしい人はほかにいなかった。庭のひまわり。熟しはじめたチェリートマト。草原を吹き抜ける風。こんな美しい夏の日を台なしにすることはない、あんな乱杭歯でいやったらしい嘘つきの――おっと。

そっちは考えない。自分を貶《おとし》めてしまう。滑りやすい坂道を、邪悪な思考の谷底へとまっしぐら。

伐採用の道の手前で車を止め、エンジンを切った。たぶんやめておいたほうがいいのだろうけど、興味津々だったし、もしビボップがなにかやばそうなことをしているのを目撃したら、きっと後々、役に立つ。

トラックを降りると、大きなマツの木の陰から陰へと渡りながら、慎重に進んだ。ウエッ、ひとりじゃない。スコティーが一緒だ。ウジ虫が二匹。

ビボップは車をマツの木立の陰に停めていた。その位置だと、ここから眺められる二軒の家──峡谷の片側の崖に建つ〈ケント・ハウス〉と、下方のライリー家──からは見られない。ビボップとスコティーは道の端に立ち、〈ケント・ハウス〉を見あげている。ビボップの手には大きな黒い双眼鏡を手にしたビボップが、煙草に火をつけてスウェットパンツのポケットに手を突っこみ、股間をまさぐった。最悪。ビボップがスコティーになにか言い、双眼鏡を渡す。スコティーは双眼鏡の先をライリー家に向けた。

ふむ。とくにおかしな様子はない。もしかしたらウェバー兄弟はエレンに熱を上げているのかも。だとしたら犠牲者はこのふたりだけじゃない。エレンはまったく気づいていないが、彼女が通ったあとに舌を垂らして地面を転げまわる男たちは少なくないのだ。本人の無知が愛おしい。

その点でもエレンはブラッドにはもったいないのだが、今日はそのことは考えずにいよう。

それは邪悪な思考。

ビボップが向きを変えてイチモツを取りだし、おしっこをした。コーラは木の陰に縮こまった。あのふたりに見つかったらたいへん。人気のない森のなかでウェバー兄弟と一緒にいたら、とんでもないことになる。

そう思ったとたん、不安がこみあげてきた。見つからないようトラックに駆け戻って〈ケント・ハウス〉を目指し、家のそばに駐車した。たたんだシーツやタオルが入った帆布袋はひどく重いが、体を鍛えているから腕力には自信がある。袋を両腕にひとつずつ抱え、軽やかな足取りでキッチンへ向かった。

「ねえ、エレン！」大きな声で呼ぶ。「ドアを開けてくれない？　手がふさがってるの」網扉が開いたので、陽気に挨拶をして、森でこそこそしていた不穏なウェバー兄弟の話を始めようとした。

エレンの顔をひと目見るなり、そんな考えは頭から吹き飛んだ。

ひどいありさまだった。つまり、それでもゴージャスだけど、いつもほどではないということ。今日のエレンは悲劇的な感じでゴージャスだった。有名なオペラに出てくる、朗々と歌うヒーローの腕に抱かれた、肺病で死んだヒロインみたい。はかなくもろい。肌は青ざめ、目の下には殴られたようなくまが広がり、唇は血の気がない。

エレンが弱々しくほほえんだ。「あら、コーラ」

不満の声がもれそうになるのをこらえた。コーラがひどいありさまのときは、美しい悲劇のヒロインみたいには絶対に見えない。ただ、ひどいだけ。だけどまあ、人それぞれだから。

「どうしたの、エレン。大丈夫？」コーラは尋ねた。

「そんなにひどい?」エレンが笑おうとした。シーツの入った袋に手を伸ばしたが、コーラは舌を鳴らして顔をしかめた。こんな重たいものを持たせたら、乾いた小枝のようにぽきんと折れてしまう。

「あたしが運ぶわ」コーラは言った。「ドアを押さえててくれたら、洗濯室まで持っていく」エレンが感謝の笑みを浮かべ、先に立って進んだ。コーラは彼女に続いて歩きながら、後ろ姿を観察した。今日のエレンはおさげにした髪を頭に巻きつけている。うなじと耳のまわりに淡い巻き毛がほつれていた。こんな髪型、美しくはかないブロンド女性には、法律で禁じるべきよ。だっていかにも頼りなく見える。頼りなく見えることに関して、エレン・ケントはなんの助けもいらないのに。

「ちょっと調子が悪そうね」コーラは試しに言ってみた。

エレンがなんでもないと手を振り、肩越しにほほえみかけた。「ストレスのたまる時期だから。結婚式の準備とかなんとかで。わかるでしょう?」

わかるもんですか。いまのところ、結婚の予定はない。鳥のように自由だ。「サイモンがここにいることで、ブラッドがだだをこねてるの?」

エレンがくるりと振り向いたので、あやうく衝突しそうになった。「どうして知ってるの?」

コーラは彼女の脇をすり抜けて洗濯室に入り、袋を床に置いた。「ゆうべ〈クレアズ〉でサイモンと食事をしてたら、ブラッドが現われて口論をふっかけてきたの。サイモンがカンフー技を駆使して、どうにか黙らせてくれたけど」

エレンがおびえたように目を丸くした。「そんな。サイモンからはなにも聞いてないわ」

「ブラッドはプライドを傷つけられて、あなたに八つ当たりしたのよ」コーラは言った。

「わかるわ、あいつのことは知ってるから」

「ああ」エレンが言う。「そうなの？　つまり、彼を知ってるの？」

あらら。危険地帯。「わりとね」慎重に答えた。「でも、あなたほどじゃない」

妙な表情がエレンの顔をよぎった。が、その表情は浮かんだと同時に消え、いつもの穏やかで愛らしい笑みが戻ってきた。

コーラは冗談で切り抜けようとした。「あなたなら上機嫌にさせられるでしょ？　男なんて単純な生き物だもの。ちょちょいのちょいよ」

エレンの視線がさがって口元がこわばるのを見て、コーラは下品で露骨なことを言ってしまったような気がした。あーあ。今日はさんざん。

エレンがほほえもうとしたが、顔がこわばりすぎているせいで、しかめ面に見えた。「じきにやり方を覚えると思うわ」

コーラはしばし啞然として見つめた。エレンの手首をつかみ、洗濯室に引きずりこんでドアを閉じる。

「ちょっと待って」と言った。「それってつまり、あたしが考えてるとおりの意味？　ブラッド・ミッチェルと婚約してるのに、まだ寝てないの？」

その問いにエレンがうろたえた。赤くなって口ごもる。「わたしたち、その、婚約してまだ日が浅いから」

コーラは彼女の目をのぞきこんだ。「怖いの？」

「まさか！」エレンが胸を反らした。「ブラッドはその話を持ちだしたこともないし、わたしは待つのに賛成だから、こちらからも話題にしなかった。たぶんわたしたちは、その、期待感を楽しんでるのよ。ねえ、コーラ、おかしいと思う？」

「いいえ」コーラは嘘をついた。「これっぽっちも。好きなだけ楽しみなさい。そのときが来ても文句は言わないと思うけど。だけどひとつ忠告してもいい？　彼に試運転させなさい。激しいわよ。ターボチャージャー搭載。万人向けじゃないわ」

頰の繊細なピンク色が深紅に変わった。

「処女じゃないわよね？」コーラは疑わしげに尋ねた。

エレンが天を仰ぐ。「もちろんちがうわ。つまり、ええと、あなたとブラッドは……」

「そういうこと」コーラは言った。「ハイスクール時代にね。あなたはあたしたちより数年下だから、だれとだれがどうしたとか、そういう話は聞いたことがないんでしょう」

「できたらいまも聞きたくないわ」エレンが言う。

「安心して。あたしも話したくない」コーラは請け合った。「ただちょっと驚いただけ、あいつが……あなたたちが、まだ――」

「すごく個人的なことだから」エレンが硬い声で言った。「その話はしたくないんだけど」

「そうよね。了解」コーラは無理やりにっこりしてみせた。「そろそろ行くわ。仕事が待ってる」不意にある疑問が芽生え、足が止まった。仮説をたしかめなくては。

「そうだ、サイモンはいまここにいる？」と尋ねた。

案の定、非の打ち所のない完ぺきな偽りの笑みがエレンの顔に浮かんだ。不気味とさえ呼べる。「ガスの家にいると思うわ」エレンが明るい声で言う。「寄ってあげて。あなたが行けばきっと喜ぶから」

コーラはすごすごとトラックに戻った。気が滅入った。関係を修復して大人らしくふるまおうと思っていたのに、やったことといえば、エレンと自分の両方をいっそうみじめにさせただけ。たいしたものだ。

現実とは思えない。エレンとブラッドの、奇跡的に純潔を保った婚約。いったいあのふたりはなにを考えてるの？

もしかしたらそれが問題なのかもしれない。ふたりとも、考えすぎるのだ。ブラッドは心で感じるより頭で考えすぎるタイプ。複雑に入り組んだあのばかは、考えすぎて自分をがんじがらめにしてしまう。いつもそうだった。だから弁護士になったのだろう。

それにしても妙だ。ブラッドがセックス大好きなのは、身をもって知っている。

もしコーラがブラッド・ミッチェルと婚約したら――もちろん彼がろくでなしではないパラレルワールドでの話だけど――あの大きなおいしい体から手を離していられない。ベッドの支柱に手錠でつなぎ、失礼なことを言えないよう、高価なシルクのネクタイで猿ぐつわを嚙ませる。それから発情した魔女のように激しくむさぼって、彼が慈悲を求めてすすり泣くまでくたくたにさせるのだ。茹ですぎたパスタみたいにぐったりと。

ブラッドが相手なら、言うほどたやすくない。

まあいい。このブラッドらしくない禁欲の目的がなんなのかは、神のみぞ知る、だ。エレンの理由ははっきりしている。ブラッドとベッドに入らないのは、ブラッドを欲していないから。彼女が欲しているのはサイモンだ。

なんて厄介な混乱ぶり。

〈ウォッシュ・アンド・ショップ〉に戻ってはじめて、ビボップとスコティーの奇妙な監視のことを話し忘れたのを思い出した。

しかたない。一度にできることは限られている。

かんしゃくを起こしたい衝動に身をゆだねた場合、惜しむらくは、後片づけをしなくてはならないという点だ。サイモンは陰気な気分でバーボンのボトルの破片を掃き集め、十年分の埃と一緒に、キッチンの床の真ん中に小山をこしらえた。視線は床の上を動くよじれたほうきに据えられたままだったが、見えるのは痛みと失望をたたえたエルの顔だけだった。

ただ動きつづけたいがために、ダイニングルームの床もほうきで襲った。その途中で梱包用のテープがほうきにへばりつかなかったら、くしゃくしゃの新聞紙を目にすることもなかっただろう。屈んで引き剝がし、新聞の文字に気づいた。外国語。紙を広げてみた。

それはホーチミン市の共産党日刊紙〈サイゴン・ジャイ・フォン〉の一ページだった。ベトナムを旅したときに目にしたことがある。梱包用のテープは、包んでいたのがなんにせよ、何枚かの外国の切手の端をちぎっていた。

キッチンのドアをノックする音に、はっと振り返った。

「おい、だれかいるか？　ライリー、いるのか？」

サイモンの肩はこわばった。聞き覚えのありすぎる声。キッチンに戻ったとき、網扉が軋りながら開いた。

ウエス・ハミルトン。過去に何度もサイモンを警察署へ引っぱっていっては勝手に犯人に仕立てあげた、不愉快なパトロール警官だ。この男から学んだことがひとつあるとすれば、口をつぐんで戦を選ぶということだった。「どうも、巡査」

ウエス・ハミルトンが胸の前で太い腕を組み、サイモンを眺めまわした。「いまは警部補だ。それで、本当におまえだったんだな」

「本当におれだよ」サイモンは言った。「警部補」

ウエスが首を振る。「あんな騒ぎを起こしたのに、よくこの町へ戻ってくるタマがあったもんだ」

「まあ、タマはついてる」サイモンは感情のない声で返した。

ウエスの目が狭まった。「生意気は変わらないようだな」

「ときどきは」サイモンは言った。「丸くなるように努力してるが」

ウェスが不機嫌そうになった。「いったいここでなにをしてる、ライリー？」

「ガスの荷物を片づけてる」サイモンは答えた。「じつは、こっちから署へ行って話をしようと思ってた」

「ほう？」ウェスが鼻を鳴らした。「それは見物《みもの》だったろうな。どういう用件で？」

「ガスの件で」サイモンは言った。

ウェスが汚い部屋を見まわした。「話すことはそう多くない」と言う。「なにもかも通常の手順で進んだ。エレン・ケントの通報を受けて、最初におれが到着し、現場を確保した。科学捜査班がやって来て仕事をし、ガスの遺体を運んで検視を行なった。報告書が地方検事に提出され、検事は自殺と判定した。われわれは事故現場の立ち入り禁止テープを撤去し、ガスは埋葬された。以上、質問は？」

「ある」サイモンは言った。「いまはだれが地方検事だ？」

ウェスがにやりとした。目に浮かぶ冷たい光と相まって、奇妙な効果が生じる。「レイ・ミッチェル」うれしそうな声だった。「このあいだ退任したばかりだ。ガスの死を自殺と判定するのは、最後の仕事のひとつだったというわけさ」

サイモンは冷静を保とうとしたが、ウェスが目の表情をとらえてくっくっと笑った。「ああ、皮肉だと思わないか？　おまえの古なじみだよ。だが訪ねるのはやめておけ。おまえが厩舎に火をつけたことを向こうはまだ根に持ってる。三十万ドル分の損害だったそうだ。彼が神より金持ちでよかったな」

サイモンは首を振って受け流した。ウェスに厩舎の火事のことで反論しても意味はない。エネルギーのむだ遣いだ。

「ライリー、おまえにひとつ、質問がある」ウェスが言った。「ここにどれくらい居座るつもりだ？」

サイモンは薄い笑みを浮かべた。「さあ」

「それなら友好的な提案をしよう」ウェスが言う。「ラルーはおまえの健康にとってよくない。あの大きなバイクにまたがって出ていったほうが身のためだ。いますぐに」

「あまり友好的には聞こえないが」サイモンは言った。

ウェスが分厚い肩をすくめた。「おまえにはもったいないくらい友好的だよ」

サイモンは笑いたい奇妙な衝動をこらえた。ウェスは睨みをきかせて居心地悪くさせようとしているが、中学生レベルの脅しのテクニックだ。

ウェスがゲームに飽きたのか、鼻を鳴らして天を仰いだ。キッチンの中央に積まれたがらくたの山を見おろし、ブーツの先端でつついて、床に埃を散らかした。「掃除をしてるのか？」

「しようとしてる」サイモンは答えた。

「頼まれても代わりたくない」ウェスが言った。「あの男はまるで動物みたいな生活をしていた」

そんな見えすいた罠には引っかからない。サイモンはうなって腕組みをし、待った。

「おそらく山ほど写真があるんだろうな」

「おそらく」サイモンは言った。「まだ目を通してないが」

「それで、その写真はどうするつもりだ？」

奇妙な質問に思えた。「さあ」

ウェスが片足からもう片方の足へ体重を移す。「ふん。そうか」つぶやくように言った。

「まあ、どんな場所でもごみはないほうがいいからな」

サイモンは心のなかで十からゼロまで数えた。「そろそろ作業に戻りたいんだが」

「ああ、それがいい。おれの助言について考えてみろ。人間だれしも自分の健康には気をつけなくちゃならない。とどのつまり、大事なのはそれだろう？」

「ご親切にどうも」サイモンは言った。

皮肉を聞きつけてウェスは目を狭めたが、背を向けて出ていこうとした。

「警部補」サイモンは呼びかけた。「もうひとつ質問がある」

ウェスが太い首の上で頭だけひねった。「なんだ？」

「ベトナム戦争には出征したか？」

ウェスの目を当惑がよぎった。「ああ、一九六八年に。なぜだ？」

サイモンはためらってから答えた。「ガスもベトナムに行った。ふと思ったんだ、もしかして向こうで会わなかったかと」

ウェスが首を振った。「大怪我を負ったという話は聞いた。だが国に奉仕してじゃない。

つまらない写真のために身を危険にさらしただけだ。いまはおまえも写真を撮っているそうじゃないか。血筋だな。自分のことしか考えない」

「おれも国に奉仕した」サイモンは静かに言った。「海兵隊で。湾岸戦争とボスニアに行った」

「ふん」ウェスの目が腫れぼったいまぶたのあいだで筋になる。「それはそれは」

なぜこんなことを言ったのだろうと訝っているサイモンをよそに、ウェスがのしのしと出ていった。「おれの言ったことを考えておけ」

車が走り去る音が聞こえると、サイモンは肩の力を抜いて長いため息をついた。紙がくしゃりと音を立て、握りしめた手を見おろした。ベトナムの新聞の存在を忘れていた。

ウェス・ハミルトンの的はずれな悪意のほかに考えることがあって助かった。その場にしゃがむと、ごみの山を指でかき分けはじめた。食料品店のレシート、木くず、煙草の吸い殻。空のプラスチック製フィルムケース。

両膝を突き、家具の下をのぞいた。衣装だんすの下にエアメールの切れ端を見つけ、引っ張りだした。

筆跡は小さく整っており、女性の手によるものだった。

オーガスタス・ライリーさま　もしくはライリー氏の相続人さま

一九七三年にライリー氏の通訳兼ガイドを務めた父、ダット・チョン・グエンに代わってお手紙いたします。父はいま、重い病に伏せっており、あなたの勇敢で献身的な行為を忘れていないことを伝えるよう、娘のわたしに頼みました。父はあなたが怪我をしたときに助けられなかったのを心から悔やんでいます。自分の命の危険を案じて、その日に託されたカメラをいままでお返ししなかったことも。このカメラと一緒に、父の謝罪と、あなたのご健康とご繁栄を祈る気持ちを送ります。それからわたしの

残りはちぎれていた。住所はない。サイモンは埃まみれのフィルムケースと、雑然としたキッチンテーブルの上の古いライカのカメラを見つめた。背筋を興奮の震えが駆けおりる。写真だ。ガスの証拠は写真にちがいない。

# 8

コーヒー。サイモンにいま必要なのはそれだった。ひと晩中寝返りを打って過ごしたあと、午前五時半からガスの写真を分類しはじめた。空っぽの胃になにか入れなくては。〈ケント・ハウス〉のダイニングルームに忍びこめば、だれにも見つからずにコーヒーとパンをひと切れ、手に入れられるかもしれない。

ライラックの茂みを抜けたとき、キッチンのドアが勢いよく開いた。大柄で髪の毛をふくらませた物怖じしない感じの女性が現われ、無慈悲な決意をみなぎらせて小道を歩きだした。あとからミッシーが追ってくる。「ミセス・ウィルクス、お願いです。行かないで！　もうすぐブランチが始まるし、たまご料理と、パルメザンチーズ入りハーブポテトと、焼き梨《ベイクドペアーズ》の用意をしなくちゃならないのに、わたしひとりじゃ——」

「じゃあごく簡単にたまごを焼くのね。たまごなら、だれだって焼けるでしょう」

「だけどエレンはあなたが焼いてくれるって！」ミッシーが泣き声で訴える。

「いったいなにごとだ？」サイモンは慎重に尋ねた。

ミセス・ウィルクスが冷たい目でじろじろと眺めた。「あら。あのライリー坊やね。この町に戻ってきてトラブルを起こしてるそうじゃない」

「ええ、おれのことです」サイモンは言った。「それで、なにごとですか?」

「ミセス・ウィルクスが帰っちゃうの! エレンは写真を撮りに行かなくちゃならないから、代わりにブランチを用意する約束なのに」ミッシーの表情は、見るに耐えないほど悲痛だった。

「うちの嫁のお産が始まったのよ。病院に行かなくちゃ」ミセス・ウィルクスが言う。「がんばって、ミッシー。弱火がポイントよ」大きなピックアップトラックに乗りこんで、行ってしまった。

サイモンはミッシーの上下する肩を見やった。いったいどうしたらいいのやら。「なあ。泣くなよ、ミッシー。この世の終わりじゃあるまいし」

ミッシーが両手をもみしだいた。「絶対にしくじるもの」うめくように言う。「怖い!」

「怖がらなくていい」サイモンは言った。

ミッシーが当惑して目をしばたたく。「どうして?」

慎重に言葉を選んだ。「肝心なのは怖くないふりをすることだ」と言う。「まずはその一点に集中する。しばらくすると、自分でもそんな気がしてくる。そのうちある朝、目覚めたら、なんであれ怖かったものはもう怖くなってる」エルのことを思った。「まあ、ときにはそうならないものもあるが」小さな声でつけ足した。

ミッシーの表情が沈んだ。「じゃあ、怖くなるにはうんと時間がかかるのね」

同情が胸を刺した。「そんなことはない。いますぐ練習を始められる」

「いまから？　八人分のすてきなブランチで？」

「手伝うよ」言葉が口をついて出た。かわいそうなこの娘を難局にひとりで立ち向かわせるなどできなかった。それが彼自身にとってどれほど危険でも。見捨てるなんて男らしくない。

涙で濡れたミッシーの顔に希望が芽生えた。「料理ができるの？」

サイモンはためらった。「エルは手順を書いていったのか？」

「ええ」ミッシーが熱をこめて言う。

「書いてあるなら、どうってことないんじゃないか？　おれたちは字が読めるんだし。さあ、取りかかろう」

ミッシーは涙を拭いながら、サイモンを追うようにキッチンに入った。「エレンの置いていったレシピはこれよ。材料と道具はカウンターの上。ハーブ類は使う直前に摘んだほうが、新鮮だからいいんですって」早口にしゃべる。

サイモンはレシピを目で追った。気持ちが沈む。「オランデーズソースってなんだ？」

「黄色いの」ミッシーが言う。「たぶんたまごが入ってるんだわ。それかバター。やっぱりレモンかも。どれも黄色いでしょ？」

サイモンは続きに目を通した。「バジルとセージとパセリのちがいはわかるか？」不安な思いで尋ねる。

ミッシーが下唇を噛んだ。「ハーブはいつもエレンが摘んでくるから。外の小道の脇に生えてるんだけど、どれがどれか、よくわからない」

徐々に不安が募っていく。「ええと、それじゃあ〝味を調《ととの》える〟っていうのはどういうことだ？　調味料をたっぷり入れるのか、ちょっぴりか？」

ミッシーがゆっくりと首を振った。

恐怖に包まれてしばし見つめ合った。

サイモンは無理やり笑ってみせた。「なにを怖れることがある？　これは怖がらない練習をするいい機会じゃないか？」

「そうよね！」ミッシーが痩せた肩をしゃんと反らした。

「心配するな」サイモンは言い聞かせた。「失敗したら、即興でいこう！」

チャックとスージーは目の前に置かれた緑色でどろどろの〝サイモンの緊急時スペシャルオムレツ〟を見おろし、雄弁な視線を交わした。

「ミントとハラペーニョソースで味つけしたオムレツなんて、食べたことがないわ」メアリ・アンが疑わしげに言う。「ちょっと珍しいわね」

サイモンはどうにかにっこりしてみせた。たまごの上に散らしたいい香りの葉っぱはバジルだと思っていた。「病みつきになる味ですよ」

「ママ、エレンのマフィンが食べたいよ」ボイドが甘えた声で言った。

「ぼくも！　このたまご、気持ち悪い」アレックスが不機嫌そうに加勢する。

「失礼よ、坊やたち」メアリ・アンがいさめた。

「いいんですよ」サイモンは努めて冷静に言った。「もう一度イングリッシュマフィンを焼くから、ジャムをつけて食べるといい。どうだ?」

「もう焦がさないでよ」ボイドが文句を言う。

「ミッシー、イングリッシュマフィンをもう一回分、焼いてくれ!」大声で言った。「今度は様子を見ててくれよ? トースターはポップアップ式じゃないんだから」

「わかったわ!」ミッシーも大声で返した。

ミッシーはサイモンの片腕となって次々と惨事を巻き起こし、ある種とびきりの時間を過ごしていた。少なくとも彼女が楽しんでくれてよかった。地獄のような二時間だった。比べてみれば、無慈悲なテロリストを鎮圧するほうがずっと楽だ。少なくとも銃がある。が、たまごを撃ってもオムレツはできない。

「このポテトを電子レンジで温めてもらえるかな?」ライオネルが同情をこめて尋ねた。「わたしのような年寄りには少しばかり硬くてね」

「もちろんです、ミスター・ヘンプステッド」サイモンが答えると同時にドアが開き、ミッシーがもうもうと煙を上げる焼き皿を手に現われた。

不吉な予感。「どうした?」

ミッシーの目に涙がこみあげた。「ベイクドペアーズが! 忘れてた」

サイモンは焼き皿を見つめた。洋梨は黒こげになったブラウンシュガーとバターの下で、かわいそうなほど縮んでいた。

「味はみたか？」サイモンは尋ねた。「まだ食べられるかもしれない」

「まずそう！」アレックスが見下したように言った。

「オエッ」今度はボイドが加勢する。

フィル・エンディコットが不安そうな顔で尋ねた。「明日はエレンが料理をするんだろうね？」

「と思います」サイモンは答えた。

「ありがたい」フィルが出ていこうとする。

「ちょっと待って」サイモンは後ろ姿に呼びかけた。「まだイングリッシュマフィンがありますよ」言ってから、恐怖のうちにミッシーと見つめ合った。

「マフィンが！」同時に叫んでキッチンに駆けこんだ。

だれがだれにぶつかったのか定かではないが、ふたりがドアを駆け抜けた瞬間、ミッシーの不安定な手からガラス製の焼き皿が飛びだした。焼き皿は宙を舞い、キッチンの床のタイルに落下した。皿が割れて洋梨が飛びだす。黒こげになった砂糖のかけらが四方八方に飛び、シロップが食器棚に散って木製の飾りを伝いおりた。と同時にトースターの上のカーテンに火がついた。

そのとき、エルがキッチンのドアから入ってきた。

サイモンは火を消す作業をほとんどありがたいとさえ感じた。カーテンを引きずりおろし、その拍子にレールを壁から引き剝がす。燃える布のかたまりを流しに放りこみ、手を火傷して悪態をつきながら、蛇口をひねって水を出した。シューッという音とともに火が消え、強烈なにおいの湯気がもうもうと立ち昇った。

振り向くと、エルが驚愕の目で見つめていた。サイモンは啞然とした。

エルは別人と化していた。虐げられた髪はいくつもの小さな輪に形づくられ、輝くバラ色の頰とそばかすはマットベージュのファンデーションに塗りこめられている。まつげはごわごわで黒く、本来の唇の外側に新たなリップラインが濃いペンシルで描かれ、その内側はピンク色のグロスを塗りたくられていた。抑える前に、神経質な笑いがサイモンの口から飛びだした。まるでマンガのキャラクターだ。

そのマンガのキャラクターがひどく腹を立てていることに、遅ればせながら気づいた。

「いや、すまん」口のなかでつぶやいた。「きみの顔に、その、びっくりして」

エレンがキッチンに入り、周囲を見まわした。サイモンはその視線を追い、彼女の目を通してあたりを見た。無惨にも失敗に終わった料理の試みが、カウンターのいたるところに水たまりや染みを残していた。ひとつならぬたまごが床に落ちて割れたものの、命がけの戦いの渦中とあって、サイモンもミッシーも手を止めて拭き取ろうとしなかった。湯気と煙の柱がもやを作っている。まるで地獄絵図だ。

「コニーはどこ？」エルの声は彼女の声に聞こえなかった。

「お嫁さんのお産が始まったから、帰ったんです」ミッシーが唇を震わせながら蚊の鳴くような声で答え、洋梨のシロップの水たまりをそそくさと横切ってその場から逃げだした。べとついた足あとを残して。

サイモンはふたたびこみあげたヒステリックな笑いを押し殺した。エルがこちらを向いた。

「なにかおかしい、サイモン？」

「いや」自分に無表情を強いる。「なにも」

「わたしはいま、くだらない婚約写真を撮られて、人生でもっとも屈辱的な四時間を過ごしてきたところなの。自分の家に帰ってきたら、キッチンがめちゃくちゃにされて燃えてたの。それなのにあなたはわたしを見て笑うの？」エルの声が危険なほど高さと音量を増す。

サイモンは後悔の色を浮かべようとした。「そんな、まさか！　キッチンのことはすまなかった。手伝おうとしただけなんだ」

「手伝う？」エルがくるりと一回転する。「これが〝手伝う〟？」

ティーンエージャーのころに何度も感じた、胃が勝手に縮こまるような感覚に襲われた。間違った判断によるむなしい努力。エルにとっては、サイモンがガザへ戻ったほうがずっとありがたいだろう。あるいはチェチエンか、カブールへ。

そのとき網扉がぎいっと開いて、白いリネンのパンツスーツに身を包んだ完ぺきさの権化が優雅に入ってきた。ミュリエル・ケント、エルの母親だ。

ミュリエルが不快そうにキッチンの空気を嗅いだ。エルに気づいて目を丸くする。「なんてこと、エレン！　その顔と頭はどうしたの？」

エルがサイモンを見て、母親を見て、流しのなかでくすぶる布のかたまりを見た。マンガのような顔をくしゃくしゃにすると、ひと言もなく部屋を出ていった。

困惑したミュリエルが、念入りに抜かれた眉の片方をつりあげて、娘の後ろ姿を見送った。視線をサイモンに移し、彼だと悟って目を狭めた。

「あなたね」感情のない声で言う。「昨日ダイアナから電話があって、あなたがいるだろうと言われたわ」

サイモンは自分を見おろした。火傷をした手、染みだらけのシャツとジーンズ、鼻の先に光る汗。家具に粗相をしたのを見つかった犬になった気がした。「ええと、どうも、ミセス・ケント」

「また会うような予感がしていたわ」ミュリエルがハンドバッグをおろそうとし、清潔なところを探してキッチンのなかを見わたす。唇をすぼめてバッグを肩に戻した。

サイモンは彼女を見つめた。ミュリエル・ケントの前に出ると、いつも頭が真っ白になって言葉が出てこなくなった。もうすぐ三十五になろうかといういまでさえ、同じ状態に陥った。

「この散らかりようは、あなたに負うところが大きいようね」ミュリエルが言う。

サイモンはひれ伏したい衝動をこらえた。「おれは、その、ピンチヒッターを務めていたんです。ミッシーが、エルの下で働いてる娘ですが、ひとりじゃ朝食を用意できないと言うんで――」

「説明はいらないわ」ミュリエルがさえぎった。「百聞は一見に如かずよ」流しのなかの、カーテンの残骸を見やる。「キッチンでの才能はなさそうね」

「プロパンのキャンプストーブとサバイバルナイフの扱いなら得意なんですが」即座に生意気なもの言いを後悔した。体の両端にだらんと垂らした両手が居心地悪く感じられ、ポケットに突っこもうとした。

いろんなものでべとつき、こわばっているので、うまく滑りこんでくれなかった。

ミュリエル・ケントの眉があがる。「事態の収拾がつかなくなってきているような気がしたの。もう少し早く来るべきだったわね」

「いいえ。じゃなくて、ええ」うつろに答えた。「コーヒーでもいかがですか？　まだポットに残ってるはず――」

「わたしの家でもてなそうなんて思わないで、サイモン」

「エルの家だと思ってましたが」抑える前に言っていた。

ミュリエルの軽業師的な眉がさらにあがる。「厳密に言えば、そうね」厳しい目でサイモンの全身を眺めまわし、鋭いため息をついた。「やはりそのコーヒーをいただこうかしら。来て、サイモン。話があるの」

ミュリエルがべとついたキッチンの床の、汚れていない部分を選んで歩きだした。サイモンはしぶしぶあとに続き、だれもいない散らかったダイニングルームに入った。ミュリエルが自分でコーヒーを注ぎ、ダイエット用の人工甘味料を加えて腰かけた。

カップの縁越しに値踏みするような目でサイモンを見据えながら、コーヒーをすすった。「娘がどうしてあんなに動揺しているか、理由に心当たりはある？　もちろん、キッチンのありさま以外に」

サイモンは肩をすくめた。「ミッチェル家の人間と四時間も過ごしたせいでしょう」と言う。「婚約写真の撮影で」

「ああ」ミュリエルが公爵夫人のように小指を立てて、もうひとくち上品にすすった。「じゃあ、エレンがブラッドと婚約したのは知っているのね」

サイモンは肯定のうなり声をもらした。

ミュリエルが真っ白なリネンに包まれた脚を組んだ。「ようやく娘が人生の次の段階へ進む気になったと知ったときは、本当にうれしかったわ。あの子ならきっと、落ちついた男性には申し分のない妻になる。すばらしい母親にも」

サイモンのうなじの危険探知器が正確に作動しなかったことはなく、いまその探知器は、この女性はおまえを八つ裂きにしようとしていると告げていた。脳みそがフル回転し、失礼にならないようこの場を去る幾通りもの方法を吟味した。

くそっ。どうやっても失礼にならざるをえない。

「その計画を台なしにするようなことがなにも起こらないよう、心から願っているの」ミュリエルがつけ足した。

「そんなことが起きるとは思えませんが」

ミュリエルの唇が薄く引き結ばれた。「なにも知らないふりはよして、サイモン。未婚の娘がいるこの家にあなたが滞在していること自体、計画を台なしにするにはじゅうぶんよ。よりによってここに泊まるだなんて、信じられないほど無責任だわ」

この女性相手にかんしゃくを起こしてはならない。「ここはB&Bですよ」と言った。「一泊、百二十ドルを払ってます」

ミュリエルがわざとらしく咳払いをした。「あなたにそれが払えるの？」

「難なく」どうにか冷静に答えた。

ミュリエルが思案顔になる。「ふうん。あなたにまた会えて、エレンは大喜びしたでしょうね。子どものころはあなたに夢中だったから」

迫り来る破滅の予感が高まってきた。ドラムロールのように。「ええ、まあ。おれもまた会えてうれしかった」

「うちのエレンはやさしい子だから。だれかれかまわず世話を焼いて、食事を与えて、助けようとするの。ときどき心配になるわ」

サイモンは歯を食いしばった。「というと？」

ミュリエルがにこやかにほほえんだ。「あなたがその面倒見のよさにつけこむつもりではないことを願っているだけよ。エレンは幸せになるべきなの。あの子の人生がひっくり返されるのを見たくないわ」

サイモンは両手を握りしめた。「エルは大人だ」

「ええ、そうよね」ミュリエルがつぶやく。「あなたも、サイモン。ここへはガスの地所の
後片づけをするために戻って来たんでしょう？」
サイモンはうなずいた。
「そういうことなら。あの馬車置き場を売却する件、あなたならガスより道理をわかってく
れると信じているわ。あれは本来、うちの家族の財産なの」
サイモンは咳払いをした。「あれは曾祖父のシーマス・ライリーがユアン・ケントから公
正に勝ちとったものです。ライリー家の財産だ」
ミュリエルの唇が上品に歪んだ。「ライリー家、ですって？　わたしの知るかぎりではあ
なたが最後のひとりだし、プロパンのキャンプストーブとサバイバルナイフで名家は築けな
いわよ」
サイモンはぐっとこらえてこぶしをほどいた。「売る気はありません」
「あら、つまらない意地を張るのはやめなさい。あんな古い家を持っていて、なんになる
の？　こちらからは申し分のない額を提示するわよ」
後悔すること間違いなしの言葉を口にしようと唇を開いたそのとき、エルが静かに部屋の
なかへ入ってきた。濡れた髪は耳の後ろに撫でつけられ、化粧はきれいに洗い落とされてい
る。ジーンズとぴったりした黄色のTシャツを着た姿は、みずみずしくセクシーだった。温
かく刺激的なシャンプーの香りが、部屋の反対側にいてもわかる。
「いらっしゃい、お母さん」エルが屈んでミュリエルの頬にキスをした。「さっきはごめん

なさい。タイミングが悪くて」

「気にしないの。マリッジブルーよ」ミュリエルがエルのあごをやさしくたたいた。「ここ、残ってる」

エルが顔をしかめた。「あとでコールドクリームを使ってみるわ。断ろうとしたんだけど、問答無用で。髪がそのままで帰ってこられただけでもラッキーよ。お義母さんはレイヤーを入れたがってたの」

「ダイアナ・ミッチェルはとんでもない仕切り屋ね」ミュリエルが言う。「だからわたしが帰ってきたの。あなたを精神的に支えるために。わたしだって負けないくらいの仕切り屋よ」

エルが弱々しくほほえんだ。「来てくれてうれしいわ、お母さん。だけど前もって知らせてほしかった。いまは満室なのよ」

「この大きな家に空き部屋がないなんて信じられないわ」ミュリエルが強情に言う。

エルが椅子にへたりこんだ。「いいわ。わたしの部屋を使って」疲れた声で言う。「倉庫から簡易ベッドを出して、上に運ぶ――」

「その必要はない」サイモンは言った。「おれの部屋を使えばいい」

エルが心配そうな顔になる。「だけどあなたはどこで寝るの？」

サイモンは首を振った。「それは心配するな」

エルは反論しかけたものの、ミュリエルが割って入った。「どうもありがとう、サイモン。

なんて紳士的なのかしら」

「じゃあ、ええと、荷物を部屋から出します」

脚を引きずるようにして階段をのぼった。こうするのが正しいのだ。唯一の道だ。結婚式の計画が滞りなく進むよう、サイモンが出ていったほうが、だれにとってもいいのだ。彼に邪魔をする権利などないのだから。

タワールームへとつながる階段にミッシーが腰かけていた。顔をあげ、真っ赤な目から涙を拭う。「エレンに追いだされたのね？　みんなあたしのせいだわ」ジャンパースカートの裾からのぞく骨張った膝に顔を押しつけた。「いつだってあたしのせいなのよ」

「そんなことはない」やさしく言った。「追いだされることに関しては、だれの助けもいらない。おれひとりでじゅうぶんだ」

ミッシーが鼻を擦った。「これからどうするの？」

「なにか手を考えるさ」請け合った。「野宿したっていい」

ミッシーの顔に痛みが浮かぶのを見て、隣りに腰かけて肩をたたかずにはいられなくなった。ひな鳥のように頼りなく感じた。「気を落とすな」と励ました。「たしかにあれこれ壊したり焦がしたりしたが、大事なのは、挑戦したってことじゃないか」

「そうね。エレンにそう言ってみて」ミッシーが涙声で言う。

痛いところを突かれた。「その点は気にするな。関係ない。きみは果敢に挑戦したんだ。正しいことをした。たとえ失敗したって、それに関しては勝ち点を取ったんだ」

涙で濡れたミッシーのまつげが震えた。「だれから？」

言葉にこだわる質《たち》らしい。「わからん」途方に暮れて答えた。「世間から、かな。だが、だれも負けていなくても、自分に点を加えればいい」

ミッシーは疑わしそうだったが、この考え方に興味は引かれたようだ。

「ほんとさ」サイモンは説き伏せた。「まじめな話、おれについて言ってみろ。〝挑戦してベストを尽くしたことにだれも点をくれなくたって、自分で自分に点をあげる〟。ほら、言って。いい練習になる」

ミッシーが唾を飲み、すばやくまばたきをした。「挑戦して、ええと、ベストを尽くしたことに、だれも点をくれなくても、あたしが、あたしに、点をあげる」

「いいぞ」もう一度、肩をたたいた。「コツを覚えてきた。それから、知ってたか？　エレンがきみの力を必要としてる。キッチンがめちゃくちゃだ」

ミッシーがはっとして跳びあがった。「どうしよう。急がなくちゃ」

「落ちつけ」サイモンは声をかけた。「気負わなくていい。深呼吸をして、キッチンに行って、冷静に仕事をするだけだ」励ますように肩をたたいた。

「あの、サイモン？」ミッシーがおずおずと言う。

サイモンは振り返った。「どうした？」

ミッシーの泣きはらした目は大きく厳かだった。「やさしくしてくれてありがとう。力になってくれて。あなたも勝ち点を取ったわよ。だれに勝ったかはよくわからないけど、あたしが点をあげる」

サイモンは苦笑し、階段をのぼってベッドルームに入った。荷物をダッフルバッグに詰めると胃がきりきりと痛んだ。荷造りに時間はかからなかった。ほとんど必要としないから、荷物は少ない。このしゃれた部屋は、サイモンの人生には属さないのだ。エル・ケントも。サイモンは簡素、エルは豪華。その点を頭にたたきこんでおいたほうがいい。心理戦も、月光のなかの奔放なふるまいもなし。甘美でやさしい慰めも。

ダッフルバッグのファスナーを閉めたとき、控えめなノックの音が響いた。サイモンは凍りついた。もう一度、ノック。おずおずと、こんこん。ミュリエル・ケントならけっしてこんなふうにノックをしない。練兵係軍曹のようにたたく。

ドアを引き開けた。エルが目に感情をたたえて立っていた。抱きしめたいあまり、体中の細胞が疼いた。「なにか用か、エル?」わざと冷たい声で言った。

目が涙で光っている。「行かないで」少女のような声だった。「まだ。帰ってきたばかりじゃない」顔がくしゃくしゃになる。「あんなに長いあいだ、離ればなれだったのに」

のどが締めつけられた。エルを腕のなかに引き寄せる。肩に載るやわらかい頭は驚くほど心地よく、正しく感じた。

「遠くへは行かない。ガスの家の裏にテントを張る」

「テント?」エルが手の甲で目を拭う。

「ああ。バイクに積んである。草原にはハサミムシがいるが、もっとひどい場所で寝たこともある。それに、顔を洗いたければ小川もある」

「じゃあ、永遠にお別れじゃないのね？」

「まだ」やさしく答えた。「だがじきに。おれがここにいられないのは知ってるだろう」

エルの腕が腰を抱いた。目の表情に怖くなる。

「そんな目で見るな」サイモンは頼んだ。「この話はしただろう。ここにいたら、きみを傷つけるだけだ。きみの心を引き裂きたくない」

「じゃあ、やめて」エルが言う。「引き裂かないで。単純なことよ」

ちっとも単純ではないが、説明する手だてはなかった。部屋の奥へさがると、エルがついてくる。「こんな仕打ちはやめてくれ」サイモンは抗議した。「おれは〝いい人〟じゃない。おれが欲しいものは知ってるだろう。きみがそれを差しだしたら、おれは奪えるだけ奪う。そしてきみは傷つく」

「行かないで」エルがくり返した。「耐えられない。こんなに早く」

「おれはトラブルの種でしかない」声が震える。「お互いのために、おれにはそんな目で見つめられる資格などないと言ってくれ。出て行けと言ってくれ、エル。手遅れになる前に、おれとの縁を切ってくれ」

エルが彼の胸に片手を当てた。「できないわ」ささやくように言う。「できない」

たまごで汚れたTシャツに載せられた華奢な手を見つめた。甘い香りに目がくらむ。

「おれを憎まないでくれ、エル」サイモンは懇願した。

「絶対に」エルが答えた。

どうやってベッドにたどり着いたのかわからないが、気がつけば彼女を全身で組み敷き、濡れた髪に指をもぐらせて、やわらかい唇をむさぼっていた。体でベッドに押さえつけると、痛いほど硬くなったものが脚のあいだのくぼみにくるまれる。まるでなかに入っているかのように、エルが腰を動かした。

十七年前のあの夜も、彼女は同じことをした。清純にもみだらにサイモンの下でうごめいて、彼の理性を吹き飛ばし、本当の情熱のなんたるかをはじめてかいま見させてくれた。以来、サイモンはそれを探しつづけてきた。

これがそれだ。このすべてが。サイモンは仰向けになって彼女を体の上に引きずりあげ、えもいわれぬやわらかさを全身で感じながら、唇とあごを唇で愛撫した。

彼女のジーンズのいちばん上のボタンを外し、ウエストバンドの下に手を滑りこませた。Tシャツの下にもう片方の手をもぐりこませ、サテンのブラにくるまれたビロードのようにやわらかい乳房をまさぐった。

「エレン？　上にいるの？」

ミュリエル・ケントの疑わしげな声が、無我夢中の情熱をナイフのように切り裂いた。エルが跳びおきて立ちあがり、ジーンズのボタンをかけ直したまさにそのとき、ドアがばたんと開いた。

「ここにいたのね」ミュリエルが眉をひそめる。「なにをしていたの？」

「ええと、その、サイモンが荷物を運ぶ手伝いをしてたの」エルが言った。

ミュリエルの視線が娘の赤い顔と乱れた髪を眺める。それからサイモンのダッフルバッグとしわだらけのシーツを一瞥した。「なるほどね。それでは、と。そのひとつきりのかばんを運ぶ手伝いが終わったら、サイモンにわたしのスーツケースを運んでもらおうかしら」

# 9

エレンは目の前のアップル・キャラメル・タルトを力なくつつき、キャンドルの灯ったテーブルを見まわした。未来の義父に視線を留める。今夜のレイはどこかおかしい。いつもは冗談ばかりで陽気なのに、今夜は静かでうわのそらだ。今夜のミュリエルとダイアナのおしゃべりを聞く顔には〝深い憂慮〟が貼りつけられているものの、白いシフォンとクリーム色のタフタの優劣を競う話題に〝深い憂慮〟は似つかわしくない。〝えらそうに愉快〟が妥当だ。つまり話を聞いていないということ。

とはいえ批判できた立場ではない。エレン自身、言うべきことを思いつかずにいた。テーブルの向かいのブラッドに視線を移す。今夜のブラッドはどんな仮面も着けていない。目はエレンを見据え、ぎらぎらと光っている。フォークは皿と口を行ったり来たりするものの、視線はけっして動かない。エレンは椅子の上で身じろぎした。

「そのアップル・タルト、ひとくちも食べていないじゃない。この店の看板メニューなのに」母が心配そうに眉をひそめた。

「おいしいわよ」エレンは急いでひとくち食べた。「だけどお腹がいっぱいで。フィレミニヨンは絶品だったわ」

「肉も食べなかったじゃないか」ブラッドが言う。「なにも食べてない」

「ウエディングドレスが入らなくなるんじゃないかと心配しているの？　大丈夫よ。花嫁はいつだってちょっぴり縮むんだから」ダイアナがチョコレートムースを口に運んだ。「あなたがあのライリーを家から追いだしてくれて本当に助かったわ、ミュリエル」勝利の笑みをエレンのほうに投げかける。

難しい表情がミュリエルの顔をよぎった。ナプキンで口元を押さえる。「サイモンは紳士らしくわたしに部屋を譲ってくれたの」

ブラッドが鼻を鳴らした。「紳士らしい？　まさか。あいつは変わっていませんよ。他人などおかまいなしで、自分のことしか頭にない。嘘つきで詐欺師の、く――」

「ブラッド！」ダイアナがさえぎった。

「くずだ」ブラッドが言いなおす。「うちの厩舎を燃やす前も――」

「燃やしてないわ！」エレンのフォークが皿に当たって大きな音を立てた。

「エレン、落ちつきなさい」ミュリエルがぴしゃりと言う。

「サイモンがこきおろされるのを聞くのは飽き飽きなの。彼はわたしの友達で、なにも燃やしてなんかいません」

続く水を打ったような静けさを、大きな笑い声が破った。レイの肩が震えだす。「みんな、あの火事の話は、し、しないほうがいいと思わないか？」顔が赤くなっていく。「カッカするのは、よ、よそうじゃないか」

沈黙がさらに張りつめるなか、レイの笑いは徐々に収まっていき、ときおり鼻を鳴らす程度になった。テーブルを囲むだれひとりとして、だれとも目を合わせようとしない。レストランは静まりかえり、店内の全員の視線が注がれていた。

ダイアナが尊大な態度で鼻から息を吸いこんだ。「そんなに愉快とは思えないけれど」

「いや、すまない」レイが素直に謝る。「無性におかしくてね」

「だけど話をもとに戻すと、エレン、そのかわいい頭は髪を生やしておく以外のことに使うべきよ」ダイアナが言う。「サイモンが厩舎から逃げていくところをレイは見ているの。そのすぐあとに厩舎は焼け落ちて、彼はいなくなった。算数はできるでしょう？　計算は難しくないわ」

エレンはデザート皿をじっと見つめた。「出て行くのには、ほかに理由があったんです」

「それはなんなのかしら？」ダイアナが期待をこめてまばたきをする。「ぜひ聞かせて」

エレンは首を振った。サイモンの問題はミッチェル家には関係のないことだが、みんなの非難が耐えられなかった。彼を守りたくてたまらなかった。なお悪いことに、不適切な思いが頭に浮かんでばかりいた。たとえばダイアナ・ミッチェルが大嫌いだという事実とか。この女性だけは好きになれそうにない。自分をなだめてもすかしても無理だ。試すのさえむだ。見こみはない。

目が覚める思いだった。そもそもじゅうぶん目が覚めていたのに。

ブラッドがテーブルを離れた。「ある人物の話はやめにしよう。その話題にはうんざりだ」

「ブラッドの言うとおりね」ミュリエルがきっぱりと言った。

ダイアナがコーヒーを混ぜるとスプーンが鈴のような音を立てた。念入りに化粧をした顔がふくれ面になる。

レイが身を乗りだして、ダイアナの手をぽんぽんとたたいた。「そんな顔はよしなさい」ご機嫌を取る。「過去は水に流そう。昔の話じゃないか。な？」

ブラッドがナプキンをテーブルに放った。「少しエレンをさらってもいいかな？このところごたごたしていて、ふたりきりの時間を持てていない」愛想よくミュリエルにほほえみかけ、激しい視線をエレンに戻した。

エレンは身震いした。ブラッドの目にはむきだしの独占欲が浮かんでいるものの、温もりはない。なぜいままで気づかなかったのだろう。もしかしたらこの冷ややかさは今日はじめて彼があらわにしたものなのかもしれない。ブラッドは怒っているだけなのかも。あるいはエレンが新しい目で彼を見ているのか。出会った男性すべてをサイモンと比べてきたように、ブラッドをサイモンと比べているのだ。そのせいでエレンの恋愛経験は不毛だった。考えると落ちこむ。

「もちろんよ。楽しんでらっしゃい」ミュリエルが言った。

ダイアナがしぶしぶ笑みを浮かべた。レイがくっくっと笑って妻の手をたたく。ようやく〝えらそうに愉快〟が現われた。

夫妻はお決まりのキスを交わし、エレンはブラッドに続いて店を出ると駐車場を歩いた。

ブラッドが車のドアを開けてくれた。「飲みに行くか？」

エレンは首を振った。「ひどく疲れたの。家に帰りたい」

「わかった」ブラッドが車に乗りこみ、イグニッションにキーを挿した。

エレンはなにか言うことを探し、レイの奇妙な笑いの発作を思い出した。「ブラッド、お父さまは大丈夫なの？　今夜は少し様子が変だったけど」

ブラッドがうなる。「神のみぞ知る、さ。退職してからずっと変なんだ。だけど考えてみれば、昔から変だった」

「理解できそうにないわ」エレンは言った。「すごく――」

「やめておけ」ブラッドの声は硬かった。「父は謎だし、他人が解読しようとするのを好まない。ただにっこりしてうなずいて、プライバシーに踏みこまなければいい。たいていは」

エレンは神妙な気持ちになった。「知らなかったわ、あなたが、その、お父さまとのあいだに問題を抱えてるなんて」しばらくして言ってみた。

「抱えてない」ブラッドが辛辣なほどはっきりと発音した。「父とのあいだにはなにもない。なんにも」

「だけどそれこそ……問題じゃないの？」

ブラッドが赤信号で乱暴にブレーキを踏んだ。「その話はもうやめだ。いいな？」

エレンは膝に視線を落とし、ハンドバッグのストラップを指に巻きつけた。「怒らせるつもりじゃなかったのよ」

ブラッドが苛立った声をもらす。「怒ってない。だが、いくらだれかのことでくよくよ悩もうと、いずれは振りきって前へ進むしかない。さもないと、そのだれかが人生の中心になってしまう」

「そうね。すごくよくわかる」エレンは静かに言った。

「ぼくと父の関係はこうだ。父のことでくよくよ悩むのはやめた。ただ、お互いに礼儀正しく接する。父の頭のなかでなにが起きていようとかまわない。興味はない。わかったか？」

「ええ」エレンは言った。「ごめんなさい、ブラッド。ちっとも知らなかったの――」

「話題を変えないか？」

「そうね」つぶやくように言った。

別の話題はないかと頭のなかを引っかきまわした。ふだんふたりでどんな会話をしているか、思い出そうとした。そしてあまり愉快ではない事実に気づいた。まともにブラッドと会話をしたことはない。ブラッドが自身の成功や計画について語り、エレンはなるほどとうなずくだけ。そうでなければ、エレンが事業をどう運営するべきかをブラッドが論じ、エレンはほほえんでうなずいて、彼が関心を払ってくれることに感謝する。

ごくまれに、エレンが自分のことを――考えや気持ちや意見を――打ち明けたときは、ブラッドは礼儀正しくはあったが退屈そうだった。驚きはしなかった。昔から、自分はちょっぴり退屈な人間ではないかと思っていたから。人当たりがよくて親切だし、愚かでもないのはわかっている。ただ、際立って刺激的とはいえない。恥ずべきことではないけれど、それでも。彼に自分の話をさせておくほうが安全に思えた。

サイモンといると、退屈な人間になった気がしなかった。彼となら、話題に困ったこともない。むしろ話す時間が足りないくらいだ。

だから？　あまりにも不適切な思いに腹が立った。わたしはまた愚かで意味のない比較をしてる。サイモンはエレンと結婚して子どもをもうけ、一緒に年老いることなど望んでいない。彼には別の計画がある。別の道、まったく別世界の人生が。

ブラッドが陰気に黙りこくっているので、言うことはなにもなかった。少なくとも、言う勇気のあることは。

長く緊張した、気詰まりなドライブだった。車が〈ケント・ハウス〉の前に停まると、エレンは彼がいつもの短いキスをして去り、ひとりで感情と格闘させてくれることを半ば願った。

今夜はちがった。ブラッドはエンジンを切って外に出た。

「話がしたい」彼が言う。「なかへ入ろう」

エレンの胃は跳びあがり、とんぼ返りを打って急降下した。理にかなった要求だ。ブラッドは正式な婚約者だし、エレンはこの息苦しさに向き合う勇気と度胸を見つけなくてはならない。

いつまでもこんなふうではいられない。きちんと話し合わなくては。

エレンが先になかへ入った。メアリ・アンかライオネルがいれば緊張がやわらぐのにと、周囲を見まわした。

だれひとり見あたらなかった。みんな、まだディナーから戻っていない。

ブラッドも周囲を見まわした。「きみの部屋へ行こう。今夜は宿泊客には会いたくない」

これも理にかなった要求。エレンは自分にそう言い聞かせたが、階段を登るときに背後で彼の足音が響くと、追われているような気がした。

ブラッドが彼女のあとからスイートルームに入ってきた。小さなリビングに専用のバスルームがついており、控えめなアルコーブにベッドが置かれている。ブラッドが室内を見まわして言った。「きみの部屋をはじめて見た」

「そうね」エレンはそわそわして答えた。

「おかしいと思わないか?」ブラッドがのんびりと歩き、あれやこれやを眺めて写真立てをのぞきこんだ。「婚約してるのに」

「さあ、どうかしら。婚約したのはこれがはじめてだから」ハンドバッグを置いて、もっと親密で誠実なことを言おうとした。が、心は防御態勢に入り、握りこぶしのように固く閉ざしてしまった。

「話がしたい」ブラッドがくり返す。

「どうぞ」エレンは答えた。「聞くわ」

ブラッドがソファに上着を放った。「いままで話さなかったことが山ほどある、エレン。きみとは波長が合うと思っていたが、間違っていたようだ。理想的なほどには意志疎通ができていない」

「ええと、そうかもしれないわね」エレンは同意した。

「たとえば、ぼくは結婚するまでセックスは待つべきだと考えていた」ブラッドが言う。

エレンは口を開いた。なにも出てこなかった。また口を閉じた。

「結婚までそう時間をかけないんだし、待つほうがロマンティックだと思った」近づいてきてネクタイを外す。「きみは控えめで品のある女性に見えた。感心なことだ。厳格な規則というのは、社会全体だけでなく人間関係をも支配するべきだ。そうでないと、卑しく乱れたものになってしまうからね。ぼくはその状態を知ってるし、二度と経験したくない。だからきみを結婚相手に選んだ。ぼくは秩序だった人生を望んでる」

「秩序だった？　わたしが？」昨日、ガスのキッチンで起きたことを思い出した。サイモンにしがみつき、ブラウスをはだけて熱い唇にむさぼられたことを。頰が染まった。「あなたが考えるほど秩序正しい女性じゃないと思うわ」

ブラッドの視線がエレンの体を伝いおりた。ゆっくりと、推し量るように。

エレンは震えた。これまでふたりの関係の肉体的な側面を試すのを待つことにしてくれて、本当に感謝していた。彼の気づかいはいい兆候だ。ベッドのなかでも思いやりがある夫になってくれるとほのめかしている。ブラッドがさらに近づいてきた。

エレンは後じさった。

「ふと考えたんだ、ぼくが待ってるのは、関心がないせいだと思われてるんじゃないかと」

ブラッドが言った。「あるよ。すごく関心がある」

「関心って、その……なにに？」

ブラッドが苛立たしげにため息をついた。「セックスに。エレン、きみとの。きみは美しい女性だ。肉体的に惹かれていなかったら、妻に選んだりしない」

ブラッドの目は凍るほど冷たく、声は計算し尽くされていた。サイモンの激しい情熱が記憶に新しいから、なんだか妙に現実離れして見えた。

「ええと……ありがとう。と言えばいいのかしら」口ごもりながら言った。

ブラッドの両手が肩をつかみ、腕まで撫でおろした。「ぼくらも次の段階へ進むべきだと思う」

そう言うと、彼女を引き寄せてキスをした。エレンの頭のなかの冷静で好奇心旺盛な部分が、彼の抱擁と、唇の上をうごめく温かく巧みな唇への自らの反応をじっと観察した。熱はほとばしらない。胸のなかでやわらかいなにかが広がることもない。苦しい切望も、募る渇望も、甘い満足感もない。

ただ間違っているという痛切な感覚だけが胃の奥底でふくらんでいき、ついには彼を押しのけたいという強い衝動に変わった。ブラッドとのセックスを夢見たことはない。ふたりの親密さが増せば、自然に進展してくれるだろうと考えていた。

それはなさそうだ。

ブラッドの胸に両手を当てて、そっと押しのけた。「いや」つぶやくように言う。

ブラッドがさがり、目で問いかけた。

エレンは首を振った。「あなたとセックスしたくない」

ブラッドの顔が真っ赤になった。「いまは、それとも永遠に?」

「永遠に」エレンは答えた。「あなたを愛してないの。気づくまでこんなに長くかかって本当にごめんなさい」

自分の声に聞こえなかった。はっきりした、断固たる声。いままでずっとブラッドに正直ではなかった。というより、ずいぶん長いあいだ、自分自身にさえ正直ではなかった。それがどんな感じか忘れていた。

ブラッドが目を逸らした。のど仏が動く。

エレンは指輪を外して差しだした。ブラッドがじっと見おろす。「サイモンに関係があるんだな?」

「サイモンは無関係よ」自分の声の正直な響きを味わった。「まったくの。これはあなたとわたしの問題」

ブラッドが指輪をポケットに突っこみ、ソファから上着を引ったくった。「あいつに利用されて捨てられても、泣きついてくるな」と言う。「中古はお断りだ」

エレンは目をしばたたいた。まあ、彼がひどい人であればあるほど、婚約を突然破棄した罪悪感は減る。

「泣きついたりしないわ」エレンは言った。「さよなら、ブラッド」

サイモンは力任せにファイルキャビネットを閉めた。だれかが棚のなかをあさったらしい。ガスは写真の整理にかけては度が過ぎるほど神経質だった。伯父の複雑で特殊なファイリングシステムを覚えているが、これはその体系に則《のっと》っていない。ファイルはやみくもに引き出しのなかへ突っこまれただけだ。

ポケットナイフを取りだし、ねじ回しで板をこじ開けた。板の奥には、一九二〇年代に曾祖父のシーマスが密造酒を隠すためにこしらえた隠し戸棚がある。まったく、ライリー家の人間はずる賢い。懐中電灯で暗い穴を照らし、ため息をついた。またしても埃をかぶった写真の箱の山。勘弁してくれ。

ひとつを引きずりだして、なかをあさった。少なくともこのファイルは、いまもガスの体系に則って整理されている。侵入者は秘密の戸棚に手をつけなかったのだ。サイモンはてきとうに一枚を抜きとって埃を吹き飛ばし、灯油ランプの明かりだけでは足りないとばかりに、懐中電灯をかざした。また美しい女性の写真。色っぽいブロンドが、さまざまなセクシーポーズを取っている。投げキスをし、ピンナップ女優さながらに肩越しに視線を送り、マクナリー・クリークの滝で水を跳ね散らす。明るいつり目にはどこか見覚えがあるような気がしたものの、理由はわからなかった。

写真に収まった美しい女性は彼女だけではない。ガスのカメラは、情熱的な技術と構図をとらえる天才的な目で、彼女たちを愛でた。肖像写真を撮らせたら、伯父の右に出る者はいない。写真のなかの女性たちは、だれもが輝いている。愛らしく、まぶしい。性的に満足している。

古いライカを持って、エルを滝に連れて行きたくなった。サイモンのなかの芸術家が、彼女の体に降りそそぐ光と影とたわむれることを思ってよだれを垂らした。もし説得できたなら、裸で。ガスの暗室でサイモン自ら現像できるよう、モノクロで。それから――くそっ。

引き起こされる大惨事の鮮明な記録が必要だとでもいうのか？　ここを出ていったあともわが身を苦しめられるように？

ガスもこの写真でわが身を苦しめたのだろうか。一緒に暮らすようになってから、伯父の生活に女性の影を感じた記憶はないが、どうやらガスにも女性といるのが楽しい時期があったらしい。なにか大きなことが起きて、自分のなかに閉じこもってしまったにちがいない。

それがなにか、わかったら。

もしかして、グエンという人物が目撃した〝勇敢で献身的な行為〟に関係があるのだろうか。写真に。ベトナムに。サイモンの母に。だが母とベトナムにいったいどんなつながりがある？

母の写真も数多く見つけた。美しい姿に、心の奥底で眠る思い出が目を覚ます。このファイルフォルダーには不要な痛みで頭を殴られる可能性が山ほど詰まっている一方、証拠らしきものはひとつもなかった。とはいえ彼の探しているものは侵入者がすでに見つけ、持ち去ったのかもしれない。

懐中電灯の電池が切れかけてきたが、なにかに集中していないと、交互に訪れる欲望と自己嫌悪の波に呑まれてしまう。パブの自動販売機で買ったコンドームが、ジーンズのポケットに焦げ穴を開けそうだ。新しいルールを決めていた。彼女を追いかけたり急かしたりしない。が、もし向こうから来たら。

準備が整いすぎて、いまにも爆発しそうだ。

それでも、寝る相手にはかならず聞かせるのと同じ話をするつもりだった。幻想も約束もなし。サイモンが与えうる、最高に熱くみだらなセックスだけ。それでも向こうが彼を欲しいと思うなら、こちらに後ろめたさはなくなる。

論理の上ではそうでも、落ちつかない体はおとなしく同意しなかった。もしエルに強がりを見破られて、失せろと言われたら？　自動発火してしまうにちがいない。

ブロンドの写真をフォルダに戻し、箱から飛びだした別のフォルダに記された、ガスの太く角張った筆跡に目を留めた。

〝ウェス・ハミルトン　一九八七年八月〟。サイモンが家出をした月だ。

なんだろう？　フォルダを抜きとると、一枚の写真が膝の上に舞いおりた。超ミニスカートを穿いた女性と一緒に車をおりてくる男性。モーテルの部屋に入るふたり。写真にはモーテルの看板がきちんと収められている。笑いながら部屋から出てくる男女。キスシーン。女の尻を抱く男の手。カメラは容赦なく男の顔に焦点を絞り、ほかの部分はぼやけていた。いまより若くスリムなウェス・ハミルトン。サイモンの生活を地獄にすることを個人的なでは。

使命としていた、古き悪しき時代の面影のままだ。女のほうは、無口で痩せぎすのウェスの妻、メアリ・ルー・ハミルトンではない。当時のウェスの上司にして、ラルー警察署長の娘なんてこった。ガスは彼を脅迫していたのだ。サイモンは写真を次々とめくり、笑いだした。脅迫用の写真でさえ躍動感にあふれ、構図は完ぺき。根っからのアーティストなのだ。

そのとき、外でエンジン音が聞こえた。ランプを吹き消してすばやく立ちあがる。ウェスが訪ねてきて以来、不意打ちを警戒していた。

ブラッド・ミッチエルのポルシェが〈ケント・ハウス〉の前に停まった。ブラッドとエルがディナーから戻ったのだ。ふたりは車をおりて言葉を交わし、ブラッドがエルに続いて家のなかへ入った。

ウェスの写真がキッチンの床に散った。

これには心の準備ができていなかった。エルの寝室に明かりが灯る。アドレナリンが全身を駆けめぐり、衝動がこみあげた。あそこへ走っていって部屋に飛びこみ、そして――いや。サイモンは両手を握りしめた。これはエルが選んだことだ。ブラッドは結婚を申しでた。エルにキスをして肌に触れる権利がある。あのひんやりしたシーツのあいだに滑りこみ、華奢な体を体で覆う権利が。

想像すると吐き気がした。想像が現実になるあいだ、この場に突っ立って寝室の窓を眺めてなどいられない。場面が心の目の前で展開した。恐ろしいほど鮮やかに、細かく。音響つきで。

背を向けなくては。家に入らなくては。心を鎮めなくては。動け。向きを変えろ、ばか野郎。窓を見るのをやめるんだ。向きを変えろったら。できなかった。足に根が生えていた。時間が過ぎていく。三分。五分。八分。十分。

玄関がばたんと閉まった。ブラッドが大股で車に歩み寄る。車のドアもばたんと閉まった。ポルシェはタイヤを軋らせて走り去った。

星がはっきり見えてきた。コオロギとカエルの歌が楽しげに強くなる。欠けていく月は低く浮かび、地平線の上でバターのような黄色に輝いている。川から寄せる風は樹液と花の香りを含み、影に包まれた山々は暗い魅力を放つ。人生は甘美で、可能性に満ちている。それもこれも、エルが部屋にひとりだから。

が、すぐにあることに気づいた。ブラッドをあれほど怒らせたのがなんであれ、おそらくプロのトラブルメーカー、サイモン・ライリーに関係があるにちがいない。エルの寝室の窓を見あげた。人影がカーテンを横切る。ブラッドに動揺させられたのだろうか。様子を見なくては。もし顔に唾を吐きかけられたら、鉄道操車場近くのパブに行ってぐでんぐでんに酔っ払おう。好きなストレス対処法ではないが、かまうもんか。一家代々のならわしで、非常事態には役に立つのだ。

ガスの草原を渡り、ライラックの茂みを抜けて、前庭を横切った。音を立てずに背後でキッチンのドアを閉じ、耳を澄ました。家は静まりかえっていた。

足音を忍ばせて階段をあがり、廊下を進む。主寝室のドアの前で立ち止まり、ノックをしようと手を掲げた。手が凍りついた。

なんてまぬけなんだ、愛に飢えた小犬みたいに彼女を追いかけ回して。差しだせるものなどなにもないのに。

そのときドアが開き、口のなかが乾いた。

絹のシェードのランプが投げかけるバラ色の光が、エルを背後から照らした。頭には後光が差し、ほどいた髪はやわらかく流れるようだ。エルはつややかなクリーム色の服を着ている。イブニングドレスと称されるものなのだろうが、サイモンの目にはランジェリーに見えた。

エルは戸口に立ち、彼がなにか言うのを待っている。サイモンは唾を飲み、咳払いをした。

「どうしておれがここにいるとわかった？」

「感じたの」エルが簡潔に答えた。

サイモンはドレスの上品な襟からのぞく、かすかな谷間の影を見つめた。「ブラッドが出ていくのが見えた」

エルがうなずくと、豊かなウェーブヘアも動いた。顔つきがいつもとちがう。やわらかく晴れやかだ。無防備。甘い笑顔に、ひざまずいて慈悲を請いたくなった。

「怒ってるようだった」サイモンは言った。

「ええ、怒ってたわ。とても」エルが低くかすれた声で言う。

サイモンはやわらかい布が彼女の腰を抱き、お腹の曲線をくるむ様子を見つめた。「邪魔するつもりはない」後じさりながら言った。「大丈夫かどうか、たしかめたかっただけだ。きみのフィアンセがあんなふうに帰っていくのを見て、もしやなにかあったんじゃないかと――」

「ちがうの」エルが言った。

「なんだって？」

「もうフィアンセじゃないの」

サイモンの世界が旋回し、新しい形をとりはじめた。それが落ちつくまで、足を載せておく場所がなかった。立っている地面が。

エルが彼の手を取り、部屋のなかへとさがった。「入って、サイモン」やさしく彼を導いた。

いつもの清掃業務をあらかた終えたコーラは、テレビの前で食べるおいしいパスタサラダとゆうべの残りのローストビーフと冷えた白ワインに思いを馳せながら、糸くずフィルターの中身を捨てた。店の前に車のヘッドライトが近づいてくるのを見て、外の暗がりに目を凝らした。うなじの毛が逆立った。

これまで幾多のトラブルを経験してきたから、この短い毛が告げることにきちんと耳を傾けるようになっていた。あいにく最後の客はほんの五分前に帰ってしまった。コーラはされげない足取りで奥の事務所スペースに向かった。ここには洗剤と柔軟剤の小袋に、両替え用の二十五セント硬貨、そして手ごろで便利な野球のバットが置いてある。

ドアを押し開けて入ってきたのはブラッド・ミッチェルだった。

ブラッドの猫のような緑の目が思案げにコーラを一瞥した。まるで買おうかどうしようか迷っている車を眺めるみたいに。

慌てちゃだめ。ブラッド・ミッチェルはろくでなしかもしれないけど、ビボップやスコティーのような薄汚い連中とはちがう。危険があるとしたら、コーラの心の平安にとってだけで、肉体的には無事なはず。

とはいえ心の平安は、自衛のためのバットを持っていない。そして相手がブラッドとなると、コーラの心は途方もなく無防備だ。屈辱的なことこのうえないけれど、彼への反応を抑えられなかった。忌まわしい、どうしようもない怒りともどかしさ。最悪なのは、今度こそちがうんじゃないかという愚かな希望。

そんなことは絶対にありえないのに。

「もう閉店よ」それ以外に言葉を思いつかなかった。

ブラッドの目がコインランドリーの店内を見まわす。生まれてこの方、一度も自分で洗濯をしたことがない男の高慢な態度で。

「洗濯をしに来たんじゃない」ブラッドが言った。

「あら、失礼。そりゃそうよね」コーラは返した。「代わりに洗ってくれる召使い部隊を、ママが用意してくれてるんですものね」

ブラッドがウイスキーのボトルを唇に掲げ、ごくりと飲んでから、瓶で野球のバットを示した。「それを使う状況に陥ったことは？」

「何度か振りまわしてみたけど、だれかを殴ったことはないわ」コーラは答えた。信じられない、この暑さにスーツを着てる。そして似合ってる。空っぽで尊大なピエロ。「まだ」とつけ足した。

ブラッドが折りたたみ式テーブルに瓶を置き、彼特有のX線の目で見つめた。その表情に不安になった。この顔の裏でなにを考えているのか、わかったためしがない。そのせいでありとあらゆるトラブルに巻きこまれてきた。純真な愚かさゆえに、少女っぽいばかげた夢を投影してしまったが、やがて裏にはなにもないと悟った。信頼も信仰も愛も。なんにも。

「それで、ブラッド？」コーラは言った。「洗濯をしにきたんじゃないなら、なんでここにいるわけ？」

ブラッドが上着を脱いで、テーブルのウイスキーの隣りにかけた。悪い兆候。ここであまりくつろいでほしくない。

「ひとつ教えてくれないか、コーラ」ブラッドが言う。「なぜそういう服を着る？」

「そういうって、どういう？」自分の体を見おろした。黒のバイクショーツに、レモンイエローのホルタートップ。見方を変えればスポーツブラ。

「商売女みたいな」ブラッドが言った。

いったいあのウイスキーをどれくらい飲んだのだろう。「ブラッド、今日は日陰でも三十八度近いのよ」と言う。「あんたが自問するべきは、どうしてぼくはスーツを着てるんだろう、じゃないの？」

「一月には、きみは体にぴったりしたフリースを着る。質問に答えろ」

コーラは腰に両手を突いた。「いいわ。正直に答えてあげる。あんたにはもったいないけどね」と言った。「あたしはきれいな体をしてる。体形を保つためにせっせと鍛えてる」つま先立ってくるりと回り、背中を反らした。両手で胸を撫でおろし、あらわなお腹と腰の曲線をさすった。「すてきでしょ？　あたしはこれを見せびらかしたいの。いいものを持ってるなら、見せつけなくちゃ」

「お気に入りのモットーのひとつか？」

コーラは頭上に両腕を伸ばし、髪をさっと払って胸を突きだした。「そのとおりよ」

「じゃあ本当なんだな」ブラッドが言った。「思ったとおりだ。この思わせぶりなあばずれめ。ぼくを怒らせるためだけにやってるんだろう」

コーラは腕をおろし、高らかに笑った。「冗談やめてよ！　いい気にならないで。あんたのことなんて頭にない。それより早く答えなさい、あたしの店であたしの貴重な時間を使って、いったいなにをしてるのか」

「ひどく妙な夜だったんだ」ブラッドが言う。

「それとあたしと、なんの関係があるの？」コーラは事務所にバットを放り、乾燥機に寄りかかって胸の前で腕組みをした。腕をぎゅっと絞って谷間を強調する。ブラッドの視線が胸元にさがった。いい気味。

「どうしてあたしに妙な夜の話を聞かせたいのかさっぱりわからないけど、こっちは夕飯を食べてゆっくりしたいの」コーラは言った。「だから早く吐きだして。胸の内をさらけだして、あたしを家に帰らせて」

「じつは、きみも知っておくべきだと思ってね」ブラッドが言う。「目下のきみの恋人は浮気をしてるぞ」

目下の恋人？　わけがわからなくて、コーラは目をしばたたいた。「目下のなんですって？」もう一年も恋人はいない。

「サイモン・ライリーだよ」もどかしそうにブラッドが言う。「あいつはぼくのフィアンセと寝てたんだ。どこかで聞いたような話じゃないか？」

コーラは口をつぐんだ。「あらまあ。それは、なんていうか、すばやいわね」

「そこで思った。もしぼくがいま、別の女性を選んだら、サイモンはすぐさまエレンを捨てて、ぼくの新しい女に手を出すんじゃないかと」ブラッドの声は冷静で、愉快そうにさえ聞こえた。「もしこの仮説の女がぼくのものなら、その女はあいつにとって抗いがたく魅力的になる。わかるか？」

「いいえ」コーラは言った。「わからない。サイモンはそんなことしないわ、だって本気でエレンが欲しいんだもの。それに、あたしがあんたのものだったことはない」

「そうか？」ブラッドが一歩近づいてきた。目のなかで輝く怒りに、恐怖とエロティックな思い出の入り混じった震えが体を走る。怒ったときのブラッドは、いつもセックスが激しかった。めったにほかの方法で怒りを表さないからだろう。

「サイモンとあたしが恋人同士だったこともない」コーラは言った。「前に言ったとおり。サイモンはただの友達よ」

「おかしいな。エレンもまったく同じことを言った。友達だと」ブラッドがさらに近づく。「ただの友達」とくり返した。「最近はどういうのを〝友達〟と呼ぶんだ？　友情の定義はなんだ？　コーラ、今夜ぼくの友達にならないか、なぜっていまのぼくはすごく……すごく……友達が欲しい気分なんだ」

「お断りよ。友情の定義を教えてあげる。敬意、やさしさ、信頼、思いやり。あんたが知りもしないものばかりよ、ブラッド・ミッチエル。あんたの友達にはなりたくない。あたしの友達になる方法を知らない人なんか願いさげ。そろそろ帰ったほうがいいわ。いますぐ」

ブラッドの返事はなかった。彼の目で燃える怒りより恐ろしいものは見たことがなく、外の通りは真っ暗でだれもいない。あのバットを手放したのは早計だったか。

コーラはドアを指差した。「さあ。出ていって、ブラッド。サイモンとエレンの件で忠告してくれてありがとう。だけどサイモンはいまも昔も恋人だったことはないから、あたしにはどうでもいい話。サイモンがだれと寝ようとかまわない。ただ幸せでいてほしいだけ。あんたがエレンに捨てられたからだれかに手を握って慰めてほしいっていうなら、残念でした。あ

そのだれかはあたしじゃない」ブラッドが言う。

「握ってほしいのは手じゃない」ブラッドが言う。

その厚かましさに唖然とした。「どこまで傲慢なの」ささやくように言った。「よくもあたしのところへ来られたわね。あんなことをしておいて」

「なぜいけない？」ブラッドが言い、ポケットからダイヤモンドの指輪を取りだして宙に放った。きらりとまたたいた指輪を、ブラッドがキャッチしてポケットに戻した。「だれもかれもがきみのところへ行く。ぼくが来ちゃいけない理由はないだろう？　もう婚約していない、自由の身だ。ぼくは、ぼくは、ぼくが望むだれとでも友達になれる」

「あんたが望む？」苦い笑いの爆発に胸が痛くなった。「なに？　それはあんたが世界の中心だから？　あたしの望みはどうなるのよ。ちょっとでも考えたことあるの、あたしがなにを――」

「きみがなにを望んでいるか、はっきりわかってる、コーラ」

コーラは目の前の男にふさわしい〝くたばれ〟という言葉を吐くエネルギーをかき集めようとした。エネルギー不足だ。

彼の言ったことは正しい。ブラッドは彼女の望みを知っている。まるでコーラを興奮させるためだけに作られたような男なのだ。そもそも雄牛のような体つきで、たしかにそれはすてきだけど、重要なのはそこではない。コーラを熱くさせるのは彼の本質、あの冷たい仮面の裏に隠されたくすぶる情熱だった。ブラッドが彼女を求める容赦ない激しさに、コーラはいつも爪を立てて悲鳴をあげるほどにかきたてられた。

そして表面は極上になめらか。学業成績も課外活動も優秀な者だけが入会を許可される学生団体に属し、フットボールチームと弁論部で活躍し、卒業生総代をこなし、身なりがよくハンサムで、ロースクール行きが決定。まさにミスター・パーフェクト。そんな彼の秘密をコーラだけが知っていた。ベッドでは満足を知らない野獣になると。

もっと技巧を備えた恋人ともつき合ってきたが、持久力ではだれひとりとしてブラッドに匹敵しなかった。翌朝、ホテルの部屋から出るときは、ほとんど歩けない状態だった。

コーラの顔をよぎったものを、ブラッドが目敏《めざと》く見つけた。思い出、渇望。目を勝利に輝かせ、身を乗りだして言った。「ルート6のモーテルへ行こう。ぼくの婚約破棄を一緒に祝ってくれ、コーラ」

コーラは腕を後ろに振りあげ、得意げに薄ら笑いを浮かべたハンサムな顔をありったけの力で引っぱたいた。日ごろ上げ下げしているダンベルと洗濯物のおかげで、そうとうな力だった。「いいかげんにして!」

ブラッドが片手を掲げ、頬の真っ赤な手形を押さえた。顔は紅潮し、息は荒い。しまった。引っぱたいて興奮させてしまった。

つむじ曲がりのイカれたろくでなし。

「そういうのが好みか?」ブラッドが尋ねる。「ぼくはかまわない。むしろ歓迎だ。いまの気分にぴったり合ってる」

「いいえ」コーラはぐいと顔を突きだした。「自分を全能の神だと信じるあまり、頭がおかしくなったのね、ブラッド。いまのは〝ノー〟よ。まぎれもない、交渉の余地なしの〝ノー〟。またあたしと一緒にいたいなら、ひざまずいてその特権を請いなさい。あたしの前に花を積んで、足にくちづけて、卑しい行ないの許しを請うの。心からの誠意をこめて」

「それは皮肉だな」ブラッドが言う。「きみの足にくちづける？　比類なきフェラチオの女王、セクシーリップ・マコーマーの前にひざまずく？　自分をいったいだれだと思ってるんだ、コーラ？」

コーラがずいと前に出ると、ブラッドは気圧されて後じさった。「自分がだれか、ちゃんとわかってるわ！　あたしはコーラ・ジーン・マコーマー、事業主にして生きる女神よ。コインランドリーを経営してる。汚いものをきれいにするのが仕事だけど、あんたをどうにかできるとは思えない。プロの秘訣にも限界がある」

ブラッドが天を仰いだ。「だれも自己紹介をしろとは――」

「自分がだれか、はっきりわかってる」コーラはどなった。「おいしいトマトを育ててる。あたしが作るエンチラーダは絶品。スモークサーモンを作らせたらだれにも負けない。堕落したカトリックで、聖母マリアはかっこいいと思ってるから、いまも彼女にだけはお祈りを捧げる。ライフセーバーの資格を持ってる。心肺機能蘇生術も知ってる。嘘はつかない。自分を知ってるし、好きだし、尊敬してるわ！」

「説教はやめろ」ブラッドがうなるように言った。

「したけりゃするわ！　ここはあたしの店よ。ぶらっと入ってきてあたしを侮辱する権利なんか、あんたにはない。いったい自分をなにさまだと思ってるの、ブラッド？　そもそも知ってるの？　自分がどういう人間だかわかっている？」

答はなかった。ブラッドののど仏が動く。こわばった顔に表情はなかったが、コーラは目から感情を読みとれるほどに彼を知っていた。百八十センチの氷の壁に隠された、すさまじい寂寥《せきりょう》感。

だめよ。いけない。かわいそうなんて思うもんですか。その罠には引っかからない。この男に同情は禁物。

「ないんでしょう？」コーラは嘲るように言った。「パパとママに言われたことを鵜呑《うの》みにしただけ。あんたの表面はミスター・パーフェクトだけど、なかにはだれもいやしない」ドアをノックするように彼の胸をたたいた。「もしもーし。だれかいますか？　いない？　だと思った」

ブラッドのあごの筋肉が引きつった。どうしても隠せない唯一の感情表現。コーラは身を乗りだしてとどめを刺した。

「かわいそうに」つぶやいた。「紙の上では理想的なのにね」舌を鳴らす。「気づくのが手遅れにならなくて、エレンは運がいいわ」

言った瞬間、やりすぎたと悟った。この減らず口のせいで、のっぴきならない状況に陥った。いきなり背中を乾燥機に押しつけられ、唇を奪われた。激しく乱暴なキスだったが、ウイスキーの味が残る舌が唇をこじ開けて入ってきたとたん、胸のなかで欲望と怒りが燃えあがった。ふたりのセックスはいつも戦いだった。汗まみれになって優位を競い合い、最後には疲れ果てる。

彼の手がお腹を撫でおろして脚のあいだに触れ、伸縮素材のバイクショーツの上からクリトリスを押さえた。

ブラッドがさがって体が離れたものの、コーラが理性を取り戻して手ごわい女を演じる前に、顔に書かれた感情を見られてしまった。なんてあっさり陥落させられたこと。目に涙がこみあげ、十代の少女のように唇が震えた。

残酷な満足の笑みがブラッドの唇を歪めた。彼の思惑どおり、つかまった。ブラッドがコーラの手をつかみ、股間のふくらみを触らせた。

「自分について知ってることがひとつある」彼が言う。「きみとヤリたい。何時間も。きみもそれが好きだろう」ポケットから名刺を抜きとると、コーラの胸の谷間に挿した。「気が変わったら電話をくれ。いろいろ調整しよう」

地獄が凍ったら。豚が飛んだら。おととい来い。言葉は頭のなかで押し合いへし合い入り乱れるばかりで、口から出てはくれなかった。両手で顔を覆った。恥ずかしくてなにも言えなかった。

ブラッドがドアを開けた。「今夜はきみのきれいな体を思い浮かべながら、マスターベーションをするよ」彼が言った。「いい夢を、コーラ」

# 10

エレンはサイモンの手首をつかみ、彼の気が変わる前に部屋のなかへと導いた。もしこれが手に入るすべてなら、それをつかみ取るまで。残りの人生で、泣いて悲しんで愚行を悔やめばいい。彼の背後でドアを閉めた。「あなたが欲しいの」と打ち明けた。

彼の目に浮かんだ渇望を見て、全身に震えが走った。

「きみはおれを知ってる」サイモンが言う。「だからおれはきれいな嘘をついたりしない」

「どうして嘘をつく必要があるの？　ええ、わたしはあなたを知ってるわ、サイモン」指先で熱い頬に触れた。「よく知ってる」

サイモンが身をすくめた。「やめろ。きみの無事をたしかめにきただけで、誘惑しにきたんじゃない。正しいことをしようとしてるのに——」

「これが正しいことなのよ」エレンは言った。

サイモンがエレンの髪に指をもぐらせ、首を傾けさせた。「きみはもうすぐ結婚するはずだった。おれが町に戻ってきて、計画は灰になった」

「ばかなことを言わないで。あなたが言ったのよ、ブラッドは間違いであなたが正解だって」彼の顔を撫でた。「どうせ終わってたわ、遅かれ早かれ。あなたはただ、本気でだれかを求めるのはどんな感じか、わたしに思い出させてくれただけ。いいことよ。苦しくて怖いけど、いいこと」

サイモンが彼女の手首をつかみ、顔から引き離した。「思い出さないほうがよかったのかもしれない」

エレンは首を振った。「真の感情がどういうものか、忘れていたけれど、もう二度と忘れたりしないわ。過ちをくり返したりしない」

サイモンの目は疑いに満ちていた。「エル、おれに約束はできない――」

人さし指で唇をふさいだ。「わかってる」そっと言う。「約束なんていらない。いいの。本当よ、それでいい」

「愛の言葉もなしだ」サイモンが言う。「セックスだけ。それだけだ」

彼のひたいから髪を払った。「愛の言葉は聞かなくていい。あなたのことはちゃんと知ってるわ、サイモン。知っておくべきことはみんな知ってる。あなたはなにも言わなくていいの」

「ああ、くそっ」サイモンが目を閉じて首を振った。「おれはいったいここでなにをしてる？　きみの人生をぶち壊したくないのに」

思わず笑いたくなったが、彼の顔があまりにも悲愴なので、笑うのは間違いだとわかった。「わたしの人生をぶち壊すなら、せめてきちんとやってちょうだい。さもないと、いらいらが募るだけで一文の得にもならないわ」

「得だと？」サイモンが眉をひそめる。

エレンは部屋のさらに奥へと彼を導いた。「冗談よ、サイモン」まじめな顔で言った。「リラックスさせようとしてるの。できたら笑顔にも」

「あきらめろ」サイモンがぴしゃりと言った。「今夜は笑う気分じゃない」

エレンは彼の腰に両腕を回し、のどのくぼみにキスをした。「女性はみんな、あなたみたいな男性に人生をぶち壊されるべきだわ」

「おれみたいな男？」サイモンがまた眉をひそめる。「おれはどういう男だ？」

ほほえむまいとしたが、無理だった。「飼いならされてない」

傷ついた表情が浮かんだ。「つまりなにか？　おれは調教する必要があるって？　なんてこった、エル。そんなにひどいのか？　おれはそんなにどうしようもないのか？」

笑いがこみあげてきた。いまにも涙に変わってしまいそうな笑いが。どうにかこらえて言った。「誤解しないで。調教する必要があるという意味じゃなく、なにものも御しえないと言いたかったの。大違いよ」

「おれには違いがわからない」サイモンが低い声で言った。

エレンは彼の片手を掲げ、指の節を頬に擦りつけた。「小犬とオオカミほどもちがうわ」まじめに言う。「あなたはバイクにまたがって、レザーに身を包んで、風に髪をなびかせて現われた。すごくセクシーで賢くてゴージャス。触れられるたびに、わたしはわれを忘れる」手の甲にキスをした。「あなたはまるで魔法だわ。手を伸ばさずにはいられない」

サイモンはまだ警戒顔だった。「つまりおれは典型的なオオカミってことか？　女性はみんな、理想の男と落ちつく前に、こういう男を試すべきだって？」

「もう、そこまで。わたしがなにを言っても腹を立てて身がまえるのね。あなたはなにの典型でもない。わたしがあなたを欲しいのは、あなたがサイモン・パトリック・ライリーだから。それだけよ」

エレンが体を離そうとすると、腕のなかへ引き寄せられた。「怖いんだ、エル。だからおたおたしてる」

エレンは目を閉じ、自分を強いて次の言葉を口にした。「無理しなくていいのよ。もし、したくないのなら……そんなに動揺してしまうなら――」

「くそっ、ちがう！」

荒っぽい声にびくんとしたものの、しっかり抱きしめられていたので、離れることはもちろん顔を見あげることさえできなかった。

「したいさ」かすれた声で言う。「したくてしたくて、死にそうなくらいだ。おれがいやがってるなんて絶対に思わないでくれ……頼む」

「いいわ。思わない」首筋に鼻を擦りつけ、鋭く尖ったあごにキスをして、ざらついた無精髭を撫でた。「じゃあなにが問題なの？　あなたはしたい、わたしもしたい。嘘や約束や幻想はなし」

サイモンの黒い目は影と苦悩に満ちていたが、エレンがその顔を引き寄せても抵抗はしなかった。

唇が触れた瞬間、ふたりの体を衝撃が走った。われを忘れ、波に押し流された。エレンはキスをしているのでも、されているのでもなかった。キスそのものが性急でわがままな生を得てふたりを包みこみ、甘美で狂おしい奔放なダンスのように、満ち引きをくり返した。エレンはめまいを覚えた。しっかり抱かれていなかったら、宙に舞いあがってしまいそうだ。彼の手がファスナーを探してドレスの背中を這いまわった。「ないの」エレンは言った。

「なにが?」のどに、肩にくちづけられると、心地よい快感が背筋をざわめかせた。

「ファスナーが」エレンは説明した。「伸縮素材だから、引っぱれば大丈夫」

サイモンが両手で肩紐をそっとつまみ、腕のほうへ押しさげた。ドレスがストラップレスブラに引っかかる。

サイモンがさがり、両腕をおろした。「自分で脱いでくれ」と言う。「きみが脱ぐところを見たい」

ドレスが落ちないよう、エレンの腕は本能的に布を押さえた。このあいだと同じで、サイモンがリードしてエレンは従うのだと思っていた。サイモンの目が挑戦的に光る。エレンを欲しているけれど、そう簡単に手に入れるつもりはないのだ。

「ガスの家でのように無理強いはしない」サイモンが静かに言った。

「無理強いはされてないわ」昨日、ガスの家でされたことを思い出して乳房が疼いた。「自分がなにをしてるか、わかってた。混乱していたかもしれないけど、ばかじゃないわ」

「それはそう。だが、おれも自分がなにをしてるか、わかってた。今夜はだましたりしない。今夜はふたりとも、自分の気持ちを知るんだ。冗談抜きで」

エレンは胸の前で腕組みをし、わなないた。「サイモン、わたし――」

「おれを甘やかしてくれ」低い、ほのかに誘う声で言う。「おれのために脱いでくれ。きみを差しだしてくれ。必ずきみを抱くから」

しかたない。自分で招いたことだ。どんなに気恥ずかしくても、勇気をかき集めて立ち向かわなくては。

セクシーかつ挑発的な動きをしようとしたものの、照れくささに負けた。頬は染まり、手は震えて息は乱れる。自分の呼吸が聞こえるほど静かな部屋で、ドレスを腰までおろし、お尻の下へさげた。つややかな布が足の回りに落ちる。ストラップレスブラとパンティと膝上ストッキングという姿で、彼の前に立った。髪を前に垂らして赤い頬を隠した。

「髪の陰に隠れるな」サイモンが言う。

肩の後ろに髪を振り払った。堂々と、だけど恥じらって。

サイモンが魅入られたように見つめた。「残りも脱ぐんだ」

ブラのホックを外し、床に落とした。パンティをおろして、落ちるに任せる。腰をかがめてゆっくりとストッキングをさげていった。ちらりと見あげると、鏡に映った自分が見えた。顔は紅潮し、目は興奮で見開かれている。

彼がなぜストリップショーを要求したか、ようやくわかった。エレンが自分をさらけ出せるよう、彼女の心の奥底に手を伸ばしているのだ。誘惑の儀式。警戒心を取りのぞき、内側からかきたてようとしている。

「回れ」サイモンの深くやわらかい声に震えが走った。

エレンは両腕を掲げてゆっくりと回り、もっとそばへ来てと目で誘った。ついに彼が手を伸ばした。

まるで壊れやすいクリスタルであるかのように、指先でやさしく触れた。乳房にかかる息は熱く、肌をそっと擦る指のたこには震えが起きて声がもれる。サイモンが乳房を包み、片手でゆっくりお腹を撫でおろすと、脚のあいだに触れた。エレンは息を呑んで彼の肩につかまった。

「脚を広げろ」サイモンがささやく。

言われたとおりにした。指は蝶々の羽ばたきのごとく軽やかに舞い、感じやすい割れ目をいたぶった。

「どうして欲しい、エル?」サイモンが尋ねる。

「ええ?」分厚い肩の筋肉に指をうずめた。「わ、わからないわ。あなたがしてることでじゅうぶんよ。気持ちいい。いままでしてくれたこともみんな。いやだったことはひとつもない」

「じゃあリクエストはなしか?」楽しげなやわらかい声。

「困らせようとしてるのね」エレンは咎めた。「注文する前に、メニューにあるものを教えて」

一瞬、サイモンがにやりとして歯がのぞいた。「昨日、胸を吸われたのは気に入ったか？」前かがみになって乳首のまわりを舌でなぞり、そっと歯で引っぱった。「バイクの上でかわいがられたのは？」

「どれもこれも」おぼつかない声で答えた。「大好きよ。もっと欲しいの。全部欲しい」サイモンが床に膝を突き、キスでお腹を伝いおりながら腰をつかんだ。脚のあいだの濃いブロンドの縮れ毛に顔をうずめ、熱い息で太腿をくすぐった。

脚が震え、膝が折れそうになった。「サイモン！」

「なにかいけないか？」腰のなめらかな肌に顔をやさしく擦りつけ、震える太腿のあいだに片手を割りこませた。そこに隠されたやわらかい肉を、人さし指でそっとつつく。エレンは魅入られたように見つめた。彼が愛撫を深め、つややかに濡れた秘密の場所を求めるのを。彼女をあらわにするのを。

「いけなくないけど」震える声で言った。「ただ……溶けてしまいそう」

「おれの望みを教えよう」サイモンが言った。「きみの脚を大きく開いて口で奪いたい」言うなり彼女の脚を大きく開き、ふくらみに顔を近づけた。彼がひだのあいだの溝にそっと舌を這わせると、快感が全身を駆け抜けた。「きみが溶けるまで舐めまわして、熱い湖にしてしまいたい。そこに飛びこんで、ひと晩中溺れていたい。きみの脚のあいだに顔をうずめて。

きみのあそこに舌を突きさして」

エレンは彼の頭をつかみ、身を震わせた。「だめ」息も絶え絶えに言う。

サイモンが見あげた。「怖いのか？」と尋ねる。「怖じ気づいた？」

激しく首を振った。

「よかった。いまさらやめられない」サイモンが言った。

エレンはたくましい肩につかまって体を支えた。「倒れそうよ」と打ち明ける。「そんなことをされたら立ってられないわ」

サイモンが立ちあがってソファに彼女を導いた。疑わしげな目でエレンを見る。「言わないでくれ、これは曾祖母のケントがスコットランドから持ってきた、一家に代々伝わるお宝だなんて」

「ええと、じつは、そうなの」エレンは認めた。

「ああ、くそっ」ソファの上に掲げられた、襟の高い黒いドレスを着た厳しそうなブロンド女性の肖像を一瞥した。「言うな、当てる。これがその曾祖母だろう？」

「ええと……そうよ」エレンは言った。「どうして聞くの？」

サイモンが肖像画にふざけた調子で投げキスをした。「好きなだけ見物しろ。今夜、彼女はおれのものだ。エル、タオルを持ってこい」

エレンはぽかんとして彼を見た。「タオル？」

「ソファに敷くんだよ」我慢強くサイモンが言う。「おれはここで、きみの亡くなった曾ばあさんの大事なソファの上で、きみをむさぼりたい。きみはぐしょ濡れになるから、下にタオルを敷いたほうがいい」

エレンはバスルームに駆けこみ、ふわふわのバスタオルを真っ赤な顔に押しつけて、駆け戻った。

サイモンがタオルを取り、色褪せた座面に広げた。「善後策だ」やさしくエレンの肩をつかんでソファの端に座らせ、自分はその正面の床に膝を突いた。

「どうしてあなたは服を脱がないの?」エレンは尋ねた。

サイモンがTシャツを剝ぎ取り、向こうに放った。「これでいいか?」

こらえきれない喜びの声がもれた。黄金色に輝く皮膚の下でうごめく、引き締まったみごとな筋肉、分厚い胸と肩、たくましくも優雅な腕。すばらしい。すばらしすぎる。この世にこんなにすてきな人がいるなんて信じられない。

両手で肩を撫で、あちこちに触れようとしたが、サイモンは彼の計画に専念していた。身を乗りだして太腿の付け根にキスをする。エレンは彼の髪を束ねているゴムを抜きとり、たくましい背中につややかな黒髪を広げた。

サイモンがもどかしげに黒いベールの向こうから見あげ、耳の後ろに髪を押しやった。

「エル、髪をもとに戻せ」と文句を言う。「髪がばらばら落ちてくると、口でするのは楽じゃない」

エレンはゴムを部屋の向こうに放った。「なんとかして」と言う。「髪をおろしてるあなたが好きなの。興奮するから」

「ふむ、そういうことなら、なんとかしよう」彼女の裸体を見おろし、両手で腰を撫でた。「あの夜は暗くてきみの体をちゃんと見られなかった。そのことをずっと後悔してた」

「わたしも」エレンは言った。「もっと時間があったならと、ずっと思ってたわ」

「じゃあ」サイモンが言う。「いま見せてくれ。脚を開いて」

自分でも気づいていなかった緊張が、長く震えるため息で吐きだされ、エレンは彼の心からの要求に従った。

「ああ、すごい」サイモンがささやく。「見てみろ」太腿の内側を撫であげ、さらに脚を開かせて、濡れて滑りやすくなった割れ目を愛撫した。「きみは淡いピンク色をしてるだろうと思ってた」夢心地の声で言う。「そばかすとブロンドから考えて。淡いピンクの乳首に、ブロンドの縮れ毛に隠された淡いピンクの秘所。だがこれを見ろ。ここは真珠のようなピンク色だが――」外側のひだを指でなぞってから、指でそっと分かつ。「……こっちは、興奮すると深紅になる。エルの秘密、隠された炎だ。ラズベリーレッド。甘くておいしい。すごくきれいだよ」

人さし指を挿し入れて引き抜いた。露で濡れて光っている。「おれを離したくないと言わんばかりに、まとわりつく感触が大好きだ」さらに深く貫いた。エレンは叫び、身もだえした。

サイモンがうつむき、濡れた舌でゆっくりと貪欲に舐めはじめた。悶える彼女にうむを言わせず太腿を押しあげて身動きできなくさせてから、クリトリスを吸い、ひだを舐め、割れ目を愛撫した。舌を挿し入れ、容赦なく責め立てた。

エレンはソファの硬いクッションにしなだれかかり、太腿を押しあげられたまま、すべてをさらけ出してやさしくも無慈悲な舌の攻撃を受けた。体のなかの波はあまりにも大きく、押し寄せてきたら持ちこたえられるかどうか、自信がなかったが、サイモンはすすり泣き混じりの抗議に耳を貸さなかった。高まっていく感覚をひたすらに追い、絶頂が彼女の体を揺さぶるあいだ、口を秘所に押しつけたまま、しっかりと抱きしめていた。

エレンがふたたび目を開くやいなや、サイモンが腕のなかにすくいあげ、ベッドが置かれている薄暗いアルコーブへと運んだ。バラのつぼみのキルトの上に横たえる。リビングルームからの明かりを背景に、たくましい体をくっきりとシルエットに浮かびあがらせて、ブーツの紐をほどいて脱ぎ捨てた。ジーンズのポケットに手を突っこみ、ホイルの小袋をいくつか、枕のあいだに放った。

ベッドの彼女の隣りに横たわる。「パブで買った」

影になった彼の顔に触れると、驚くほど熱かった。「覚えていてくれてありがとう」と言う。「ちっとも思いつかなかったわ」

サイモンがエレンの指にキスをして仰向けに横たわらせ、そっと脚を開かせた。敏感な長い指がなかに滑りこんできて官能的な円を描き、やさしくもみほぐす。エレンはいつしかびくびくと腰を動かしていた。つややかに濡れてとろけ、必死に彼の頭をつかんだ。

「サイモン、お願い。いますぐ愛して。なかで感じたいの。ずっと夢見てた――」

「まだだ」穏やかな声は容赦なかった。

エレンは焦れったさにほとんど叫んでいた。「どうして？　いじめないで！　もう焦らされるのはいや。我慢できな――」

「待つんだ」サイモンが体を下に滑らせてさらに大きく脚を開かせ、また口で奪いはじめた。吸っては舐め、焦らしてはいたぶる。

緊張が痛いほどに高まり、エレンは体を弓なりにしてベッドから反り返り、ふたたび訪れた絶頂にすすり泣きをこぼした。

サイモンがベッドを軋らせて彼女を腕のなかに抱き寄せ、頬に、あごに、唇に、やさしいキスの雨を降らせた。彼の顔から、彼女自身の香りがした。「気に入ったか？」サイモンが問う。

エレンは硬い胸に顔を押しつけてうなずいた。絹のような胸毛が鼻をくすぐる。ピリッとした彼独特の香りを吸いこみ、できるだけたくさん、肺のなかに導き入れた。サイモンが髪に指をもぐらせ、震えが収まるまでキスしたりあやしたりしてくれた。

「お願い」エレンは言った。「して、サイモン。もうじゅうぶん待ったわ」

「もう少し待つんだ」ふたたび彼女のなかに指を滑りこませると、エレンの敏感な体はしっかり指を咥えこんだ。「まだ準備ができてない」

「なにを言ってるの？　わたしのどこが、まだ準備ができてないの？」エレンはすがった。

「こんなに焦らされるのはいや。どうしてこんな仕打ちをするの？」

サイモンが指を二本、滑りこませた。エレンは身をこわばらせて息を呑んだ。

「なぜならきみが小さいからだ」サイモンがにべもなく言う。「そしておれは小さくない」

エレンはどうにか起きあがり、彼のベルトのバックルに手を伸ばした。「それはわたしが判断するわ。見せてちょうだい。これを脱いで」

サイモンが手をつかんでベルトから引き離した。「おれの裸なら前に見ただろう」笑いを含んだ穏やかな声で言った。

「とんでもない！」エレンは言い返した。「午前四時に、涙でいっぱいの目で？　あのころはほとんど無知だったのに？」

サイモンが体を返して彼女の上に重なり、頭と肩の黒い影で光をすべてさえぎった。「あの夜は痛かったか？」

エレンは躊躇した。サイモンに嘘はつけない。知られすぎている。「それは……まあ」と認めた。「だけどあのときは――」

「処女だった。ああ、わかってる。明らかだった」サイモンが言う。「そしておれは、自分がなにをしてるかまるでわかっていなかった。かなり荒っぽいことをした」

エレンは彼の首に腕を回した。「だったらどうなの？　いまとどう関係があるの？　わたしはもう処女じゃないわ」

「ずっと思ってた、きちんとやれていたらと。今夜はなにがなんでも正しくするつもりだ。

だから急かそうなんて思わないでくれ、エル。おれがよしと言ったときが、きみの準備ができたときだ。それまで待て」

鋭い口調に驚いた。「意見を言っちゃいけない？」

「好きなだけ言うといい。それでなにも変わらない」サイモンが指先で腰をかすめ、腰と太腿のあいだをなぞって、濡れた縮れ毛をもてあそび、のどにキスをした。「秘密を知りたいか、エル？　あの夜はおれも初めてだった」

閉じかけていたまぶたをぱっと開いた。「まさか！」

「そのまさかだ」秘められた場所を隠す、濡れて渦を巻いた毛をいじる。

「だけど学校の女の子たちは、あなたがどんなにキスが上手か噂して――」

「ああ、キスはたくさんした。ペッティングも。だがセックスは、あの運命の夜までしたことがなかった。おれがどれだけ技巧を欠いていたか、覚えてないのか？」

「ええ、覚えてない」エレンはぴしゃりと言った。「あなたは技巧にとらわれっぱなしね。わたしはくだらない技巧なんてどうでもいい」

「くだらないもんか。けなすのは体験してからにしろ」

「あらまあ。待ちきれないわ」皮肉っぽい声で言った。「できたら年をとって死ぬ前に体験できるといいけれど――」

キスでさえぎられた。「頼む、エル。きみを怒らせたくてやってるんじゃない。おれにとっては重要なんだ。今夜はひどく高ぶってる。自制心を失ってへまをしたくない」

「どうしてそんなことになるの？」彼のひたいに、鋭い頬骨にキスをした。「耳を澄まして。こんなに穏やかな夜じゃない。聞こえるのは木々を吹き抜ける風と、カエルの鳴き声と、コオロギの歌だけ。近くに燃えてる建物はない」

サイモンがいきなり体を起こした。「悪運を引き寄せないでくれ！」

エレンは彼の髪を撫でた。「ばかなことを言わないで」となだめる。

「頼むから、エル」サイモンがすがった。「そういう冗談は言うな。耐えられない」

エレンは彼の首に腕を回した。「わかったわ。もう言わない」ささやくように言う。「大丈夫よ」

サイモンが仰向けになり、彼女を体の上に引きあげた。肺が上下する。エレンはここぞとばかりに大胆になり、ベルトに手を伸ばした。

「こら。気づかないとでも思ったか？」サイモンが怖い声で言う。

「ちょっと見るだけ」ジーンズの前をこじ開けた。「だって不公平よ」

サイモンがため息をつき、ぐいとジーンズをさげた。向こうに放ってベッドに上体を起こす。美しく引き締まったウエストと尻と脇腹のラインが、リビングルームからの明かりで片側だけ照らされ、もう片側はアルコーブの影に彩られた。

ペニスが突きだしている。彼の言ったとおりだと、エレンは心ひそかに認めた。大きい。太く長く、ハート形の先端はぐんとふくらみ、濡れて光っている。エレンが親密になったどんな男性よりも、はるかに巨大だ。そのリストはかなり短いけれど。

おずおずと手を差し伸べて、指でペニスをくるんだ。硬く熱く、肌は驚くほどなめらか。そっとさすると、彼の体が反応して震えた。

サイモンが手に手を重ね、ビロードのような熱く長いものをしっかり握らせてしごいた。

エレンは興奮に身をよじったが、サイモンに手を引き離された。「もういい。ここまでだ。危ない」彼が言う。「あと一回擦ったら、キルトの上で果てちまう。それよりきみのなかでイキたい」

エレンは枕のあいだを手探りし、コンドームのひとつを見つけた。破って開き、差しだした。

サイモンが自分自身にはめて彼女を仰向けに押し倒した。つややかな髪でエレンの顔と肩をくすぐりながら、太い先端で愛撫し、彼女の蜜でペニスを潤わせた。

挿入しはじめたとたん、サイモンが鋭くかすれた息をもらした。「きついな」と言う。「久しぶりなのか?」

「そうね、だいたい……五年ぶり?」エレンは打ち明けた。

サイモンの動きが止まる。「五……年? だが……ブラッドは? あいつとは——」

「ええ」エレンはそっと言った。「なにもなかったわ。待つことにしてたの」

「よかった」獰猛な声で言う。「きみがあいつといるなんて我慢できない」さらに深くうずめると、圧迫感が増した。

エレンはのけ反り、もっといい角度を探して身じろぎした。

「どうして？」サイモンが尋ねる。「どうして五年も？　きみはこんなにきれいでセクシーなのに。男ならだれだって欲しくなる」

探るような声を聞けば、すでに答の見当はついているのだとわかった。「全員をあなたと比べたの」簡潔に答えた。「十分の一も興奮させてくれた人はひとりもいなかったから、本物じゃないんだと思ったの。そうしたら悲しくて寒くてうつろな気持ちになるんだけど、それは相手の男性にとって興ざめでしかなかった。悪いことをしたわ。向こうのせいじゃなかったのに」

「ああ、エル」かすれた声だった。

「そのうち、試したいとも思わなくなったの。いままで。いまは欲しい」サイモンが離れようとしたので、エレンは引き寄せた。「行かないで」必死な思いで言う。「お願いよ。いまやめられたら死んでしまう」

痛いくらい強く肩をつかまれた。「だがあのとき、きみはほんの十六だった」

「だからバカだっていうの？」エレンは語気を荒くした。「そのとおりよ！　わたしはどうしようもないバカ。だけどほかにどうすればよかった？　ただこうなってしまったのに」

「エル――」

「あなたのせいじゃないわ、サイモン。わたしは同情を求めたり愛を請うたりしてるんじゃない。もう三十二歳で、それなりに世間も知ってる。お願いだから、これだけはちょうだい！」

サイモンがなだめるようにあごにキスをした。「やめたくても、もうやめられないし、やめたいなんて思ってない。だから落ちつけ。いいな？」

「いいわ」さらに深くうずめられて、エレンはわなないた。

サイモンがほてった顔を首筋に押しつける。「力を抜け」

「あなたも」あやふやな笑いで身を震わせながら、彼を抱きしめた。

サイモンが親指でクリトリスを転がしながら、ゆっくりやさしく、奥まで貫いた。「どうだ、エル？」懸命にこらえた声で言う。

エレンは腰を動かし、彼にしがみついて顔にキスをした。「いいわ。気持ちいい。大丈夫よ」

「大丈夫じゃ困る。最高の気分を味わってほしい」

エレンは笑った。「注文が多いのね」

「腰に脚を巻きつけろ」サイモンが指示した。

言われたとおりに脚で抱き、分厚くたくましい肩の筋肉に指をうずめた。押し広げられ、いちばん奥まで侵略されている気がした。サイモンはこれまでに見たどんな夢や妄想より激しかった。大きくて力強く、彼女を組み敷く頑丈な体は重く、太いペニスは信じられないほど深く貫いた。

彼の謎めいた力と生命力を吸いこみたかった。サイモンは触れるものすべてを変える。彼が戻ってくる前は、蠟《ろう》人形のような気分だった。いまは感情がほとばしり、その勢いに疼いて燃えている。サイモンは彼女の殻を打ち破り、新しい未知なものに変えた。彼の体を受け入れる、輝く感情の海。抑えきれずに降伏し、彼を取り囲んでざわめいている。胸のなかの熱が広がり、深遠で大きなものになってついにはち切れ、エレンは甘美な忘却のなかに投げだされた。

サイモンは自らのオーガズムを押し殺し、エルの絶頂を見つめた。この美しい女性が彼自身を咥えて痙攣する姿を、一秒も見逃したくなかった。ありとあらゆる方法で彼女の膣が収縮して激しく脈打ち、さらに奥へと彼を引きずりこむ。体で、心で、金色の指輪で、赤ん坊で。なんでもいい、なにもかもをつなぎとめたかった。

この美しさを自分だけのものにしたかった。

華奢な体の上にいると、ひどく大きく重くなった気がした。頬ずりをし、涙の味に気づいた。「どうした?」おずおずと尋ねる。「痛かったか?」

腕と脚で抱きしめられた。「泣きたいときは泣かせて」

「了解」おとなしく引きさがった。「これはいつものことなのか?」

「これって?」エルが鋭い声で言う。

「イッたあとで泣くことさ。教えてくれ。心の準備ができるように」

エルが洟をすすり、手の甲で拭った。「どうかしら」弁解がましく言う。「かもしれない。

わからない。意気地なしね」

「ちがう！」サイモンは言い返した。手を伸ばしてベッドサイドの明かりを点ける。赤味を帯びた光が灯った。エルの膝の下を抱えて震える脚をすくい、つぶさに見られるよう掲げた——ペニスを深々と突き立てたまま。ひだの内側の繊細な肉は押し広げられ、ペニスを引き抜くと甘えたようにしがみつき、ねじこむとほどよく抵抗する。

エルが息を呑んで腕をつかんだ。「ああ、すごい」

「こんなふうに膝を曲げると、もっと奥まで入る。大丈夫か？」

エルがうなずいた。「すごくいい」ささやき声で言った。

「もっと欲しい」サイモンは言った。「もっと受け入れられるか？」

エルの目は愛で満ちあふれ、そのやさしさに恐怖がこみあげた。「あなたがくれるものならなんでも受け入れるわ」

思っていたより激しくねじこんでしまった。「そそのかすな、エル」と警告する。「お互いにとってよくない」

エルが二の腕の筋肉に爪を立て、体を支えた。「ちっとも怖くないわ。だから怖がらせようとしないで」

「なにも怖くないって？　幸せなやつだな」

サイモンは自制心を解き放った。彼女の言葉を信じて本能に従った。深く激しくわがままに突き立てる。エルが悲鳴をあげてやめさせ、彼に謝らせるのではないかと思った。

実際に起きたのはまったく予想外のことだった。崖から突き落とされたかのようだった。真っ逆さまに墜落し、気がつけばエルの腕のなかで激しく震え、彼女にしがみついて、涙で濡れた顔にキスの雨を降らせていた。エルが唇を開き、脚のあいだで脈打つペニスを咥えたのと同じように、舌の挿入を受け入れる。感情が胸にこみあげた。熱と光の噴出。マグマが噴きあげて火山が爆発し、彼を覆いつくした。

小さな手に髪を撫でられ、ただよっていた無限の空間から引き戻された。湿ってもつれた髪を、汗ばんだ肩にやさしく撫でつけられる。したことすべてを受け入れられたのを感じた。彼のすべてを。

のどが締めつけられた。体を離して寝返りを打ち、ベッドを出る。バスルームに入ってコンドームを外した。のどがいっそう締めつけられた。エルのバスルームで時間をかけて洗い流し、汗が乾くまでのあいだ、じっと鏡をのぞきこんだ。

現実のエルのセクシーさとやさしさは、妄想をはるかに上回っていた。エルが彼に抱く気持ちの深さについては、想像したこともなかった。

ここで引き起こしうる損害は計り知れない。

エルはベッドに膝を突き、サイモンが出てくるのを待っていた。目は包みこむような深い愛情にあふれている。「どうかした?」彼女が尋ねた。

サイモンは両手を掲げ、力なく落とした。首を振った。

「わたしがなにかした?」

「きみのせいじゃない」サイモンは言った。「きみは完ぺきだ、エル」

「いいえ、そんなことない」エルが言う。「完ぺきとはほど遠いわ」

サイモンは首を振った。「おれは背後を振り返ってばかりいる。いつ何時、だれかがやって来て尻を蹴飛ばしてもおかしくない。〝失せろ、ライリー。だれに天国へ入らせてもらった？〟ってな」

エルの肩が震えた。笑いでか、涙でか、あるいは両方のせいか。「ただの妄想よ」エルが言う。「あなたを追いだしたがってる人なんていないわ。だれにやましいこともない。あなたの頭のなかにあるだけよ、サイモン」

「わかってる」サイモンは言った。「だがうれしい知らせじゃない。頭のなかにあるものが、そいつにとってのすべてだ。そいつの現実だ」

エルがベッドから滑りおりて彼の体に腕を回した。なめらかな感触に体が反応する。ペニスが硬くなって太腿に密着した。

「あなたにはもう、それがすべてじゃない」エルが言う。「もう頭のなかでひとりきりじゃない。わたしがいる。あなたを愛してる」

耳の奥がうなりはじめた。「やめろ、エル」鋭い声で言う。「約束しただろう」

「愛の言葉はなし。覚えてるわ。あなたに愛の言葉は期待しないと言ったけど、わたしも口にしないとは約束しなかった。あなたを愛――」

「言うな」片手で彼女の口を覆った。「もっとセックスしたいなら望みを叶える。だがそれだけだ」

エルが手をつかみ、手のひらにくちづけた。彼女の視線は揺るがない。「手に入るものを受け取るわ」

「きみにはもっと多くがふさわしい」サイモンは言った。

「わたしにふさわしいのはあなたよ」エルが体をぴったりと押しつけた。「もっと欲しい。すべてが。あなたを吞みこみたい。あなたのなかを歩きまわりたい。あなたの心を読みとりたいの。醜いことも、なにもかも。なにを見出そうとわたしは怖くないわ。だからあなたも自分を怖がるのはやめて！」

怒ったときの彼女はなんてきれいなんだろう。目もくらみそうだ。

「きみは自分がなにを言ってるか、わかってないんだ」サイモンは言った。「ロマンティックな理想像を築きあげたらしいが、それはおれじゃない。おれは――」

「つまり偉大で恐るべきサイモンは、わたしの回路をショートさせると思ってるの？　あなたはわたしの手には負えないって？　なんて厚かましいの！　考えなおすのね」

彼女の表情に血はたぎり、ペニスは岩のように硬くなった。ついさっき、人生最大のオーガズムを迎えたのが嘘のように。「おれを挑発してるな？」サイモンは言った。「そうすると興奮するんだろう？」

エルがあごをあげた。「あなたのすべてに興奮するわ」

「いいだろう。すべてが欲しいなら、すべてを与える」

彼女の向きを変えさせ、ベッドにうつ伏せで押し倒した。

エレンは怖くて振り返れなかった。「サイモン?」

「新しいコンドームを寄こせ」彼が言う。

枕の下を探ってようやくひとつ見つけ、体をひねって後ろに差しだした。サイモンがそれを取るなり彼女の肩胛骨のあいだに手を当て、マットレスに押し戻した。

コンドームをはめてからエレンの太腿を押し広げ、あいだに手を滑りこませた。もてあそぶ指が、かすかに濡れた音を立てる。さらに彼女の手首をつかみ、背後で動けなくさせた。

「脚を開け」サイモンが言う。「めいっぱい」

ためらうのはおかしい気がした。けれどみだらなことをしてと願ったときは、それでどんなに無力であらわな気分にさせられるか、わかっていなかった。ゆっくり脚を開いた。サイモンが移動して背後で膝を突き、さらに脚を開かせた。

「膝を曲げろ。背中を反らして尻を突きだすんだ」

エレンは交渉を試みた。「腕を放してくれたら――」

「だめだ。こんなふうに奪いたい。シーツに顔を押しつけて、脚を大きく広げて背中を反らし、そのきれいな尻を宙に突きだしたきみを――完ぺきだ」

エレンの喘ぎはシーツに吸いこまれ、顔は熱があるかと思うほどほてった。弓のように反り返らされて筋肉が張りつめる。体の秘密の部分がさらけ出されたいま、彼は好きなだけ見て触れて貫くことができる。エレンはリラックスしようとしたが、全身を揺さぶる震えは体の奥底から来ているのか、とても制御できそうになかった。

手首をつかむ手に力がこもり、痛くないぎりぎりのところまで引っぱられた。「震えてるじゃないか」サイモンが言う。

エレンは顔をシーツに押しつけたままうなずいた。

「おれが怖いか？」サイモンが問う。「やめてほしいならやめる」

エレンは首を振った。しゃべれなかった。

「じゃあ興奮してるんだな」指先でそっとお尻に弧を描き、ゆっくり桃の谷間を伝いおりていった。からかうような、軽い愛撫。エレンはびくんとした。

「心配するな」サイモンがなだめる。「美を崇めてるだけだ」暗く温かくビロードのようにやわらかい声が肌を撫でた。「すごくきれいだよ。ここはかわいいピンクのつぼみで……」指でそっとアヌスのまわりをなぞる。「……こっちでは深紅の花を咲かせてる。吸いこまれそうだ」手が下へ向かう。軽く触れられるたびにエレンは震えた。

「そしてこの尻」サイモンが言う。「肌はなめらかで、ふくらみはすごくセクシーだ。皮膚の下の強くしなやかな筋肉。完ぺきな女の体だ。こんなに美しいものはほかにない」

サイモンが腕を放してベッドの上で位置を変えた。と思うや、大事な部分にキスをされ、エレンは驚きと快感の入り混じった声をもらした。温かく湿った愛撫。唇がうごめいて舌が後ろから貫き、感じやすいところを舐めて味わって這いまわった。官能的に舌が翻るたびに電撃が走り、震えが起きてすすり泣きがもれた。「すごくやわらかくて、蜜は極上に甘い。ひと晩中でも食べていたい」彼の声はさらなる愛撫のように、敏感な肉体を震わせた。「膝まで濡れてるじゃないか。それにこんなに震えて、いますぐまたイキたいのか？」

エレンは声にならない声で認め、手で犯されながら腰をびくつかせた。そんなものがあるとも知らなかった、体の奥底で脈打つ意識の高まりを求めて。やがて長く甘美な快感の波が押し寄せ、全身を洗い流していった。

頭がぼうっとして言葉もなかったが、ふと何度も名前を呼ばれているのに気づいた。「なに？」息も絶え絶えに言った。

「自分で触れるときにおれを思い浮かべたことはあるか？」

エレンは笑いだした。ああ、思い浮かべなかったことがあるだろうか？

「なにがおかしい？」サイモンが疑わしげに尋ねた。

「わかりきった質問だから」むせながら言った。

「妄想のなかのおれはどんなだった？　舐めたりしたか……こんなふうに？」

「サイモン、お願い」こんな拷問を続けられたら、ばらばらになって爆発して、頭がどうかなってしまう。エレンの体のもっとも親密な部分を、サイモンは容赦ないみだらな探索でわがものにしてしまった。

「なにが欲しい？」サイモンが甘い声で言う。「おれの手か、舌か、ペニスか？　なんでも欲しいものを言ってくれ」

「もう一度、なかに欲しい」エレンは言った。「お願い」

サイモンがエレンの腰をつかんで後ろに引っぱり、両手両膝を突かせた。うつむくと、髪が顔の下の乱れたシーツにさらさらと落ちる。サイモンが大きく育ったペニスで繊細な入口をつつき、固く締まった部分にねじこんだ。

「すごくいい」彼がうなるように言う。「妄想のおれとはちがうか？」

彼を夢に描き、求め、焦がれたけれど、現実のサイモンはほとんど耐えがたいくらいに激しかった。抜き差しされるペニスは巨大に感じた。「ええ」ささやくように言った。「すごくちがう」

「どんなふうに？」サイモンがゆっくり引き抜いてからふたたび深く突き刺し、快感に息を詰まらせた。

「もっと……大きい」危うい声で答えた。

「大きいって、ペニスが？」

笑いのさざめきが起きると、すでに震えている体が溶けて崩れそうな気がした。「なにもかもが。あなたはわたしの体のいたるところにいるの。人生のいたるところに。ほかのものはかき消してしまう」

「それはいいことか、それとも悪いことなのか？」

振り返ろうとしたものの、腰をたたきつけられて、どうにか体を支えるしかできなかった。

「良くも悪くもないわ。ただ、そうなのよ」とささやいた。

サイモンがしっかり腰をつかんで、ゆっくり抜き挿ししはじめた。「ほかにおれが妄想とちがうところは？」と尋ねた。

「現実のほうがずっとおしゃべり」エレンは言い返した。

サイモンが笑った。苦みのない、晴れやかで楽しげな声だった。「自分に触れるときにおれを思い浮かべたのか。いいね、興奮する」

「そうしないとイケなかったから」エレンは打ち明けた。

サイモンの体がこわばった。誤算。告白したら喜んでくれると思ったが、彼は瞬時によそよそしい距離へ遠のいてしまった。体はいまもエレンに覆いかぶさり、貫いているというのに。

「ちくしょう、エル。やめてくれ」サイモンがつぶやいた。

「どうしようもないのよ」エレンは言った。「事実を語ってるだけ。あなたを愛してるの、サイモン。ずっと前から。わたし――」

「やめろ。おれは与えられるすべてを与えてる。それ以上は求めるな」

「なにも求めてないわ。だけど心は変えられない――」

「シーッ。聞きたくない」前かがみになって背中に熱い唇を押し当てた。黒髪が湿った肌をくすぐり、長い指が腰をつかむ。その力は痛いほど強く、ペニスはなかで脈打っていた。

「乱暴に犯したい、エル」

荒っぽい口調は頼んでいるというより宣言に聞こえたが、それでもサイモンは彼女の答を待った。大きな体に熱く活発なエネルギーをみなぎらせて。

エレンは長く震える息を吐きだした。「ばらばらになるかもしれない」

「おれがつかまえてる」サイモンが言った。「絶対に」

エレンはその言葉を信じ、サイモンは欲するものを手に入れた。愛の言葉もやさしさもなく、ただ両手で彼女の体を押さえつけたまま、容赦なく自分の正しさを証明した。彼は愛されることなど望んでいない。だけどもう手遅れだった。

サイモンは荒っぽく激しかったが、エレンの体はじゅうぶんに準備が整っていたから、猛り立つペニスを根元までうずめられるたびに、ますます高く昇っていった。どんなに腹を立ててよそよそしくなろうとも、これがサイモンであり、エレンはその激しいエネルギーを汲みあげることしかできなかった。

最初は強い突きに倒されまいと体を支えるばかりだったが、じきに腰を後ろに突きあげ、すすり泣いて喘ぎながら、もっとちょうだい、すべてをとせがんでいた。すると彼が背中の上に倒れこみ、立てつづけに何度もすばやく貫いたと思うや、体をこわばらせて苦しげな声をあげ、絶頂に達した。その炸裂するようなエネルギーは、エレンの体をどくどくと駆け抜けた。エレンはマットレスに突っ伏し、息をしようと必死で喘いだ。

サイモンが体を離した。エレンは彼に背を向けてぎゅっと縮こまり、膝を抱いて濡れた顔を髪で隠した。

サイモンは意志を明言し、エレンはそれを理解した。どんなに愛しているかを表さずに彼を見ることも話しかけることもできないし、それで罰されるのも耐えられない。たとえ罰が快楽だとしても。愛を押しのけられるのは、あまりにも辛く恥ずかしいことだった。

サイモンが立ちあがってバスルームに向かった。水音が響く。

しばらくのあいだ、彼はベッドのそばにたたずんでエレンを見おろしていた。やがて服を着て、去っていった。

# 11

サイモンはブーツを手にそっと階段をおりた。胸のなかの圧迫感が危険なまでに高まる。いまにも大声をあげて窓から家具を放りだしそうだ。外に出なくては。周囲に空間があって、なにも傷つけなくてすむ場所へ。

危険が迫っているという感覚はますます強くなっていたのに、本能に逆らって自分を甘やかし、エルを抱いた。

残酷かつ冷淡だった。階段を駆けあがって許しを請い、愛してまた撫でてくれとすがりたかった。

つま先立ちでポーチに出た。グラスのなかで氷がカランと鳴る音に驚き、ブーツを手放して向きを変え、うずくまって防御態勢を取った。ポーチのブランコをゆっくりと揺らすミュリエル・ケントの顔を、月光が照らしだした。夫人がグラスを掲げて挨拶をし、ひとくちすすった。

「これはこれは。驚きね」ミュリエルが辛辣に言う。「立って、サイモン。どう思っているか知らないけれど、あなたを襲ったりしないから」

サイモンは立ちあがり、胸の鼓動を静めようとした。「だれかと思いました」

「夫が死んでから眠れないの」ミュリエルが言う。

「お気の毒に」サイモンは言った。

ミュリエルの目が月明かりを受けて、グラスの縁の上で光った。「ウイスキーサワーはいかが、サイモン？　わたしと同じでよければ」

「けっこうです」サイモンは言った。「酒はあまり飲まないので」

ミュリエルが月光のなかで彼の顔をしげしげと眺めた。「意外だけどそのようね」

慎重に沈黙を保ち、夫人の次の動きを待った。

「結婚式は中止になりそうよ」ミュリエルが言う。「レストランでエレンの顔にそう書いてあったの。あなたのおかげね。ちがう？」

答える必要はなかった。沈黙がじゅうぶんな回答だった。

「エレンの相手にわたしが考えていたのは、あなたではないの」ミュリエルが言う。

サイモンはしゃがんでブーツを拾った。「ブラッド・ミッチェルは金持ちでコネも多いかもしれませんが、高慢なろくでなしです。エルにはもっといい相手がいる」

「それがあなただというの？」

冗談はよしてと言いたげな口調に傷ついたが、冷血漢という点ではブラッド・ミッチェルと同類だ。どんな侮辱もしかたがない。

ミュリエルがグラスを傾けると、また氷が音を立てた。「娘には夜どおしそばにいてくれて、朝には一緒にコーヒーを飲んでくれる男性を望んでいたわ。だけどサイモン、あなたときたら。闇にまぎれて抜けだす始末。世の中には変わらないものもあるのね」

グラスのなかのウイスキーサワーは、おそらく一杯目ではないのだろう。知りたいと思う以上にミュリエル・ケントの考えを知ることになるとは、ついていない。

「とにかく。かわいそうにあの子は賭に出なくてはならないの。ほかの人と同じように」ミュリエルがつぶやく。「だけどあの子から逃げるなら、あなたはただの臆病者だったということね。同情できないわ」

批判がましい声に腹が立った。夫人に背を向けてステップに腰かけ、ブーツの片方を乱暴に履きはじめた。「こと話がエルとなると、おれは夜にこそ泥みたいなまねをするのが習慣になってる」と言った。「子どものころ、おれが彼女に近づくのをあなたが嫌がったから。ほかにどうしろというんです?」

「子どもみたいなまねをしないでと言ってるの」ミュリエルが言った。「あなたがトラブルの種になるのは最初からわかっていたわ。ガスのところで暮らすようになったその日から。あなたをひと目見ただけで、災いを感じたの」

「そんな。おれはほんの八つだった」サイモンは乾いた声で言った。「勘弁してください」

ミュリエルが舌を鳴らした。「どうして? 本当のことよ。ガス・ライリーのような偏屈者に育てられたら、どんな子だってひねくれた問題児になるのは自明の理だわ。それにあなたがものすごくハンサムになるだろうことも、あのころでさえ、わかりきっていた。あなた自身だけでなく、ほかのだれにとっても困ったことに。その組み合わせが、うちのエレンのようにやさしくて献身的な娘には、たまらなく魅力的に感じられるだろうこともわかっていたわ。炎に引き寄せられる蛾のごとく、といったところね」

サイモンはもう片方のブーツを履きながらため息をついた。「ミセス・ケント、すみませんが――」

「だけど知っていてもなんにもならなかった。でしょう？　なにも変わらなかった」サイモンにグラスを掲げ、ゆっくりと飲んだ。「運命」と言う。「それだけは振り払えない。定めには逆らえないの」

寒気が全身を駆け抜けた。こちらに背を向けてベッドの上で丸くなり、静かに泣くエルの姿を思い出した。顔を擦り、ブーツの紐を固く結んだ。「ここには長居しません」ミュリエルに言う。「おれが引き起こせる惨事の数にも限界が――」

「ふざけないで《ブルシット》。わたしをばかにしないことよ」

サイモンはぎょっとして言いかけた言葉を呑みこんだ。

「また爆弾だらけの悲惨な土地へ舞い戻る前に、どれくらいのあいだ娘の愛情をもてあそぶつもりなのか、はっきり聞かせてちょうだい、サイモン。わたしにも心構えができるように」

サイモンは立ちあがり、正直に答えろと自分に言い聞かせた。「ガスの家を片づけなくちゃなりません。いろいろ法的な手続きもしないと。ここへ戻ってきたのは、主に話を聞くためです。どうしても知りたい……理由を」

「彼がピストル自殺をした理由?」ミュリエルが首を振る。「幸運を祈るわ。ガスの話を聞かせてくれる人はそう多くないでしょう。彼は人間関係を絶っていたから。あなたが出ていったあとは、町で買い物もしなかった。火事の一件で全員に腹を立てて。食料品はホイートンまで買いに行っていたわ」

「伯父を責められない」サイモンは言った。「当時の様子を覚えてます。だれもかれも、おれたちを見下して裁いていた。あなたも、ミセス・ケント」

ミュリエルの笑い声には皮肉の色が感じられた。「あら、それはお互いさまよ。ガスもわたしたちを裁いていたわ。手厳しくね」

驚きのあまり、なにも言い返せなかった。

「わたしはあなたのお母さんと同級だったの」ミュリエルが続ける。「ジュディスは賢くてきれいな娘だった。おまけに才能に恵まれていたわ。わたしたちは友達だった。ガスは何歳か年上だったけど、それで知り合いになったの」

「なるほど」それとこれと、どういう関係があるのか、聞く気力はなかった。

「彼女がカレッジへ行って、親交が途絶えたわ」ミュリエルが感慨をこめて言う。「わたしは結婚した。わたしたちの人生は分かれ、彼女は芸術の方向へ進んだ。だけど亡くなったと聞いたときは、本当に残念だった」

まだ関連がわからず、サイモンは黙っていた。

「あなたが四歳くらいのときに、町であなたたち母子を見かけたの。彼女は心からあなたを誇りにしていた。あなたを天才だと思っていた」

サイモンはなにか言おうとしたが、口が渇ききっていた。唾を飲んでやりなおした。「見る目があったということですね」

「お母さんを侮辱するようなまねはやめなさい」ミュリエルが鋭く言った。

「すみません」と謝った。

「とにかく、本題に戻ると、ガスはみんなを裁いていたのよ、サイモン。ラルーは時代遅れで野暮ったいと言っていた。だけどこんな小さな町になにを期待していたのかしら？　オレンジを丸いと非難するようなものだわ。わたしの夫のことは成功したビジネスマンだと言って批判した。夫のフランクはわたしよりずいぶん年上だったから、わたしのことはお金目当てで結婚したと批判した。ガスに言わせればわたしたちはブルジョアで、新しい台所器具のためなら魂も売る、金の盲者だった」

サイモンは唖然とした。「ああ。ええと、なるほど」

「ベトナムから帰ってきたら、もっとひどくなっていたわ。世界全般に怒っていた。おへそまであごひげを伸ばして、ぶつくさ言いながら重い足取りで歩いて、まわりがうろたえると非難した。たいした人だったわ、ガスは。本当に尊大だった」

この新たな情報と記憶をすり合わせるのは容易ではなかった。「尊大で批判的だったから、だれかが撃ち殺して自殺に見せかけようとしたんでしょうか？」

ミュリエルが驚いて静かになった。ポーチのブランコは軋るのをやめ、グラスのなかの氷は音を立てなくなった。

「なにを言うの、サイモン」しばらくして言った。「なんてことを聞くの」

サイモンは少しためらってから口を開いた。「おれが子どものころ、伯父がベトナムで知り合った人が自殺したという知らせが届きました」と言った。「伯父はひどく動揺して、おれは二日間、家に近寄らなかった」

「まあ、そんな」ミュリエルの声は心配そうだった。

「ともかく、ガスはゲーリーが臆病な方法をとったとまくしたて、なにがあっても自分は絶対にそんなまねをしないと宣言した。おれも絶対にしないと約束させられた。たかだか十歳くらいでしたが、死がなにかは知ってました。死にたくないと思ってました。だから約束した。お互いに約束し合った。そしてガスは絶対に約束を守る男だった」

ミュリエルがグラスを置いて目の隅を擦った。すばやく、気まずそうに。「ごめんなさい、サイモン」

サイモンは顔を背けた。「たしかにそのとき、ガスは酔っ払ってました。だが……とにかく、約束したんです。それに本気の声だった」

「人生が考え方を変えさせることもあるわ」ミュリエルの声はいつもの歯切れのよさを失い、年とったように聞こえた。「後悔、寂しさ、痛み。老い。純粋にすり減ってしまっただけかもしれない」

ガスは鋼鉄製のガードルに負けないほどすり減りにくい男だったが、サイモンはただ肩をすくめた。「かもしれません」礼儀正しく言った。

ミュリエルがしばし静かになったので、奇妙な会話は終わってそろそろ立ち去るときなのだろうかと思った。しかし闇に消えようとしたとたん、声に止められた。

「正直に言って、そこまでの恨みを抱きそうな人はひとりも思いつかないわ。みんなに好かれていなかったとはいえ、他人の邪魔は絶対にしない人だった。たしかにしばらくのあいだ精神病院に入っていたけれど、それも――」

「精神病院？」サイモンは凍りついた。「初耳だ。どういう事情で？」

「ずっと前のことよ」ミュリエルが言う。「はっきりは知らないの。ベトナムから帰ってきたあとに神経衰弱になったんじゃないかしら。頭に受けた怪我の影響で。ストレスによるフラッシュバックとか、そういったものかもしれないわ。とても痛ましい話だけど、詳しいことは結局なにも知らないの。相反する噂ばかりで」

〝今日、おれがいかれていないという証拠を見つけた。これでだれにでも真実を話せる。もちろんおまえにも〟。奇妙な冷たい震えが背筋を駆けあがった。

「あなたのお母さんが亡くなったのは、彼の入院中だったはずよ」ミュリエルが言う。「ひどい話。ガスにとってはさぞかし辛い時期だったでしょうね」

「ええ、まあ」サイモンはつぶやいた。「おれにとっても最悪でしたが」

ミュリエルがじっと見つめた。「サイモン。わたしだってそれくらい、聞かなくてもわかるわ」

サイモンは謝る代わりに不機嫌そうな声を漏らした。

「あのころ、ガスに熱をあげた女性が大勢いたのはたしかよ。彼はラルーが誇るバッドボーイだったの。あの輝く目。あの頬骨。あの唇」

サイモンの記憶にある髭ぼうぼうの山男とは相容れないが、写真とは一致する。「ガスが？　バッドボーイ？」

「本当よ」ミュリエルが請け合う。「お世辞を言うつもりじゃないけれど、当時の彼はいまのあなたにそっくり。わたしが学生のころ、ガスはいつもいろんな女の子と遊びまわっていたわ。フリーダ・ジネストラ。スー・アン・オドネル。ダイアナ・アーチャー」

フリーダ、スー・アン、ダイアナ。どれもパスワードのログイン履歴にあった名前だ。

「ひとりも知らない」サイモンは言った。

「ダイアナは知っているでしょう。ブラッド・ミッチェルの母親よ」ミュリエルが言う。

「彼女が？」ビキニ姿で写真に収まっていた、猫のような目の美しい女性を思いだして、口があんぐりと開いた。「ガスと？　そんなばかな！」

ミュリエルが愉快そうに笑った。「ダイアナは郡で一、二を争う美人だったの。信じられない？　わたしたちにも輝かしいときがあったのよ」

しばし沈黙が流れ、ブランコが軋んだ。「だけどこの町に住む女性が、三十年も経ったあとに激情にかられて衝動的にガスを殺すなんて、想像できないわ」考えながら言う。「それでもわたし自身、カッとなっていまならできると思ったことが――あら、いやだ。ごめんなさい、サイモン。冗談にしていい話じゃないわね」

「いえ」サイモンは言った。「ガスが聞いたら喜んだでしょう。ブラックユーモアが大好きだったから」

ミュリエルがまた愉快そうに笑った。「ねえ、サイモン。小さな秘密を教えてあげましょうか。だれにも話したことのない秘密よ」

不安に心臓をつかまれた。逃げだしたい衝動に駆られる。「ええと……なんです？」

「あなたたちがティーンエージャーだったころ、うちの娘は摂食障害に悩まされているにちがいないと確信したことがあったの」

急な話題の転換に面食らった。「ええ？」

「ミートローフやローストビーフやラザニアを多めに作って、残りを冷蔵庫に入れておくでしょう？　それが次の朝には消えてしまっているのよ。しばらくは深刻に悩んだわ。娘を心理カウンセラーのところへも連れて行った」

「覚えてます」ゆっくりと言った。「彼女から聞きました」

「心理カウンセラーの先生は、エレンにはなにも問題はないと言ったの。それで安心したけれど、問題が解決したわけじゃない。だからある晩、料理になにが起きているのか、ちょっとした調査をしたの」

「ああ。なるほど」サイモンは慎重に言った。

ミュリエルがグラスからひとくちすする。「その夜以来、もっと多めに作るようにしたわ」グラスの中身を飲み干すと、氷がカランと音を立てた。サイモンが返す言葉を思いつく前に、ミュリエルが席を立った。

「あなたが考えているほどの鬼ばばあではないのよ」ミュリエルが言う。「そろそろベッドにもぐって、眠れるかどうか、試してみるわ。おやすみ、サイモン」

「おやすみなさい」ぼんやりしたまま、おうむ返しに言った。

しばらくのあいだ、だれもいないポーチを呆然と見つめていたが、やがてどこにも行くところがないと気づいた。テントを張るのを忘れていた。草原には蟻やハサミムシや蛇がうじゃうじゃいるし、ガスの家では安らぐことなどできない。亡霊が多すぎる。

エルの腕のなかで、髪を撫でられながら眠るのはどんな感じだろう。

くそっ。寝る場所がないなら、作業に取りかかったほうがいい。

「エレン、婚約を破棄した直後に、部屋にこもってピーチ・フェスティバルをやり過ごすなんて、許されませんよ」ミュリエル・ケントが言い張った。「パイ・テーブルを引き受けるとベアに約束したんだし、ゴシップに負けてはだめ。さもないと、あなたに非があると思われるわ」

エレンは小麦粉をふるいにかけ、ショートニングを混ぜた。「みんな、好きなように思えばいいのよ。それに実際、非はわたしにあるんだし」つま先立って、ガスの家の外にまだユーホールが停まっているか、たしかめた。

午前中、何度も行き来していた。どうやらサイモンは、トラックを使ってというエレンの申し出に応じないことにしたらしい。彼女のそれ以外の願いにも。会ったり話したり、どんな形の関係を持つことにも。

エレンは唇を嚙んでユーホールから視線を逸らし、パイ生地のなかへ慎重に冷水を注いだ。

「しっかりしなさい、エレン。わたしの娘にはやましいことでもあるみたいに、こそこそし忙しくしているのがなにより。てほしくないわ」

「お母さんが決めることじゃないでしょう」エレンはたたきつけるようにふるいを置いた。小麦粉の煙が立ち昇る。

ミュリエルが一歩、後じさった。「あらまあ、エレン」

「命令されてばかりなのにはもう、うんざりなの」ボウルからひとつかみの生地を取る。「生まれてこの方、ずっといい子を通してきたわ。それでわたしはなにを得た？　なんにもよ。これからは好きなようにさせてもらいます。くだらないピーチ・フェスティバルに行って、にこにこしておしゃべりをして、なにもかもすばらしいと思ってるふりをする気分じゃないの！」生地をいくつかの団子に丸め、大理石のこね台にたたきつけた。「わたしがいなくたって、ミッシーとベアでなんとかなるし、なんとかならなくても、それはそれよ。今年、わたしのパイが食べられなかったからって、ラルーの善良な住民は死にはしないわ。残念がるかもしれないけど、死にはしない」

ミュリエルの唇にゆっくりと笑みが浮かんだ。「驚いた。どうやらわたしのかわいい娘はようやく気骨を見つけたようね。ゆうべ、午前三時にサイモンが玄関からこっそり出ていく前は、思いきり好きなようにしたんでしょう？」

「お母さん！」丸めたパイ生地にめん棒で襲いかかった。

「あなたのサイモンとピーチ・フェスティバルに行ったらどう？」ミュリエルが提案する。

「世間に知らしめなさい。みんなをあっと言わせるの。スキャンダルを巻き起こせばいいわ」

エレンは顔をしかめた。「彼は〝わたしのサイモン〟じゃないわ」

ミュリエルが目をしばたたく。「あらそう。じゃあ、なんなの？」

「だれにも関係ないことよ」早口に言った。

ミュリエルが心配そうな目で娘を眺めた。「あまり生地をいじめないで。硬くなってしまうわよ」

「自分のしてることはわかってます」語気荒く言った。「少なくともパイに関しては」台からそっとパイ皮を剝がし、焼き皿に載せた。

「いまはこの話をするべきときじゃないとわかっているけれど――」

「じゃあお願いだから、しないで」エレンは頼んだ。

ミュリエルはかまわず続けた。「あなたは子どものころからあの青年に思い焦がれてきたし、彼のおかげで別の道はふさがれたようなもの――」

「お母さん！」

「だからその新しい気骨を使って、欲しいもののために戦いなさい」ミュリエルが宣言した。

「少し努力するべきよ」

「もうしたわよ！」エレンの声はヒステリックなまでに高まっていた。「思いつくかぎりのことをしたの。勇気を振りしぼって、愚かと言われてもおかしくないことをしたわ。フィアンセを捨てて、彼に体を差しだして、愛してると言った。あらゆる手を尽くしたの！」

「落ちつきなさい、エレン」ミュリエルがなだめる。

「落ちつくって、どうやって？　わたしは懇願したわ。慰めもした。お菓子も焼いた。セックスもした」

「まったく、勘弁してちょうだい」母が指をはためかせて、上品に身震いをした。「どぎつい細部まで知りたくないわ」

「知りたくないなら聞かないで！　それからもっと努力しろなんて言わないで、わたしはいま限界なの。わかる、お母さん？　あと一歩努力したら、頭がおかしくなってしまうわ」

ミュリエルが娘を見つめ、フクロウのようにまばたきをした。「まったく、どうしましょう。なんてドラマチックなの。知らなかったわ、あなたがこんなに……情熱的だなんて」

「わたしもよ」エレンは作業の手を止め、乱暴に涙をすすって、べとついた白い手を見おろした。涙で濡れた目に前腕を押し当てる。「サイモンのこととなると、どうしてもこうなってしまうの」

ミュリエルがどこからともなくティッシュを取りだし、エレンの鼻に押し当てた。「ほら。チンしなさい」

エレンは涙声で笑い、鼻をかんだ。「ありがとう」

「こういう場合、状況の明るい側面を見ることね」ミュリエルがきびきびした声で言う。

エレンは鼻を鳴らした。「明るい面？　そんなのがあるの？」

ミュリエルが茶目っ気のある笑みを浮かべた。「なにはともあれ、あのいまいましいダイアナ・ミッチエルを義理の母親にするという恐怖に立ち向かわなくてすむ。それってめでたいことじゃない？」

エレンの顔は崩れかけた。「笑わせないで、お母さん。でないと泣いちゃうわ」

「めでたいことを祝って、一緒に泣きましょうよ」

それが引き金になった。ふたりでミュリエルのポケットティッシュを全部、使い果たした。

サイモンはごみ捨て場へとつながる道に車を乗り入れた。きつい肉体労働をすれば頭がすっきりするはずだ。その原則に従って写真のほうはいったん棚上げにし、ごみの処分に取りかかった。箱また箱、袋また袋。古びた家具、十年も前の雑誌、反り返った靴、すりきれすぎてもはやタオルとは呼べない布きれ。錆びた自動車部品、なんだかもうわからない腐食したもの。

そして数えきれない酒瓶。

みじめな家を引っかきまわせば引っかきまわすほど、ガスの孤独を深く掘りさげることになった。過去にのしかかられた。

どれだけ一所懸命、体を動かしてもむだだった。さまざまな思いが頭のなかを駆けめぐりつづけた。たとえば今夜、彼女の部屋に忍びこみ、意地悪で臆病なまねをしてすまなかったと謝罪し、一生愛しつづけると誓うとか。ひとえにもう一度、彼女の体にわれを忘れられるように。いや一度と言わず、運命が許すかぎり何度でも。

今日は自虐的なまでに打たれ強かった。

ごみ捨て場で車を停め、マックス・ウェバーの姿を探したが、コテージのドアを開けたのはマックスではなく、息子のエディだった。サイモンのかつての親友にして冒険仲間、先日の夜、目を合わせようとしなかった人物だ。

日に焼けて禿《は》げつつあるエディのひたいに汗が浮かんだ。

「よう、エディ」サイモンは言った。「久しぶりだな」

「ああ、うん。やあ、サイモン」エディの目が泳ぎ、花火がうずたかく積まれた大きな金属製の棚に留まった。町の祝祭日には、いつもエディの父親が花火をあげたものだ。いまその光景を見て、ふたりとも遠い昔の七月の夜の、ローマ花火と流星花火を思い出した。エディがさらに顔を赤くし、ポケットに両手を突っこんだ。

くそっ。今日はもうじゅうぶん気分が滅入っているというのに。「いまも花火をあげるんだな」サイモンは言った。

「ああ、うん。ピーチ・フェスティバルでは、おやじとおれのふたりでやってる」

「そりゃいい」サイモンはこのたくましい男が片足からもう片足へ、そわそわと体重を移すのを眺めた。「リックやマイク、スティーブやランディは元気か?」あの夜、一緒にいた少年たちの名前を挙げた。

エディが咳払いをした。「うん、リックは鉄道会社で働いてる。マイクはバンクーバーで自動車のセールスマンになった。ランディはパスコーに引っ越した。いまは体育の先生だと思うよ。スティーブのことはわからない。もう何年も会ってないんだ」

「ふむ」サイモンはうなずいた。「そうか、なるほど。いや、ちょっと気になっただけだ」

「ああ。また会えて、う、うれしいよ」エディが口ごもりながら言った。

サイモンはうなった。「処分したいものがあるんだ、エディ」

「ああ、いいとも、喜んで」エディが急いで言った。

「何度か往復することになると思うから、覚悟しておいてくれ。何度もおれを見かけることになる」サイモンは言った。「それから、エディ?」

「うん?」エディが不安そうな顔になった。

「落ちつけよ。気にするな。昔の話だ」サイモンは静かに言った。

次のごみを運びに戻ろうと車を出したとき、ふと見ると、エディが考えこむような顔でこちらを見つめていた。今度ばかりは目を泳がせず、おずおずと手を振った。サイモンも振り返した。かまうもんか。

# 12

正午を過ぎたころには、キッチンは熱気でむせかえり、パイ皮と果物が焼けるおいしそうな香りであふれていた。エレンはフェスティバル用の最後のパイをオーブンから取りだしてケーキクーラーに載せ、スツールを持ってきて、ガスの家がいちばんよく見える網扉の前に置いた。

汗で湿った髪を指で後ろに梳きながら、スツールの上で身じろぎした。脚のあいだが痛い。昨夜のことを思い出すたびに、興奮が駆けめぐって体を切望のかたまりに変えた。赤い顔を両手で覆った。サイモンが罪悪感を覚えて正気づいてくれるよう、ひとりで陰気に願っていても効果はない。次の行動を起こさなくては。また。

怒りがふつふつとこみあげた。サイモンは昨夜、エレンの体を利用しておいて、なにも言わずに去っていった。今日はなにごともなかったかのように彼女を無視している。せめて彼と彼の不作法について、こちらがどう思っているかを言って聞かせなくては。もう失うものなどなにもない。プライドさえ、ゆうべ炎となって消えてしまった。失ってみると、ひどく無防備になった気がした。

芝生を横切り、ライラックの垣根と丈高い草原をかき分けて進んだ。ポーチにあがると胃が激しく暴れた。気骨よ、と自分に言い聞かせ、ノックをしようと片手を掲げた。たたく前にドアが開いた。「こんにちは」エレンは言った。

サイモンが応じてうなずく。前を開けたゆるいシャツは埃だらけだ。なにも言わずにエレンを見つめるだけで、招じ入れもしない。

エレンは歯を食いしばった。どうやらここへ来たのは間違いだったようだけど、なんとかやり通すしかない。「進歩があったみたいね」軽い口調を心がけた。

「朝からずっと、ごみ捨て場とここを往復してた」サイモンが言う。

エレンは前庭に止めてあるユーホールを振り返った。「うちのトラックは使わないことにしたのね」

「きみを悩ませたくなかった」

カチンときた。「ゆうべ、ひと言もなく消えてしまったのはわたしを悩ませないと思ったの？　朝からずっと、わたしを避けてるのも？」

サイモンが目を逸らした。

エレンはため息をついた。「なかへ入れてくれないの、サイモン？」

彼が部屋の奥へさがり、どうぞと手招きした。

エレンはなかへ入った。ごみのほとんどがなくなってしまうと、キッチンは倍も広く見えた。床は掃いてあるものの、たる木にはまだ蜘蛛の巣がかかっている。重く張りつめた沈黙が広がり、エレンは息苦しくなった。必死で言葉を探した。「あの箱にはなにが入ってるの？」

話題が変わって、サイモンがほっとした顔になった。「ガスの私物だ。ごみのなかから救いだした。あれはカメラ」

エレンは開いている箱から古いカメラを取りあげた。「これ、覚えてるわ。子どものころ、あなたが使ってたカメラでしょう」

「ああ」サイモンが言う。「コツはガスに教わった」

「ガスに写真を教わったなんて知らなかった」

「まともなときは、すごくよくしてくれたんだ」

サイモンがエレンの手からカメラを取り、手のなかでひっくり返した。「一日中、ガスのことを考えてた。この町を出てからずっと、自分はガスを憎んでると思ってた。だが死んだと聞いて、そうじゃなかったと気づいた。憎んだことなんかなかった。おれがこの家で体験したことはガスのせいじゃなかったんだ」

「どういう意味、ガスのせいじゃなかったって？」エレンはカッとなった。「彼は大人で、あなたは子どもだったのよ、ガスのせいじゃなかったら、いったいだれのせいなの？」

「おれが言いたかったのは、ガスは鬱状態に苦しんでいて、それに負けたってことさ」サイモンが言う。「だができるだけのことをしてくれた」

「できるだけのこと？」エレンの顔は呼び覚まされた怒りで真っ赤になった。「わたしはガスに殴られたあとのあなたを何度も見てるのよ。あれが〝できるだけのこと〟と言える？」

サイモンがため息をついた。「きみはわざとわからないふりをしてる」

「いいえ、わかってるわ！　あなたは昔からこうだった。どんなに辛くても辛くないふりをするのよ。たいしたことじゃないふりを。あなたとエディが賭をしたときのことを覚えてる？　だれがいちばん長く腕に煙草を押しつけていられるかを競って。勝ったのはあなた」

「十ドル儲けた」しかめ面で言う。

「あなたは痛くないと言ったけど、あとで傷口が化膿した。忘れた？　いまも傷が残ってる」サイモンの手首をつかんで袖を押しあげ、前腕の、しわが寄った光る傷痕をあらわにした。「ほらね？」

サイモンが気まずそうな顔になった。「エル――」

「いまも同じよ、また辛くないと言ってる。だれのせいでもないって。ガスはできるだけのことをしてくれた、たいしたことじゃないって。今日、家へ来なかったのはわたしを悩ませたくなかったからだって！」

サイモンの顔がこわばった。「おれになにを期待してる、エル？　だれだって、自分の人生と折り合いをつけてやっていくしかない。これがおれのやり方だ。きみのやり方はちがう。おれは、たいしたことじゃないふりをするようにしてる。たいていうまくいくから」

「じゃあ、ゆうべもたいしたことじゃなかったの？」エレンは尋ねた。

サイモンが驚いて後じさった。「おい！　その話をしてるんじゃないだろう」

「いいから答えて。包み隠さず率直に」

サイモンが古いカメラをそっと箱に戻した。「いいや、エル」静かな声で言う。「すごく大きなことだった」

エレンは唇の震えを懸命にこらえた。「あなたを追いつめて無理やりそう言わせちゃったわね。ごめんなさい」と言った。「だけどガスにはあなたほどやさしい気持ちをもてないわ。結果的にわたしからあなたを追いやったこと、絶対に許せない」そう言うと、ドアへ向かった。

「エル、見せたいものがある」

エレンは立ち止まって振り向いた。「見せたいもの？」

サイモンが大きくて重そうなアルバムを何冊か、箱のひとつから取りだすと、テーブルの上に重ねた。「今朝、見つけた」

エレンはテーブルに歩み寄り、一冊目のアルバムを開いた。出生証明書。赤ん坊が写った数々のモノクロ写真。長くつややかな黒髪と高い頬骨が印象的な、美しい笑顔の女性に抱かれた、よちよち歩きのサイモン。「これはお母さん？」

サイモンがうなずいた。

ページをめくると、さらに写真が続いた。クリスマスツリーの前でにっこりする幼いサイモン。ポニーに乗ったサイモン。糊と光る粉で作ったつたない工作。幼稚園のころまでさかのぼるお絵描き。アルバムは一分の隙もなく埋めつくされていた。

「おふくろが始めて、なんらかの理由でここに置いていったんだろう。家にあったものは火事ですべて焼けたから。これが存在することさえ知らなかった」サイモンが二冊目を開く。「そしてガスが続けた。これは、おれがここで暮らしはじめた三年生のときの写真だ。ガスはなにもかもここに収めた。通信簿、工作、なかには作文まで。こういうものを記念にとっておいてくれたことどころか、見てくれたことさえ知らなかった」

エレンはページをめくり、一連のすばらしいモノクロの風景写真で手を止めた。その下には〝ラルーの若者、芸術奨学金を獲得〟という見出しの新聞記事がテープで留められている。

「覚えてるわ」エレンは言った。「夏のアートプログラムに参加する奨学金を獲ったのに、あなたは行けなかった――」

「保護観察期間中だったから。ああ、おれも覚えてるよ」サイモンが気まずそうに言った。

「美術の教師――ハンクに殺されそうになった」

「トラクター競争でトラクターの一台がウィラード・ブレアの家畜池に突っこんだときのこと？　それともあなたとエディが市長の奥さんのコンバーティブルを借りてドラッグレースをしたときのこと？」

「この話、そのへんにできないか？」サイモンが苦々しい声で言った。

「ごめんなさい」エレンは笑みを隠してページをめくった。学生美術展での一等賞、木炭のスケッチ、ペンとインクの素描。高校の最高学年のときの生徒写真。見つめるだけで胸がいっぱいになった。財布の奥底に隠し持っているのと同じものだ。何度も出しては見つめたせいで、四隅がぼろぼろになっている写真と。

そこでページは急に空白になった。

エレンはアルバムを閉じた。「あなたを心から誇りに思っていたのね」と言った。「これを見て、前より彼を好きになったわ。いまなら許せそう」

「いつかおれがこれを見つけるよう、願っていたんだと思う」サイモンが言った。「歪んだ謝罪みたいなものだ。ガスはひねくれ者だったから。間接的にものを言うのが好きだった。自分には作りつけの逃げ道を用意しておいて」

エレンは彼の手に手を重ねた。

サイモンが見おろす。「それでじゅうぶんだ」

のどが詰まりそうになったエレンは急いで目を逸らし、ふとファイルの山に気づいた。「あれは？」

「おれの写真記事」サイモンが言う。「やっぱり集めてくれていたらしい」

ファイルを開いた。サイモンが背後に近づいてきて、肩越しに見おろす。「それはパレスチナの難民キャンプ」と説明した。

優雅で不気味に美しい写真は、苦しみの物語を虚飾なく雄弁に物語っていた。ゆっくり目を通してから、別のファイルを開いた。サイモンがまた肩越しにのぞく。

「これはアフガニスタンの戦場」ためらいがちに続けた。「もしかしたら見ないほうが……本当に痛々しい写真も含まれてる」

ゆっくりとページをめくっていった。愛する人がこれほど暴力と死の近くにいたと思うと、ぞっとする。振り返って彼の顔を見あげた。「そんなにわたしを守ろうとしなくていいのよ」穏やかに言った。「あなたの写真はすばらしいわ」

サイモンが居心地悪そうな顔になる。「確率の問題さ。この数枚を手に入れるために、何百枚もむだにしてる」

「それでもよ」エレンは言った。「これは軽く扱えないわ。たいしたことないなんて言っちゃだめ。どんなやり方でも、すばらしいものはすばらしいの」

サイモンが目を見つめた。「ありがとう」

テーブルの上のカメラが入った箱の横に、埃まみれでいびつな、羽の生えたものが置かれているのが目に留まった。粘土の像だ。片方の端から、汚れた紐が飛びだしている。

エレンはそれを手に取った。「これはなに?」

サイモンがきまり悪そうに受け取り、手のなかでひっくり返した。「おふくろにあげようと思って作った。伝書鳩をテーマにしたドキュメンタリー映画を一緒に見たところで、おれはどんな感じだろうと思ったんだ、つねに家への帰り道を知っているっていうのは。それで、もしかしたら見えない紐が引っぱってくれるのかもしれないと思いついた。おふくろはしょっちゅう旅をして、彫刻を買ってくれたギャラリーを回っていた。それでおれは紐のついた伝書鳩をこしらえた。おれが待つ家への帰り道がいつでもわかるように」

エレンは鳥をしげしげと眺めた。「見えてきたわ」と言う。「こっちの尖ったくちばしがあるほうが頭で、こっちが尾っぽね。何歳のときのこと?」

「七つだ」サイモンが言う。「結局、おふくろには渡せなかった。その日、学校に警察が来て火事のことを知らされた」

エレンはそっと鳥をテーブルに戻し、向きを変えて窓の外を眺めた。涙をこらえきるまで。サイモンのほうに向きなおると、不格好な鳥を手渡された。儀式的とも呼べる仕草だった。

「きみに」サイモンが言う。

エレンは両手で鳥を抱いた。「だけどわたしは家を探すのにこれっぽっちも苦労したことはないわ」と言った。「ほとんど離れたことがないんだもの」

「きみが家だ、エル」サイモンが簡潔に言った。「おれのたったひとつの家」

エレンは震える息を吸いこんで手を伸ばし、彼の頬に触れた。サイモンが目を閉じ、手で彼女の手を覆う。それから手のひらにキスをした。やわらかい唇の熱に、エレンの体はざわめいた。

「来てくれたとき、いやな態度をとってすまなかった」サイモンが言う。「むしゃくしゃしてたんだ」

土の鳥を置いて、腕を広げた。

サイモンが迷わずエレンをつかみ、激しく抱きしめた。その力に肺から空気を押しだされたが、どうでもよかった。酸素などいらない。サイモンがいる。少なくともこの甘美で完ぺきなひとときだけは。彼の髪に鼻をうずめた。埃と汗のにおいがした。

サイモンが不意に体を離した。「悪い。おれは汚いし汗くさい。こんな——」

「気にしないわ」エレンは言った。「もう一度抱いて。すごく気持ちいい」

サイモンが袖でひたいを拭い、布に残った黒いすじをエレンに見せて、残念そうにほほえんだ。「石けんと着替えを持って、滝へ行こうと思ってた。それからきみに会いに行こうと。きみの前にひざまずいて、許してもらえるまで、手が届くところすべてにくちづけるつもりだった」

「なにを許すの？」エレンは尋ねた。「あなたは嘘をついたことがないのに」

「そこまで」サイモンが不平そうに言った。「そういうことを言われると難しくなる。きみには王子さまがふさわしいし、おれは王子じゃない」

「王子さまなんていらないわ」エレンは言った。「退屈だもの。わたしが欲しいのは、混乱していて飼いならされてない、ありのままのあなたよ。どうかしてると言いたければ言えばいいわ。だけどこっちへ戻ってきなさい。いますぐ」

陰気な唇の端が、しぶしぶながらあがっていった。「厳しいきみは大好きだが、できたらいいにおいになってからきみに触れたい。一緒に滝へ行かないか？」

滝で起こりうるいくつもの官能的な行為が頭のなかを駆けめぐった。裸体に水をしたたらせて笑うサイモンの姿が浮かんだ。「ええと……」

目から心を読みとられた。サイモンの笑みが広がる。「どうだ？」

「いいわ」エレンは承諾した。「うちのトラックを使いましょう。タオルを取ってくる。水着も。すぐ戻るわ」

「これを忘れるな」小さな鳥の像を握らされた。「おれのために大事にしまっておいてくれ、エル」

大切なものを両手でくるみ、急いで家に戻って階段を駆けあがると、曾祖父母の古い写真の隣りという名誉の場所に置いた。両者が並んだ光景が気に入った。一枚の硬貨のふたつの顔。愛と家と家族への切望。過去への敬意と未来への希望。宇宙をつなぎとめるもの。

水着の上に服を重ねた。胸をどきどきさせながらウールのピクニック用ブランケットを洗濯室からつかみ取り、その上にタオルを載せた。猛スピードでお茶の準備をし、パイを三つとデザート皿とスプーン、それに宿泊客へ向けた謝罪のメモを残していった。欠席の理由は〝予期せぬ緊急事態〟と書いた。この感情は間違いなく緊急事態として通用する。

サイモンは小脇にスイカを抱えてもう片方の手には古びたナップサックをさげ、トラックのそばで待っていた。その笑顔には思わず頬が染まった。

エレンはトラックを発進させ、マクナリー峡谷の伐採用の道へとつながる未舗装のでこぼこ道に乗り入れた。狭い道をがたごとと進むあいだ、ふたりとも黙っていた。エレンは手の震えと胸の高鳴りと頬のほてりを無視するため、運転に集中した。どうしようもなく顔がにやけた。

「最後に滝で泳いだのはいつだ？」サイモンが尋ねた。

「何年も前よ」エレンは言った。「ガスが〝不法侵入者は見つけしだい発砲する〟と書かれた標識を森のなかに立てたの。ほら、あれもそのひとつ。見える？」

「ここで停めてくれ、広いところで」サイモンが言う。「小川へおりて行くにはここがいちばんだ」

エレンは車を停めてギアを〈パーキング〉に入れた。サイモンが座席の上のタオルとブランケットを取ろうとしたが、エレンは手で制止した。「待って。ナイフの腕前がうんと上達したと言ったわよね？」

「もちろん」サイモンが言う。「いま、見せてほしいか？」

「ええ」すました顔で言い、十四メートル近く離れたガスの標識を指差した。「ここからあの標識を狙える？」

サイモンが標識を見やり、目を輝かせてエレンに視線を戻した。「どの文字を刺してほしい？」

エレンは鼻で笑った。「いやだ、冗談ばっかり」

「ほんとさ」サイモンがせっつく。「文字を選べよ」トラックから降りた。

エレンも降りたち、まぶしい笑みでいっそう引き立つゴージャスな顔に見とれた。「いいわ。そんなに言うなら、発砲《ショット》の〝O〟を貫いて」

サイモンがうずくまり、恐ろしげな黒いナイフをブーツから抜きとった。なにげない仕草で掲げ、投じた。

ナイフは〝O〟のど真ん中を貫き、刺さったまま震えた。

「わあ」エレンは目を丸くした。「すごい。誇張じゃなかったのね」

「誇張はしない、絶対に」サイモンが緩やかな足取りで標識に歩み寄り、優雅な一連の動作で、ナイフを抜いてもとの位置に収めた。

「これなら蛇からも守ってもらえるわね」エレンは言った。

サイモンがエレンのサンダルと日焼けしたむきだしの脚を見おろした。「ブーツにジーンズのほうがよかったな」

「思いつかなかったの」エレンは認めた。「慌てていたから」

サイモンが鼻のてっぺんにキスをしてにっと笑い、スイカとブランケットとタオルを座席から拾った。エレンは彼に続いてごつごつした斜面を小川までおりていった。足元から目を逸らさず、慎重に道を選んだ。

「さあ着いた」サイモンが言った。「この世の楽園だ」

エレンはようやく顔をあげ、息を呑んだ。「ああ、すごい。ここがどんなに美しいか忘れてたわ」

峡谷はここでは狭く、マツとモミが鬱蒼《うっそう》と生い茂る。滝の高さは三メートルほどで、なめらかで苔むした堰《せき》を水が勢いよく流れ落ちる。水は岩の縁を越え、滝壺の中心をたたいて渦を作り、ぶくぶくと泡を立ち昇らせてから、深い青緑色に輝く大きな池にさざ波を立てた。

サイモンがブーツを脱ぎ、エレンはTシャツとカットオフジーンズを脱いだ。エレンの慎み深いワンピースの水着を見て、サイモンが笑いだした。

「ゆうべあんなことをしたのに、まだ水着が必要なのか?」

「ここは屋外よ」エレンは切り返した。「だれかが通りかかるかもしれないわ」

「ここは大きな道路から何キロも離れてるし、私有地だ」サイモンが指摘する。「もしだれかに邪魔されたら、そいつの両脚をへし折ってやる」

エレンは眉をひそめた。「あまり隣人らしいふるまいじゃないわね」

「おれはあまり隣人らしい男じゃない」彼の目が全身を舐めまわす。「もしだれかがきみの裸を見たら、猛烈に腹が立つ。だが裸でこの滝壺にいるきみを見たい。ものすごく」

サイモンがシャツを脱いで向こうへ放ると、エレンは息を呑んだ。信じがたいほど美しかった。たくましく引き締まった体、金色の肌、目を見張るほど整った顔。まるでギリシャ神話に出てくる神のようだ。

「念のために言っておくと、屋外でセックスをする気はまったくありませんからね」エレンは言った。「それを頭にたたきこんでおいて。わたしは鍵のかかった部屋で、きれいなシーツに横たわって、明かりを消してというタイプなの」

サイモンの顔にゆっくりとオオカミのような笑みが浮かぶと、膝が震えた。「自分がどんなタイプか、きみはまだわかってない」

「自分のことなら、あなたよりわかってます」鋭い口調で言った。「だからわたしに教えようなんて思わないで」

「どうでもいいことで言い争うのはよそう」サイモンがなだめる。「それよりおれと一緒に水に入って、そういうささいなことは流れに任せたらどうだ?」

サイモンの甘い声につい説得されかけたものの、エレンはその目の輝きを見逃さなかった。彼に向かって人さし指を振った。「だめよ。だまされませんからね」

サイモンが後ろに手を伸ばし、誘うようにゆっくりと、筋肉を収縮させながら、髪を結わえている紐を解いた。濃く豊かな髪を揺すり、肩に垂らしてその場にたたずんだ。笑みをたたえて。

「ひけらかさないで」エレンは喘ぎ混じりの声で言った。

サイモンが頭の後ろに両腕を掲げ、首とたくましい肩を回して、肉体を見せつけた。「どうして?」

「あなたは自分がゴージャスなのをよくわかってるのよ」エレンは言った。「そしてうぬぼれてる。まるで尾羽を広げるクジャクね。わたしを圧倒しようとして。くだらない作戦だし、意図はお見通しよ。だからやめなさい」

サイモンがうっとりした顔になった。「いまのをどう解釈したらいい? おれの尾羽を見たいというほのめかしか?」ベルトのバックルを外し、ジーンズをおろした。そそり立ったペニスが勢いよく飛びだし、体の前で重そうに弾んだ。サイモンが向きを変え、脚を開いて両腕を掲げる。「どうだ、おれの尻は?」

こんなにたくましく魅惑的で、手だけでなく口でも触れたくなるお尻は、生身はおろか映画や写真のなかでさえ見たことがなかった。「やめて、サイモン」

サイモンが振り返り、エレンの赤い顔を眺めた。「だがうまくいってる。うまくいってることをなぜやめなくちゃならない？」

からかうような笑い声に背を向け、エレンは松葉とシダのやわらかいじゅうたんの上にブランケットを広げた。大きな水しぶきが聞こえて振り向くと、ちょうどサイモンの上半身がまばゆいしずくを散らしながら水面を割って飛びだすところだった。

サイモンが楽しそうに笑って、髪を後ろに振り払う。「気持ちいいぞ、エル」と呼びかけた。「来いよ。これは絶対、味わわないと」

エレンは滑りやすい小石の上をそろそろと進み、つま先を水に浸した。とたんに息を呑む。「冷たい！　どうかしてるわ」

「言い訳はなしだ」サイモンが水面を泳いで横切り、くるりとターンするなりこちらに向かってきた。

エレンは慌てて後じさり、首を振った。「だめよ、サイモン・ライリー。そんな目をして近づいてこないで。承知しない——きゃあ！」

腕に抱えあげられた。深みへと運ばれるあいだ、エレンは悲鳴をあげてもがいたが、冷たい水に放りこまれたときの衝撃は目がくらむほど心地よかった。水面に顔を出して咳きこみ、くすくす笑った。目から水を拭い、彼を見た。

笑いが途絶えた。

ふたりの背後で滝が轟き、深い水はさざ波を立てて流れる。冷たいしぶきが周囲で躍ったが、エレンはほとんど気づきもしなかった。

　男らしい美に圧倒された。黄金色の肌、のみで削ったようなひたいと頬骨とあごの輪郭、目と口のまわりに刻まれたしわ、肌に吸いつく水滴。茶色の乳首は寒さで硬くなっている。水のしたたる髪はひたいから後ろへ撫でつけられ、首と肩に張りついたさまは黒いペンキのようだ。水滴が体のいたるところを楽しげに転がり落ち、引き立てる。そのすべてに触れたかった。水滴をすべて舐め取りたかった。

　彼の目は真剣で、果てしなく深かった。その暗い魔法にからめ取られ、一生、抜けだせない気がした。

　彼が近づいてきた。「すごくきれいだ、エル。この世のものとは思えない」

　エレンは顔の水を拭った。「それはあなたよ」

「水着をおろして、冷たい水で乳首がどうなったか見せてくれ」

　水着を押しあげる硬いつぼみを見おろした。「布越しでもよく見えるでしょう」と言った。

「おれのは見せた」サイモンが説得にかかる。「次はきみのを見たい」

「あなたのを見せてなんて頼んでない」エレンは言った。「プレッシャーをかけないで、サイモン。わたしは気楽にできないの――」

「――ほとんどのことが、だろう？」サイモンが代わりに言い終えた。「素っ裸で泳ぐのは、きみがしたことのない行為の長いリストに載ってるんだろうな」

　エレンはむっとした。「あなたには神経質すぎるように思えるなら、ごめんなさい。だけどわたしは――」

「本当に悲しいよ」サイモンがわざと残念そうに首を振る。「きみは自分を解き放てないんだ」

「わたしを操ろうと思ってばかにするのね。ずるいわ」

サイモンがほほえんだ。「まわりを見てみろよ」腕でぐるりと弧を描く。「だれもいない。見るとしたらおれだけだ。水着をおろして、風と水としぶきを素肌に感じろ。その日焼けが乳房では象牙色に薄れていくのを見たい。あの小さなラズベリーの乳首がきゅっとすぼまってバラ色になるのを。そこに水滴がまとわりつくのを。おれのゴージャスな水の精。そんなきみを拝めたら、幸せに死ねる。おれのために頼みを聞いてくれ。そうしたらせっつくのをやめる」

「いいえ、やめるもんですか」エレンはささやくように言った。「嘘つきね。あなたがやめるわけない」

サイモンがゆっくりとまわりを泳ぎ、目と笑みと愛撫するような声で魔法を紡ぎはじめた。「お願いだ。こうしてきちんと頼んでるじゃないか。いい子だろう？　怖がってないところを見せてくれ」

まただ。どんなにおどけていても、彼がおよぼす力はすさまじく強かった。まるで生をもった引力が四方八方から攻めてくるよう。どうやったら彼女を望みの場所に連れて行けるか、サイモンは知っているのだ。どうやったら彼が望んでいるものを彼女に望ませられるか。耳の奥で水音がうなる。体中の神経が冷たさで疼いたが、もう寒くはなかった。燃えていた。ほてった体に冷たい水は心地よかった。

今度こそ、うまくやってみせる。愛を語って台なしにしたりしない。〝いま〟をとらえ、昨夜彼に利用されたように、今度は彼を快楽のために利用し、求められていない繊細な気持ちは心の奥に閉じこめておく。手に入れられるすべてを手に入れる。恥じらいも悔やみもしない。

脚で水底を探り、ちょうどいい高さのなめらかな石を見つけた。上に立つとおへそが水面に触れるくらいだ。そこに両足を載せると、水着の肩紐をつまんでおろしはじめた。乳房を覆う濡れた布をゆっくりと剝がし、硬くなった乳首にしばし引っかけて焦らしてから、ついにあらわにした。

腰までおろすと、両腕を掲げてターンし、彼に披露した。「ご満足?」

サイモンの目がむさぼる。「大満足だ」

彼の魔法が深く強くなり、エレンの呼吸は浅く速くなった。肌を転がる水滴は、またたくまに蒸気になっているにちがいない。顔が燃えるほど熱かった。あらわにされた肌は、布で覆われているときよりはるかに多くを感じた。まるで体中に目と耳があるかのよう。全身の肌が目を覚まし、心地よく敏感になっていた。

「わたしを説得して服を脱がせるのが大好きなんでしょう」浅い呼吸で尋ねた。「そうすると興奮する。ちがう?」

「おれが力ずくで剝ぎ取って、飢えたオオカミみたいに飛びかかったほうがいいか？　それもありだぞ」

捕食者の笑みに、震える太腿をぎゅっと押しつけずにはいられなかった。「いいえ、その、けっこうよ。わたしは〝飢えたオオカミ〟っていうタイプじゃないから」

「知ってる」サイモンがつぶやいた。「きみは輝く女神ってタイプだ。シャイで上品。生まれてこの方、素っ裸で泳いだことはない」彼女の手を取り、指先に一本ずつキスをした。

「いきなり襲いかかるより、たっぷりきみの準備をしないと。準備が整いすぎて、叫んでわめいておれを罵るくらいに。そうなったら、いよいよお楽しみだ。きみは熱く燃えて、爆発しそうになってる」

エレンは笑おうとした。「つまりこれは、計算された誘惑テクニックなのね？」

サイモンが泳いできて、腰をつかまえた。「きみに感じさせられる気持ちには、計算されたところなんてない」と言う。「パドルなしで急流くだりをしてるようなものだ、エル。沈まないので精一杯だよ」水面に顔を出し、張りつめた乳房の先端を口に含んだ。

あまりにも強い快感に、思わず声が出てのけ反った。熱く濡れた貪欲な舌が彼女の快楽を求めて翻り、舐める。彼の頭を胸にかき抱いたまま、激しい感覚に全身を貫かれた。

サイモンが脚のあいだに手を滑りこませ、水着越しにそっとふくらみに触れて、巧みに弧を描いた。両の太腿でその手を閉じこめると、手をつかんで下に引っぱられ、硬く熱いペニスを握らされた。

「触ってくれ」サイモンがせがむ。「触りっこしよう」

もっと触れ合いたくて顔をあげ、唇を重ねた。くちづけて愛撫し合い、天にも昇りそうな快楽の波間をただよった。爆発的なオーガズムを迎えそうになって唇越しに息を呑んだ——瞬間、サイモンが手を離した。

エレンの手を硬く熱いペニスからほどき、少し離れたところに浮かぶ。彼がいないと、呆然として頼りなく感じた。

「ジーンズのポケットにコンドームが入ってる」サイモンが言う。「どうだ、エル？　屋外セックスへの意見は変わったか？」

興奮ともどかしさで体が震えた。またしても裏をかかれたけれど、彼が欲しくてたまらず、ほとんど気にならなかった。

泳いで滝壺の縁に向かい、岸へあがった。立つと膝が崩れそうになった。水着をおろして両脚を引き抜き、日の当たる岩に放った。

彼のほうに振り向いた。降りそそぐ木漏れ日のなか、生まれたままの姿で。

# 13

サイモンは泳いで滝壺の縁へ向かった。せっつきすぎたのではないかと肝を冷やしたあとだけに、安堵で力が抜けそうだった。ひとりですごすご、歩いて帰るのだと思ったあとだけに。

そうなっていたら、ムスコは死ぬまで許してくれなかっただろう。

はやる気持ちを抑え、ゆっくり水からあがった。エルは興奮しているが、ゆうべ彼が犯した失態のせいで、まだそわそわと落ちつかない。彼といると、自分がどんなに無防備になるかを痛切に感じている。それはサイモンも同じだ。

埋め合わせをしなくては。どうにか自制心にしがみついて、心を広く、強くもたなくては。いまの状態では不可能に近いが。

なにかで気を逸らそう。なんでもいいから、耳の奥のうなりが収まるまで。スイカを拾いあげてブーツのさやからナイフを抜きとり、ウールのブランケットに腰をおろした。ペニスがせめて半旗の状態まで落ちつくことを願って。「食べるか？」

エルが戸惑った顔で見おろした。「でも、したいんじゃ……」

「そのとおり。だが急ぐことはない」皮にナイフを突き立ててぐるっと回し、ふたつに割った。ああ、すばらしい。真っ赤に熟れて、汁気たっぷり。「うまそうだ。こっちに来て座れよ。腹ぺこなんだ」エルが上品に両脚をたたんで、ブランケットに腰をおろした。

「食事をしてないの？」心配そうな顔で問う。「どうしてなにも言わなかったの？」

「かまうもんか。このスイカをちょっと食って、きみをむさぼったら、夢心地になれる」

エルが両手で顔を隠した。「いやだ」

「それじゃまずいか？」当惑を装った。「昨夜はずいぶん楽しんでいたようだが」

エルが指のあいだからのぞいた。「からかわないで、サイモン」

「じゃあそそのかすな」大きくひと切れ、切り分けて、ナイフの先で種を取りのぞく。エルの口元に掲げた。「レディ・ファーストだ」

エルがピンク色に染まった顔から手をおろした。しっとりと濡れた姿はいかにもおいしそうだ。先端が金色のまつげはいまも濡れて色濃く、髪はまだブランケットに水をしたたらせている。エルが口を開いて果実を受け入れた。まつげがおりて、低くかすれた満足の声がもれた。「おいしい」

今度は長く切り分けた。「これが好きなんだ」と語る。「冷蔵庫でキンキンに冷やしたのじゃなく、片側は太陽に温められて、もう片側は地面に冷まされたのにかぎる。ちょっと小さめのナイフで割って、果肉がぎざぎざになるようにする。赤い山と、ピンク色をした甘い果汁の湖。濡れてべとついてセクシー。最高だ」

スイカにかぶりつくと、エルが笑った。「あなたにかかると、なにもかもがセクシュアルなの?」

サイモンはにっと笑い、質問に答える代わりにもうひと切れ、差しだした。「口を開けろ」

エルが身を乗りだし、彼の手から食べた。やわらかい唇が指をそっと包むと、ペニスが大きくなった。

「今度はおれに食わせてくれ」

エルが手を差しだした。「ナイフを貸して」と命じる。

「手でつかめよ」とうながした。「腕に果汁を伝わせろ。べとべとになったら、おれが舐めてきれいにする。心配ない」

エルの目が興奮に輝き、深いラズベリー色に染まったやわらかい唇のあいだからは、乱れた呼吸がもれた。欲望を物語る頬の輝きを見て、サイモンの体は期待に疼いた。エルがおいしそうな部分を手ですくい、彼の口元に掲げた。

サイモンは華奢な手首をつかみ、細い指の一本一本を舐め、腕の内側のやわらかい肌を伝うピンク色の果汁をあまさず追った。ゲームはそこからみだらな儀式へと進展し、さらに笑いとキスに彩られた貪欲で激しいものへと変わっていった。果汁がエルのあごを流れ、乳房にしたたる。サイモンは唇と舌でそれを舐め取り、肌の花びらのようなやわらかさに溺れた。官能的でそそる美しさを舌で堪能した。

とうとうブランケットに仰向けで押し倒し、皮だけになったスイカを掲げた。皮を傾けて、温かく甘い果汁を乳房に、お腹に、脚のあいだに、垂らした。

エルがくすぐったそうに笑って身を起こしかけたが、サイモンは押さえつけた。「腹が減って死にそうなんだ、エル」と説得する。「いますぐこうしないと死んじまう。きみを舐めまわさせてくれ。頼む」

エルがすすり泣くような声とともに体をブランケットに戻し、サイモンの願いを聞き入れた。サイモンは全力で取りかかり、温かく強い舌で自分が垂らした果汁に襲いかかった。

脚を広げさせ、あいだに顔をうずめる。快楽の秘泉に舌をねじこむと、エルが濡れた髪に指をからませ、リズムに合わせて腰を動かした。サイモンはひだを大きく分かち、濃淡の異なるピンク色の部分をつぶさに眺めた。硬いブロンドの縮れ毛に覆われた、ぷっくりとした外側の唇。なめし革のようにやわらかい、深紅に染まった内側の唇。甘くなめらかな深奥。口を当ててあらゆるテクニックを駆使し、なにが彼女に身をよじらせ、のけ反らせるのかを探りだそうとした。

この空腹感は獰猛とさえ呼べた。彼女に絶頂に達してほしかった。あのすさまじいエネルギーの爆発を、なかに舌をねじこんだまま感じたかった。容赦なく責めたてつづけると、ついにエルが屈した。悲鳴をあげ、美しいオーガズムの波をサイモンの舌に伝えた。

体を起こして温かい蜜を顔から拭い、彼女を見おろした。エルは全身、バラ色に染まり、目を閉じたまま喘いでいた。涙が顔の両側を転がり落ち、濡れてもつれた髪に消える。この信頼、この開放。この無防備さ。それを見て、彼女が心配になった。

そして自分に腹が立った。単純なことを複雑にした自分に。

エルがサイモンの心の葛藤に気づいて目を開けた。「サイモン？」

なんでもないと首を振ると、エルが手を伸ばしてきた。手に手が触れて、サイモンは身をすくめた。

「もうわたしが欲しくないの？」エルが問う。

声にひそむかすかな不安に、いっそう腹が立った。「もちろん欲しくてたまらない！」鋭く言い返した。「おれを見ろよ」

エルが肘を突いてゆっくりと体を起こし、そそり立って疼くペニスを冷たい指でくるんだ。

「わたしもあなたが欲しい」エルが言う。「なのにどうして動揺するの？」

「わからない」力なく肩をすくめた。「ただこうなってしまうんだ。ふだんはセックスでうろたえたりしない。だがきみがそんな表情でそこに横たわって、目に涙を浮かべていると。美しい処女のいけにえみたいに。それを見ると、どうにも冷静でいられなくなる」

エルが慌てて目から涙を拭った。「ごめんなさい。こらえきれなくて。そんなに興ざめだなんて知らなかった」

「興ざめじゃない」うなるように言った。「正反対だ」

エルが両脚を胸に抱えこみ、膝で顔を隠した。「混乱しちゃったわ」小声でささやく。「あなたがなにを求めてるのかわからない。台なしにするまいと必死でがんばっても、やっぱり台なしになってしまうのね」

ろくでなしのまぬけになった気がした。手を伸ばして彼女の髪を撫でた。

「なあ」やさしく声をかける。「きみはなにも台なしにしてない。ゆうべは夢のようだった。あんなセックスは生まれてはじめてだ」

エルが目を見あげた。「じゃあどうして行ってしまったの？」

一瞬、躊躇した。「脳みそが爆発しそうになったから」と打ち明けた。「ゆうべ、おれはきみの美しさを崇めた。きみは宝石をちりばめた王冠を与えるみたいに信頼をおれに授けた。サイモン・ライリーが、金色の女神とベッドイン。きみがわれに返って、自分がどんな失態をしでかしたかを悟る前に、逃げだすしかなかった」

「ひどいわ、サイモン！　そんなのずるい」エルが髪から手を払いのけ、彼につかみかかった。

サイモンは殴られる前にその両手をつかまえた。「おれはずるくないなんて言ってない」と言う。「数ある欠点のひとつだ」

エルが手を振りほどこうとした。「下手な言い訳にはうんざり！　わたしが欲しくないならそう言えばいいじゃない。二度と邪魔しないわ」

彼女を引き寄せて抱きしめた。顔と顔とはほんの数センチしか離れていない。「きみが欲しい」荒い声で言った。「だが高尚な女神はいらない。いろんなやり方できみを犯したい。ペニスをしゃぶってほしい。このかわいい口のなかで達したい。悲鳴をあげさせて慈悲を請わせたい。ありとあらゆる方法できみが欲しい」

エルが目をしばたたき、静かな笑いをこぼして震えた。「ええと……わたしには申し分ない話よ、サイモン」かすれた声で言う。「なにが問題なのかわからない。女神のように扱ってほしいなんて頼んだことはないのに」

ふたりは見つめ合った。背後で滝がごうごうと流れる。

エルが身を乗りだして顔中にキスをした。軽くて熱い、湿ったキスを。「さっきみたいに、あなたにセクシーなことを言われるのが好き」とささやく。「どうしたいかを言われるのが。すごく濡れちゃうの。わたしは金色の女神なんかじゃないわ、サイモン。手首を離して。あなたに触れたい」

言われたとおり、つかんでいた指の力を抜いた。エルが即座に手をおろし、燃えて疼くペニスを両手でくるんだ。

「わたしはプラスチックのお人形でもない」と言う。「あなたがしてほしいことは、なんでもしてあげる」

彼女の手のなかで震えた。「なんでも？」とつぶやく。「それはまた、大きく出たな。でかい約束をするときは気をつけたほうがいいぞ」

エルがほほえみ、大胆に手でしごいた。「いけないサイモン」冗談めかして言う。「怖がらせようとしてもむだよ。おかしいだけ」

「笑ってもらえたなら、よかった」震える声で言った。

エルが最後にもう一度、鼻のてっぺんにからかうようなキスをすると、屈んでペニスを口に含んだ。

エレンにとって、これは挑戦だった。彼があまりに大きいので、どうしたらいいのかよくわからない。けれど心は浮き立っていたから、喜んで方法を見つけるつもりだった。まずはさっき舐められたのと同じ、貪欲かつ容赦ないやり方で舐めることにした。大きく育った亀頭のまわりにゆっくりとまとわりつくように舌を這わせ、先端の割れ目からにじみだした光るしずくを舐め取る。しょっぱくておいしい。太いさおに舌を上下させ、浮きあがった静脈をなぞった。ビロードのようになめらか。熱くてはち切れそうに硬い。エレンが舐めたり触れたりするたびに、サイモンは震えてうめいた。

今度はサイモンが無力な奴隷になる番。その事実にぞくぞくした。

ペニスの先端をそっと口に含んだ。それ以上は無理だった。そこで残りの太い幹を両手でしごきながら、舌を翻らせた。もっと奥まで咥えこもうとしたものの、やさしく顔を押し戻された。

口を拭って見あげた。「よくなかった?」不安な気持ちで尋ねる。「好きなのかと——」

「大好きだ」サイモンが即答する。「めまいさえする。だがいまは、きみを抱きたい。これは後まわしにしよう」

つまり、〝あと〟があるということ。期待できる。

サイモンがジーンズからコンドームを取りだし、袋を破って彼女に差しだした。「着けてくれ」

べとついた不器用な指でローションつきのラテックスとしばし格闘した末に、なんとかかぶせることができた。サイモンはひたいを彼女のおでこにあずけ、肩で息をしている。不慣れな手がしくじるたびに、体をびくんと震わせた。

仰向けに押し倒されるのだと思っていたが、膝の上に抱きあげられ、彼にまたがる格好で脚を広げられた。「腰を掲げておれを……受け入れてくれ。そうだ。腰をおろせ。ゆっくり……ああ、すごい。ああ、いい」

彼女の腰をつかみ、力ずくで沈める。太いものがじわじわと侵入してきて、エレンは息を呑んだ。

サイモンが心配そうな顔で手を止める。「痛いか？」

エレンは腰を沈めて彼自身を咥えこんだ。「少し。でもその価値はあるわ」

「痛いなら無理に――」

「わたしにわれを忘れさせておいてほったらかしにしようなんて、許さないわよ」噛みつくように言った。「いいから黙って……いますぐ抱いて」

サイモンがうれしそうに、にっとした。「おっと」

「早く。さもないと……」適当な脅し文句を探した。

「さもないと？」サイモンの目が魅力的に輝く。

「目を殴ってやる」と宣言した。

サイモンが彼女を抱えたまま体を反らして両肘を突き、脚を伸ばした。「かしこまりました、奥さま」従順に言う。「わたしはあなたのなすがままです。腰を振るなり、犯すなり、奪うなり、どうぞお好きなように」

「からかわないで、サイモン・ライリー」

「からかってない」サイモンが急いで言う。「誓って本気さ」

エレンは腰を動かしはじめた。最初はぎこちなく、もたげては徐々に沈めるだけだったが、やがて太いさおが彼女の蜜でうるおい、動きがそれ自体のなめらかでうねるリズムを得た。サイモンが彼女の腰をつかみ、力強い体で下から突きあげた。なかにねじこみ、彼女を深みへと駆り立てる。エレンは身もだえし、すすり泣きながら、深く甘美で狂おしいクライマックスへと導かれていった。

サイモンが上体を起こして彼女を押し倒し、脚のあいだに膝を突いた。何度も激しく貫き、とうとう爆発的な快感が彼の全身を駆けめぐって彼女の絶頂にこだました。

勝利の雄叫びは峡谷にこだました。

互いの腕に抱かれてぐったりと横たわった。いつしか太陽はふたりを見捨て、峡谷の壁に隠れていた。指先があごの輪郭をなぞる感触に、エレンははっと目を開いた。

「だめだ」サイモンが言う。「なにをしようと、起きてしまう」

警戒心に目が覚めた。「なにが起きるの?」

サイモンの顔はまたしても影に満ちていた。「どんなにきみを地に引きずりおろそうとがんばっても関係ない。やっぱりきみを崇めてしまう」

彼の手にキスをした。「いいのよ」と言う。「わたしもあなたを崇めてるわ」

サイモンが手をほどいて背を向けた。「くそっ。頼むからやめてくれ」

コンドームを外して、ナップサックから取りだしたビニール袋に入れる。怒った手つきで袋の口を縛った。

足早に滝壺へ戻り、彼女を振り返りもせずに飛びこんだ。

エレンはまばたきをして涙をこらえた。傷つき捨てられたように感じるなんてばかげている。セックスのあとのサイモンはいつもこうなのだ。慣れるしかない。

両手で体を撫でてみた。スイカの果汁とセックスでべとついている。よろよろと滝壺へ向かい、水に飛びこんで息を呑んだ。太陽が傾いてサイモンには頑なな背中を向けられたいま、水はさっきよりはるかに冷たく感じられた。手早く体を洗ってタオルで拭い、服を着た。

サイモンがまだ目を合わせようとしないまま、ブーツの紐を結んでいたとき、なにかが弾けてガラスが割れる音が上の道のほうから聞こえた。サイモンがさっと立ちあがる。エレンの胃は冷たく縮みあがった。

がしゃん、ぱりん。二度……三度……四度。最後の破壊音に続いて、くぐもった嘲るような笑い声が響いた。

ふたりは像のようにじっとして耳を澄ました。サイモンの目がエレンの全身をさっとチェックする。「急いでサンダルを履け」

エレンはすぐに従った。震える手でタオルを集めようとしたが、サイモンが首を振った。

「荷物はいい。あとで取りにこよう。ぴったりついてこい。合図を送ったら、おれは先に行って周囲を確認する。名前を呼ぶまで黙ってじっとしてろ」

「でも――」

サイモンが肩をつかんだ。「言われたとおりにすると約束してくれ」

その口調に反論するほど愚かではなかった。エレンは無言でうなずき、前を行くサイモンのしなやかで静かな足取りを懸命にまねながら、丸石の斜面を登った。彼の手のなかで輝くナイフが気になってしょうがなかった。道に近づくと、サイモンがモミの木立の後ろへ彼女をそっと押しやり、自分の唇に人さし指を当てた。

エレンは両手を揉みしだきながら、物音ひとつ聞こえない苦痛の時間を過ごした。実際には二分も経たなかったのだろうが、何時間にも感じられた。

「出てきていいぞ、エル」サイモンの声は暗く静かだった。「大丈夫だ」

差し伸べられた手につかまって路肩にあがったエレンは、自分のトラックを呆然と見つめた。

窓はすべてたたき割られていた。タイヤ四つもぺしゃんこだ。ドアには太いフェルトのマーカーで殴り書きがしてある。〝出てけ放火魔〟。反対側に回ってみた。〝ヤッてるの見たぞあばずれ〟。

人気のない道を見わたした。「これだから、その、アウトドアセックスはしない主義なの」

サイモンの顔は険しくこわばっていた。「すまない、エル」

「あなたのせいじゃないわ。イエスと言ったのはわたし。あなたに無理強いされたわけじゃない」神経質な笑いをこらえようと手で口を覆った。「おかしいわね。統計学的にありえないんじゃない？　人生ではじめてはめを外してやんちゃなことをしたら、どーん！　ひどい目にあうなんて。それにしても、犯人は文法が得意じゃないみたいね」

サイモンが峡谷の道の先を見つめた。「携帯は持ってきてるか？」

エレンは首を振った。「いいえ。どうして？」

サイモンも首を振る。「これは行きあたりばったりの犯行じゃない。たまたまここを通りかかった人間のしわざでは。この先は行き止まりだ。犯人はおれたちがだれかを知っている。ここまで尾けてきた――つまり出発する前から見張っていたことになる。おれたちが歩いて帰るしかないことも、狭い峡谷で助けが来る見こみがないことも、向こうは知ってる。そしてもうじき日が暮れる」サイモンが目を見つめた。「最悪だ」感情もなくつけ足した。

うららかな暖かさにもかかわらず、エレンは身震いし、自分で自分を抱いた。「ほかの道を通って帰るべき？」

サイモンが溝を刻まれた玄武岩の絶壁を見あげ、視線を戻してエレンのむきだしの脚とサンダルを一瞥した。「通ったことがある。だが最短距離は危険な上り坂だし、険しい岩肌や鬱蒼とした林やウルシのなかを通らなくちゃならない。何時間もかかるだろう。日没までわずかだし、いまはガラガラヘビの季節だ。脚をずたずたにされる」

エレンは身震いした。抱きしめてほしかったが、サイモンの厳めしい顔つきを見れば、願いを口にする勇気は出なかった。深く息を吸いこんだ。「ねえ、サイモン」と言う。「行くわ。どっちの道でも。道か、絶壁か。選んでくれたら、わたしはその判断を信じる。カンフーを知ってるのはあなただもの」

サイモンはしばらくのあいだ、思案顔で峡谷の道をにらんでいたが、やがて口を開いた。「道を行こう」と言った。「犯人はもう逃げたあとだろう。なぜならこれは」トラックを手で示す。「臆病者の仕業だ。だが、もしちょっかいを出してきたら……」ナイフを宙に放り、指先で挟んでしゃがみ、ブーツのさやに収めた。「容赦しない」

長い道を行くあいだ、暗黙の了解でどちらもしゃべらなかった。サイモンの長い歩幅についていこうと、エレンは必死で歩いた。西の空が暗くなるにつれ、峡谷の影も濃さを増す。ピンク色の雲が西の峰の上方に集まり、おぼろな一番星が頭上に現われた。

小川沿いに広がる森のなかへと急な斜面をくだった。わだちの跡でつまずいたエレンの腕を、サイモンがつかまえてくれた。

「ごめんなさい」エレンはささやいた。「ちょっと――」

「シーッ」サイモンが小声で言い、路肩の乾いた溝のほうへエレンを押しやった。エレンはよろめき、土手に寄りかかった。

暗い人影がどこからともなく飛びだしてきた。サイモンがくるりとそちらに向きなおった。

サイモンは下手なパンチを容易にかわし、男のみずおちに一発お見舞いしながら状況を見極めた。

大男四人。黒いナイロンのストッキングを頭からかぶっているので、顔が異様につぶれて見える。いちばん背の高い男が横から飛びかかってきた。男の酸っぱい体臭を感じながら脇へよけ、手に黒い剛毛を生やした別の男のほうへ、槌《つち》のように投げ飛ばした。男ふたりはもろともに倒れ、地面に転げた。

残りのふたりがかかってきた。サイモンはアッパーカットを防ぎ、ひとりの汗ばんでぬるぬるするあごの下を指二本で突きあげた。ぬるぬる男がのけ反り、息を詰まらせて手足をばたつかせる。四人目の男の脇腹にサイドキックを食らわすと、男はどすんと尻餅をついて苦痛のうめきをあげた。こいつはほかの三人より太って腹が出ている。

「くそったれ！」ぬるぬる男がどうにか態勢を立て直して叫んだ。「プロだなんてひと言も聞いてねえよ！」

だれかが返事をする前に、ぬるぬる男の鼻に肘をたたきつけると、男はかすれた悲鳴をあげてよろめいた。とどめを刺すべく股間を蹴ると、情けない声をもらして地面に倒れた。サイモンはすぐさまくるりと向きを変え、ふたたび体臭男と剛毛男の相手になった。男たちは傷ついたプライドを取り戻すべく、慎重に様子をうかがっていた。

サイモンはしゃがんで防御体制を取りながら、エルの姿を探した。エルは道ばたに両手両膝を突いていた。このけんかにおける唯一の不安要素だ。この道化たちはいまのところ武器を持ちだしていない。訓練と呼べるものは積んでおらず、これといった奥の手もなく、サイモンにとっては恐れるに値しない。ナイフを使う必要はなさそうだ。これはただの運動。攻撃的な傾向を吐きだすいいチャンス。一風変わった怒りコントロール法。

この連中を完膚無きまでに打ちのめすのは楽しいだろうが、エルにその過程を見せたくない。「行け！」彼女にどなった。「離れてろ！」

エルが地面からなにかを引きずりあげたが、剛毛男が叫びながら突進してきたうえ体臭男が反対側からパンチをくり出したので、それがなにかは見届けられなかった。体臭男のパンチを防いで首にチョップをお見舞いしたと思うや、剛毛男の汗ばんだ体に取りおさえられた。剛毛男の足を引っかけて地面に倒し、膝の側面を蹴る。腱が裂け、剛毛男が悲鳴をあげた。

くるりと振り返ると、出っ腹が向かってきた。その後ろからエルが大きくて重そうな木の枝を手に駆けてくるなり、あっぱれな力で出っ腹の分厚い肩に振りおろした。出っ腹がうなって振り返り、木の枝をつかんだが、エルは放そうとしないどころか威嚇するような大声を上げ、枝を前後に揺すった。

出っ腹が一歩、後ろによろめいた。「くそアマ！」

わめくなりエルにつかみかかろうとしたのを見てサイモンは駆けつけようとしたが、横からかかってきたぬるぬる男に地面に蹴り倒された。

エルから目を離して手っとり早くぬるぬる男の相手をするしかなかった。胸郭にこぶしをたたきつけ、ナイロンのマスク越しに指で目つぶしをしたら、男は伸びた。

跳ね起きて見まわすと、エルが川土手にいた。出っ腹が彼女の胸めがけて枝を突きだす。エルの足下の岩が崩れ、バランスを保とうと彼女が枝にしがみついた瞬間、出っ腹が手を放した。

エルは鋭い悲鳴をあげてサイモンの視界から消えた。

出っ腹がひと目サイモンを見るなり逃げだした。残りの三人もよろよろと足を引きずりながら、鞭で打たれた犬のようにそのあとを追った。

サイモンは意に介さなかった。戦闘用の〝禅の落ちつき〟は消え去っていた。恐怖で張り裂けそうな胸を抑えつつ、不安定な丸石の上を飛び跳ね、滑りおりて、勢いよく流れる小川にへたりこんだエルのもとへ急いだ。「エル？」呼びかける。「大丈夫か？　なにか言ってくれ」

エルがぼんやりと見あげた。「大丈夫よ。ちょっと怪我をしただけ」脚を曲げ、水の上に出した膝に触れるなり息を呑んだ。

「本当か？」冷たい小川の彼女の隣りにしゃがみ、体に両腕を回した。「まったく。死ぬほど心配した」

エルが体をあずけてきた。「あの人たちは行ったの？」

ちょうどそのとき、せせらぎをかき消すように車のエンジン音が聞こえた。音はあっと言う間に遠のいた。「行った」サイモンは腕に力をこめた。「すまない。おれが間違ってた。道路沿いじゃなく山のなかを――」

「そんな、やめて。立派に対処してくれたじゃない。あの人たちは行ったの。ね？　だからキスして」

願いを聞き入れたが、すぐに顔を離した。「本当に大丈夫か？」と尋ねる。「脚は？　どこも折れてないか？」

「川からあがって見てみるわ」エルが言った。

手を握り、慎重に立ちあがらせた。向き合って水のなかにひざまずき、擦り傷だらけの、両脚にそっと手を走らせる。にじみだした血が脚を伝いおり、小川の水に薄れて消えていく。土埃をかぶってもつれたサイモンの髪を、エルが撫でた。「心配しないで」と言う。「少し気が高ぶってるけど、小さなかさぶたと軽いあざが残るだけよ」

サイモンは鼻で笑った。「タフを気取ってたいしたことじゃないと言ってるのはだれだ？家まで送ろう。歩けるか？　なんならおぶって――」

「なに言うの。平気よ」

岩の斜面をのぼるあいだ、心配で彼女のそばから離れられなかった。背負うのは断わられたので、腰に腕を回し、寄りかからせて歩くだけで満足するしかなかった。

草原まで来て足を止めた。「道を逸れて、森を抜けよう」と提案する。「あの丘のモミの木立を抜けたら、きみの家が見える」

歩く邪魔にならないていどに体を密着させて、腰まで伸びた草のあいだを進んだ。

「ナイフを使わずにすんだわね」エルが言った。「よかった」

「あの四人なら、手を後ろで縛られてたって倒せた。おれひとりだったら」咎めるような目でエルを見た。「行けと言ったときにきみが従っていれば、あいつらをつかまえられたのに」

「よく言うわ。屈強な男四人に襲われてるあなたを、置き去りにできると思う？」天を仰いだ。「冗談じゃない」

「きみはすごく勇敢だったし、助けようとしてくれたのはうれしい。だがおれの集中力を削いで自分を危険にさらしたのも事実だ」

「そうよね。ごめんなさい。もしまた暗い道で悪党に襲われたら、あなたの言うとおりにするよう、努力する。でも約束はできないわ」

エルが足を止めた。彼女の体をとらえた緊張感に、サイモンはすぐさま戦闘モードに入った。「どうした？」と尋ねる。

「見て！」エルの声はやわらかかった。「あれはなに？」

彼女の指差す方向を見た。記憶がこみあげて感情が押し寄せ、一瞬、めまいを覚えた。木立は動物の像で埋めつくされていた。黄昏のなか、堂々と幻想的にたたずんでいる。

「ああ」サイモンはささやくように言った。「おふくろの彫刻作品だ。亡くなったとき、アトリエにあった全部。ガスがここへ運んできた。おふくろの思い出に捧げた彫刻の庭さ」

「まるで魔法ね」エルがそっと言う。

「おれもそう思う」サイモンは言った。「ブランケットと防水シートを持って、ときどきここで眠りに来たものだ。おふくろの動物に守られてるような気がした」

高くそびえるマツとモミが、広い聖堂を思わせる丸天井をこしらえ、薄暗く静かな雰囲気をかもしだしていた。動物の衛兵がそれを囲む。コヨーテ、鷲、クーガー、鹿。伝説の動物もいる。グリフォン、スフィンクス、ケンタウロス、ユニコーン。熱に浮かされた夢から生まれた、もっと奇妙で非現実的な動物たちも。もともとの色は褪せて灰色に変わり、ところどころに鮮やかなオレンジと黄色の地衣類がまだら模様をつけていた。

「本当ね」エルが抑えた声で言う。「ここはとても静かだわ。動物たちがこの場所を守ってるのよ。わたしまでほっとする」

サイモンは彼女の腰に腕を回し、きびきびと引き寄せた。「それはよかった。だがきみが体を洗ってあちこちに絆創膏《ばんそうこう》を貼ってきれいなシーツにもぐってくれたほうが、おれはほっとできる」

「シーツに？　あなたと？」エルが足を止めた。

引っぱってまた歩きださせる。「そうだな」はぐらかそうとした。「まずはさっきの連中の正体を突き止められるかどうか——」

「今夜は一緒に眠ってほしい」エルが足を踏ん張り、また歩みを阻んだ。「どことも知れない暗闇をさまよって、なんだかわからないトラブルに巻きこまれるんじゃなく。そんなのはいやよ、サイモン」

「その話はあとにしよう」サイモンは言った。

「警察に通報して、あとは任せればいいじゃない」

サイモンは皮肉をこめてうなった。「ああ。そうしたら今日は最高の一日になるな。ペースを速められるか？　あの草原を抜ければ家はもうすぐだ」

サイモンにしてみれば完ぺきなタイミングだった。ふたりが足を引きずりながら芝を横切っているところへ、ミュリエル・ケントの白いトーラスが停まった。さらにチャックとスージーのジープも現われる。続く騒ぎに乗じて、サイモンはこっそり抜けだした。ライラックの茂みに足を踏み入れる間際に振り返り、そうしたことを後悔した。ライラエルがまっすぐこちらを見ていた。無言の非難をたたえた目で。

# 14

「整理させてくれ、ライリー」ウェスは明らかに楽しんでいた。「家族と楽しい夕食のひときを過ごしていたおれをわざわざ呼びだしたのは、ほかに話せる人間がいないからだと言ったな。それなのに、聞かせられる話はたったそれだけなのか?」

サイモンはもどかしさを呑みこんだ。「深刻な話だ」陰気な声で言った。「エルは大怪我をしたかもしれない」

「たしかにそのとおりだ。その点について、じっくり考えてみろ」ウェスが言う。「じゃあもう一度、おさらいしてみるか。おまえとエレン・ケントはマクナリー・クリークの滝のそばでいちゃついていた——」

「泳いでいた」サイモンはくり返した。

「ああ、そうか。泳いでいた、と」ウェスが椅子の背にもたれかかり、サイモンの泥だらけの服をゆっくりと眺めた。「その後、道に戻ってみると、エレンのトラックがいたずらされていた」

「破壊されたんだ。いたずらじゃない」サイモンは疲れた声で言った。「タイヤは切り裂かれ、窓は割られ、下品な落書きがされていた」

「下品な落書き、と」ウェスがくり返し、手元のメモを見おろした。〝出てけ放火魔〟〝ヤッてるの見たぞあばずれ〟。「その連中にはよく見えたんだろうな、おまえたちが……泳いでいるのが」

サイモンは薄い笑みを浮かべた。「だろうな」

「ここまで興奮させるとは、見物だったにちがいない。おれもその場にいたかったくらいだよ。それで、と。おまえとエレンは峡谷の道を歩いて帰る途中、覆面をした男四人に襲われたが、奇跡的におまえがたったひとりで追い払った。しかし特定できるほどよくは見えなかった——」

「ひとりがエルを川土手から突き落としたんだ」サイモンはくり返した。「だから男たちは放っておいて、彼女を助けに行った。四人とも大柄でがっしりしていて、強かった。ひとりは腹が出ていた。全員がジーンズにTシャツ、ワークブーツという格好だった」

「この町のたいていの住民と同様にな」ウェスが言う。

「それからナイロンのストッキングを頭からかぶっていて、体臭がきつかった。役に立つか？」

「残念ながら、役には立たんな」ウェスが言う。「生意気な口を利いたってちっとも役に立たん」

サイモンは心のなかでため息をついた。「あんたの時間をむだにしたいんじゃない、警部補。正しいことをしようとしてる。トラックを壊したのはきっとおれたちを襲ったのと同じ連中だから、あんたがやるべきは――」

「やるべきことをおまえに指示される筋合いはない。わかったか、ライリー？」

サイモンは舌を噛んだ。「おれはエルが心配なだけだ」

「それはご立派なことだ」ウェスが言う。「言っただろう、この町はおまえの健康にとってよくないと。自分を見てみろ、ライリー。ひどいありさまだ」

サイモンは歯を食いしばった。「警部補――」

「そしてどうやら、おまえはエレン・ケントの健康にとってよくないようだな。つい昨日までは、しゃれたホテルの支配人にしてラルー一の金持ちの婚約者でもある、きれいでしとやかなお嬢さんだった。それが今日は、トラックは壊されるわ、あちこち怪我をするわ、ろくでなし連中に泳いでいるところを目撃されるわ。おまえみたいな男と、屋外で。まったく、ライリー、いったいなにを考えていた？　この一件が語っていることはなんだ？　おまえがちょっと鈍いのは知ってる。おれが丁寧に説明してやらなくちゃいかんのか？」

サイモンは一拍置いてから答えた。「この一件が語ってるのは、あんたが犯人を見つけなくちゃならないということだ」穏やかな口調で言った。

ウェスがうなった。「エレンに署へ来て証言をしてもらいたい」と言う。「トラックに残された指紋と判別するために、指紋も採取させてもらう。おまえのはもう採ってある」

サイモンはうなずいた。

「彼女はなぜ一緒に来なかった？」ウェスが疑わしげな顔で尋ねた。

「ホテルの宿泊客が騒いだんで、相手をしなくちゃならなかった」サイモンは言った。「それに、動揺して怪我もしていた。明日にでも来るよう、伝えておく」

「いいだろう、ライリー」ウェスが言う。「おまえから聞きたいのは以上だ。だがなぜ夕食から呼びだされなくちゃならなかったのか、まだわからん。聴取するのはだれでもよかったんじゃ――」

「これのことで、じかに話したかった」サイモンは言い、帆布のトートバッグから染みのついたフォルダーを取りだした。

「それはなんだ？」ウェスの目が狭まる。

「おれが聞きたい」デスクにフォルダーを放った。

年上の男の顔が紫色を帯びた。フォルダーを見つめるが、開こうとはしない。しばらくしてようやく人さし指を伸ばし、隅をめくってなかをのぞくと同時に指を放した。

「くそったれ」つぶやくように言う。

緊張した沈黙が流れた。ウェスがデスクの引き出しからハンカチを取りだしてひたいを拭う。サイモンと目を合わせようとしない。

「これはなんだ？」サイモンは尋ねた。

ウェスが鼻を鳴らした。「なんだと思う？　おまえだよ、ぼんくら。おまえのばかな伯父貴がばかな甥のためにやったことだ」

「おれ？」サイモンは面食らった。「これとおれと、どういう関係がある？」

ウェスがデスクに身を乗りだし、ぐいと顔を突きだした。「あの厩舎を燃やしたとき、おまえは十八になったばかりだった。ガスはおまえが警察につかまって刑務所にぶちこまれるのを望まなかった。ガス以外でおまえに同情するやつなどいなかったんだよ、ライリー。どん詰まりだった」

「なるほど」サイモンは静かに言った。

「そこでこれがガスの編みだしたすばらしい解決法ってわけだ。事件を水に流そうとみんなを説得するのは、おれの仕事だと考えたらしい。おまえがいなくなって別の場所で問題を起こすなら、それでいいじゃないか、とな」

サイモンは長く細いため息をついた。「やれやれ、ウェス。おれの口添えをするのはさぞかし辛かっただろうな」

「のどが詰まりそうだったよ」ウェスが言う。

サイモンは年上の男の顔をじっと探った。「この写真を見つけようとしてガスの家をあさったか？」

ウェスが胸を張った。「犯行現場を乱すようなことはしていない、おまえの質問がそういう意味なら」こわばった声で言った。「自分の仕事はわかってる」

サイモンはさらに表情を探ったが、目が泳いだり頬が引きつったりすることはなかった。隠している気配はない。あるのは怒りと気まずさだけ。「だれかがガスの荷物をあさったらしい」サイモンは打ち明けた。「写真に興味のあるだれかが。あんた以外でやりそうな人物に心当たりはないか？」

「なぜおれがガスの荷物に興味を持たなくちゃならん？　あの家は何カ月も放置されていた。だれということもありえる。この写真を探しに行ったりなどしていない。だってそうだろう、いまさらこんな昔話がなんになる？　あの男は死んだ。それでおしまいだ」

ウェスは嘘をついていない。サイモンを嫌ってはいるが、なにも隠していない。謎解きにおける、さらなる不毛な努力。さらなる行き止まり。成果はさらなる暴言の嵐だけ。面の皮が厚くてよかった。サイモンは立ちあがって出ていこうとした。

「おい、ライリー。ちょっと待て。この写真をどうするつもりだ？」

すでに頭は先のことを考えていたので、写真の存在を忘れかけていた。「やるよ」と言った。「おれには意味がない。それにネガを持ってる。焼き増しがほしければいつでも言ってくれ」

「生意気な小僧め。脅す気か？」

サイモンはウェスのこめかみに浮きあがった静脈を見つめた。怒りと皮肉が薄れ、鈍い空虚感だけが残った。首を振って言った。「人を傷つけるためだけに、なにかしたりしない。貴重な時間はもっとましなことに使う」

「じゃあ失せろ。おれの目が届かないところでその貴重な時間を使え」

戸口でふと思いつき、振り返った。「もうひとつだけ、警部補」

ウェスが睨みつける。「なんだ？」

「今日の事件の話をしにエレンがここへ来たら、彼女の気持ちを傷つけないよう、注意してほしい。礼儀正しく、敬意を忘れずに。いいな？ 礼儀とプロ意識の鑑になってくれ。そうしてもらえると本当にありがたい。わかってもらえたか？」

「出ていけ。悪ガキ」

サイモンは急いで従った。

ガソリンをかけてずぶ濡れにすると、捕虜たちはもがいて悲鳴をあげた。だれも見ていない。このふたりは彼のものだ。ほほえみかけて、さよならと手を振った。マッチに火をつけて手を放し、さがってショーを見物した。いいぞ。解放感に笑いがこぼれる。激しい恍惚、解き放たれたエネルギー。熱く官能的な高ぶり。

背後でかすれたどなり声があがり、肩越しに振り返った。ガスだ。同じ町から来た大酒飲みのこざかしいカメラマンで、いまいましいカメラでいつも邪魔ばかりしている。ここにいるはずではない。だれもここにいるはずではない。ガスがマングローブの密林から駆けだした。髪を振り乱して目の玉をひん剝《む》き、口を大きく開けて〝やめろ〟と叫びながら。

レイは銃を掲げた。狙いを定めて――

「……しました？ なにがそんなにおかしいんです？ あの、ミスター・ミッチェル？」

ウェス・ハミルトンの声に妄想をさえぎられた。一瞬、炎に包まれてもがき苦しむ捕虜の残像が、〈トレイシーズ・パブ〉の傷だらけの木製テーブルの表面に映った。ろうそくのせいでフラッシュバックが起きた。火をじかに見つめてはならないとわかっているのに。このごろ少したるんでいる。

まだやまない笑いをどうにか呑みこんだ。「すまない、ウェス。ちょっと思い出し笑いだよ」

ウェスが目をしばたたいた。レイの大嫌いな、心配と警戒をたたえた表情が浮かんでいる。最近、この表情を頻繁に目にするようになってきた。

ウイスキーをあおった。「それで、なんだったかな？　マクナリー峡谷で襲われたと言って、ライリーが泣きついてきた？」

「その……彼が言うには、ひとりで追い払ったそうです。どうやらその四人組は、ライリーとエレンを目撃したようで。一緒にいるところを。言っている意味はおわかりでしょうか」

「そんなに気をつかわなくていい、ウェス」レイはうわのそらで言った。「彼女はもう息子の婚約者ではない。だれでも好きな男に脚を広げられるんだ。リラックスしろ」

ウェスが目を伏せた。「あ、はい。とにかく。ライリーから聞いた話は以上です。なのでわたしは、その、そろそろ家に帰ります」ぐいとビールを飲み干した。

レイはうなずいた。「連絡ありがとう、ウェス。親切に感謝する」

「いや、わたし以上にあの堕落した虫けらを見張っていたいと思う人間はいませんよ」ウェスが熱心に言う。「それでは、ええと、さようなら。失礼します」

ウェスがパブから出ていくのを目で追いながら、エレンのことを考えた。きれいで上品で内気。だがその正体はお見通しだ。彼女は堕落している。汚らわしいふしだら女だ。価値などない。罰しなくてはならない。

エレンにはがっかりさせられた。ブラッドにも。息子は先を見越して手を打つべきだったが、まあ、ブラッドは柔《やわ》い。見かけはちがっても、肝心の中身がヤワだ。がんばって強そうな仮面を着けているが、どんなに厳しい訓練をもってしても、あの子が隠し持つやわさを追いだすことはできなかった。あれほど努力したのに。あれほど。

ろうそくの火を見ないよう努めながら、ウイスキーを飲み干した。レイにやわな点などない。完ぺきな力の均衡を見つけたのだ。内なる秘密の炎と、それをくるむ鉄の仮面。ふたつの力の均衡は、妙《たえ》なる拷問だった。


外は雨が降っている。エレンはカモミールティーの入ったカップを手にソファの上で丸くなっていたが、ティーカップがあまりにも激しく震えるので、服にこぼしてばかりいた。窓をこつんとたたく音に、胸がふくらんだ。熱くやわらかく、期待に満ちて。カップを受け皿に置き、カーテンの陰からのぞいた。

サイモンが外のカエデの木の枝からにっこりとほほえみかけた。

エレンは窓と網戸を開けた。「サイモン?」

サイモンが室内に滑りこんできて、窓の下枠に腰かけた。全身、雨で濡れている。「よう」

「サイモン、あなた――」

近づくといきなり引き寄せられ、情熱的なキスで言葉をさえぎられた。

温かく熱心な唇で顔中にキスを捧げられ、たくましい腕に抱きしめられると、エレンは質問を忘れた。彼の顔は冷たく、雨で濡れていた。

しばらくしてようやく息を継ごうと首を反らした。「会いたかった」と伝える。「どこへ行ってたの?」

サイモンが首筋をそっと噛み、熱い舌でゆっくりと舐めた。「いい子らしく、警察に話しに行った。きみも明日、署へ行って証言するよう、ウェス・ハミルトンから言付かった」

「いいわ」エレンは言った。「行ってくる」

濡れて汚れた服の下で、サイモンの体はわかるほどに震えていた。目は爛々と輝いている。

「大丈夫?」エレンはおずおずと尋ねた。

「アドレナリンでハイになって、落ちつけそうにない」サイモンが言う。「それだけだ。いつものことさ」

「だから窓から入ってきたの? エネルギーを発散させるため? ジャングルのターザンみたい。おかしな人ね、サイモン」

サイモンが両脚を彼女の体に回し、強く抱きしめた。「そばにいてくれ、エル」とささやく。「体中に触れていたい。きみが無事だと実感できるように」

汚れて逆立った髪と、大きな肩を撫でた。「無事よ」と請け合う。「近い将来、ここにいる権利があるんだっていうふるまいを覚えてもらわなくちゃ。これじゃまるで怪傑ゾロだわ」

「きみ以外の人に会いたくなかった」サイモンが言う。「それに、オークに比べればカエデは朝飯前だ。目隠しされてたってのぼれる」

「わたし以外の人に会えなんてだれが言ったの？」エレンは言った。「ただ玄関を入って階段をあがれば――」

サイモンが人さし指で唇を封じた。「シーッ。窓から入った理由はふたつ。ひとつ目は、客間はきみのお母さんを囲んでコニャックを飲んだり、今日の出来事についておしゃべりをする人たちであふれかえっていた。カクテルパーティをやってるようだ。その場にいる全員の注目を浴びながら、泥だらけの汚い格好できみのベッド目指してこそこそ階段をあがるのはいやだった」

「サイモン、あなたは今日のヒーローよ」エレンは反論した。「あなたが泥だらけの理由はみんな知ってるし、だれも――」

「もうひとつの理由は、窓から入ればきみが笑顔になると知っていたからだ」やさしい声で言った。「きみを笑顔にするのが大好きだよ」

うっとりしてうろたえるあまり、なにを言おうとしたのか忘れてしまい、引き寄せられてむさぼられるまま、唇を重ねた。

しばらくしてサイモンが顔をあげ、エレンの頬に鼻先を擦りつけた。「気分はどうだ、エル？」と尋ねる。「ママにちゃんと手当てしてもらったか？」

「問題ないわ」エレンは請け合った。「ただのかすり傷と――」

「見せてみろ」バスローブの襟をぐいと肩の下までおろした。

エレンは後ろによろめき、笑いながら襟を閉じた。「明かりを点けた部屋の、それも開いた窓のそばよ！　人目を気にすることに関しては、今日、教訓を習ったわ」

サイモンが窓枠から飛びおり、網戸とカーテンをすばやく閉めた。一歩、エレンに歩み寄る。

「そこまで！」エレンは片手を掲げた。「じゅうたんをすっかりだめにする前に、その汚いブーツを脱ぎなさい」

サイモンが靴紐を引っぱって緩め、ブーツを脱ぎ捨てた。濡れて汚れたシャツを見おろし、それも脱いで脇に放った。泥だらけのジーンズだけという姿で、エレンをベッドのほうに追いつめた。

エレンは急いでバラのつぼみのキルトをベッドから剝がし、間一髪のタイミングでフットボードにかけて、振り返った。

サイモンが見おろす。たくましく硬い体は泥で汚れて雨で濡れ、暗い目は燃えていた。エレンの肩を押してベッドに座らせ、バスローブの前を開いた。

生まれたままの姿をさらした。シャワーのあとで体はまだ湿り、濡れた髪は後ろに梳かしつけてある。サイモンの手がうやうやしく乳房を、ウエストを、腰を撫でる。太腿とふくらはぎの痛々しい傷痕を見て、歯のあいだから鋭く息を吸いこみ、膝を突いた。「かわいそうに、きれいな脚が。本当にすまない」傷痕にそっとキスをする。脚に触れる唇は温かくやわらかかった。

エレンは前かがみになり、彼の髪に顔を押しつけた。怖くなるほど深いやさしさに、体が震えた。太腿を押し広げられたときは、小さく哀願の声をもらしながら、自分から開いた。サイモンが脚のあいだをそっと指で探り、濡れて従順になっているのを悟って顔をあげた。その目は熱く、欲望で輝いていた。

「濡れてる」とささやく。うるおいの泉に指を滑りこませ、愛撫して、エレンに身もだえさせた。

「あんなふうに脚にキスをするから」エレンは言った。「やさしくされるとすぐ濡れてしまうの。どうしようもなく」

サイモンが立ちあがってジーンズのボタンを外し、下にずらした。ペニスがこちらに向かって突きだす。エレンは触れようとして手を伸ばしたが、ベッドに押し倒された。

「だめだ。いまは前戯に耐えられない」サイモンが言う。「ただ……きみのなかに入りたい。いますぐ」

「いいわ」エレンは言った。「好きにして」

サイモンがポケットからコンドームを取りだし、歯で袋を破くと、慣れた手つきですばやくはめた。エレンの両脚を掲げ、足の裏をあらわな胸に当てさせる。「きみの曾ばあさんの年代物のベッドにようやく利点を見出した」そう言うと脚のあいだにペニスをあてがい、ゆっくりと執拗にねじこんでいった。「立ったまますきみを貫くには完ぺきな高さだ。たいていのベッドは低すぎるが、これは。まるでおれ専用に作られたみたいだ」

「曾祖母のものに気に入るところが見つかって、うれしいわ」エレンは言った。「ああ、サイモン……ああ」

「いいのか？」手で愛撫し、ひだのまわりに蜜をふんだんに広げて滑りやすくしながら、さらに深くうずめた。その硬さと大きさにはいつまで経っても慣れないだろう。

サイモンが根元まで沈めると、今度は苦痛なまでの遅さで引き抜いた。「今夜は自分を抑えられそうにない」と言う。「たがが外れたようにきみを抱きたい」

「抑えてなんかほしくない」エレンは言った。「わたしもたがが外れてる。抱いて」

願ったものを与えられた。激しく情熱的に。重々しく容赦ない突きで、熱い渦へと押し流されていく。たくましい腕にしがみついて貫かれるたびに、奇妙で暴力的な一日が生んだ緊張がきつく張りつめていった。

ついに緊張が頂点に達して爆発し、暗く昇りつめていく無の空間へとエレンを投げだした。目を開けると、サイモンがいまも腿に汚れたジーンズをからませたまま、隣りに横たわっていた。真剣な目が見つめる。

「ああ、そんな」エレンは言った。「だめよ。考えるのも許さない」

サイモンが眉をひそめた。「だめってなにが？　考えるってなにを？」

「愛し合ったあと、あなたはいつもふさぎこんで不機嫌になる。もう我慢できないわ。お願いだから……乗り越えて。いますぐ。いい？」

サイモンがしぶしぶほほえんだ。両肘を突いて上体を起こし、ベッドのまわりを見まわした。「やれやれ。こんなに汚しちまった」

上質の白いリネンに付着した泥のすじを見おろして、エレンは肩をすくめた。「どうってことないわ。洗えばすむもの」

サイモンがシーツをつまんだ。「なあ、おれはこの先もずっとこうだ。散らかしてばかり。完ぺきで清潔なきみの生活を汚してまわる」

エレンは天を仰いだ。「もし事前にちょっと冷静になっていれば、わたしに飛びかかる前にお風呂に入ることを思いついたかもね。いいわ、お湯を張ってあげる。それから体も洗ってあげる。泡だらけの手で、ぴかぴかになるまで擦るの。どう？」

「いいね」サイモンが言う。「だが――」

「じゃあ、あなたは存在しない問題をわざわざ作りだしてる。おばかさん」

「そしてきみはわざとおれの要点を避けてる」サイモンが怖い声で言った。

「そうよ、避けてるわ。だってくだらない要点なんだもの。ちゃんと取りあげてほしいなら、もっとましなのを用意しなさい」ベッドから滑りおりて彼を睨みつけた。「バブルバスの準備をしてくるわ」手を下に伸ばしてペニスからコンドームを外す。「これの面倒を見るから、ベッドをお願いできる？　汚れたシーツを剝がして隅に置いておいて。あなたのお風呂がすんだら、一緒にきれいなのをかけましょう」

サイモンを振り返らずにバスルームへ向かった。ドアを開けたまま浴槽に湯を張りながら、目の隅で様子を見守った。サイモンはしばしどうしたものかと途方に暮れた顔で突っ立っていたが、やがてジーンズを脱いだ。

サイモンが壁のむこうに消え、出てきたときには腕にシーツを抱えていた。隅に置いてからバスルームに入ってくると、いい香りの泡がぶくぶくと生まれつつある猫足の浴槽をじっと見つめた。

「うわ」サイモンが言う。「おれにこれに入れって？　すごく……ふわふわだ」

「香りつきの泡は噛みついたりしないわよ」エレンは言った。「ずっと前からあなたをお風呂に入れたかったの。子どものころから」

サイモンが顔をしかめた。「おい。そんなに汚くなかったぞ」

「あら、お風呂ってきれいにするためだけじゃないのよ」伏せたまつげ越しに見あげた。

「わたしが描いた〝サイモンの妄想〟は、たぶんあなたが思うほど純粋じゃない。あなたが裸で浴槽に浸かってる姿を思い描くのが大好きだった」

サイモンのペニスがぐんと育った。徐々に笑みが広がる。

エレンは彼のものを愛撫し、ふくらんだ先端を指で撫でまわした。「あなたの髪を撫でると、いつも松ヤニがこびりついてた」と続けた。「それを取ってあげたかったんだけど、あなたはきっと向きを変えるたびに母の香水瓶やなにかをたたき落とすだろうなと思って、言いだせなかったわ」

サイモンが天を仰いだ。「今夜はバスルームを防サイモン加工しておいたか?」

エレンは首を振った。「いいえ。いまのあなたはすっかり自分の体を上手に操れるもの。悪党を右へ左へ放るのを見て、それがよくわかったわ。さあ、入って」

サイモンが浴槽に入って体を沈め、喜びのうなり声をもらした。「なんだこりゃ。すごく気持ちいい」

エレンはボディタオルを取り、お気に入りのラベンダーソープを泡立てた。まず腕に取りかかり、肩から背中へと移る。やさしくマッサージすると、サイモンが気持ちよさそうにうなった。「じゃあ、頭まで浸かって」

口から水を飛ばしながら現われたサイモンを、ローズマリーミントのシャンプー液を手のひらに載せて迎え、なめらかな泡で髪を洗いはじめた。

まるで天国だった。裸で濡れたサイモンが、この手の下で泡だらけ。ほほえんでリラックスしているサイモンは、とても美しく魅力的だ。とはいえ彼はどんなときでも美しくて魅力的なのだけど。

一緒に浴槽に入り、湯が傷口にしみるのは無視して、彼の脚のあいだに膝を突いた。力強くたくましい体に泡だらけの手でじかに触れたくて、ボディタオルを手放した。お尻の下に手を滑りこませ、水面近くまで腰をもちあげた。泡の下では太いペニスが、硬く赤く、腹に横たわっている。ふたたび石けんを泡立て、ペニスを愛撫しはじめた。そっとこぶしに握った手でふくらんだ亀頭をくるくると撫で、もう片方の手で睾丸をマッサージした。

「ああ、エル」サイモンがつぶやく。

「丁寧に洗わなくちゃね」エレンは言い、手を滑らせた。「ここはとくに念入りに。いったんなにかに取り組んだら、中途半端で終わらせられないわ」

「ああ、そうだな」サイモンが息を吞む。

「すすぎの時間です」エレンは発表した。「もぐってください。息を止めて」

サイモンが目から水を振り払い、にっと笑ってエレンを上に引き寄せた。「今度はおれの番だ」

石けんを泡立てた滑りやすい手で背中からお尻へ、太腿へと撫でまわされると、身も心もとろけてしまった。お尻の割れ目のあいだに手が滑りこんできたので、自ら脚を開いた。手は緩急をつけてうごめき、なかをいじくる。とうとうエレンは興奮でじっとしていられなくなった。

サイモンが鼻先を首に擦りつけ、耳たぶをそっと噛んだ。「知ってたか、エル？」

「なにを？」エレンはささやいた。

「いいニュースは、おれはきみと風呂に入るのが大好きだ。悪いニュースは、めちゃくちゃきみを抱きたいあまり、脳に酸素が回らなくて気絶しそうだ」

エレンは首を回した。「それのどこが悪いニュースなの？」

「コンドームが底をついた」サイモンが言った。「服を着て、ハイウェイジャンクションのコンビニまで行って来なくちゃならない。文句を言ってるんじゃない。喜んでそうする。ただ、パブでもっと買っておけばよかったと思って。野心過剰で悪運を呼びたくなかった」

「あの、それなら……」エレンは膝で立ち、爪のあいだを磨くブラシに手を伸ばした。ただよう泡のあいだから彼の手の片方を取り、爪の下にこびりついた半月形の泥を落としはじめた。「じつはね……何年か前に生理が不順になったことがあって、それを治すためにお医者さまからピルを処方されたの」声はしだいに消えていった。

サイモンがさっと起きあがる。泡だらけの湯が浴槽の縁からあふれ、バスルームの床にこぼれた。「ピルを飲んでるのか?」

エレンはうなずいた。「自分が安全なのはわかってるわ。いつもコンドームを使ってきたし、ピルを飲みはじめたときに、HIV検査まで含めてありとあらゆる血液検査をしたの。陰性だったから、その……さ、できた」内気にほほえんで、もう片方の手を探した。

一本ずつ爪を磨いていくエレンの顔を、サイモンが食い入るように見つめた。「おれもいつもコンドームを使ってきた」と言う。「かならず。五カ月前に健康診断を受けたとき、検査結果は陰性だった。そのあとはきみとしか寝てない」

彼の手をぼちゃんと浴槽に落とした。「ということは?」と尋ねる。「なにが問題なの?」

「問題は、厳密に言えばきみはおれの言葉を信じるべきじゃない」

「それを言うなら、あなたはわたしの言葉を信じるべきじゃないわ」と指摘する。「だからおあいこよ」

サイモンが鼻を鳴らした。「なにがおあいこなもんか。男はコンドームが大嫌いだ。着けなくてすむなら、ほとんどが嘘をつく」

「あなたはつかない」エレンは言った。

「なぜわかる？」サイモンが尋ねた。

「ただわかるの」濡れた顔をそっと撫でた。「全身にそう書かれてるもの。わたしにはあなたの心が見えるのよ、サイモン。すばらしい心が」

サイモンの顔に警戒の色が浮かんだ。「人の心を読むな」

「どうして？　なにを見つけようと怖くないわ」エレンは言った。「ずっと見てきたもの。どうなってるかはわかってる」

サイモンが彼女の手から顔を離し、閉ざした険しい表情で湯のなかに体を戻した。「こんなことはしないでくれ、エル」

「あなたを愛するなって？」エレンは立ちあがった。「残念ね。もう手遅れだから、対処して」タオルをつかんで体に巻いた。冷淡になった彼の前で裸でいるのは辛かった。できるだけ胸を張って堂々とバスルームを出た。「お腹が減ったでしょう」さらりと言う。「下へ行って、サンドウィッチでも作ってくる――」

「サンドウィッチなんかどうでもいい」サイモンがあらわな体から水をしたたらせてバスルームの戸口に現われた。怒りで目が燃えている。「おれを罰してるんだな」

カッとなった。「わたしが？　あなたを罰してる？　そんな言いぐさは卑怯だしばかげてるわ！　わたしはただ話題を変えただけ。あなたがそれを望んでると思ったから――」

「おれがなにを望んでるかはどうでもいい」サイモンが言う。「きみがなにを望んでいるかについて話そう。サンドウィッチは忘れて」

もっときつくタオルを巻きつけた。「怒らせるつもりじゃなかったの。わたしの言ったなにがそんなに――」

「こっちへ来い、エル。そうしたら説明してやる」

声にひそむ挑戦がかんに障った。あごをあげてすたすたと歩み寄ると、サイモンが体からタオルをむしり取った。

両腕で体を隠したい衝動をこらえた。「それがお望みなら、ベッドにシーツをかけなくちゃ――」

「シーツはいらない。横になれ。ここで」

「床の上に？」エレンは眉をひそめた。「サイモン、冗談はやめて。わたしは居心地のいいベッドがすぐそばにあるのに床の上でセックスをするタイプじゃ――」

「わかってる」サイモンがさえぎった。「だからこそだ」

彼の目に浮かぶ表情に、怖くなると同時に興奮した。そんな目で見つめられると、サイモンは野性的で危険な未知の存在にしか思えなかった。

「おれが先に横になる」サイモンが言った。ラグの上に膝を突き、エレンから奪ったタオルを広げる。自分でペニスをつかむと、彼女の体を見つめながらゆっくりとしごきはじめた。

「来いよ、エル。おれのそばに」

タオルの上に座ると、肩をつかんで仰向けに寝かされた。エレンは抗議の声をもらしながら彼をたたいた。サイモンが見おろす。「脚を開け」と命令した。

「もうやめて」エレンは言った。「わたしに命令するのが大好きなのね」

「ああ。言ったとおりにするほど信頼されてると思うと、興奮する。きみは本当にやさしくて献身的だ。おれを慰めて守って飯を食べさせて、おれが求めるすべてを与えたいと思ってる。だがきみはなにを求めてるんだ、エル？」

彼の目の輝きにうろたえた。「あなたよ」そう言うと、濡れた髪に指をからめた。「愛してるわ、サイモン」

サイモンが顔に、のどにくちづけ、熱い唇で胸まで伝いおりると、乳房をしゃぶった。濡れた髪の毛先が首筋をくすぐる。「きみの愛がおれを救うと思ってるのか？　エル・ケントの完ぺきな世界に見合うよう、おれをきれいにして調教できるって？」

エレンはさっと両肘を突いて上体を起こした。「なにを言ってるの？　完ぺきな世界ってなに？　わたしの世界に完ぺきなものなんてないわ」

「へえ、そうか？　シーツはいつも清潔で、人はいつも礼儀正しく、五種類のアイスティーと十種類のマフィンがある。なにもかもが清潔で美しく完ぺき。だがな、エル、世の中は美しくも完ぺきでもない。もちろん……おれも」

「知ってるわよ！」エレンは語気荒く言った。「あなたに完ぺきであってくれなんて頼んだことはないわ。あなたにも、自分にも、だれにも。あなたがわたしになにを望んでるかがわかったら、喜んで与えられるのに、わたしにはそれがわからない。だから放して。起きあがらせて！」

「まだわからないんだな。おれはそのやさしくて完ぺきな天使のふるまいを突き崩したいんだ。これはおれだぞ、サイモンだ。天使になんかならなくていい。そんなに完ぺきじゃなくていい。おれを納得させたり、感心させたり、うっとりさせたりしなくていい。欲しいのは中身だ。本物の、裸のエルが欲しい」

エレンの目に涙があふれた。「もう手に入れてるじゃない」そっと言った。「みんなあなたのものよ。わからないの？」

「もう一度、横になれ」今度の声は命令口調ではなく、穏やかだった。エレンは体を倒し、床が支えてくれるのをありがたく思った。サイモンが彼女の濡れた髪をおでこからかきあげて頭のまわりに広げ、脚を大きく開かせた。「目を開けろ」と言う。

言われたとおりにしたものの、涙で視界はぼやけていた。まばたきをして彼の顔に焦点を合わせた。怖れていたような気取った勝利の色はどこにも見あたらなかった。浮かんでいたのは恍惚と憧憬だった。サイモンはふたりともに魔法をかけていて、彼自身、どんな結果が生じるかを半ば怖れていた。

サイモンの顔に弱さを見出し、エレンは自由になった。撫でられながら、しなやかに体を動かした。いままで誘惑についてはなにも知らなかったが、サイモンに見つめられていると、それは自然におりてきた。

「自分に触ってくれ」サイモンが言う。「おれのために」両手を脚のあいだに伸ばしたものの、独り寝のベッドで幾度となくそうしてきたように、魅入られたような彼の目を通して彼女自身に返ってきた。することと感じることすべてが、これはまったく別物だった。永遠に響き合って耐えがたいほど高まっていく、興奮の連鎖。

心の抵抗は溶けて消え去った。ひだを分かち、クリトリスをいじりながら、誘いをこめて腰を動かした。なにもかも見えるように、すべてをさらけ出した。充血して湿った外側の唇はやわらかくふくらんで、触れられることを切望している。なかに指を挿し入れて引き抜くと、指は蜜で濡れて光っていた。

その手を差しだした。「ね？　これもみんな、あなたのもの」

サイモンが声にならない声をもらし、彼女の手をつかんで指を口に含んだ。熱く濡れた唇と舌にしゃぶられて、エレンの体はわなないた。

「ああ、なんてうまいんだ」サイモンが言う。彼女のなかに指を挿し入れ、恥骨の下にそっと引っかけると、そこに弧を描きはじめた。触れられた場所は即座にとろけ、やわらかくなった。

「言ってくれ」サイモンが言う。「これが好きか？」

「大好きよ」喘ぎ混じりに言った。「ああ、すごい。なにをしてるの？」

「やるべきことを。もう一度言ってくれ、エル。聞きたいんだ。おれが必要か？」

ようやくペニスを挿入されると、エレンは喜びに震えてお尻を掲げ、奥深くまで咥えこんだ。
快感が爆発し、さざ波になって広がっていった。長く、熱く、どこまでも。
「ええ……あなたが……あ、だめ……」腰を浮かせ、貫く手を両手で押さえた。体のなかで

サイモンが息を呑み、体をこわばらせた。「ああ、すごい。こんな……すごくセクシーだよ、エル。最高だ。もう……頼む、動くな。動かないでくれ。落ちつきたい。まだイキたくない」

「心配しないで」エレンはなだめた。「かまわないのよ。愛しい人」体を波打たせて彼自身を締めあげると、サイモンが弱々しい声をもらして息を呑むのがうれしかった。「これが好き。コンドームなしで、あなたがわれを忘れそうなのが。自制心をなくすと、わたし相手にふざけた主導権争いができないもの」

サイモンがまた快感に息を呑み、彼女を押さえつけた。「くそっ、エル、動くな!」ぎゅっと目を閉じる。弓なりにした体は、オーガズムをこらえるあまり、硬くこわばっていた。

「持っているものをすべてちょうだい。あなたのすべてを」エレンは言った。「必要なの。わたしも同じものをあげるわ」

彼の自制心が折れた。ふたり一緒に狂おしいやさしさの渦に呑まれていく。彼の強さが彼女のなかに流れこみ、彼女の強さが彼を包みこむ。ふたつの体は完ぺきで躍動感あふれる、ひとつの光に溶け合った。

しばらくして、互いを見つめた。なにも言わず、ぐったりともつれ合ったまま。

「くたくただ」サイモンがささやく。

エレンは乾いて腫れた唇を舐めた。「わたしも」

セックスのあとでいつも訪れる悲しみを彼の顔に探した。見あたらない。ただ、ぼうっとしている。穏やかな夢心地の表情。

「今夜は出ていかないのよ」エレンは言った。声に静かな命令をにじませて。「わたしのベッドで一緒に眠るの。ひと晩中抱き合って、ふたりで朝を迎えるの」

サイモンがうなずいた。「ここ以外のどこにも行きたくない」

エレンはどうにか立ちあがり、衣装だんすのところへ行って、ラベンダーの香りがするシーツを取りだした。持っているなかで最高の一枚。モノグラム模様が施されたリネンで、ユアン・ケントの妻、エレンの曾祖母の花嫁道具だ。ずっと昔から、初夜のベッドにかけたいと願っていた。

「ベッドメークを手伝ってくれる？」エレンは尋ねた。

「ああ」自信はないがやる気はある声でサイモンが言った。

先に立ってベッドへ向かうあいだ、エレンはこみあげる笑みを必死でこらえた。彼女がこのシーツを選んだ意味を、サイモンは知らない。彼は男だ。サイモンにしてみればシーツはどれも同じだし、意味を話してしまうのは正しくない。そんなことをしたら、きっと悲鳴をあげて逃げだすだろう。ようやく同じベッドで眠るのを承諾させたこのときに。用心深い野生の生き物なのだ。

そう。ご先祖さまの魔法は、大騒ぎをせずひそかに行なうのがいちばん。エレンは控えめにリーダーシップを取って、ベッドメークを指示した。ぼうっとしたままのサイモンは、おとなしく指示に従った。

エレンはベッドサイドランプを消し、糊のきいたいい香りのするシーツのあいだにもぐりこんだ。上掛けを掲げ、彼を腕のなかへと誘う。

サイモンが入ってきて彼女を抱きしめた。硬く熱い体に激しくかき抱かれ、エレンの胸はやさしさでとろけた。

いまは彼が腕のなかにいる。いつまでだろうと悩むのは愚かなこと。ましてや永遠を願うなど。

# 15

最初はまた例の空を飛ぶ夢だった。しょっちゅう見るし、いつでも歓迎だ。気流に乗って昇ったりくだったり、宙に浮かんだり、急降下して木のてっぺんをかすめたりするのはどれも楽しい。空はまだ暗いが、夜明けの最初の淡い光で、片隅が明るくなりはじめている。上昇気流に乗って舞いあがったとき、それが目に入った——残り火のように鈍く光るオレンジ色の点。低くさがると焦点が合ってきた。それがなにかはわかっている。物心ついたころから何度も夢で見てきたが、目が覚めたらわざと記憶から消していた。巨大で貪欲な炎の輪。その輪に、目に見えない鎖で引き寄せられる。サイモンはさらに低く舞い、炎が翼を焦がすほど近くまで寄った。

炎は黒く焦げた大地だけを残していく。意識を持つ存在。闇のなかの怪物。それが母を食った。

黒い口の中心上空をただよった。ふと見ると、だれかが地面に横たわっている。こちらに背を向けて丸くなった華奢な体。とてつもなく大事でなじみ深い、優美な背筋とお尻の曲線。エルが両膝を突いて起きあがった。美しい裸体は塵《ちり》と灰で汚れている。彼女が迫りくる炎の輪を見まわした。逃げ道はない。

エルは堂々と背筋を伸ばして空を見あげた。そんな彼女と目が合った瞬間、サイモンは恐ろしい事実を悟った。これはすべて彼の責任なのだ。彼女を救うべきだったのに、いまやその手だてはない。

炎がエルに到達した。彼女は悲鳴をあげ――

サイモンはがばっとベッドに起きあがった。心臓が胸のなかで激しく打つ。

「サイモン？　どうしたの？」エルが眠りから覚めて上体を起こした。

答えることも話すこともできず、ただ体を二つ折りにして喘いだ。

エルが寄り添ってきたのでその胸に体をあずけ、仕草でありがとうと伝えた。まだしゃべれそうになかった。

エルの手が胸に当てられた。「たいへん、サイモン。心臓がどきどきいってるじゃない。怖い夢でも見たのね」

どうにか短くうなずいた。

「話したい――？」

「いや」うなるように言った。

エルの腕が体を包み、やわらかい唇が肩に押し当てられた。「横になって」エルが誘う。

「きっと落ちつくわ」

さまざまな可能性をほのめかす言葉だった。血液中を駆けめぐっていたアドレナリンは、またたくまにペニスを赤々と燃える鉄の大釘のごとく硬くそそり立たせた。

エルが小さな驚きの声をあげるのも聞かず、仰向けに押し倒して脚を開かせた。甘美な唇を唇でふさいでのしかかり、すぐさま挿入できると悟って、動物的な喜びのうなり声をもらした。固く締まっているものの、彼の精液で滑りやすくやわらかくなっているので、体が欲する深く激しいリズムを、エルに痛い思いをさせずに実現できる。

エルが彼の肩に爪をうずめ、深い突きを受け入れようと腰を掲げた。サイモンは荒っぽくならないよう努力したが、残っていたいくばくかの自制心は夢のせいで吹き飛ばされた。行為は激しく深くなっていき、ついにエルの体のなかで力が集約し、高まって爆発した。膣が締まり、サイモンをも解き放とうと深い脈を打つ。それにうながされるように命の液が流れだした。彼女にすべてを捧げた。

しばらくしてエルが動こうとしたものの、サイモンはペニスをなかに入れたまま、彼女の背中を撫でおろして太腿を腿にかけさせた。

「もう少しこのままでいさせてくれ」

エルがかすかに笑うと振動が伝わってきた。「こんな大きなものを挿入されたままじゃ、眠れないわ！」

「そのうち小さくなる」サイモンは約束した。「ちょっと待てば、じきに、その……」

「柔軟になる？」

「ああ、そうだ」

笑いとキスと抱擁のおかげで、夢を忘れてまた息ができるようになった。エルは無事だ。生きてこの温かいベッドにいる。裸で彼の腕のなかにいる。彼女が許してくれるかぎり、体をつないでいよう。

エルはここにいる。おれの腕のなかに。

エレンは全身の筋肉がくつろいだ、和やかな状態で目覚めた。空は白み、窓の外では鳥がさえずっている。

サイモンが寝言をつぶやいて寝返りを打ち、こちらを向いた。胸がいっぱいで、息もできなくなる。少女のころ、疲れ果ててベッドルームの床に大の字で横たわる彼の長い体を見つめて過ごした、幾多の夜と同じように。

あのころはこみあげる愛で、胸が張り裂けそうになった。いまと同じように。

寝姿があまりに美しいので、見ているのが辛いほどだった。長くしなやかで完ぺき。日焼けした腕が白いリネンに映える。上掛けはウエストのところでからまり、胸をあらわにしている。枕の上の髪は、くしゃくしゃにもつれた黒いジャングルだ。

眠っているときの顔にはいつもの警戒心がない。官能的な唇はほほえんでいるようにさえ見える。髪がひと房、鋭い頬骨にかかり、無精髭の薄い影があごの輪郭と角度を引き立てていた。

大きな手は有能そうで、褐色の指は長く、数々の傷痕とすり減った爪からはあらゆる仕事をこなしてきたのがわかる。筋肉のうねと溝を観察し、胸郭の突起を眺め、胸毛から股間の黒い森までを目で追った。

彼を起こさないよう慎重に腿の下からシーツの隅を引き抜き、たくましい腿と平らなお腹をあらわにして、堪能した。完ぺきな男性美。すっと伸びた褐色のつま先から、黒い頭のてっぺんまで、いたるところにキスをしたかった。

このまま寝姿を見つめていたいものの、起こしてあの唇に笑みを浮かべさせたくもある。そのとき、膝を曲げた片脚の腿に乗っかっているペニスに目が留まった。半ば硬くなっていて、なめし革のようにやわらかい。エレンはベッドの足元のほうへ体をずらし、股間の位置に顔を持ってくると、まとわりつくムスクのような香りを吸いこんだ。

ペニスが注目を浴びているのを察知したのか、触れてもいないのに大きくなった。息だけでじゅうぶんな愛撫であるかのように。敏感な坊やをそっと舐めた。しょっぱくて温かく、なめらかでやわらかい。サイモンが落ちつかなそうに寝言をつぶやいた。

エレンは唇を舐めながらもっと近くへにじり寄り、ペニスの先端を口のなかへと導いた。半分しか勃っていないので、はるかに楽だった。完全に育ってしまうと、ほとんど呑みこめない。

たちまちサイモンが凍りつき、おびえたような声をあげて跳ね起きた。「なにごとだ？」

エレンはなだめる声を立て、彼の腰に腕を回してお尻のこわばった筋肉を撫でた。

口で愛した。やさしく吸うたびに容易になっていく。官能的なリズムに乗って、エレンは愛撫を続けた。

不思議だった。過去にこのテクニックを用いた数少ない経験から、得意ではないし、上達もしないだろうと確信していた。今回はちがった。きまり悪さも、あごの不快な痛みもない。正しくやれているか不安になることも、いつまで続ければいいのかと悩むこともない。セクシーでみだらな気分だった。快感に甘えた声がもれ、力を得たという思いに頬が染まる。根元からゆっくり舐めあげては、太い先端のまわりを舌でなぞった。ゆっくりと執拗に愛撫するたびに、彼の体からひりひりするようなエネルギーが伝わり、全身をめぐってまた彼の体に戻っていった。脚のあいだで興奮が脈打ち、エレンは身をよじった。彼を意のままにして、うめかせるのが気に入った。彼のもろさと信頼が気に入った。なにもかもがすばらしかった。

サイモンが自制心を失って腰を突きだしたので、エレンはペニスの根元をつかんで導き、操った。マットレスに押し戻し、髪を首の後ろへかきあげるあいだだけ離れる。「長い髪とオーラルセックスの関係、あなたの言うとおりだったわ」と告げた。「邪魔になるわね。さ、脚を広げて」

サイモンが即座に従ったので、エレンは腿のあいだににじり寄って重たい睾丸をそっと手のひらに載せた。サイモンが両肘を突いて上体を起こした。高い頬骨には興奮の赤みが差している。陶然とした顔で言った。「もしかして……」声がしゃがれていたので、咳払いをして言いなおした。「もしかして、抱いてほしいのか？」

エレンはペニスの先端に頬ずりし、動物のように舐めては愛撫した。「なにがしたい？」

サイモンが首を振る。「きみがしたいことならなんでも」

引き締まったペニスの裏側に舌を這わせた。「わたしの口のなかでイキたい？」

サイモンがこわばり、坊やが舌先でふくらんだ。「どうかな」

エレンは顔をあげて舌を鳴らした。「だめよ」と言う。「いつものくだらない決着のつかない議論はなし。あなたを悦ばせたくてしてるのよ、サイモン。だからどんなふうにしてほしいか、ちゃんと教えて」

サイモンがどさりと仰向けに倒れた。「そりゃあ、もしきみが本気でしたいなら――」

「運がいいわね。まさにわたしもそうしたかったの」

楽な姿勢に丸くなり、深くもの憂いリズムを作った。ゆっくりと落ちついたペースで、長引かせられるように。彼が達しそうになるたびに、攻撃を緩めて股間に鼻先を擦りつけながら波が静まるのを待ち、それからまた深く咥えこんで、彼を激しく身もだえさせるポイントだと知った睾丸の裏側をやさしく愛撫した。サイモンが髪をわしづかみにし、体を震わせる。

「頼む、エル」とすがった。「イカせてくれ。もう我慢できない」

エレンは了承してほほえみ、そこから先は彼に手綱をゆだねた。サイモンが彼女の手に手を重ね、速く激しくしごいた。すると舌の上の感触がいっそう熱く張りつめた金属的なものに変わった。

マットレスの上でサイモンが体を反らし、苦しげな声をあげた。エレンは熱くほとばしる液体を口で受け止めた。

サイモンが手探りで枕をつかみ、顔の上からかぶった。

エレンは口を拭って、腿に頬ずりした。「サイモン？」

サイモンが片手を掲げ、待ってくれと無言で伝える。だけど待てなかった。彼の体を這いあがってまたがった。「大丈夫？」

手が大丈夫だと親指を立てた。

彼の隣りに横たわり、顔から枕を奪い取った。「こら。いいかげんにしなさい」怖い声で言う。「愛想が悪いわよ」

サイモンは急いで顔を逸らしたが、エレンにはうるんだ目と赤い顔が見えてしまった。

「ったく」サイモンがつぶやく。「男にもプライバシーを与えろよ」

「わたしのベッドにわたしといるときは、プライバシーなんて与えません」エレンは言った。

「笑ってるの、泣いてるの？　なにかおかしい？」

サイモンが片手で顔を覆った。「いや。ああ。なんというか、覆いを剝がされた電線になった気分だ。どうにも……」声が途切れ、ごくりと唾を飲んだ。「のどの震えが止まらない」と言い終えた。

エレンはこくりとうなずいた。「その感じ、よくわかるわ。何日もそんな状態だもの。〈ショッピング・カート〉のレジでペギー・ホウトに、あなたが帰ってきたと聞いたときから」

「ずっと消えないのか？」不安そうな顔で尋ねる。

エレンはうなずいた。「来たり去ったりよ。慣れるわ」

サイモンがやれやれと首を振った。「なにか方法はないのか?」

「ぎゅっとすると効果的」エレンは教えた。「とっても」

サイモンが腕を伸ばした。「そういうことなら、試してみよう」


腕のなかでまどろむエルの、ほんのり染まった頬と、やわらかいピンク色の唇と、きれいなカーブを描いたまつげを見つめた。いつまでもこんなふうに抱いていられそうだったが、サイモンのお腹が鳴ると、エルがむにゃむにゃとつぶやいて目を開けた。寝返りを打って時計を見やり、たちまち跳びおきた。「嘘!　もう八時二十分?」

「だから?　なにをそんなに慌ててる?」

「お客さまが!　朝食の準備をしなくちゃ」ベッドから飛びだしてジーンズに手を伸ばしたものの、その手をぴたりと止め、気恥ずかしそうにサイモンを見た。「先にシャワーを浴びないと」

「ぐっしょり濡れてるから?　ふむ。どれどれ」サイモンは手を伸ばした。

エルが後ろに飛びすさる。「好きなだけ冗談を言えばいいわ。だけどお客さまには朝食代をもらってるし、これはわたしの仕事――」

「昨日、きみがひどい目にあったことはみんな知ってる。今日、少しゆっくりしたって、頭がまともなやつならだれもきみを責めないさ」サイモンは言った。「朝食くらい自分たちで作ればいい。落ちつけよ。きみにはそうする権利がある」

エルはまだ納得のいかない顔だ。「でも、やっぱり、シャワーを浴びないと」

サイモンはしばし居心地のいいベッドを満喫していたが、ひとたびエルが裸でシャワーを浴びる姿を想像したとたん、我慢できなくなった。

シャワールームに押し入ると、エルが困ったように笑った。「サイモン、わたしは急いでるのよ。こら、出なさい！」

「きみの体を洗うだけだ」と食いさがる。「この状況につけこもうなんて思ってない。まあ、頼まれれば話は別だが」泡だらけの手を脚のあいだに滑りこませた。

エルが悲鳴をあげ、彼を壁際に押しやった。「自分で流します！　あなたは大きすぎるわ。ここに湖ができちゃう」

「でかいのはおれのせいじゃない」サイモンは無邪気にまばたきをした。「ほら、流してやるから――」

「そこまで！」エルが笑いながらサイモンをたたいた。「困った人ね。まったく、手に余るわ」

エルの両手をつかんで脈打っているペニスを包ませた。「そんなに手に余るか、たしかめてくれ」

エルが笑って口ごもりながらシャワールームから逃げだした。

彼女を笑わせると楽しい。こっちまで心が浮き立つ。

しかしそんな高揚感も、エルに続いて階段をおりるときが来ると見る見るうちにしぼんだ。着るものといえば、泥がこびりついたジーンズだけ。汚いシャツを着なくてすむよう、エルが寝巻き用のTシャツを貸してくれたが、唯一着られるサイズのものはピンクの花柄だった。泥だらけのブーツは玄関マットのそばに置き、エルのあとからダイニングルームに入った。ミュリエルが新聞から顔をあげて長々と見つめるので、サイモンは思わず身じろぎした。ライオネルはにんまりしただけだった。

「あらあら」ミュリエルが言う。「どうやら朝食までここにいる度胸を見つけたようね。進歩じゃない、サイモン」

「お母さん!」エルが声をあげた。

「いや、どうも」サイモンは不機嫌に答えた。「気づいてくれてありがとうございます」

「大歓迎よ」ミュリエルが言う。「そうそう、エレン。メアリ・アンと坊やたちは今朝早くにチェックアウトしたわ。七時ごろだったかしら。あなたにさよならと伝えるよう頼まれたわ。本当に申し訳ないけれど、このあたりは少しばかり緊迫しているようだからと」

「責められないわね」エルがこわばった声で言った。

「臆病なご婦人だよ」ライオネルがぶっくさ言う。「腰抜けだ」

エルが宙に鼻を掲げてにおいを嗅いだ。「これは……お母さん？　なにか焼いてるの？　焦げ臭いけど」

ミュリエルがほほえんだ。「いいえ。わたしじゃないわよ」

キッチンのドアがばたんと開き、煙のなかからミッシーが現われた。手にしたかごには黒い不格好なものが山と載せられ、痩せた顔は勝利に輝いていた。「マフィンを焼いたの」と発表する。

「じゃあいったい――」

エルが唖然として見つめた。「あなたが……なんですって?」

「全部ひとりでよ」ミッシーが誇らしげに言った。「レモン・ポピーシード味。料理本のレシピに従っただけ。ほら」

エルが目をぱちくりさせた。「ミッシー、すごいじゃない。感心したわ」

ミッシーがにっこりする。「あたし、その、役に立ちたくて」

「それで?」サイモンは尋ねた。「食べさせてくれないのか?」

マフィンは外側が硬くなかは生焼けで、ふくらし粉の溶け残りがあちこちに混じっていたものの、だれもがおいしいと断言してミッシーを誉めたたえた。サイモンをのぞく全員がひとつを食べた。サイモンは残りの八つすべてを食べた。

「あらまあ」ミュリエルがあきれた声で言う。「エレン、彼にハムエッグでも作ってあげなさい」

ミッシーが跳びあがった。「あたしが作ります!」

「ああ、いいのよ」エルが急いで言う。「気持ちはうれしいけど、あなたはもうマフィンで精一杯やってくれたもの。あとはわたしが引き受けるわ」

サイモンは目玉焼き六つと炙った分厚いハム三枚をあっという間に平らげ、四つ目のイングリッシュマフィンにバターを塗りはじめたところでようやくわれに返った。テーブルを見まわす。

ミュリエルは少しばかりおびえた表情。ミッシーは畏怖の念に打たれた顔。エルは心配そう。ライオネルは羨望のまなざし。

「若いころはわたしにもそんな食欲があったものだ。自分の歯が恋しいよ。楽しめるうちに楽しみなさい。なにごとも永遠には続かないからな」

「そうします」サイモンは横目でミュリエルをちらりと見た。「昨日はなにも腹に入れてない」とつぶやく。「少しスイカを食べただけで」

「わたしに弁解する必要はないわ」ミュリエルが言う。「エレン、パイ・テーブルを手伝ってくれるのかとベアから電話があったわよ。準備ができたら車で会場まで送ってあげる」

「おれが連れて行きます」サイモンは言った。

エルがまばゆいばかりの笑みを浮かべた。「サイモンと行くわ」

ミュリエルの表情を見て、サイモンは驚きに打たれた。疑わしそうでも汚らわしそうでもなかった。やさしい目をしていた。

が、それもすぐに消えて非難の色が戻ってきた。「出発する前にもっと男らしい服を出してあげなさい、エレン」と言う。「そんなピンク、みっともない」

フェスティバルの会場をぶらぶら歩いていたサイモンは、ステンシルで〈ラルー高校美術部〉と刷りだされた虹色の縞模様のテントを見つけて足を止めた。高校で世話になった美術教師、ハンクがなかにいて、年配の女性ふたり組とおしゃべりをしていた。ハンクは背が低くて丸眼鏡をかけた、カエルに似た男だ。昔はひとつにまとめていた黒い髪とあごひげは、いまや薄くなり白いものが混じっていた。

老婦人たちが去っていくと、ハンクがこちらを向いた。地味な丸顔がぱっと輝く。「おまえか！」サイモンに駆け寄ると、両腕で抱きしめた。

サイモンはおずおずと抱きしめ返した。気恥ずかしいが、うれしかった。

ハンクが腕の距離に体を離す。「帰ってきたと聞いてたぞ！　いままで教えたなかでいちばんの生徒が。そろそろ捜索隊を出動させようかと思ってたが、こうして帰ってきてくれた」

「帰ってきましたよ」サイモンは言った。「また会えてよかった」

「ああ、まったくだ！」ハンクがサイモンの背中をたたいた。

ふたりはしばし道化のようににやにやしていたが、やがてサイモンはわれに返った。「そうだ、お礼を言わないと」と言う。「あの手紙を送ってくれたこと」

ハンクがうなずく。「ああ、あれくらいしかできなかったが。ひどい事件だったなあ。しんどかったろう、サイモン」

サイモンはありがとうとうなずいた。「どうしておれの居場所がわかったんです」

「ああ、それか。そうだな、二、三年前にガスが雑誌を何冊か抱えて学校にやってきた——たしかボスニアの記事だったと思う——」

「ガスが？」サイモンは面食らった。「学校に？」

「そうなんだ。おまえがどんなにすばらしい目と技術を持っているかって、それは誇らしそうだった。おまえが撮った写真を見るに、たいした肝っ玉も。それをだれかと分かち合いたかったんだろう。で、名誉なことにおれが選ばれた」サイモンの腕をたたく。「すばらしい仕事だ。やったな！」

サイモンはうろたえてにやりとした。「ああ……どうも」

「それでとにかく、ガスが、あー……あの事件が起きたとき、おれはいろんな雑誌に電話をかけていろんな人に迷惑をかけ、ついにおまえの居所を突き止めた」ハンクが言う。

サイモンはうなずいた。「本当に感謝してます」

ハンクが腕をたたいた。「ガスは心からおまえを誇りにしてたよ」

サイモンは地面を見おろした。人ごみの歓声が沈黙を埋める。「じつは、その、聞きたいことがあるんです」

ハンクがにっこりした。「なんでも聞いてくれ」

「六十年代後半から七十年代初頭ごろのガスを知ってますか」

年上の男のひたいにしわが寄った。「よくは知らない。おれもガスもこのへんで育ったが、ガスは何歳か年上だったからな。どうしてそんなことを聞く？」

「ミュリエル・ケントから、ガスがベトナム戦争後に一時期、精神病院に入っていたと聞かされました」サイモンは言った。「それについてちょっと知りたくて」

ハンクが周囲を見まわし、だれにも聞かれていないのをたしかめてから身を乗りだした。

「その件について知ってるのは、純粋なゴシップだけだ。どうやら女がからんでいたらしい！」ハンクの声はドラマチックだった。

サイモンは唖然とした。「女？」

「ああ。ガスはダイアナ・アーチャーと恋に落ちていたんだ。ダイアナはたいした美人で、映画スターみたいだった。だが彼女はヒッピー・タイプのガスを捨てて、レイ・ミッチェルと結婚した。真の自由人より海軍兵学校を出たばかりの金持ち坊やを選んだ。レイがベトナムへ行く前に彼女は息子を授かった。そしてガスもベトナムへ行った。傷心を癒すために、という噂だった」

「ガスが傷心だなんて、想像できない」サイモンは言った。

ハンクが肩をすくめた。「ああ、彼は本物のタフガイだったからな。とにかく、ガスは現地で大怪我を負い、一年ちょっとのリハビリを終えて帰ってきたときには別人になっていたというわけだ。見た目は悪鬼みたいだった。ダイアナが完ぺきな上流階級の奥さんになっているのをひと目見て、がっくりきたんだろう。精神病院に入れられたのはレイ・ミッチェルを襲ったあとだと聞いてる。嫉妬だよ。だがそれはただの噂だ」ハンクが肩をすくめた。

「おれが聞いたのはそれだけだ」

「ありがとう」サイモンは思いに耽りながら言った。「興味深い話でした」

ハンクともう一度、抱擁を交わし、今後は連絡を絶やさないと約束した。

ガスがブラッドの陰険な母親に恋をしていたとは、信じられない。そしておそらく、どんな恐ろしい話であれガスがサイモンに教えようとしていたことは、レイ・ミッチェルに関係がある。ラルーでいちばんの有力者。よりによって、土地の元地方検事。

またしてもありえない手がかり。

# 16

エレンの体はやらなくてはならないことをやった。ほほえみ、笑い、おしゃべりに興じ、とめどなく続く客の列にパイを渡した。が、いまではなにもかもが変わっていた。

彼女の世界を守っていたガラスのボウルは割れた。無限の可能性が四方八方に広がっている。美しくも恐ろしい可能性が。雲はやわらかく、その後ろの青空は果てしない。フェスティバルのにぎやかさと話し声は目がくらむほどまばゆいモザイクだ。どの顔も別の世界へとつながる窓。

この気持ちに合う服を着ればよかった。あざを隠してくれるだろうとワンピースを選んだものの、それは耐えがたいほど上品だった。人目を引く大胆なものが着たかった。黒と赤のひだ飾りがついたフラメンコ用のドレスとか。奔放でエロティックな夜を過ごせる女だと、世の中に知らしめたかった。

そんな女性はどんな服を好むの？　エレンは知りもしなかった。手持ちの服でこの気分に合うものはない。考えてみれば、ラルーの店やブティックにだってそういう服は置いていないだろう。まあ、どの店もフェスティバルで閉まっているけれど。

少なくとも下着は着けずに来た。大きくふくらんだスカートのなかを風が舞いあがり、むきだしのお尻を撫でる。最初の一歩だ。

「こんにちは、エレン」

とげとげしい声に肩がこわばった。ダイアナ・ミッチェルの顔を見つめた。「こんにちは、ミセス・ミッチェル。パイはいかがですか？」

「あなたが焼いたものなんておいしくいただけないわ、エレン。あなたの不合理かつ不作法なふるまいのおかげで、わたしの口には合わないでしょうから」

エレンは唇を引き結んだ。「わたしを無視してくだされば、もっと楽に過ごせると思いますが」

「あなたはブラッドリーを手放したのよ。この町に住む何人もの女性が、注意を引くためなら体の一部を差しだしても惜しくないと言う男性を。それもなんのために？　あんな汚らわしい――」

「体の一部を差しだせば、間違いなくだれの注意でも引けるでしょうね」エレンは言った。

「ほらほら、そんな感情的な話はやめなさい」レイ・ミッチェルが妻のそばに現われた。顔には〝深い憂慮〟が貼りつけられている。「エレン、きみを困らせに来たんじゃない。たしかにきみの選択にはひどくがっかりさせられたが」

「ああ、その件ですか」心のこもらない返事をした。「それについてはなんとも言いようがありません。パイはいかがですか、ミスター・ミッチェル」

「アップル・ウォルナッツをもらおうか」レイが言う。「ダイアナ、レモンパイが食べたいんだろう?」

「レモンをちょうだい」ダイアナがふくれ面で言った。

エレンはパイを手渡し、ふたりが去ってくれることを祈った。祈りは聞き届けられなかった。

「なあエレン、すでに一度、忠告したが、いい機会だからもう一度言おう」レイが口火を切った。

「ミスター・ミッチェル、お願いですから――」

「昨日の事件のことは聞いた。ぞっとしたが、驚きはしなかった。きみがあの男と、その、知り合いだというだけで危険な目にあったとは、と怖くなった。命に関わる危険な目に」

「昨日のことはサイモンとは関係ありません」

「あらあら」ダイアナが言う。「そんな言いまわしは前にも聞いたことがあるわ。うちの地所が焼かれたのも、あなたの命が危険にさらされたのも、彼のせいじゃない」

「もうたくさん」エレンは鋭い声で言った。「失礼なまねはしたくありませんが、どうか帰ってもらえませんか」

ダイアナが無視して続けた。「だけど不思議じゃない? カラテの達人サイモンは悪党四人を打ちのめしたのに……四人とも逃げてしまったなんて! 尋問も身許をたしかめることもできなかったなんて、残念ねえ」

「彼が犯人を追わなかったのは、怪我をしたわたしを気づかってくれたからです」

ダイアナがにっこりした。「そうでしょうとも」大きくパイにかぶりついた。

レイが妻の腕をぽんぽんとたたいた。「なにもわれわれは、サイモンがわざときみを傷つけようとしたとほのめかしているんじゃ――」

「わたしはその可能性を排除しませんけどね」ダイアナが言う。「だって――」

「排除してください」エレンの声は冷たくぶっきらぼうだった。

レイが首を振る。「しかしエレン、あの男とのつき合いを続けるなら、暴力の渦に巻きこまれてしまう――」

「どうも、みなさん」

朗々と響く声に、ダイアナが悲鳴をあげてパイを落とし、くるりと振り返った。

夫妻の背後に、サイモンが大きないたずらっぽい笑みを浮かべて立っていた。

「わざと驚かせたわね！」ダイアナがわめく。

サイモンが謝罪を表して肩をすくめた。「すみません。厄介な暴力の渦のせいでしょう。容赦ないんで。やあ、エンジェル。調子はどうだ？」テーブル越しに身を乗りだし、エレンのうなじをつかまえて引き寄せると、独占欲丸だしの長く甘いキスをした。

ようやく顔を離して彼女に息を継がせ、目を見つめてにっこりした。「おれの名誉を守ってくれるときのきみは、すごくかわいい」とささやく。「硬くなっちまうよ」ミッチェル夫妻のほうを向いた。「パイを落とさせてしまいましたね、ミセス・ミッチェル。ひと切れ、おごりましょうか？」

「まさか、よして」夫人が言う。「食欲がすっかりなくなったわ」

「お悔やみを言うよ、サイモン」レイ・ミッチェルがこわばった声で言った。

サイモンが会釈をする。「ありがとうございます。自殺と判定したのはあなただそうですね」

レイの眉が寄って〝深い憂慮〟の顔になった。「ああ、悲しい仕事だった。科学捜査班と検視の結果は疑う余地もなく――」

「レイ！」ダイアナが身震いした。「その話、しなければならないの？　ぞっとするわ」

「だがその後、何者かが家にあるガスの写真をあさったようです」サイモンが落ちついた声で言った。「コンピュータにも侵入しようとした」

レイの表情は変わらなかった。「あの家はしばらくのあいだ放置されていた。あの地所を管理する責任は、いまやきみの肩にかかっているよ、サイモン」

「妙なんです」サイモンが言う。「ガスは死んだ日に、おれ宛にメールを送っている。自殺の遺言じゃない。家へ帰ってこい、重要なものを、証拠のようなものを見せたいから、という内容でした。自殺しようとしてる人間の書く文章じゃなかった」

レイがサイモンの肩に手を載せ、悲しく重い声で言った。「しかし検視結果にも裏づけられた事実だ。そのメールを見せたいというなら喜んで見せてもらうが、それでも悲しい事実を受け入れなくてはならない。伯父さんは――」

「どうも。だが伯父の悲しい事実についてはすべて知ってます。二度、言われる必要はありません」サイモンがレイの手を見おろした。

レイが急いで手を引っこめる。「では……うむ。きみが町にいるのは、ガスの遺産を整理するのが終わるまで、ということかな？」

サイモンが肩をすくめた。「まだわかりません。だんだんラルーが好きになってきたし、いまはガスの荷物を整理するので手一杯だ」

「ひとりですべて背負うことはないんだぞ」レイが言う。「面倒を見てくれる女性を知っている。とても有能だ。すべてに目を通して、価値があるものを選り分けて、目録を送ってくれる。汗をかくことも埃にまみれることも、辛い思い出に悩まされることもない。すばらしいサービスだよ」

「親切には感謝しますが、おれはガスがメールに書いていた証拠とやらを見つけたいんです。それに遺産処理の人には故人の感情的価値なんてわからない」

ダイアナが鼻で笑った。「感情的価値？　ガスが？　は！」

サイモンが穏やかな目でじっと夫人を見つめた。「驚くかもしれませんが、ガスが撮ったきれいな写真が何枚も出てきましたよ、そうだな、六八年か六九年ごろの。滝壺で撮ったものです。すばらしい写真だった」

エレンは当惑して三人を見ていた。なにか重要なものを見落としている気がする。サイモンは合図を待っているようだ。ダイアナは体をこわばらせて遠くを見つめている。レイはだれかが冗談を言ったかのように楽しげに笑っていた。「さてと、そろそろ行かなくては」レイが言う。「おいで、ダイアナ。パレードが始まるぞ」

「ミスター・ミッチェル？」サイモンが声をかけた。「たしかベトナム戦争に出征しましたよね？」

レイの顔が〝にこやかで温厚〟に取って代わられた。「ああ、たしかに」

「向こうでガスに会ったことは？」

レイの笑みは揺らがなかった。「ないな。どうしてだ？」

「ガスの人生の断片をまとめようとしてるんです」サイモンが言った。「わかるでしょう。好奇心ってやつですよ」

「ときには忘れたほうがいいこともある」レイが言った。「未来に目を向けなさい」

「あなたの言うとおりかもしれない」サイモンが言った。「パレードを楽しんで」

ミッチェル夫妻が去っていった。サイモンがテーブルを回ってそばに来ると、エレンの腰を抱いた。「妙な男だ」と言う。「頭のなかが読めない。まるでプラスチック製の人形みたいだ。気味が悪い」

「さっきのはいったいなんだったの？」エレンは尋ねた。

サイモンが無邪気な顔を向ける。「どういう意味だ？」

エレンは人ごみに消えていくミッチェル夫妻の後ろ姿を手で示した。「言葉の裏のやりとりよ。あなたはふたりをつついて、跳びあがらせようとしてた」

サイモンがまたキスをした。「どうすればよかったんだ？　かの有名な暴力の渦にきみを巻きこもうと勇んでやってきたら、あのふたりがおれへの偏見を植えつけていた。おれがふたりの靴を舐めなかったからって、驚くことか？」

「だれの靴も舐めろなんて言ってないわ。わたしが聞きたかったのは――」

「そのおばあちゃんドレスを着てるとすごくすてきだ。おかしいくらい取り澄まして見える。昨日の事件について話をしに警察へ行ったか？」

開いた襟から三角形にのぞく硬い胸に鼻を押しつけた。「ええ。ウェス・ハミルトンに話をしたわ」

「ウェスはよくしてくれたか？」

エレンは眉をひそめた。「変な質問ね。よくするって、どういう意味？」

「ふつうの意味さ」サイモンの口調は軽かったが、目は真剣で用心深かった。「礼儀正しいとか、親切だとか、敬意を示すとか。どうだ？」

「もちろんよ」エレンは戸惑いつつ答えた。「とてもよくしてくれたわ。どうして聞くの？」

「とくに理由はない。人がきみによくするとうれしいんだ」

テーブルに寄りかかり、ジーンズに包まれた長い脚を交差させた。その姿に、エレンの体は切望でよじれた。サイモンの髪はまとめられておらず、暖かいそよ風に躍っている。薄くてしわだらけの白いリネンのシャツは、金色の胸の途中までボタンが外され、あごにはバッドボーイふうの無精髭が影を落としている。その顔に浮かぶみだらな〝いますぐしよう〟と誘う笑みは、彼が裸でベッドに横たわっているなら適切と言えた。

サイモンが手招きした。「来いよ。秘密を教えてやる」

どんな秘密か、聞かなくてもわかる。「まわり中、人だらけよ、サイモン」とささやいた。

「今夜にして」

手首をつかんで引き寄せられた。「いまがいいんだ」サイモンが誘う。「朝からずっと、きみと愛し合う新しい方法を考えてた。頭がどうかなりそうだ。思いついた方法を全部、試したい」

「だめよ」きっぱりと断った。「夜にして」彼のジーンズの前を見おろした。「あら。ずいぶん苦しそうね」

サイモンがにっと笑う。「苦しくてたまらない」と打ち明けた。「この苦しみから解放できるのはきみだけだ。残酷で美しいエル。そのばかでかいスカートでおれの恥ずかしい股間を隠してくれないか。いやそれより、その完ぺきな尻をもたせかけてくれ……おれに。そうだ。全体重をあずけろ。いいね、そうしよう」

エレンはくすくす笑った。「いまはだめよ、サイモン」パイの載った皿をつかんで差しだした。「お砂糖で我慢して。女の子はそうするの。たいてい効果ありよ」

サイモンが手で払った。「おれはエル・パイがいい」頑固に言う。

「こら、ライリー！　彼女のお尻から手を放しなさい」

コーラが満面の笑みで立っていた。紫色のホルタートップに、カモシカのような脚を強調するミニスカートといういでたち。カーリーヘアは器用に束ねられ、頭の後ろでふわふわの毛束が爆発していた。エレンが知るなかで、コーラは深い谷間をなんの支えもなしに披露できる唯一の人物だ。この女性は自然の法則に逆らう。

エレンは自分の服を見おろした。レースの縁取りがある襟に、野暮ったいシルクの大きなリボンタイ。新たに知った自分自身を表現するには、コーラのような服装をするべきかもしれない。

「こんにちは、コーラ」エレンは言った。「すてきなホルタートップね」

「ありがと」コーラがエレンの顔をじろじろ眺めた。「フィアンセを捨てて殺し屋と戦ったって聞いたけど、そのわりには元気そうね。こないだ会ったときよりずっと元気そう」サイモンに視線を移す。「その調子でがんばって。まだ望みはあるわよ」

「ありがとう、コーラ」サイモンが言った。「きみはいい友達だ」

「パイはいかが、コーラ？」エレンは尋ねた。

コーラが興味津々でずらりと並んだパイを眺めた。「いちばんカロリーが高いのはどれ？」

「ショートブレッド・クラストのチョコレート・ペカン・パイね」エレンは言った。「とりわけホイップクリームを添えたら、カロリーは計測不可能。夏にはちょっと重すぎるけど、念のためにひとつ、作ることにしてるの」

「ああ、チョコレート・ペカンは大好きよ。それにする」

エレンは大きく切り分けて、たっぷりホイップクリームを添えた。コーラがひとくちかぶりつき、至福のため息をもらした。「これで地獄に堕ちてもいい。ああ、エレン、あんたってほんとに料理上手ね」

「だろう？」サイモンがつぶやいた。「最高さ」

「いけない、ここへ来たのはパイのためだけじゃないんだった。こないだシーツを届けたときに、言い忘れたことがあるのよ。ビボップとスコティーのウェバー兄弟が、マクナリー峡谷へ続く古い伐採用の道に入っていくのを見たの。ちょっとあとを尾けてみたら、ふたりは望遠鏡であなたの家を見おろしてたわ」

サイモンが顔をしかめた。「二度とそんな危ないまねはするな、コーラ。ビボップとスコティーはくずだ」

コーラが肩をすくめた。「ええ、わかってるけど好奇心には勝てなくて。でも近づかなかったし、すぐに引き返したわ。あたしだってばかじゃない」エレンに向きなおった。「言い忘れちゃってごめんね。事件のことを聞いて、あっと思ったわけ」空になった紙皿を捨てる。「だってそうでしょ？　あのふたりならやりかねないもの。まあ、どうしてあなたたちを狙ったのかはわからないけど、いちおう見たものを知らせておこうと思って」

「調べてみよう」サイモンが固い表情で言った。

エレンは彼のほうを向いた。「だめよ！　警察に任せるの」

「あたしは退散するから、好きなだけ夫婦げんかして」コーラがきびきびした口調で言った。「悪党どもに気をつけてね、エレン。あなたがようやく楽しみを見つけたと知ってあたしがどんなに喜んでるか、とてもじゃないけど言い表せないわ」

「ありがとう」コーラが差しだした二ドルを、手を振って断った。「おごりよ。だけどその代わり、ひとつ教えてほしいことがあるの」

コーラがお金を財布に戻しながら片方の眉をつりあげた。「なんでも聞いて」

「そのホルタートップはラルーで買ったの？」

コーラの笑みが広がった。「まさか。ポートランドよ。サンディー大通りにある、小さいけどおしゃれな店。気に入った？」

「ええ。とっても。わたしもほしいわ」エレンは言った。「見た目を変えたいの」

コーラが興味を引かれた顔になった。「今度、買いまくりツアーに行くときは声をかけるわ。あらゆるトラブルに巻きこまれること請け合いの、すてきな店をたくさん知ってるの」

サイモンの腕をぴしゃりとたたく。「彼女があたしみたいな格好をしはじめたら、たいへんなことになるわよ。覚悟しときなさい」

コーラが声の届かないところまで行ってしまうやいなや、サイモンがスカートをつかんでそばに引き寄せた。しかめ面で見おろす。「見た目を変えるってどういうことだ？」

「この服がおかしいくらい取り澄まして見えると言ったのはあなたよ」と言い返した。「賛成だわ。わたし、ワードローブを一新しなくちゃ」

「一新するにしてもあんなのはだめだ。コーラが着てるような服で外出させるわけにはいかない」

サイモンの剣幕に驚いた。「男の人はセクシーな服が好きなんだと思ってた」

サイモンが顔をしかめる。「好きさ。だがおれの女には着てほしくない」

エレンは頬を染めた。彼の言葉の意味するところがわかって、体がぞくぞくした。胸のなかでためらいがちに幸福感がふくらみそうになったものの、広がるのにじゅうぶんなスペースはなかった。とっさの言葉に浮かれてはだめ、と自分を戒めた。

冗談で切り抜けようとした。「あなたを驚かせるのは、おもしろいかもしれないわ」

「好きなだけ驚かせばいい。ふたりきりになれる場所へ連れて行くから、おれの服が体から吹っ飛ぶくらい驚かせてくれ」

「ベアはまだランチから戻らないし、ミッシーは〈ショッピング・カート〉へパンチの材料を買い足しに行ってくれたの。もうしばらく、あなたの服は体にくっついてなくちゃいけないみたいよ、サイモン」

サイモンが残念そうな顔になる。「じゃあ、家に帰ったら？」

エレンは首を振った。「家に帰ったら、明日のパイを焼かなくちゃ。今朝、早く起きて焼くつもりだったんだけど……」

また腕のなかに抱き寄せられた。「だけど、セックス史上最高のフェラチオをおれに捧げることに決めた」彼の笑いがのどに振動で伝わった。「きみの優先順位が混乱してないとわかって安心したよ」

サイモンは狩猟モード全開でフェスティバル会場を歩きまわり、ビボップ、スコティー、エディ、マックス、だれでもいいからウェバー家の人間を探した。ついにビール売り場で、泡立つビールのあふれそうなコップを太い腕にいくつも抱えたエディを見つけた。「よう、エディ！」サイモンは呼びかけた。

エディが跳びあがり、腕とシャツにビールをこぼした。「ああ……よ、よう」エディが口ごもる。「どうした？」

サイモンは彼に近づいた。「別に。ちょっと話せるか？」

「も、もちろん」エディの目が左右を見回し、手にしたビールを見おろした。「いま、手がいっぱいで。二十分後にまた会えないか？」

冗談。「ビールはそこの台に置けよ」冷静に言った。「話が終わったらまた拾えばいい。長くはかからない。ビールの気が抜けるほどは」

エディは落ちつかない顔だった。サイモンに背を向けてビールを台に置き、台の後ろにいる男にもごもごと謝った。

サイモンはエディをビール売り場の裏へ連れて行った。

「それで、あの、話ってなにかな？」エディが尋ねる。「様子が変だぞ。リラックスしろよ」

「スコティーとビボップはどこにいる、エディ？」サイモンは尋ねた。

「知らない」エディが即答した。「どこにいるのかさっぱり——おい！　なにする……ちょっと！」

サイモンはエディのばかでかいフットボールジャージをつかみ、胸の下まで引きあげた。エディが後ろによろめいてバランスを取ろうと腕を振りまわし、ビール売り場のベニヤの壁に背中で着地した。

なにもない。赤みがかった胸毛と、なまっ白いビール腹だけ。昨日、サイモンが太った男にお見舞いしたパンチに呼応するあざはなかった。

緊張がやわらいだ。太った男はエディではなかった。だったらどうというわけでもないが、それでもほっとした。もしあのろくでなしのひとりがエディだったら、本当に救いがない。

「なあ、まさか疑ってるのか、おれも仲間だと――」エディが言葉を呑みこみ、おびえた顔になった。

「峡谷の道でおれとエルを襲ったアホどもの仲間だと?」サイモンが言い終えた。「じゃあ知ってるんだな?」

「みんな知ってるよ!」エディが反論した。「町中の人間が知ってる」

「正確には、みんななんと言ってる、エディ? 教えてくれよ」

「おまえが言ったとおりのことだよ」エディが何度も唾を飲む。「おまえたちが襲われたこと。おまえが連中をぶちのめしたこと。複数の男が滝壺でおまえとエレンがファックしてるのを見て、彼女のトラックを――」

サイモンはフットボールジャージを握りしめたこぶしをエディののどに押し当て、ベニヤの壁に押さえつけた。かつての親友が悲鳴をあげた。「彼女の話をするときに、二度とその言葉を使うな」サイモンは言った。「彼女の名前を口にするときは敬意を忘れるんじゃない。わかったな？」

エディののど仏がサイモンの指の節越しに躍った。白目を剝いて、がくがくとうなずく。

サイモンはエディを地面におろしてやった。「エレンとおれが滝壺でしていたことを知ってるのは、おれたちを見張っていた連中だけだ。だれから聞いた？」

「みんなだよ」エディがかすれた声で言い張る。「だれってわけじゃない。町中の人間が噂してるんだ。本当だよ。だれもかれもが」

サイモンはため息をついた。「ビボップとスコティーはどこにいる？」質問をくり返した。

エディがうつむく。「行っちまった。町を出た」

「いつ？」

「ゆうべのうちだと思う。海のほうへ。どこへ行ったのかはわからない。本当に知らないんだ。あいつらはなにも教えてくれない、おれを愚図だと思ってるから。なあ、落ちつけよ。頼むから……殴らないでくれ」

サイモンは手を放した。エディがぜいぜい言いながらのどをさする。

「おまえを殴ったりしない、エディ」サイモンは静かに言った。「おまえじゃなかったのはわかってる、昔は友達だったんだし。だが兄弟に伝えてほしいことがある」

「あいつらはおれと話をしないよ！　本当だって、サイモン——」

「昨日、ごみ捨て場で話したことを覚えてるか？　昔の話をしたろう？　おれは言ったよな、気にするなって」

エディが神経質にうなずく。「ああ。でも——」

「これは別だ。これは水に流せない。兄弟に伝えろ。父親にも、友達にも、敵にも。おまえが知ってる人間全員に伝えるんだ。あいつらはエレンを傷つけた。彼女を怖がらせ、彼女のトラックを壊し、打ちのめした。そいつらを見つけたら、おれがこの手で頭を引きちぎり、首から内臓を引きずりだす。おれのために伝えてくれるな?」

エディの口が動いた。サイモンは彼の肩をたたき、にぎやかなフェスティバル会場のほうをあごで示した。「戻ってビールを拾えよ、エディ」穏やかにうながした。「気が抜けちまうぞ」

# 17

「これが最後のパイだろう？　そうだと言ってくれ。頼む」

哀調に満ちたサイモンの声に笑いながら、エレンは最後のストロベリー・ルバーブ・パイをオーブンから取りだした。「レモンパイ用のメレンゲを作らなくちゃならないけど、それは明日の朝で大丈夫だと思うわ」

「ありがたい」サイモンが腰かけた大理石のキッチンカウンターから長い脚をぶらぶらさせる。キッチンのなかでエレンが許可した唯一の場所だ。「きみが恋しかった」と言う。「あなたがそんなにせっぱ詰まってるなら」

「どういう意味、恋しいって？　三時間もわたしの邪魔をしてたじゃない。あんなにちょっかいを出さなかったら、もっと早く終わってたのに。からかって、気を散らして、しつこく困らせて。ああ！」

「きみがパイのことばかり考えてるから」サイモンが不平をこぼした。「こっちへ来いよ。おれのことをかまってくれ。おれだけを」

エレンは笑みをこらえた。「どうやらすっかり甘やかしちゃったみたいね」

「おれの暴力の渦についてては忠告を受けたはずだ」サイモンがささやく。「渦に飛びこめ。

とろけさせて、ふわふわの泡にしてやる」

エレンは彼の脚に寄りかかり、チョコレートで汚れた指を顔の前でうごめかせた。「ああ、あの有名な暴力の渦。そのなかで生クリームや卵白を泡立てることはできるの？」

サイモンがたくましい脚を彼女の腰にからめて閉じこめ、指から熱心にチョコレートを舐め取った。「それはわからないが、〝クリーム〟とか〝泡〟って言葉はなんだかすごく魅力的に聞こえるから、その……」

エレンは鼻で笑い、手を引っこめた。「上へ行きましょうか」

サイモンがカウンターから滑りおり、ふたりは手をつないで暗く静まり返った家のなかを歩きだした。ほかの人たちはずいぶん前に床についている。

エレンは絹のシェードがかかったヴィクトリア朝のランプを灯した。「それも曾ばあさんのアンティークのひとつなのか？」サイモンが尋ねた。

疑わしそうな声に思わず笑みが浮かんだ。「いいえ、ちがうわ。浜辺のアンティークショップで買ったの。セクシーだと思って。曾祖母の形見はどれもいいものばかりだけど、セクシーとは呼べない」

「ランプが？　セクシー？」サイモンが興味深そうな顔でシャツのボタンを外した。

「レースをあしらった象牙色のサテンのコルセットは、木綿のスリップよりずっとセクシーよ」エレンは言う。「謎。抑制。そそる未知のもの」

「ああ」サイモンがシャツを床に放った。「きみが着てたおばあちゃんドレスみたいなものか。体の線は隠せても、あのリボンやレースにはちっともだまされない。隠せば隠すほど、ますますきみはまぶしく見える」

「じゃあもう隠そうとしないほうがいいかもね」おさげをうなじで留めていたピンを引き抜き、三つ編みの端を結わえていたゴムを外して、髪をほどいた。指で梳いて、編んだあとがついた髪の房を顔と肩に広げた。

サイモンが髪をひと筋、手に取って、指に巻きつけた。「一日中、あのワンピースを引き裂いて、きみの体をあらわにすることを考えていた」

エレンは頭を揺すって肩の後ろに髪を払った。「そうしたかったら、していいのよ」と告げる。「二度とこの服は着ないから」

サイモンの眉が跳びあがる。「どうして？」

「言ったでしょう、見た目を変えたいの。退屈でお上品じゃなく、破天荒でセクシーな気分なんだもの。人の注意を引きたいのよ」

「破天荒でセクシーな気分になりたいなら、おれがいる」サイモンが言った。「それにもうおれの注意を引いてる。百五十パーセント」

エレンが木綿とレースの上から乳房を手で覆い、まつげの下から見あげた。「驚いた」とつぶやく。「あなたには清教徒的なところがあったの？　乳首だけが隠れるような小さな布をリボンタイで留めるようなものを着ちゃいけない？　ほかの女の子は着るわ。わたしには似合わない？」

「似合うかどうかは問題じゃない」サイモンがぶっきらぼうに言う。「ほかの男がきみの乳首に見とれるのがいやなんだ。それに、こんなふうに振りまわされるのも好きじゃない」

彼の口調に目が丸くなった。「ずいぶん男臭い仕切り屋ね。どうしてわたしのワンピースを引き裂かなかったの？　いいと言ったのに」

「きみの服を引き裂きたかったら、きみの許可は待たない。許可されたらかえって目的が果たせなくなる」彼女の腰を両手でつかんだ。「だが今夜したいのは、そういうのじゃない」

「あら」エレンは落胆を装った。「じゃあ今夜は、獰猛な獣が窓から入ってきてわたしをむさぼったりしないのね？」

サイモンの顔がこわばった。「さあな、エル。おれを刺激するな。そうしてほしいなら、そう言え。女のなかには本当に手荒なのが好きなのもいる」

彼がほかの女性といるところを想像しただけで、猛烈に腹が立った。「きっとあなたはそういう女性を満足させるために、最善を尽くしたんでしょうね」

「ある程度は」サイモンが慎重に答えた。「おれの好みじゃないが。相手の女性がそうしないとオーガズムを得られないなら、あなた、やるべきことをやるまでだ」

「なんて気高くて男らしいの。あなた、わたしを押しのけようとしてるわけ？」

「まさか」サイモンが言う。「どうしてそんな――」

「ほかの女性の飽くことを知らない性的な欲求を詳しく話して聞かせたら、わたしがほんのちょっぴりいやな気持ちになるかもしれないって、思ったことはないの？」エレンは彼の胸を突いた。サイモンが後ろによろめく。

「怒らせるつもりはなかった」彼が低い声で言う。「だがいちいち自分の言葉を検閲する習慣はない。これがおれだ、エル。慣れてくれ」

「不公平よ」エレンは言った。「過去のエロティックな冒険のことで、あなたを嫉妬で苦しみ悶えさせたいのに、苦しめる材料がほとんどなにもないなんて。あるのは失敗に終わったデートと、進展しなかった関係がひと握り、それから破談になった婚約だけ」

「ああ。それか」サイモンの声は皮肉で重かった。「嫉妬で苦しみ悶えさせるってやつは、その婚約だけでじゅうぶんカバーしてると思うがな」

「それは別物よ。わたしはブラッドと寝てないもの」

「きみが決めたことだ」サイモンが言う。「すべてきみが選んだことだろう？　きみの性的な経験が限られてるのはおれのせいじゃない」

「おっしゃるとおりよ！　指摘してくださってありがとう、サイモン。あなたのおかげで呪縛が解けたから、その件に関して、ようやくわたしも手が打てそうだわ。まだ手遅れじゃないかもしれない」

くるりと向きを変えてドアに歩きだした。これほど怒っているときに、彼と同じ部屋にはいられなかった。

ドアノブに手をかけたとき、ウエストをつかまれて硬いあらわな胸に引き戻された。

「なにが手遅れじゃないかも、だ」サイモンが彼女の向きを変えさせ、壁に押さえつけた。

「サイモン！」エレンは息を吞んだ。「なにする――」

「おれを嫉妬させようとしてるのか？　セクシーな服やほかの男のくだらない話をして？どういうつもりだ、エル？」

「わたし――わたしは――」

「なんだ？」ぐいと顔を突きつける。

エレンは首を振った。声はのどにつかえていた。

「よせ」サイモンの声は険しく低かった。「おれは必死でかんしゃくを抑えてるんだ、エル。きみに刺激される必要はない。だからやめろ。わかったな？」

エレンは急いでうなずいた。「ええ、よくわかった」

サイモンがのどの奥で荒々しい声を立て、彼女を腕のなかに引き寄せた。心臓の鼓動が伝わってくる。切迫した抱擁は、エレンの体から無言の約束を引きだそうとしているかのようだった。

手を伸ばして彼の頭を抱き、顔を引き寄せて頰とあごと首筋にキスをした。サイモンが寄りかかってきて、肩に顔をもたせかけた。

「すまない」サイモンが言う。「おれは別に――くそっ。怖かったか？」

エレンは腕に力をこめた。「いいえ」と嘘をつく。

ふたりはしばし黙ったまま、しっかり抱き合って体を揺すっていた。

やがてサイモンが顔をあげた。気まずい表情をしている。「必死でいい人間になろうとしてるのに、肝心のきみにつつかれたんじゃ、台なしだ」

「動揺させるつもりじゃなかったの」エレンは言った。「焦らしただけ、興奮させたくて。ちょっと……曲がり角を間違えたみたいだけど」

「おれを興奮させようとする必要はない」サイモンが言う。「いまでじゅうぶん、興奮しっぱなしだ。いつものやさしいきみでいてくれさえすれば、おれのムスコは年がら年中、勃ちどおしだよ」

エレンはくすくすと笑った。「露骨な人」

サイモンが反省の色もなくにやりとし、ワンピースの控えめな襟元のてっぺんを飾るひらひらしたリボンをほどいた。「おい」と声をあげる。「ブラを着けてないじゃないか！」

エレンは天を仰いだ。「これだけレースが重なってるのよ。だれにわかるっていうの？」

サイモンが顔をしかめた。「そういう問題じゃない！　ものの道理だろうが」身ごろを開き、両手で乳房を包んだ。

はたと疑念が浮かんだのか、目を狭めてスカートをまくりあげた。「なんてこった！」驚愕した声。「尻むきだしで町の人間にパイを売りに行ったのか。おれにひと言もなく」

「いたずらっぽい気分だったのよ」弁解するエレンの頭から、サイモンがワンピースを引き抜いた。「スカートのなかで風が躍るのを感じたかったの」

サイモンがジーンズのボタンを外してズボンをおろし、太いペニスを自由にした。ペニスがやる気満々で前へ躍りだす。

「パイ売り場でおれと話をしてるあいだ、きみはなにも言わなかった!」ほとんど傷ついた声だった。

エレンは笑ったが、脚のあいだに手がもぐりこむなり、笑いは壊れてやわらかい喘ぎ声に変わった。指がやさしく焦らし、なかに滑りこむ。「もし——もし言ってたら、どうしてた？」

「きみをさらった」サイモンが言う。「肩にかついで、いちばん最初に見つかるだれも来ない場所へ連れて行った。きみをおろして、無我夢中でヤリまくった」腕のなかに彼女を抱きあげてベッドに運ぶと、しわだらけのシーツの上に横たえた。

それから太腿のあいだに膝を突き、彼女を見おろした。エレンは彼の胸に両手のひらを当てた。「征服者、万歳」ふざけて言う。「ミスター・マッチョ」

サイモンが指で貫き、やさしく出し入れした。「それはちがうな。きみがそう仕向けたんだ、エル。自分がどんなに濡れてるか、わかるか？」

「あなたがわたしを操ってるのよ」指がいつもの甘美で熱い場所を的確に見つけると、エレンは身もだえした。

サイモンがお腹にキスをし、手でみだらな魔法を織りなす。「今夜は言い争いたい気分なのか？　好きなだけ文句を言うといい。おれはきみを昇天させるだけだ。それがすんで、きみがやわらかく熱くなったら、なにが政治的に正しくてなにが大丈夫か、まじめに論議しよう」そっとのどに歯を立てた。「そのあと、きみをうつ伏せにして後ろから奪う」

「ああ、やめて」エレンは言った。「認めなさい。あなたは信じられないほど支配的。わたしはあなたのセックスの奴隷にはならないわ。だからおとなしくしなさい」

「ああ、支配的だとも」ペニスの先端で入口を丹念に擦ってから、じわりと押しこんだ。

「組み敷くのが好きだ」焦らすように浅い突きをくり返して体をなじませながら、両手を乳房からあばら骨へ、腰のくびれへと這わせる。その手を腰に落ちつかせ、押さえつけた。

「おれたちのちがいが好きだ。おれがでかくて強く、きみがやわらかくて華奢なのが。きみを貫くのが大好きだ。ちょうど……こんな……ふうに」

エレンは彼の胸に手のひらを当て、執拗に入ってくるものを受け入れようと体を反らした。

「わたしも大好き。ああ、すごい」

サイモンがゆっくりと腰を揺すり、前かがみになって乳首を熱い口に含んだ。「きみを魔法にかけるのが好きだ」舐めながらささやく。「きみの顔がバラ色に染まって目が輝くのが好きだ。そんな目になると、きみはおれの言いなりになる。するとおれは神になった気がする。きみはおれのものだという気が。それがたまらなく好きだ、エル」

わたしはあなたのものよ。そう言いたかったが、言葉は千々に乱れた。快感の波が押し寄せてきて、体が痙攣した。

目を開けると、サイモンが魅入られたような顔でじっと見つめていた。「ペニスを突っこんで、きみの喘ぎ声と泣き声を聞くのが大好きだ――こんなふうに」深く激しく貫かれ、エレンは叫び声をあげて彼の肩をつかんだ。痛くはなかった。ただ圧倒された。サイモンが腰を旋回させ、感じやすいところを狙って押しつける。

「きみのあそこがぴったりまとわりつく感触が大好きだ」サイモンが続ける。「おれのものにしがみつく感触が」ゆっくりと引き抜いてまた激しく挿入し、そこで動きが止まった。

エレンは目を開けた。「サイモン？」達したくて頭がぼうっとするなか、彼の肩を引っぱった。「やめないで。動いて！」

サイモンの目がいたずらっぽくまたたいた。「ああ、だがほかになにが大好きか、知ってるか？」

エレンは笑いだした。「ひどい人。意地悪で腹の立つ焦らし屋。早く教えて、続きをして！」

「きみにこづき回されるとおれは熱くなる。黙ってさっさと抱いてとどなられると。ちょうどいまみたいに。頭がどうかなりそうになる」

「じゃあして！」エレンは命令した。「早く、サイモン」

言葉は息を呑む音で途切れた。サイモンが彼女もろとも仰向けになり、エレンを馬乗りにさせたのだ。

「暴れ馬にまたがる興奮したセクシーなカウガールみたいに、きみに乗られるのが大好きだ。喜んできみのセックスの奴隷になるよ、エル。さて、これはどういうことだろうな。おれはどういう男だ？　支配的、それとも従属的？」

エレンは態勢を立て直してしっかり彼にまたがり、脈打つ太いペニスのまわりで喜びに身をくねらせた。「あなたはただのセックス大好き人間よ」と告げた。

「ああ、それは言わずもがなだ」サイモンが請け合う。

「つまり、だれが先に行動を起こすかだけが問題ということ?」エレンは腰を沈め、できるだけ深く彼を受け入れた。

サイモンがうめき、エレンの下で腰を反らした。「だれかがダンスをリードしなくちゃならない」と言う。「おれのほうが攻撃的だから、たいていの場合はおれがリードすることになる。だが臨機応変なタイプだし、きみを喜ばせたい。きみが望むことならなんでもする。したいこと、したくないことを言ってくれ。ちゃんと耳を傾ける。約束だ」

エレンは彼の真剣で一心な瞳を見つめ、前かがみになってキスをした。「いいわ。どっちが下になるか、にらめっこで決めましょ」

さざめく笑い声は、ふたりの体が織りなすゆったりと脈打つダンスと溶け合った。「カウボーイハットとブーツを買ってやるよ」サイモンが言う。「投げ縄も。ほかになにが必要だ? 四柱式ベッド。長縄。あとは?」

エレンはのけ反って笑い、彼の上で腰をグラインドさせた。「本当にいやらしい人ね」

「かつての非行少年を恋人にしたツケだ。おれは悪いことが得意でね。だがまじめな話、どうだ? 気に入ると思うか?」

「気に入るって、なにが?」エレンは動きを止めて見おろした。

「縛られるのが。やらせてくれるか? そこまでおれを信用できるか?」

エレンは美しい目を見つめた。サイモンの質問にはすべて、隠された意味がある。なにもかもが挑戦で、もっと彼女を差しだせと暗に要求しているのだ。すべてを差しだせと。

彼の手を取って唇に掲げ、指を口に含んだ。腰を沈めて脈打つペニスを奥深くまで咥えこみ、子宮の入口に押しつけた。「あとで交替するのなら」

サイモンが即座にうれしそうな笑みを浮かべた。「交渉成立」

「その件が片づいたなら、そろそろ本腰を入れてくださいな」エレンは命じた。

サイモンの当惑顔を見て笑い、彼の手を取って腰をつかませた。「喜んであなただけの〝興奮したセクシーなカウガール〟になるけれど、それには暴れ馬が必要よ」

サイモンが熱のこもったうなり声をあげて挑戦に応じ、持っているすべてをエレンに与えた。これ以上、荒々しく激しくされたら持ちこたえられないとエレンは思ったが、サイモンはさらに加速した。エレンの溶けて疼く快楽のスポットをペニスで擦るためには彼女の体をどの角度にすればいいか、彼は熟知していた。

彼の上で震え、粉々になった。力が体のなかを駆けあがる。バラ色のつぼみをほころばせながら性器からお腹へ上昇し、さらに胸で開花して、ついには涙にしか解き放てない純粋な感情のかたまりへと変化した。

涙があふれ、エレンはすすり泣きながら体を震わせた。彼の体の上に倒れこむとサイモンが彼女を仰向けにし、きつく抱きしめたまま腰をたたきつけて、自らを激しい絶頂へと導いた。

ふたり一緒に時間のないもやのなかをただよい、まどろんだ。もの憂いキスとやさしい愛撫をくり返し、なにかしらの接触を絶やすことなく。やがてエレンは体を起こし、ベッドの端に腰かけた。「体を洗わなくちゃ」とつぶやいた。

サイモンが腕を引っぱる。「どうして？　なんのために？　戻ってこいよ」

エレンは苦笑した。「体中べとべとよ、サイモン」

「おれはそれが好きだ。濡れていればいるほど、いい」サイモンが言う。「そうすれば夜中に勃起して目が覚めても、すぐにきみのなかに滑りこめる。ひと突きでするっと」

エレンは彼の手を払いのけてベッドから滑りおりた。「簡単すぎるわ、サイモン」と言う。「あなたにはもっと手ごわい存在でいたい」

サイモンが起きあがってバスルームまでついてきた。「なに言ってる、きみは手ごわいさ」と断言する。「人生でいちばん手ごわい」シャワールームの扉を開けるエレンの肩をつかんだ。「いい考えがある。バスタブのなかに座れよ。シャワーヘッドを持って、おれが洗ってやる。きっと気に入るぞ」

エレンは笑い飛ばした。「もう、そこまで。わたしはくたくたなの」

「きみの前に膝を突いて体を洗ってやりたいだけだ」サイモンが反論した。「裏の目的なんかない。きみに奉仕したいんだ。従順なセックスの奴隷みたいに。座れって。大丈夫、いい子にしてるから」

疲れすぎて議論する気にならなかった。とりわけこんな笑みを見せられては。

サイモンは慎重かつ念入りに完ぺきな湯の温度を探した。温度を確認するために、真剣な面持ちで石けんの泡をペニスにつけてから洗い流す。「よし」そう言うとエレンの前に膝を突いて、両手を泡だらけにした。「脚を開いてください、奥さま」

エレンが従うとサイモンがもっと大きく開かせて、いつも彼女の体に注ぐ一心な視線を浴びせた。

「こんなきみの姿はたまらない」サイモンが言う。「おれの精液で濡れてる。また硬くなっちまうよ。きっと原始時代の本能の名残りだな」

「きっとね」泡だらけの手で撫でられながらつぶやいた。

冷たいタイルに背中をあずけて贅沢に浴した。泡にまみれた指がひだをなぞり、このうえなくやさしい愛撫できれいにしていく。それが終わると、シャワーノズルから流れる温かい湯で洗い流された。

ああ、この人ときたら憎らしいほどシャワー使いが上手。並々ならぬ直感力で湯をポイントに当てる様子ときたら、まるで自分でしているみたいだ。サイモンに優しく導かれて、またオーガズムに達した。それは暴風雨のように体を駆け抜け、あとにはきれいな虹と、輝くしずくと、濡れた肥沃な大地のむせかえるようなにおいが残った。

サイモンが湯を止めてタオルを取り、彼女の体を拭いてから身を乗りだした。エレンは彼の顔に手を当てて押し止めた。

「だめよ。約束したでしょう」小声で言った。

「この秘密の場所にキスしたいだけだ。繊細な女の部分に」サイモンが説き伏せる。「きみのここはすごくきれいだ、エル。指も舌も使わない。貫くなんてもってのほかだ。そっと、うやうやしく、敬意をこめたキスをするだけ」

この人の魅力にはどうがんばっても逆らえない。両手で顔を包んだ。「信用できないわ」そっと言った。「それにいつでも好きなようにさせるのは、あなたのためにならない」

「だがこれはきみのためだ、エル」サイモンが目を見つめながら身を乗りだし、温かい唇を秘所に当てた。彼の言ったとおり、そっと、うやうやしいキス。温かい息が感じやすい肌をくすぐった。

サイモンがにやりとして目が光った瞬間、だまされたと悟った。指二本でひだを分かつなり、やわらかい泉を求めて舌を挿し入れる。惜しみなく与えられた快楽のせいで、泉はまたあふれんばかりに満ちていた。

彼の頭を両手でつかみ、やさしく親密な舌の動きを見つめた。すばらしすぎて抗えなかった。

サイモンが体を起こして口とあごを拭い、恥じらいもなくにやりとした。「次まで持ちこたえられるよう、もうひとくちが必要だった」

「本当にいたずらっ子ね」エレンは言った。「根っからのいけない人。もうくたくただわ」

サイモンが腰を抱いてそっと立たせてくれた。ふらつく脚で彼のあとからバスルームを出ると、床の上でくしゃくしゃになったワンピースを拾った。裏返しになっているのを表に返した。

サイモンが彼女の手からワンピースを取り、顔をうずめた。「この服を捨てないでくれ」くぐもった声で言う。「好きなんだ」

「いいわよ」エレンは同意した。サイモンが顔をあげないので尋ねた。「どうかした？」

ようやく彼が顔をあげた。心配そうな表情だった。「いままで嫉妬したことはない」と言う。「すごく変な気分だ」

「嫉妬？」エレンは面食らった。「なにに？」

「きみがほかの男といるなんて、耐えられない」

エレンは笑った。「ほかの男ってだれのこと？ここにあなた以外の男性がいる？どうしたの、おかしなことを言って。もう休んだほうがいいわ」

彼をベッドに寝かせたとき、大きなガシャンという音が響いた。続いてガラスが砕け散る音が。

## 18

ふたりは服に駆け寄り、急いで身に着けた。エルがドアに飛びついたが、サイモンはその腕に手をかけて押し止めた。「靴を履け」と命じる。「きっとガラスの破片がある」

エルが階段のてっぺんの明かりを点けると、階段は色つきガラスの破片できらめいていた。階段のてっぺんにあるステンドグラスに大きなぎざぎざの穴が開き、その向こうに黒い夜空が見える。階段の足元にはいびつな形の灰色がかったものが転がっていて、生き物のようにしゅーしゅーと音を立てていた。

「下がれ！」エルの腕をつかんで階段の上へ引き戻した瞬間、大混乱が起きた。

雷鳴、爆発、銃声、爆撃。火花が散り、鼻を刺す硫黄臭の煙がもくもくと立ち昇った。耳をつんざくような大騒ぎがようやく収まった。エルが耳から手を放し、サイモンの胸に押し当てていた顔をあげた。

「家が火事なの？」かすれた声で尋ねた。

ほとんど聞こえなかった。耳がうなっていた。「ちがうだろう」声を低く冷静に保とうと努めた。「様子を見てくる。ここにいろ。動くんじゃないぞ」

もちろんエルはついてきた。階段を包む臭い黄色のもやのなかを慎重に進む。彼女のサンダルと彼のブーツが割れたガラスを踏み砕き、エルの冷たい華奢な手がむきだしの肩をつかんだ。

煙が目に染みる。慌てていたからジーンズを穿きブーツに足を突っこんだだけで、靴紐は結ばなかった。ブーツの前は開いたままで、紐はガラスの破片のなかを引きずっていた。

「いったいなにごとだ？」チャックが階段の上に現われた。隣りにはスージーもいる。ふたりとも青ざめておびえた顔だ。

「確認が済むまで部屋で待機していてくれ」サイモンは黒く焦げた紙とプラスチックのかけらを爪先でつついた。「手製の爆竹だ」静かな声で言った。「トイレットペーパーの芯に火薬を詰めて導火線を蠟で固めたものを、粘着テープでぐるぐる巻きにする。子どものころによく作った」

「おい、いったいなんの騒ぎだ？」

「なにが起きたの？」

「どうした――？」

興奮した声がいっせいに響き、ミュリエルとライオネルとフィルが階段の上のチャックとスージーのそばに現われた。サイモンはみんなのほうを見あげ、それから煙と悪臭を見おろした。

「ただの悪趣味ないたずらよ」エルが言ったが、その声は震えていた。「ただの爆竹。騒ぐほどのことじゃないから安心して」

「そのいたずらで、きみの家は焼け落ちたかもしれない」彼女にしか聞こえないよう、抑えた声でサイモンは言った。

エルがみじめな顔でちらりと彼を見て、惨状から後じさった。いわば彼女は包囲されたようなものだ。目の下には殴られたような黒い影が広がり、急いで着たカットオフジーンズの裾からは、昨日の災難が華奢な脚に残した悲惨な傷とあざがのぞいている。「わたし、ええと、ほうきを取ってくるわ」エルが言った。「片づけるまでガラスに近づかないでください、みなさん」

「警察に電話する」ミュリエルの抑えた声も震えていた。サイモンは黒焦げの残骸と割れたガラスと臭い煙を見おろした。外の芝生に出て行き、雨に濡れて木の葉がささやく暗闇を見据えた。だれにせよ、犯人はとっくに消え去っていた。

無力な怒りで胃が引きつった。エルを守って慈しみたいだけなのに、彼女に近づけば近づくほど、混乱はますますエスカレートする。

驚きだ。

ふたりで手早くガラスの破片を掃き集め、プラスチック製のバケツに入れた。そのとき、落ちつかなげな咳払いが聞こえた。

フィル・エンディコットが気まずい顔で階段の上に立っていた。スーツケースを手に階段をおりてくる。「エレン、たいへん申し訳ないんだが」

「わかります」エルが威厳そのものといった態度で姿勢を正した。「ホイートンにある〈ハンプトン・ホテル〉をお薦めします。右折して、ホイートン行きの標識に従って進んでから、シアラー通りを右に曲がってください。もちろん今夜の宿泊費はこちらで持ちます」

フィルに続いてチャックとスージーが現われた。背の高いバックパックを背負い、スポーツ用品を山と抱えている。

「その、おれたちも出発することにしたよ。この騒ぎ、おれたちにはちょっと異様すぎる」緊張に震える声で、チャックが言った。

階段の上ではミュリエルが、スージーに行く手を阻まれていた。スージーは畏怖の念に凍りつき、サイモンのあらわな上半身を見つめている。口をぽかんと開けて。

ミュリエルが意味深な目でサイモンを見やり、ウィンクをした。「サイモン、お願いだからなにか着てちょうだい。交通渋滞が起きているわ」

チャックがくるりと向きを変えてスージーを睨み、続いてサイモンを睨んだ。スージーの腕をつかんで引きずるように階段をおり、外へ出て行った。ふたりの声が遠のいていく。怒った低い声と、弁解がましい甲高い声が。

ピンストライプのパジャマ姿で階段のてっぺんにたたずむライオネルに、エルが声をかけた。「あなたも出発するの、ライオネル？」と尋ねる。「そうしたって、これっぽっちも恨まないから、安心してください」

「なにを言うかね、お嬢さん。わたしって人間を知ってるだろう？　わたしは現場が好きなんだ。無理やり追いだそうったって、そうはいかんぞ。これから警察が来るんだろう？」

「サイモン、お願いだからシャツを着て」ミュリエルが言った。

シャツのボタンをかけながら階段をおりかけたとき、アル・シェパード巡査部長が戸口に現われた。アルは昔からやさしくて話のわかる人物だったが、巡査部長に続いて入ってきた男を見たとたん、サイモンの心は沈んだ。ウェス・ハミルトン。当然だ。ほかにだれがいる？

くそっ。ラルー警察当局との険悪な関係は、エルやその母親と分かち合いたいものではないが、いまはそんなことを言っていられない。

ウェスが顔をあげてうなずいた。これで自分の正しさが証明されたと言わんばかりに。

「これはこれは。おまえを見ても驚かないのはなぜだろうな、ライリー？」

サイモンは肩をすくめ、答えなかった。

「おまえが現われるまで、このあたりは平穏だったのになあ」ウェスが言う。

「これはサイモンのせいじゃないわ！」エルの声が危険なまでに高くなった。「いままでの事件も。遠回しに非難するのはやめてください」

ウェスがうなった。「これが起きたとき、どこにいた、ライリー？」

サイモンはためらい、エルを見た。

「わたしと一緒にいました」エルが鋭い声で言った。「わたしのベッドに。ほかに質問は？ 詳しく話したほうがいいかしら。詳細が必要？」

「ああ、いや。けっこうです」アルがウェスを見、ウェスもアルを見た。

「なんなの？」エルが噛みつくように言う。「いまの目配せはなに？　なにが言いたいの？　サイモンがわたしの家を吹き飛ばそうとしたって？」

ウェスがため息をついた。「ミスター・ライリーには爆竹を使ったいたずらを何度も犯した過去があるんです。それから、お嬢さん、あなたには疑わしいアリバイを供述した過去が――」

「疑わしい？　どこが疑わしいの？　上へ行って濡れた箇所をたしかめてきたら？　まだ乾いてないはずよ。どうぞ、調べて」

「エレン！」ミュリエルが叫んだ。「そんな露骨な」

サイモンは身震いし、両手で顔を覆った。

「なにかおかしいか、ライリー？」ウェスが尋ねた。

サイモンは落ちつきを取り戻し、まじめな顔を見せた。「まさか、警部補」

「理解できないわ」エルが大声で言った。「家を攻撃されたのに、妙な言いがかりをつけられるなんて、ばかばかしいにもほどがある」

「エル、落ちつけ」サイモンはなだめた。「深呼吸しろ」

エルがくるりとこちらを向いた。「この人たちはわたしを怒らせるんじゃなく、助けるのが筋なのに！」

おれがここにいなければ、助けてくれただろう。その言葉を呑みこんで、背後から彼女を抱きしめた。「この町で学んだことがひとつあるとすれば、警官に生意気な口をきくなってことだ」静かな声で言った。「その衝動は抑えろ、エル」

エルが身をよじって彼の腕を振りほどいた。「もう何年もいろんな衝動を抑えつづけてきたのよ。生意気な口をきいたから留置場にぶちこむというなら、ぶちこめばいいわ。わたしのシナモン・ペカン・プルアパートなしで警察署長がどれくらい持ちこたえられるか、楽しみね！」

「だれも留置場にぶちこんだりしませんよ、ミス・ケント」アルが辛抱強く言った。「最初から詳しく聞きましょう」

話して聞かせる途中、コーラが森のなかでビボップとスコティーを目撃したことを、エルはくり返し説明した。ふたりの刑事は無言で視線を交わした。「すぐに捜査します」アルが言う。「あなたの元婚約者からも話を聞いて――」

「ブラッドが犯人だなんてほのめかしてません！」

アルが気まずそうに咳払いをした。「いやその、こういう事件の場合、腹を立てた元パートナーというのが得てしていちばん――」

「ブラッドはそんなことをする人じゃありません」エルがぴしゃりと言った。「信じてください」

アルとウェスがまた視線を交わした。「入念な捜査を行なうことをご理解ください、ミス・ケント」アルが慎重に言った。「あらゆる可能性を調べて、真相を突き止めます」

「わかりました」エルが言った。「おやすみなさい。今日はどうも」

パトカーが走り去る音を、四人は立ち尽くしたまま聞いた。「さてと」ライオネルが陽気な声で言う。「これでおしまい、かな？　どうだろう、ひとつわたしの不眠症を役立てて、ポーチで寝ずの番をさせてもらうというのは？」

「すばらしいアイデアね、ライオネル」ミュリエルが言った。「フランクのショットガンを銃庫から出してきて、お供するわ。今夜はとても眠れそうにないもの。あなたたち若者は、上へ行って少し休みなさい」

「おれが出て行けば、こんな騒ぎはぴたりと止む」サイモンは静かに言った。

張りつめた沈黙が広がった。

ミュリエルが鼻で笑った。「うぬぼれないで。あなたが世界の中心ではないのよ」

エルがシャツをつかみ、ぐいと引き寄せた。「二度とそんなことを言ったら引っぱたくわよ」

「上へ連れて行って、ここに留まる理由を与えておやり」ライオネルが言う。「必要とされていると男に思わせたいなら、そうするにかぎる」

エルがじろりとライオネルを見た。「カップル・セラピーなら間に合ってます」

ライオネルは気にした様子もなくほほえんで、エルの腕をぽんぽんとたたいた。「行きなさい」やさしく言う。「わたしなら、危険な爆破魔が駆けまわっていなくても、どうせほとんど眠れないんだ。どうってことないよ」

「わたしも」ミュリエルが言う。「銃を取ってくるあいだに、ウィスキーを注いでおいてくださる、ライオネル？」

「もちろんさ、ミュリエル。思いつかなくて申し訳ない」ライオネルが足を引きずってアルコール棚に向かい、タンブラーをふたつ取りだした。

「やめて、お母さん。銃を持ってるときにお酒だなんて」

「おやすみ」ミュリエルが手を振って追い払う。「あなたたちは休んで。さあ、早く」

エルが階段をのぼりはじめた。半分までのぼったところで足を止め、サイモンを見おろした。「どうしたの、サイモン。なにを待ってるの？　クリスマス？」

ライオネルが手をたたいた。「いいぞ、その意気。だれがボスか、彼にわからせてやりなさい」

サイモンは彼女に続いて階段をあがった。ふたりの背後でドアを閉じ、部屋のなかを行ったり来たりするエルを見つめた。エルは手をもみしだきながら、なにごとかつぶやいている。

「ええと、エル？」慎重に声をかけた。

「腹が立ってたまらない！」くるりと彼のほうを向いた。目が燃えている。「だれかを殴りたい気分よ。わたしの家にこんなまねをした犯人を見つけたら、ペニスをちょん切ってネクタイにしてやる」

「痛《いて》っ」想像して顔をしかめた。

「あなた！」女王然としてサイモンを指差す。「これ以上、生意気は許さないわ、サイモン・ライリー。いますぐそのジーンズを脱ぎなさい。服を着ていていいってだれが言ったの？」

急いでシャツとジーンズを脱いだ。神経質な笑いが口からこぼれ、体のなかにたまっていた緊張感がいくらかやわらぐ。「爆竹を投げつけられることの、予期せぬボーナスだな」と言った。「きみは腹を立てると女王に変身する。怖いよ」

「それでいいの」エルがTシャツを脱ぎ捨てた。気をつけの姿勢を取るペニスを、指先で撫でおろした。「怖がったほうが身のためよ」カットオフジーンズのボタンをむしり取るように外し、床に落ちるに任せた。目を燃えあがらせて両足を開き、ペニスを強く握った。

「それで、女王さま。どうしてほしい？」サイモンはおとなしく尋ねた。「ひざまずいてきみの美を崇めようか？」

ペニスを握った手に力がこもった。「黙って言われたとおりにするの」エルが彼を後ろへ突き飛ばし、部屋を横切らせる。サイモンはベッドに仰向けに倒れ、両腕を広げて彼女を見あげた。ああ、なんてきれいなんだ。性的な熱が火傷しそうな波となって体からあふれだしている。燃えさかり、火花を散らしている。

「自分に触りなさい」エルが命じた。「触るところを見たいの」

一瞬、ぽかんとした。「ええ？　つまり、ペニスを？」

「そうよ」エルが言った。「どうするのか見せなさい。わたしを見て……」両手で乳房をさすり、片手をおろして脚のあいだに滑りこませると、ひだを広げて見せつけた。「……わたしに見せて」

彼女を見つめながら自分自身に触った。エルは発見の底なし沼だ。その官能は開花し、休むことなく進化しつづけている。一秒ごとに熱くなっていく。彼女のなかにあるまぶしい力の源に引きつけられた。理性を失い、夢中にさせられた。

もう少し味わえるなら、なんでも投げだしたい気にさせられた。

エルがベッドによじのぼって彼の腿にまたがった。「濡れてるじゃない」指先で弧を描くように亀頭を撫でる。すでに露がにじんでいた。エルが濡れた指を唇に掲げ、きれいに舐め取った。

「我慢できない」サイモンは言った。「きみを見てるとおれのムスコはよだれを垂らす。万一、運に恵まれたときに備えて、滑りやすくしておこうと思うんだ」

「マスターベーションするときに、わたしを思い描いたことはある？」

「ああ、数えきれないくらいに」彼女の手をつかんでペニスを握らせ、脈打つ長いものをゆっくり上下に擦らせた。「おれが町を出て行かなかったらどうなっていただろうと夢想した」と言う。「もっと早くきみを誘惑していたらと。きみの部屋の床で過ごしたいくつもの夜、おれはきみの上に、きみのなかに、いられたかもしれない。あの木を登って窓から忍びこみ、クリトリスを舐めてきみを起こすところを想像した。どこかで聞いたり読んだり夢に見たりした、ありとあらゆる体位とテクニックを妄想した」

「そう」エルが少し荒っぽくしごいた。彼の大好きなスタイル。「わたしたちの妄想はずいぶん似てたみたいね」

「おれの妄想のほうがいやらしいと思う」サイモンは言った。「女の子はロマンティックだからな」

エルが笑った。そんなふうにのけ反ると、優雅な首筋がよく見える。「わたしが本気を出したらどんなにいやらしくなれるか、見たらきっと驚くわよ」

サイモンは息を弾ませて身をよじった。「きみの本気を見せてくれ」喘ぎながら言った。

エルが這いあがってきた。「いいわ」とささやく。「感じさせて、サイモン。ペニスの先で撫でて。貫いちゃだめよ、擦りつけるだけ。舌でするみたいに、ペニスで舐めて」

自分自身をしっかり握って、言われたとおりにした。

至福の拷問だった。エルが目を見つめながら乳房に触れ、クリトリスをいたぶる。熱い蜜をペニスの先端に塗りつけるが、けっしてなかには受け入れない。ぎりぎり手の届かない距離を保ち、完ぺきな体を揺らした。

エルに主導権を握らせる必要があるのはわかっていたが、いまやサイモンの自制心が危うかった。彼女を押し倒して貫きたいという思いでいっぱいだった。

そのとき、エルが腰を沈めて彼を受け入れた。安堵に思わず泣きそうになったが、彼女の腰をつかんで動こうとしたとたん、手首をつかんで押さえつけられた。

「だめ！　あなたに動いてほしくなったら、いつ、どんなふうに、どれくらいと正確に命じるわ。手を貸しなさい、サイモン。体を支えたいの」

サイモンは歯を食いしばり、こわばった体の上でエルが自らを駆り立て、長く深い絶頂を迎えるのを見つめた。もう我慢できない。彼女を仰向けに押し倒した。

エルが目を見開き、彼をたたいた。「こら！　許した覚えは――」

「残念だったな」サイモンは暴れる手首をつかみ、彼女の頭上で押さえつけた。「今度はおれの番だ」

エルが体の下で激しく身をよじる。「だけど約束したじゃない――」

「おれにじっとしていてほしければ、縛りつけておくんだな。おれはルールを破るために生まれてきた」いきり立ったものを彼女のなかにたたきこんだ。

瞬く間にエルがふたたび達し、サイモンもあとを追った。ふたりは滝のてっぺんを越え、白く泡立つ大釜へと落ちていった。感覚に揺すぶられて投げだされ、打ちのめされた。ようやく理性を取り戻すと、エルが泣いていた。彼の首にしっかり腕を巻きつけて。

今度は彼女の涙も怖くなかった。今度ばかりは彼が慰めた。揺すってあやし、髪を撫で、やわらかく熱い頬にキスをして涙を拭い去る。やがてエルは疲れ果てて眠りに落ちた。

サイモンはその髪に鼻をうずめ、しっかり彼女を抱きしめた。これまで何度も世界に〝ノー〟と言われてきた。それを優雅に受け入れる方法は身につけてこなかったし、これからも覚える気はない。

また空を飛んでいたが、今回は不吉な予感をはらんでいた。なにかひどいことが起ころうとしているのに、彼にはそれを止める手だてがない。ほんの子どもなのだ。怪物に挑むには幼すぎる。怪物は邪悪な魔法に隠れていて、彼にはその呪文が解けない。

下降気流をとらえ、母と一緒に暮らしている崖っぷちの三角屋根の家のほうへおりていった。光が強くなってきたが、夜明けの明るさではない。赤い陰気な光で、煙にまみれている。母は屋根の上に立ち、腕には鷲の彫刻を抱えている。それを空に滑りださせた。彫刻は本物の鷲になり、彼のそばを飛んで行った。羽のはばたきは冷たい幽霊の風のようだった。ふたたび家に目を向けると、母は石像になっていた。温かく活気ある命を、飛び立った鳥に託したのだ。いまや母は彫像となり、石の顔に同情をたたえてこちらを見つめていた。

炎の怪物が家を呑みこむ。母の長い石のスカートを舐め、黒い筋をつける。近づいていくと、母がどんどん大きくなるのに対して彼自身はどんどん小さくなった。いつしか、母の石の顔を彩る黄色やオレンジの苔のまだら模様は、木々に覆われた大地そのものへと変わっていった。母の目だった丘の斜面の上を舞う。そのなかで、鈍い炎が揺らめくのが見えた。だんだん大きくなる。胸の内で恐怖が爆発する。また炎の怪物で、この輪のなかにいるのはエルだ。裸で無力で、火が迫りくるあいだも眠りつづけている。炎が貪欲に跳ねて轟く。

エルが目覚め、炎に触れられて悲鳴をあげた。

かすれた悲鳴とともに夢から跳ね起きた。心臓が胸に穴をうがつ。肺はふくらむものの、一向に空気を吸いこまない。

胃のなかのこの感覚には覚えがあった。二十八年経ったいまもなお、鮮明に記憶している。母が亡くなったと聞かされた日、朝からずっと抱いていた感覚だ。

エルが首をもたげ、もの問いたげな声をもらした。サイモンは彼女の手から尻込みした。

「やめてくれ。頼む」自分にも耳障りな声だった。「触るな」

「でも震えてるじゃない。こっちへ――」

「だめだ」ぐいと体を離すと、ふらつく脚でベッドからおりた。「すまないが放っておいてくれ。きみのせいじゃない」

「力にならせて」エルがすがる。「力になりたい――」

「無理だ」

エルがすくんだ。「どうして?」小さな声だった。

暗闇のなかを手探りで、ジーンズとブーツとシャツを見つけた。「わからない。すまないが」

「ただの夢よ、サイモン」エルが言う。

ああ、本当にそうだったらどんなにいいか。力任せにジーンズを穿き、続いてブーツに取りかかった。「出かけてくる」と言った。「息がしたい」

「一緒に行ってもいい?」

吸いこんだ呼吸はすすり泣きのように感じられた。「だめだ」

実際にエルの顔を見ているかのように、彼女の苦痛と当惑を闇のなかで感じた。なにか言わなくては。言葉は勝手に転がりだした。必死に、予想外に。「愛してる、エル。愛してるが……頼む、行かせてくれ。外へ出なくちゃならない。息をしなくちゃ。すまない」

愛してる。その言葉が口を離れた瞬間、それがどんなに真実かを感じた。エルが両手で口を押さえ、膝の上に屈みこむ。サイモンはもう片方のブーツを履き、震える指で紐を結ぼうとした。シャツを羽織ったものの、ボタンがうまくかからない。裏返しに着てしまったのに気づき、前は開けたままにした。

エルがベッドから滑りおりて窓の前に立つ。「雨が降ってるわ」と言った。「木の葉をたたく音が聞こえる」

「雨で怪我はしない」彼女の磁力にとらわれて、その場から動けなかった。エルが同情し、背を向けることで呪縛を解いた。窓のカーテンに映るただの美しく暗い影になった。

彼が出て行くのを待った。

サイモンは足音を忍ばせて階段をおり、キッチンのドアから外に出ると、ライラックの茂みを抜けて、より洗練されていないライリー家の地所に踏みこんだ。オークの低木とクロイチゴのいばらをくぐり抜けて小川へおりるのに、明かりは必要なかった。数えきれないほど何度も、歩いたり走ったりして通った道だ。が、今日はじめて、闇を怖いと感じた。

マクナリー・クリークは低い子守唄を奏でているのに、心は癒されなかった。泡立つ水は、輝く深みになにかを隠しているかのようだった。走る雲には切迫感があり、風には混乱がある。生まれてこのかた、闇を怖いと思ったことはないが、今夜は身の毛がよだった。闇に見張られているような気がする。舌なめずりをしながら、時を待っているような。もう空気は欲しくなかった。どうせ肺には取りこめない。いまはただ、エルのベッドに駆け戻りたかった。

幼いころから恐怖に屈しまいとしてきたのが功を奏した。この悪夢に直面しなくてはならない。その裏に隠された意味にも。母が作った数々の像の真ん中に立ち、メッセージを解読する手助けをしてくれと頼むのだ。そうではないかと恐れている事実に直面する強さを与えてくれと。

彼につきまとう暴力からエルを守るには、彼女から離れるしかないという事実に直面する勇気を。

エルには頼れる夫がふさわしい。ともに家族と未来を築ける相手が。悪夢に苦しみ、自らの悪運の影におびえ、夜中に空気を求めて寝室から逃げだすような負け犬ではなく。爆竹の破裂音が頭のなかでこだまし、ガスの命を奪った銃声を想起させた。サイモンに迫りくる闇は、ガスを引きずりこんだ闇と同じなのかもしれない。

だとしたら、伯父が引き金を引いた気持ちはわかるような気がした。

わかりたくなかった。闇にささやきかけてほしくなかった。それが言うだろうことを聞きたくなかった。

マツの木立にたどり着いた。木のあいだに散らばる動物の像の形はぼやけてほとんどわからない。突風が舞い、はるか頭上の枝を揺らした。

がくりと膝を突いた。泥がジーンズに染みこむ。心を開き、静寂と平穏で満たそうとした。メッセージを聞くことができる静かな空間を心のなかに作りだそうと、無言の祈りを送った。助けてくれ。理解させてくれ。それがなんだろうと、正しいことをさせてくれ。どんなにおれが傷つこうとも、彼女が傷つこうとも。

ひたすら待ったが、訪れたのは刃のように深く斬りつける嘆きだけだった。もはやここも、慰めを与えてくれる場所ではなくなった。

# 19

レイは濡れたマツの枝をかき分けて小川の土手を進み、どうしようもなくこみあげてくる笑いを押し殺そうと、片手で口を覆った。赤外線ゴーグルをおろし、腹に手を当てて火のぬくもりを感じる。ライリーはみごとに術中にはまってくれた。求めも急かしもしていないのに。まさに十七年前と同じだ。

胸が躍った。じつに完ぺき。まるで魔法だ。

ガスを消したようにサイモンもただ消そうかと思ったが、こてんぱんにされて機嫌を損ねたスコティーとビボップによれば、あの男は若く強いうえ、俊敏だ。空手の達人かなにかなのだろう。レイもこの歳にしては健康だが、ガスを倒すのがやっとだった。

サイモンを片づけるのはもっと難しいだろう。銃を使うしかなさそうだ。状況は悪く、危険要素は多い。いますぐ殺してその場の満足を得るためにもともとの計画から逸れるのは、愚かというものだ。サイモン・ライリーが死ねば、疑問や怒りや犯罪捜査が引き起こされる。一方、サイモン・ライリーが生きていて、なんのアリバイもなく闇をうろついていれば、完ぺきな身代わりになってくれる。

厩舎の火事のときと同じように。神が定めたライリーの役割は、罪のとがめを一手に担って、レイの気晴らしを作りだすことのようだ。

携帯電話を取りだし、番号を押しながら小川に入っていった。ゴム製のオーバーシューズで水のなかを進み、ブラッドのバイクを隠しておいた木立にたどり着いた。反抗期だったブラッドが発作的に買い、その後はほとんど放置してきた代物だ。BMWで、ライリーのと同じ種類、同じ型。今夜の幸運には際限がない。

最初の呼び出し音で向こうが出た。「ボス？」

ありがたいことにスコティーだった。弟のほう。ビボップよりわずかに賢いが、質問をしすぎるきらいがある。

「いつもの場所で会おう」レイは言った。「ヘッドライトは消しておけ」

「言われたとおりにしましたよ。爆竹を投げこんで――」

「黙れ。携帯でビジネスの話はするなと言っただろう」

「すみません」スコティーがふてくされた声で言った。「二十分で行きます」

スピードをあげて古い伐採用の道を進み、ハイウェイに出た。この期待の高まりには性的なものがある。バイクにまたがるのも、その騒音とパワーも嫌いではないが、この喜びと解放感は仮面を蝕んだ。仮面が崩れていくのが愉快に思える。顔にたたきつける風が、唇から笑いをさらっていった。

体のなかで激しい笑いの地震が起きた。

ハイウェイをおり、交差路の下をくぐってラルー川へと続く道に入った。ヘッドライトを切り、スピードを落として闇に目を慣らす。ごうごうと流れる川の水音と高速道路の騒音が、さらなる目隠しとなってくれた。

ビボップの大きなトラックを見つけてバイクを停めた。タイヤがぬかるみにわだちの跡を残すだろう。ライリーのバイクとまったく同じ跡を。すばらしい。大声で笑いたいのを含み笑いに抑え、ゴム手袋をはめた。

「ボス？　こっちです」

ポケットのなかのナイフに触れた。こんな薄のろに耐えなくてはならないのもこれが最後だ。ウェバー兄弟など最初からあてにするべきではなかったが、厩舎の爆竹騒ぎに関してもっともらしい話を作りだすのには、かなり役に立った。が、いまや全体のアキレス腱にすぎない。役目を終えた道具。鋤《すき》に打ちかえるべき剣。

スコティーが足を引きずりながら近づいてきた。打ちのめされた顔が月明かりに照らしだされる。両目はまわりが黒ずみ、鼻と唇は腫れていた。

「やあ、スコティー」レイは声をかけた。「ひどい顔だな」

「どうも、ボス」スコティーの声はそわそわと落ちつかない。

「ビボップは？」レイは尋ねた。

「トラックのなかです。膝をやられちまって、立ってるのが辛いんです」スコティーが言った。

トラックの窓がさがった。「どうも」ビボップが言う。

「やあ、ビボップ。膝を痛めたとは気の毒だな」

ビボップがうなってフラスコを口元に掲げた。完ぺきだ。酔っている。

「あのう、ボス？　ライリーがニンジャになったとはひと言も聞いてなかったんですが」スコティーの声が愚痴っぽくなる。

レイは両手を掲げた。「本当に残念だ、スコティー。しかしきみたちだけでじゅうぶん間に合うとビボップが請け合ったものだから。それを疑う理由はないだろう？」

「ガキのころはしょっちゅうサンドバッグにしてやったもんですが、いまのヤツは別物で。もう、歯が立たねえ」

「しかしまあ、ふたりとも生き延びた。だろう？」レイは元気づけるように言った。

「そりゃまあ。ですがエディの話じゃ、ライリーはやったのがおれたちだと知ってるらしいんです。エレンに怪我をさせたおれたちを容赦しないって」スコティーが言う。「おれたちの頭をもいで、内臓を引きずりだすとか言ってるらしいです。冗談じゃなく」

「ほう？　そうか？」おもしろい。いつもスコティーとビボップからほじくりだすような、くだらない話よりずっとましだ。「さぞかし怖いだろう」

「ええ、そりゃもう。だってヤツならほんとにできる。簡単に。本気でかかってこられたら、おれたちはマジでおしまいだ」

「考慮に入れておこう」レイは言った。

スコティーが勇気をかき集めるかのように、言葉を止めた。「その、ボス？　ビボップとおれ、ちょっと考えたんですが……」と切りだした。

「おまえたちには珍しい行動だな」とっておきの陽気な声でレイは言った。

スコティーが神経質そうに鼻を鳴らした。「はは。笑えますね、ボス。それで、おれたち決めたんです。今回の爆竹の件、あれで終わりにしようって。ライリーには関わり合いたくない。ほかのことならなんでも協力しますが、あの男を怒らせるようなことはもうやりたくないんです」

「じつによくわかった」レイの声は同情にあふれていた。「実際、これまでのことを考えると、とてもいい判断だと思う」

スコティーが戸惑った顔になった。「その……ええ。じつはおれたち、別のことも決めたんです。あなたとの取決めですが、その……もしかしたらそろそろ、更新したほうがいいんじゃないかと」

「ほう？　具体的にどんなふうにかな、スコティー？」

質問されて、スコティーは大胆になった。「まず、おれたちはこんなに痛い目にあわされるとは思ってなかった。めちゃくちゃ痛いし、治るまでなにもできない。おかげで人生がややこしくなる。おまけにライリーみたいな野郎に狙われてるときたら……最悪ですよ。ときどきの仕事でもらう二、三千ドル以上の価値がある。それに、ほら、おれたちに話してほしくないこともいくつかあるでしょう？　いや、もちろん話しやしませんよ。なあ、ビボップ？」

「まさか」ビボップがかすれた声で言った。「話すわけがない。口にチャックだ」

「忠誠心ってやつです、ボス。ちょっとしたもんでしょう？」スコティーの声からは震えが消え、独りよがりな色がにじんでいた。「くそっ、まだ痛む。あの野郎にあばら骨を二、三本、へし折られた」

「それで、おまえとビボップはどうしたら労に見合うと思うんだ？」

「そうですね、まずは怪我が治るまでのあいだ、しばらく町を出て暮らす金だな」スコティーが言う。「ビーチがあって、ビールを飲みながらリラックスできる場所へ行く交通費も。そうだな、だいたい一万五千か二万ってとこですか？」

「これはこれは」レイは舌を鳴らした。「たいしたビーチだな」

「ビボップは膝を壊したんですよ。おれは鼻とあばらを折られて、タマはトラックに轢《ひ》かれたみたいに痛む。いまのおれにはそんなに多い額とは思えませんが」

「落ちつけ」レイは言った。「おまえたちに相応の扱いをしなかったことがあるか？」

「ありません」スコティーがつぶやいた。

ビボップがまたうなり、ふたたび長々とフラスコを傾けた。

レイはまじめな顔でスコティーの肩をたたいた。スコティーが身をすくめて悲鳴をあげた。

「気をつけてください。傷だらけなんですよ！」

「悪かった、スコティー。きみの率直さには感心したよ」ポケットのなかに手を入れた。

「きみたちにはきみたちにふさわしいものを与えよう」

「ええ？」スコティーが面食らった声で言った。「そんな大金をいま持ってるんですか、ボス？　現金じゃなくても――うわっ！」

ナイフを深く沈めて上へ向け、できるだけ多くの臓器を引っかけられるようぐるりと回した。

「な――なにしてるんです、ボス？」ビボップがトラックからどなった。「いったい――おい！　こら、やめろ！」

スコティーが息を呑んで目を見開き、レイの手にぐったりともたれかかった。レイは彼を見捨て、ビボップが運転席側のドアから逃げだす前に助手席のドアを引き開けた。ビボップのシャツをつかんでやみくもなパンチをかわし、血塗れたナイフを腹のもっとも弱い部分に突き立てた。沈めて上へ向け、ぐるりと回す。襟首をつかまえ、川岸の濡れた石に顔をたたきつけた。

血で汚れていない手でポケットから頑丈なごみ袋を取りだし、血塗れたゴム手袋を処分するときのため、開いたままのトラックのドアにかけた。市のごみ捨て場ではうってつけの深い穴が待ち構えている。何日か前、サイモンが戻ってきたと聞いたときに、スコティーとビボップに命じて用意させたのだ。先見の明はいつだって役に立つ。

膝を突き、スコティーの脂っぽい長髪をつかんでぐいと上を向かせた。まだ生きているが、虫の息だ。

「ライリーがおまえたちの頭をもいで内臓を引きずりだすと言ったって？」スコティーの言葉を借りた。「やれやれ、ずいぶん骨が折れそうだな。しかしわたしが市長選に立候補したときのことを覚えているか？　わたしのスローガンを？　覚えているはずだ。なにしろポスターのほとんどを貼ったのはおまえとビボップだからな」

スコティーが白目を剝いた。レイは血塗れた手でスコティーの頰をたたき、彼の耳に口を当ててささやいた。

「〝レイ・ミッチェルはけっして挑戦に屈しない〟、だ」

終わった。ガスの家は空になり、段ボール数箱とたる木からぶらさがった蜘蛛の巣だけが残された。家のなかを掃き清め、クローゼットや引き出しだけでなく部屋の隅から隅まで、ありとあらゆる場所をあさった。あらゆる写真を。

なにもなかった。手がかりも手紙も、あの世からのメッセージも。すべてを説明する意外な事実も、どんなたぐいの証拠も。母が所有していたものも、ベトナムにまつわるものも。

この謎を解く鍵はなにひとつ見つからなかった。

昨夜、母の動物の彫像がそうだったように、ガスの家は頑なほど静まり返っていた。奇跡や神の啓示はなし。むなしい重労働だけ。食事をしていなかったが、神経が逆立って食べ物のことなど考えられなかった。朝から何度もごみ捨て場と家を往復した。ごみ捨て場は閉まっていたが、若かりし日を奔放に過ごした男にとって、南京錠を開けるなど造作なかった。

料金は紙切れにくるんで、小屋のドアの下に突っこんできた。本の入った箱は、図書館の渡り廊下の屋根の下に残してきた。家具や皿や鍋やフライパンや銀器は、救世軍のポーチの日よけの下に置いてきた。

残ったのは写真とカメラと暗室用の道具、それにガスのノートパソコンと、ガスが作ったサイモンの幼少期のアルバムだけ。探偵事務所からの書簡も捨てられなかった。ガスが気にかけていてくれたことを示す証拠だから。ささいなものでも、それしかなければ、それにしがみつくだけだ。

エルの愛はささいなものじゃない。

ああ、そうとも。とてつもなく大きなものだ。彼の心を開いて目をくらませ、胸を締めつけてペニスを脈打たせるほどに。

だがそれで胃のなかのこの感覚が変わるわけではない。ラルーに戻ってきたときからつのりはじめ、昨夜の夢のあとはどんどん悪化している。この恐怖のしこりが生じると、必ず危険か悲劇が訪れた。母が死んだ日はすさまじく、休み時間に運動場で吐いた。今日もあの日に負けないくらい強い。

厩舎が火事になった日も同じ恐怖を感じた。戦地に赴いたときや戦闘地域に行ったときも、さまざまな度合いで感じた。その臭い息がわかるほど近くを死がかすめたときも。この感覚のおかげで銃弾や爆弾を逃れてきた。警告に従えば、破滅を避けられるのだ。

だが破滅を避けることはエルを避けることを意味する。それはいやだ。結果がどうなろうと、彼女の足元に身を投げだしてその場に横たわっていたい。

たわんだポーチの階段に腰かけ、汚れた両手に顔をうずめた。ここからだと、エルの家のステンドグラスに空いたぎざぎざの穴がよく見える。それを見ると、いやでも彼女の脚のあざを思い出させられた。

一緒に来てくれと頼むことも考えたが、どこへ行くというのか。行き当たりばったりの放浪生活など、エルのような女性には悪夢でしかない。エルは子どもを望んでいる。骨董品が好きだ。町を出たら、バラを育てることもマフィンを焼くこともできなくなる。彼女をそんな生き方の危険やストレスにさらしたくない。まあ、そんな生き方をしてみようと思ってくれたらの話だが。次に、エルが幸せに暮らせるほかの場所を見つけるという選択肢を考えてみた。しかしエルにはもう美しい家があり、懸命に働いて自分の事業を成している。彼女はここに深く根ざしているのだ。

それに最大の不安は、混乱と危険がウイルスや呪いのごとく、彼のなかに巣食っているのではないかという点だ。どうしたって結果は同じなのではないか。運命からは逃れられないのよ、と母は言っていた。

のどに埃がつかえて苦しい。水を浴びたかったが、ガスの家の水道はとっくに止められている。そこでバイクにまたがり、交差点にあるガソリンスタンドへ向かった。なにか飲まなくては。ラルーの住民に汚い格好を見られたからってなんだ？　向こうはとっくの昔に彼への態度を決めている。

コンビニでスポーツドリンクを買い、外へ出る前に半分をのどに流しこんだ。飲みこんでまた呼吸ができるようになると、ある感覚に気づいた。辛い思い出で尻を蹴飛ばすだろうものに。それはにおいだった。疲れた体を深いところで揺さぶる、新鮮でかすかな香り。

ほとんどおびえつつ首を回し、正体を悟った。

ペチュニア。プラスチック製の鉢に植わった花盛りのペチュニアが、何列も棚に並んでいた。紫、ピンク、白、縞模様。

顔を背けて目を閉じ、口で息をした。

目を開けると、ちょうど一台のRV車が停まった。少女を連れた男が出てくる。父親に手を引かれた少女が、隙間だらけの歯を見せてサイモンににっこりした。そばかすに、大きな茶色の目に、長いブロンド。父親がさげすむような目でサイモンを一瞥し、娘をそばに引き寄せた。

最悪だ。ぐさっとくる。送りたかった人生を思い出させてくれる。手に入れたかった妻を。狭くて臭い男性用トイレに入って鍵をかけ、顔を洗って鏡をのぞきこんだ。ゾンビのようだ。薄汚れてやつれている。

待ち受けるべき未来が目に書いてあった。延々と続くうつろな昼と孤独な夜。どうせすぐに忘れてしまう、退屈を紛らすための、ときどきのセックス。人生の表面をかすめ、カメラで傍観する。

ほかにすることがないから危険を冒す。アドレナリンがまだ生きていると思い出させてくれるから。あとで乾いた気分になって落ちこんだとしても、知ったことか。いずれまた同じことをする。何度も、くり返し。

ついに致命的な地点に到達するまで——頭のなかの醜いイメージが美しいイメージをはるかに上回り、ガスと同じ結末を迎えるまで。苦みにまみれ、孤独をつのらせて、手のなかのピストルを見つめるまで。

奇妙な感情に襲われた。気力が抜けたような、骨が溶ける感覚。

できない。エルからは離れられない。そんな強さはない。背を向けるのが正しいことなら、正しさなどくそくらえ。それができるほどの人物ではないということだ。度胸がない。以上。

幸福感と安堵感に満たされて、笑いだした。笑いはじきに静かな涙に変わった。だれかがトイレのドアをたたき、悪態をついた。サイモンはそれを無視した。声を抑えようとしたものの、止めることはできなかった。全身が震えた。

エルのもとへ帰ろう。彼女の慈悲にすがり、残りの人生、神に与えられた知力を総動員してへまをしないよう努めるのだ。もしこの胃のなかの不快な恐怖が去らなかったら、ともに生きることを覚えよう。

腱膜瘤や腰痛を抱えて生きる人々のように。

エレンは明るい笑みを顔に貼りつけて、メイ・アンとウィラードのブレア夫妻にレモンメレンゲ・パイとストロベリー・ルバーブ・パイを差しだした。頬の筋肉が焼けるように疼いたが、ほんの一瞬でもほほえむのをやめたら大惨事が起きるのはわかっている。

がんばって、と自分に声援を送った。もう少しで終わる。サイモンにまた避けられた、果てしなく続く長い一日。それも今度は愛していると告げられたあとで。もし彼女を戸惑わせて苦しめるのが目的なら、大成功だ。

大きなパンチのボウルを担当しているミッシーを見やった。「だいぶ減ったみたいね、ミッシー。もう一回分、作り足す？」

「ひとりでできます！　ここにレシピがあるもの」

「そう言うなら」

ミッシーはあたふたと保冷箱に駆け寄り、氷のなかからアイスクリームと炭酸とフルーツジュースの瓶を取りだした。今日はどうも様子がおかしい。なんでもひとりでできると言い張ってばかりだ。たしかに好ましい変化だけど、あんまり急なので心配になる。とりわけ、ミッシーがしでかした数々の壮大な失敗を考えると。

「ハーイ、おふたりさん。チョコレート・ペカンはまだ残ってる？」

エレンの顔に浮かんだ笑みは本物で、胸を満たしたのはありがたい安堵だった。「じつはケイト・ギリスがお父さんのためにホールで買いたいと言ったんだけど、一ピースだけ、あなた用に取っておいたの」

「あなたって天使ね」コーラが言った。「さあ、あたしを太らせて。ホイップクリームもケチっちゃいやよ。食べて飲んで楽しめ、なぜなら明日には食事制限が待っているのだから。

ピーチ・フェスが終わったら即、野菜スティック生活に戻るわ」

コーラの体を眺めた。デニムのミニスカートと、白い絆創膏で作ったかと思うようなホルタートップで、みごとに引き立てられている。ホイップクリームをもうひと匙、パイに載せた。「わたしは遠慮するわ」エレンは言った。

コーラがひとくちパイにかぶりついた。「なんにだって代償はつきものよ。それよりサイモンは？　あなたたちは一心同体なんだと思ってた」

不意をつかれて、思わずしかめ面になった。

コーラが慌ててテーブルを回り、エレンの肩を抱いた。「ああ、どうしよう。ごめんね。あたしったら、とんでもなくまずいこと言っちゃったんでしょう？」

「エレン？　どうしたの？」

エレンは涙を拭い、市長のオーエン・ワトソンとその妻のウィルマにほほえみかけた。「大丈夫です、ありがとう」と言う。「今日はバナナ・クリーム・パイになさいます？」

「ええ、いただくわ」ウィルマが言う。「それからオーエンにはダッチ・アップル・パイをちょうだい。事件のこと、聞いたわよ。怖いわねえ。そんな目にあったら、わたしならショックでまだベッドから出られないわ。ところがあなたときたら！　強いのねえ。こうしてパイを売っていられるなんて」

「ええ、ひどい目にあいましたが」エレンはお皿を手渡した。「ご覧のとおり、問題ありません」

「問題ないようには見えないけれど」ウィルマが批判がましい目でじろじろとエレンを眺め、友好的とはいえない視線をコーラに投げかけた。「むしろ、ずいぶん落ちこんでいるように見えるわ」

エレンはだぶだぶの灰色のジャンパースカートを見おろした。クローゼットにあったなかで、いちばん飾り気も色気もない服だ。今日の気分にぴったり。三つ編みにして残酷なほどきっちりピン留めした頭もそう。後れ毛やカールはなく、固く冷たく色気を欠いた実用一辺倒。これが新しいエレン。ガンメタルのように堅固。

深く息を吸いこんでほほえんだ。「今日は髪が決まらなくて」

「ふうん」ウィルマがエレンの髪を眺めた。「それじゃあブラッド・ミッチエルとの婚約がおじゃんになったというのは本当なの？　話を聞いてがっかりしたわ。あんなに立派で優秀で、尊敬できる男性を逃がすなんて。なかなかいない好青年よ」

コーラが聞こえよがしに鼻を鳴らした。エレンはあごの筋肉が焼けるほどにっこりした。

「ふたりで話し合って、お互いに運命の相手じゃないという結論を出したんです」

「わたしが聞いたのはそうじゃないわ」ウィルマが言った。「あなたの噂が飛び交っているのよ」

「噂には耳を貸さないほうがいいですよ、ミセス・ワトソン」

「いいところのお嬢さんがすべきじゃないことはたくさんあるわ」ウィルマが言う。「どうやらあなたはそのリストを網羅しようとしてるみたいね。気をつけなさい」コーラを睨む。

「つき合う仲間にもね」

コーラが頭上に腕を伸ばし、気だるく色っぽい仕草で、日に焼けて引き締まったお腹をもう数センチ、あらわにした。マスカラを塗ったまつげをしばたたかせ、オーエン・ワトソンを見つめた。ぽかんと口を開けている市長にウィルマが肘鉄を食らわせると、オーエンはパイをのどに詰まらせて咳きこんだ。

ウィルマの目がぎらりと光る。「それで？　いまはあのカメラマンがお相手？　サイモン・ライリー」

エレンはあごを突きだした。「わたしはだれにも束縛されません」

ウィルマが舌を鳴らした。「あらあら。どうして若い娘さんはこうなのかしらねえ。つまり手のなかの鳥を逃がして、茂みの鳥をつかまえようとした……いえ、滝壺の鳥かしら？　ところが結局、なにも得ていない」

礼儀正しくする必要性は、むだな衣類のように剝がれ落ちた。言い返そうと口を開いたものの、コーラのほうが早かった。

「あら、あたしなら〝なにも得てない〟とは言わないわ、ウィルマ」コーラが言う。「彼女はあたしたちのほとんどがバイブレータで夢見るしかないものを得たんだから」

市長がまた咳きこみはじめた。ウィルマが珍しく血相を変える。「だれがあなたの意見を求めたかしら、コーラ・マコーマー？」

コーラが体を九十度、前に倒して胸の谷間を見せつけ、市長のパイからホイップクリームを指ですくった。それをきれいに舐め取る。「まあそう言わずに、ウィルマ、白状なさいよ」甘い声で言った。「最後にホットでセクシーな男が滝壺で絶叫もののオーガズムを何度も与えてくれたのはいつ？　ちょっとばかり妬いてるんじゃない？」

ウィルマが激しく息を吐きだした。真っ赤になってしゃっくりをしている夫の腕をつかみ、引きずっていった。

「パイのお金を払ってないわよ！」コーラがふたりの背中に呼びかけた。

エレンは両手で笑いの発作を抑えようとし、失敗した。「どうしたら」喘ぎながら言う。「あんなこと、どうやったらできるの？」

コーラの笑みは謎めいていた。「練習あるのみよ」

ミッシーが目を見開き唖然として、ふたりを見つめていた。手にしたストロベリー・アイスクリームの容器は口が開いて傾いているので、スカートに長いピンク色の筋を垂らしていた。

「ミッシー？　パンチは？」エレンはやさしく声をかけた。

「ああ！　そうでした」ミッシーが急に活気づき、とてつもなく厳かな態度で炭酸の瓶とジュースの缶の中身をボウルに空けた。イチゴをひとつかみ放りこみ、やわらかくなったアイスクリームを容器からすくい取る。

アイスクリームがパンチに飛びこみ、少なくとも三分の一をテーブルとナプキンに跳ね散らかすのを見て、エレンは顔をしかめた。

ミッシーが勝ち誇ったようににっこりした。「全部ひとりでできたわ！」

「そうね、ミッシー。ありがとう」エレンは急いでペーパータオルに手を伸ばした。「あなた、すごく変わったわね。なにがあったの？」

「サイモンに言われたんです、練習しろって」集中して眉をひそめ、パンチをひとくち味見する。「だから練習してるの」

エレンは自分の顔の状態をチェックし、穏やかな表情が崩れないことをたしかめてから尋ねた。「サイモンはなにを練習しろと言ったの？」

「怖くないふりを」ミッシーが言う。「それから、なにかをひとりでできたら、自分で自分に点を与えるといいって。これ、すごく効くんです」

「いいアドバイスね」コーラがまじめな顔で言った。「聞き入れるなんてえらいわ。それで思い出した、ここへ来た理由。もちろんパイ以外に、だけど。アドバイスよ。ウィルマが聞いたのと同じ噂を耳にしたもんだから。やるじゃない、お嬢さん」

エレンは顔が熱くなるのを感じた。「あら、そうなの？　それで？」

「あなたがセクシーなバッドガールになったいま、どうふるまうかを教えなくちゃと思ったわけ」コーラの目がエレンの髪と服を一瞥する。「ちょっとばかり遅すぎたみたいね」

エレンは平静を装おうとした。「わたしの方針は、ひたすら無視すること」

「それじゃ足りないわ。もし〝骨盤で決める女の会〟に加わるつもりなら、切れる女に見せなくちゃ」

エレンはくすくす笑ったが、はたとわれに返った。「いまの、その……冗談よね？」

「ほんの一部は」コーラが言う。「ほんとは全然」

エレンは向こうを見やり、ミッシーが忙しくパンチ係をこなしているのをたしかめた。

「本当にみんな……噂してるの？　滝でのことを？」

コーラが首を振った。「みんながなにを噂してるか、知らないほうがいいわ。あっという間に尾ひれがつくものだから」

エレンの胃はよじれた。「ひどい」

「まったくよ。それより、あなたが最初に取りかかるべきは、服装問題ね。そこでこれを持ってきたの」ハンドバッグのなかに手を突っこみ、白いガーゼとリボンとレースを取りだした。「ふたつの理由から白に決めたわ」事務的な口調で言う。「ひとつ、あなたの日焼けとブロンドにぴったりマッチするから。ふたつ、清純な色と白いレースにセクシーなカットが組み合わさると、目覚ましい結果が生じるから。とくにそれを着るのがあなたみたいなおっぱいの持ち主の場合は。全世界のウィルマに服でくそったれと言ってやるようなものね」小さな布切れをエレンの手にかけた。「ほら」とうながす。「行ってきて。ジャムとゼリーのコーナーの裏に〈カントリー・キッチン〉のトイレがあるから。着替えてくるの」

エレンは布を見おろした。「ええと、コーラ？　その、力になってくれて本当にうれしいんだけど、じつを言うと、今日はすごく落ちこんでいて。こういう服に挑戦する気力がないの。だからまた今度――」

「それも大事な問題」コーラがさえぎる。「落ちこむのを自分に許しちゃだめ。とりあえず、人前では。ちょっとでも弱さを見せちゃいけないの。後悔も戸惑いも恥じらいもなし。いつも親指を鼻に当てて世間をあざわらってなさい。さもないと、ハゲワシが飛んできてあなたの骨をついばむわよ。わかった?」

コーラの目の表情は、過去の傷をほのめかしていた。エレンはうなずいて言った。「わかったわ」

「あなたがいま着てるのは、いわば〝反省服〟よ。あたしにはこう言ってるように見える――〝ええ、はめを外して楽しんでセクシーになったわたしが間違ってました、ほんとにごめんなさい、だから石の下に這い戻ってもいいですか?〟」

エレンは顔をしかめた。「いやだ」

コーラが肩をたたいた。「だからあたしがバッドガールの呪文を教えてあげる。ミッシー、あなたは若すぎるからまだ当てはまらないけど、それでも聞いといて。いつかきっと役に立つから。いい?」

「ええ、もちろん」ミッシーが有頂天になった。「ひと言ももらさずに聞くわ」

「よろしい」コーラがエレンの肩に片手を置いた。「くり返して。〝他人にどう思われようと関係ない。あたしの価値はあたしが知ってる〟。ベッドに入る前に百回、朝起きたときに百回、それからウィルマみたいな不感症でしなびたおっぱいの意地悪女に嚙みつかれたときも百回」

エレンはコーラの目を見つめた。「ありがとう」静かな声で言う。「すばらしい呪文だわ」

「じゃあその服は？　着替える気になった？」コーラの榛《はしばみ》色の目は快活な挑戦にあふれていた。

それを見て自然とエレンの背筋は伸びた。「わたしが席を外してるあいだ、ミッシーと一緒にパイ・テーブルを受け持ってくれる？」

コーラがまばゆい笑みを浮かべた。「もちろんよ」

〈カントリー・キッチン〉の狭苦しいトイレは掃除道具入れより小さく、退屈な灰色のジャンパースカートを脱ぎ捨ててコーラのややこしい服を着るにはうってつけの場所とは呼べなかった。トップスは複雑なパズルのよう。ビスチェ型で、ブラを外さなくては着られない。前は編みあげ式だが、二センチほどの隙間から肌が縦に露出する。つまり、ぎゅっと寄せられた胸の谷間がアイボリー色のリボンの十字模様の向こうに見えるということ。上端を飾るふわふわしたレースの上からは乳房の余った肉がはみだし、下端はおへその上で終わっているので、その下の淡い肌が丸見えだ。このトップスはエレンより胸の小さい女性のために作られたとしか思えない。

セクシーな白いスカートは腰の言語道断なほど低い位置に引っかけて穿くようデザインされているので、パンティのゴムをずりおろすしかなかった。脚のあざが全部見られてしまうけど、かまうものか。見せておけばいい。これが新しいエレン。恥じらいも幻想も後悔もなし。

小さな鏡から見つめ返す不安そうな顔をのぞき、化粧品を持っていないのを悔やんだ。髪からピンを抜いて三つ編みをほどき、ウェーブをふくらませる。これで少しはましになった。練習のために、自分に向かって親指を鼻に当ててみた。舌を出す。親指を耳に突っこんで残りの指をうごめかし、寄り目にして、舌を唇のあいだに挟んで震わせた。嘲ってやる。サイモンを。ラルーを。全世界を。

「他人にどう思われようと関係ない」鏡のなかの自分に言った。「わたしの価値はわたしが知ってる」

フェスティバル会場を歩いた。堂々と前を向き、しゃんと胸を張って。人々が静まり返り、あんぐりと口を開けたまま、通りすぎる彼女を見送った。背後でひそひそとささやき声が始まる様子は不気味だった。

パイ・テーブルにたどり着くと、コーラとミッシーにお辞儀をして、親指を鼻に当てた。

「ジャジャーン」

コーラがにっこりして拍手をし、ミッシーが興奮して飛び跳ねた。「すごいわ、エレン、〈コスモポリタン〉のモデルみたい！」

「ほんと。気をつけて、坊やたち。エレンさまのお出ましよ。さっきまでは被害者に見えた」コーラが言う。「でもいまは、問題児に見える」

「問題児になった気はしないわ。むしろ、気がついたら裸でラルーの〈ショッピング・カート〉にいた、っていう夢のなかにいる気分」

「慣れるわよ」コーラが請け合った。「三十分でパイが売り切れるわ。セクシーなのは売れるの」

「さすが詳しいな、コーラ」

聞き慣れた声に、三人とも凍りついた。ブラッド・ミッチェルが売り場の横の影から現われた。真っ白なポロシャツにデザイナーもののジーンズ姿で、ぱりっとしていながら恐ろしい。

「いやはや、まぶしいね」手で目を覆うまねをする。「きみたちの爆発的なセックスアピールに目がくらみそうだ」

「網膜に恒久的なダメージを受ける前に、立ち去ったほうがいいんじゃない？」コーラが言った。

エレンは半分あらわな乳房を腕で隠したい衝動を、必死でこらえた。「いやみはやめて、ブラッド」

「どうして？」ブラッドが言う。「ここまで来て、なにを失うものがある？　それで、コーラの指導を受けてるのか。それは妥当だ」狭めた緑の目でエレンの体を眺め回した。「これが本当のきみだったんだな」

エレンは髪を後ろに振り払った。「ええ。これが本当のわたしよ」

「今日、フェスティバル会場に顔を出す度胸がきみにあるだろうかと思っていたよ」ブラッドが言う。「エレン・ケント。家庭の女神。公の場でセックスにいそしんでいないときは、世界にパイを与える」

エレンは両手をこぶしに握りしめた。「ブラッド、お願いだから――」

「きみが妙な男をベッドに引きずりこんでトラブルに巻きこまれるたびに、警察の捜査に引きずりこまれるのは迷惑なんだよ、エレン」

エレンはカッとなった。「あなたを巻きこめなんて頼んでないわ！　あんなことに関わったりしないのはわかってるもの。警察にそう言ったのよ」

「そんなに信頼されていたとは、感激だな。警察がきみの話を真摯《しんし》に受け止めなかったのは残念だが、だれが彼らを責められる？　そんな格好で出向いたんじゃないのか？」

「帰って、ブラッド」コーラが言った。

ブラッドが鋭い視線を彼女に向けた。「そしてきみ。やれやれ、コーラ。それ以上、肌を露出することはできるのか？　その布切れはたぶん市の条例に違反してるぞ」

コーラが厚い唇をすぼめ、ゆったりともの憂い投げキスをした。「自分の楽しみがかかってるときに、うるさい規則になんてかまってられないわ」甘い声で言う。「逮捕したい？　どうぞ、手錠をかけて。あたしをこらしめられるほどの男かどうか、見せてごらん」

「その気にさせるな」ブラッドの声は怖いくらいやさしかった。「今週は散々だったし、今後もよくなりそうにないんだ」エレンに視線を戻す。「それで、きみの野良犬はどこにいる？　もう飽きて行ってしまったのか？」

「いいかげんにして！」

震える声の主はミッシーだった。エレンとコーラは唖然として彼女のほうを向いた。

ブラッドの目が狭まる。ぶらりと歩いてミッシーの前に立ちはだかった。ミッシーがあごを突きだし、パンチの湖越しに睨みつけた。

「これはこれは」ブラッドが言う。「生意気なことを言ってくれるじゃないか」ちらりとエレンを見た。「この娘《こ》にパンチを任せるとは驚きだな。ミッシーには責任重大だ」紙コップを取ってミッシーに差しだした。「一杯もらおうか。さあ、こぼさずに注げるかな？　ボウルをひっくり返さないよう気をつけろ」

ミッシーの顔がまだらの赤に染まった。ブラッドが差しだした手を見おろし、彼の顔を見あげる。

それからおもむろにパンチの入ったボウルを傾け、アイスクリームのかたまりもろとも、中身をすべてブラッドの胸にぶちまけた。

そのあとに続く麻痺したような沈黙を、忍び笑いやせせら笑いが破った。通りの先では、バンドがにぎやかなツーステップの曲を演奏しはじめた。

ブラッドが自分を見おろした。白いシャツにはピンク色の筋。靴の上にはアイスクリームのかたまり。無表情にそれを蹴散らすと、背を向けて去っていった。

ミッシーが手で口を覆い、おずおずとエレンを見た。「パンチが。ごめんなさい」蚊の鳴くような声で言った。

「ああ、ミッシー。大いにその価値はあったわ」エレンは熱をこめて言った。

コーラがくすくす笑いだし、たちまち三人とも大爆笑していた。

エレンはミッシーの肩をたたいた。「味方してくれてありがとう」

「いい気分だったわ」ミッシーが言う。「サイモンが言ったの、もしほんとは怖くても、怖くないふりをしつづけたら、いつかほんとに怖くなくなるって」

「さっきのはそうだったの？」エレンは尋ねた。「ふり？」

「ええ」ミッシーが赤くなった。

「あたしたちまでだまされた」コーラが温かい声で言った。「その調子でふりを続けたら、そのうち世界を征服できるわね」

サイモンと臆病に関する痛烈で不適切な言葉を、エレンはどうにか呑みこんで、溶けかけのアイスクリームのかたまりを拾った。

サイモン自身がそのアドバイスを聞き入れてくれたらいいのに。

## 20

フェスティバル会場に着いたときには、サイモンはすべてに答を出していた。フリーランスの仕事を辞めてここに落ちつけば、すべてがうまくいく。ここに、ラルーに、エルの家に、エルのベッドに。

ガスの遺産のことがなくても、キャリアを転換するにはいい時期だ。ずっと時間を作れずにいた、スチール写真といった実用的でないことに身を捧げてもいい。あるいは独自のドキュメンタリーを作るか。メディア担当アドバイザーやテレビ番組のプロデューサーの横やりを受けることなく、最初から最後まで自分で取り仕切って。

考えただけで創作意欲が高まった。自分でも思い出せないくらい久しぶりに、また仕事をしたくなった。

ガソリンスタンドで襲ってきた高揚感のせいで、まだくらくらした。気持ちが高まっていたから、胃のなかの不快な恐怖をほとんど無視できそうだったが、フェスティバル会場に近づくにつれて高揚感は薄れ、恐怖が重く冷たくのしかかってきた。

疑念がふたたびささやきかける。もしかしたら自分をだましているだけで、スイカの種を吐きだすように、ラルーから弾きだされるかもしれない。もしかしたらエルは、世界を旅してドキュメンタリーを作りたがるような夫を望んでいないかもしれない。もしかしたらサイモンは苦痛を長引かせているだけかもしれない。

川岸の公園にバイクを停めて、川に沿って延びる会場のなかを歩いた。遠くでカントリー・バンドが陽気な演奏を聴かせ、メリーゴーランドの小さな音楽と競い合う。観覧車やハンマー投げ会場からは笑い声や歓声が響き、あたりにはポップコーンに綿菓子にビールのにおいが広がる。

食べ物の屋台を通り過ぎ、ホットドッグやフライドチキン、ハンバーガーを食べる人々でいっぱいのピクニックテーブルのそばを通った。揚げパン、綿菓子、焼きトウモロコシ。薄れゆく黄昏には、非現実的なまばゆい明瞭さがあった。

エディの姿が目に留まった。レストランで一緒にいた、ふっくらしたブルネットと並んでいる。サイモンは礼儀正しく会釈した。エディが口のなかのものを飲みこみ、唇を拭ってゆっくりと会釈を返した。

「……あの子の本性がわかったのにまた近づくなんて、どうかしているわ、ブラッドレー！」

歯のあいだから落胆の息がもれた。向きを変えると、ちょうど真正面からブラッド・ミッチェルの行く手を阻む格好になった。ブラッドのあとには息子を叱る母親が続き、さらにそれをなだめようとむだな努力をするレイ・ミッチェルが追う。

サイモンは身構えた。ブラッドは激昂している様子だ。顔は青ざめ、こわばっている。首から膝まで、べとついたピンク色の液体に覆われ、白いシャツにはさらに濃いピンク色が縦縞模様をつけていた。

サイモンを見て、ブラッドが止まった。「貴様、まだこのへんをうろついていたのか。鈍い頭でもきちんとわかるよう言ってやったつもりだが、誤解だったようだな。野良犬はいまも残飯を求めてほっつき歩いていた」

「よう、ブラッド」サイモンはブラッドの両親に会釈をした。「どうも、ミセス・ミッチェル、ミスター・ミッチェル」

「滝でのとっぴな話ならあちこちで聞いたぞ」ブラッドが言う。「まさかあのエレンが——」

「エルについてあとひと言でも言ってみろ、八つ裂きにしてやる」サイモンは言った。

レイ・ミッチェルがブラッドの前に回り、なだめるように両手を掲げた。「まあまあ、そのへんにしなさい。もめごとはもうたくさんだ。サイモン、いいから深呼吸をして——」

「あの爆竹騒ぎを仕組んだのはおまえか、ブラッド?」サイモンは尋ねた。

ブラッドは目を逸らしもうつむきもせず、ただ短く苦い笑いを放った。「いや、ライリー。ぼくは法を犯すタイプじゃない。システムのなかで動くほうが好きだ。おまえもいつか、試してみるといい」

「峡谷の道でおれたちを襲った連中のことは?」ブラッドに目を据えたまま、サイモンはたたみかけた。「なにか知らないか?」

「知るわけがないでしょう！」ダイアナ・ミッチェルが前に出た。「息子を疑うなんてどんな神経をしているのかしら。うちの厩舎を燃やした張本人――」

「ちがう！」エディが叫んだ。

なにごとかと人が集まりはじめていた。全員の目がエディのほうを向く。エディがガールフレンドの手をほどき、少し不安定な足取りでサイモンたちの前までやってきた。息がビール臭い。

エディがレイ・ミッチェルの肩を突き、後ろに一歩よろめかせた。「厩舎を燃やしたのはあんただ。この嘘つき野郎。あんたが犯人だ」

「エディ、酔っぱらっているんだな」レイが落ちつかせようとして言った。

「保険金のためにあんたが自分で燃やしたんだ！」

「なにをばかげたことを！」ダイアナがわめく。「このフェスティバルは乱闘の場になりつつあるわ。だれか警察を呼んで。いますぐ！」

「あんたとビボップとスコティーがやったんだ！」エディがどなる。「なにもかも仕組まれたことだった。なんで知ってるかって？　あのふたりに百ドルもらって、厩舎の裏で仲間と花火をぶっ放せと言われたから――」

「黙りなさい！」ダイアナが金切り声をあげた。「酔っ払いのたわごとよ」

「黙れと言われるのはうんざりだ！」エディがどなり返す。「みんなで丘を半分までのぼったとき、振り返ったら火が見えた。そしたらサイモンは、この間抜けな英雄は、一も二もなく駆け戻って、かわいそうな馬たちを助けようと……」のどがつかえて声が途切れた。

サイモンはエディの肩に手を載せた。「落ちつけ」

エディが腕で洟を拭った。「なのにおれは、おまえと一緒に戻らなかった」みじめそうな声で言う。「ひとりで行かせたんだ」

サイモンは肩に手を載せたまま言った。「人は自分にできることをする」

レイがエディの背中をたたいた。「なあ、エディ。サイモンはきみを恨んでいない。だれもきみを恨んでいない。家に帰って休みなさい。目が覚めたときにはすべて――」

「おれに触るな、くそったれ!」エディが身をよじった。「ビボップが新しいトラックとカントリークラブでの仕事を手に入れたときに、わかったんだ。スコティーは現場監督になって、ワイド画面テレビを買った。そしてサイモンが濡れ衣を着せられた。だけどおれは、ビボップとスコティーにそのでかい口をつぐんでないと尻を蹴飛ばすと言われて」サイモンのほうを向いた。「それで思ったんだ、どうにでもなれって。おまえはもう町を出ていた。町の人間に犯人だと思われたって、苦しむわけじゃない。それなのにわざわざ尻を蹴飛ばされる理由がどこにある?」肉づきのいい赤い顔は古い悲しみに沈んでいた。「間違ってたよ。おれが悪かった」

「いいんだ」サイモンはやさしくくり返した。

エディが首を振る。「くそっ。ビボップはトラックを、スコティーはワイド画面テレビを手に入れたのに、おれはどうだ? たった百ドルのために、親友はやってもないことの責任を負わされ、おれはごみみたいな気分を味わった。何年も」

エディがレイのほうに向きなおった。レイは片手で口を覆ってくすくすと笑っている。「おかしいか？」エディが言った。「あんたたちはこう思ってたんだろう、エディは道化だから利用されても気づかないって。だけどもうだれにも利用されるもんか。だれにも尻を蹴飛ばされないぞ、この嘘つきの放火魔め。自分の馬を焼き殺すなんてどうかしてる。笑うのをやめろ。胸くそ悪い。あんたにはうんざりだ」

レイが首を振った。「エディ」笑いの合間に喘ぎながら言う。「そんなふうに考えるとは、きみはじつに純粋な男だ……無神経なことは言いたくないが、わたしはとても裕福でね。必要ないんだよ、そんな……保険金ごとき……はした金……」声が消えていく。片手で顔を覆い、もう片方の手を振った。

人ごみは二十人ほどに増えており、だれもが固唾を飲んでこの容易ならぬ事態を見守っていた。サイモンの目がコーラの視線とぶつかった。コーラは悲しげで張りつめているように見えた。まさにサイモンの心境。エディのような男がレイ・ミッチェルのような人間にこんなふるまいをして、ただですむわけがない。この一件のあとには、悲惨な展開がエディを待っているだろう。

レイ・ミッチェルはまだ笑っている。いまやいっそう激しく。「こんなばかげた話……聞いたことがない」喘ぎながら言う。「こんな……失礼、どうにも……」眼鏡を外し、真っ赤になった顔と涙が止まらない目を拭った。「あまりにも……滑稽で――」体を二つ折りにして大笑いし、両手に顔をうずめた。

「レイ？」ダイアナの口調は鋭かった。「そんなにおかしくないわよ」

レイがなだめるように片手を掲げた。「わかってる」と言う。「おかしくないのは。だが……どうにも……」

レイの顔で見えるのは、こめかみに浮かんだ紫色の静脈だけだった。笑い声がさらに大きくなる。ひどい喘ぎとしゃくりあげる声が、あたりに深まる静寂にことさら大きく響いた。

「あなた？　ちょっと……たいへん、なにかの発作だわ。だれか、お医者さまを呼んで。レイ？　あなた！」

レイは明らかに笑いを止めようとしていたが、哄笑《こうしょう》は抑えようもなく口から飛びだした。甲高く大きく、おびえた馬のいななきのように。レイがやみくもに人ごみのなかへと後じさると、人々はさがって道を開けた。レイが向きを変えて駆けだし、ヤナギの下の影に消えた。

驚きの沈黙が広がった。やがて憶測のささやきが始まる。ダイアナがブラッドの腕を引っ張った。「早く！　お父さんを追いかけて。ドクター・マルコスに電話をするから、そのあいだに車まで連れてきてちょうだい。一緒に――」

「いやだ」ブラッドが言った。「断る」

ダイアナの真っ赤な唇があんぐりと開いた。「ブラッドレー！　なにを考えているの？　まさか本気で信じたなんて言わないでちょうだい、こんな……こんな間抜けの話を」

「放っておこう、母さん」ブラッドが言った。「父さんも、自分の面倒は自分で見られる」

ダイアナの口が声もなく動いた。くるりとエディのほうを向く。「絶対に許さないわ！　夫の名誉を毀損して、ただですむと思ったら大間違い――」

「黙れ、くそ女」エディがすかさずやり返した。「あんたも旦那と同じだ。ビボップとスコティーに金を渡して、コーラの噂を広めさせたのはあんただろう。あのふたりは酔っ払うといつも、どっちがよりみだらな話を思いつくかで競ってた。それもこれも、大事な坊やに彼女はふさわしくないとあんたが決めつけたってだけで」ブラッドに向きなおる。「そしておまえはそれを信じた」ばかにした口調で言った。「他人を見下す天才の、ミスター・アイビーリーグ。おまえはなにもかも信じた、くそばか野郎だよ」

きつく握りしめる母の手から、ブラッドが腕を振りほどいた。顔がこわばって青白い。

「母さん？」

ダイアナの化粧はけばけばしい仮面に見えた。「そんな目で見ないで！」とわめく。「あなたは若くて強情で一途だった。あんな安っぽいふしだら女のために自ら芽を摘んでしまうなんて、見ていられなかったの。わたしはするべきことをしただけよ！」息子の腕に手を伸ばす。

ブラッドが手の届かないところへさがった。「二度と触るな」

それからコーラを見やった。彼女の頬は涙で濡れ、マスカラが流れていた。コーラが首を振って背を向け、堂々と歩み去った。みごとに背筋が伸びたあらわな背中からは、誇りと威厳がにじみだしていた。

ブラッドが周囲の人だかりを見まわした。サイモン、エディ、母親。顔をしかめると、ふらつく脚で人の輪から離れ、川へ向かった。ローファーを脱ぎ捨て、べとついたシャツを剝ぎ取って草の上に放る。ジーンズ一枚で水に入っていき、頭からもぐると、流れがもっとも速い場所を目指した。

強く安定したストロークで川を横切り、暗がりに消えた。ダイアナ・ミッチェルがヒステリックに泣きだした。だれも駆け寄って慰めようとしない。周囲の空間は広がるばかりだった。

エディがふらつきながら言った。「なんてばかだったんだろう」とつぶやく。「ずっと口をつぐんでるなんて。何年も、なにも知らないふりをして。おまえのことも、コーラのことも、なにもかも」

「もう忘れよう」サイモンは言った。「いま話してくれたじゃないか。それでじゅうぶんだ。話してくれてよかったと思う。感謝してるよ」

エディがあんまりうつろで途方に暮れた顔をするので、のどが苦しくなってきた。エディの腕をつかみ、短く荒っぽく抱きしめてから、また感極まってしまう前に背を向けた。ガソリンスタンドの臭いトイレで泣きじゃくるだけでもじゅうぶん悪い。ラルー・ピーチ・フェスティバルの会場でそうするのは、サイモンが考える地獄だ。

人ごみのあいだをかき分けて進んだ。どちらを向いても、世界は縫い目がほころびたように思えた。そのときだれかに腕をつかまれ、別のだれかに背中をたたかれて、気がつけば人の群れに取り囲まれて一度に話しかけられていた。

「おまえがやったんじゃないと思ってたよ」ひとりの男が言う。「あんな噂、まったく信じてなかったぜ。これっぽっちも!」

だれだかわからない別の男が力強く握手をしてきた。

「なにか怪しいと思ってたのよね」たしかハイスクールのフットボールチームでチアリーダーを務めていた、背の高いブルネットが言った。瞬く間に、どうしても名前を思い出せない男たちから週末にフットボールの試合をしないかと誘われていた。ヴァーンという男は、差し迫った妹の結婚式でビデオ撮影をしてくれと言って聞かない。さっきのブルネットは電話番号を知りたがった。

サイモンはできるだけ礼儀正しくその場から逃げだした。感動的ではあるが、いまはどうでもよかった。エルに会いたかった。

だれかの手が突然、手首をつかみ、長く鋭い爪が食いこんだ。「やっと見つけたわ、サイモン」ミュリエルだった。「フェスティバル会場で騒ぎを起こしていると聞いたの。例にもれず。会場中を探しまわったのよ!」

「あとにしてください。エルに用がある」

ミュリエルがしたり顔になった。「そうでしょうとも。そろそろあなたにも道理がわかっていいころだわ。今日はしばらく心配したけれど。腕を貸して、一緒に――」

「いまは困ります、ミセス・ケント」食いしばった歯のあいだから言った。

ミュリエルが眉をひそめる。「難しいことは言わないで、腕を貸しなさい。あなたが家族の一員だとみんなに知らしめるの――」

「それを決めるのはエルです」

ミュリエルが彼を引っぱって歩きだした。「あなたと娘について、ゴシップが飛び交っているわ」と言う。「火事の一件がようやく収まったと聞いて、ほっとした。もちろんあなたを疑ったことはないけれど」

「ええと、どうも。ミセス・ケント、もう行かないと――」

「あの子を素直にさせてちょうだい」ミュリエルが非難がましい目で彼を見まわした。「まったく、サイモン。こういうときは、もう少しきれいなシャツを着てくるものよ」

サイモンは自分を見おろした。一日中、作業をするのに着ていたシャツとジーンズは、埃と汗まみれだった。

まっすぐミュリエルの目を見た。「腕を放してください。失礼なまねはしたくないが、エルと話をしなきゃならないんです。あなたには関係ない話を」

ミュリエルの眉が跳びあがり、サイモンの腕を放した。「それじゃあ、行きなさい」手で払う仕草をする。「早く！」

サイモンはふたたび人ごみに飛びこんだ。

少し手前からエルの姿が見えた。クリーミーななにかを笑いながら客に手渡している。サイモンの脳みそは、ざるのように空になった。

いったいどこであんな服を手に入れた？　白いレースの一枚は、成人向けのフェティッシュ・カタログから抜けだしてきたにちがいない。乳房は白いビスチェからはみだしそうで、スカートはいまにも落っこちそうだ。髪はふわふわしてからまり、ルーズな印象を醸しだす。いたずらな田舎の花嫁が、下着姿でお菓子を売っている。目にした男全員を虜にしている。

あのスカートを引きずりおろして――さほど力は必要ないだろう――膝の上に彼女をうつ伏せにさせたかった。丸いバラ色のお尻がじんじんするまで引っぱたいてやりたい。彼女が身をよじって悲鳴をあげるまで。ああ、神さま。一生がかかっているこれからの運命的な数分間、股間のものをそそり立たせて恥をかいたり気を逸らしたりさせないでください。

エルがこちらに気づいた。とっさに腕があがって胸元を隠したものの、すぐにぐいとあごを突きだした。セクシー娘のなりをしていても、女王のように堂々と気品に満ちている。

「こんにちは、サイモン」エルの声には息を切らしたような途切れがあった。「来ると思わなかったわ。パイはいかが？　残ってるのは、バナナ・クリームと、ハックルベリーと――」

「すべてが欲しい」サイモンは言った。

エルの目が丸くなった。ほとんどおびえたように見える。「つまり……全種類、ひと切れずつということ？」

「ちがう」深く息を吸いこんで勇気をかき集め、本当に言いたかったことを言おうとした。本当に欲していることを。彼女を愛し、慈しみ、つねにそばにいて、子どもをもうけたい。

夜ごとベッドで彼女の体を崇め、持っているすべてを、彼自身を、与えたい。「おれが欲しいのは——」

悲鳴が空気を裂いた。続いて悲痛に泣き叫ぶ声が野外演奏ステージのほうから長々と響く。ざわめきが広がり、動きが起きた。だれもかれもがいっせいにささやき交わしはじめた。数人が会場内を歩きだした。ミリー・ウェバーが中心にいて、いまもなお泣き叫んでいる。片腕は夫のマックスが、もう片腕は青ざめたエディが支えていた。ミリーが叫んで暴れ、がっくりと膝を突いた。父子が助け起こし、足早に連れ去った。

なにかひどいことが起きたのだ。

サイモンは幽霊の風が強まるのを感じた。冷たく、無情に。風は首のまわりで躍り、うぶ毛を逆立てた。破滅がうなじに息を吹きかける。サイモンをもてあそびつづけてきた破滅が。

「ニュースを聞いたかね？」ライオネルが背後から声をかけた。

「ニュースって？」エルが尋ねた。

「登山者がスコティーとビボップを発見したそうだ。ホイートンへ向かう川のそばで。何者かがふたりの首を切断したらしい。そしてはらわたを抜いたそうだ」

冷たいものがサイモンの背筋を這いおりた。首を回す。

ウェス・ハミルトン警部補がまっすぐこちらへ向かっていた。

エレンが真っ先に思ったのは、サイモンを守ることだった。彼の顔から決意が消え、こわばった仮面だけが残る。サイモンの前に飛びだして、だれであれ彼を傷つけようとする人間にわめきたかった。

サイモンの髪はくしゃくしゃにもつれ、顔には無精髭が影を落とし、まるでジャングルを舞台にした戦争映画に出てくる避難民のようだ。

ウェスがふたりの前で止まった。顔は汗びっしょりで、目はうつろだ。「その表情だと、もう知っているようだな」

エレンはテーブル越しに手を伸ばし、サイモンの手をつかんだ。彼の指が彼女の指を握る。その手は氷のように冷たかった。

「ミスター・ライリー、今朝の四時から六時のあいだ、どこにいた?」ウェスの口調は硬く、形式張っていた。

サイモンが静かなため息をつき、返事をしようと口を開いた。

「わたしと一緒でした」エレンは割って入った。「いつもどおりに。彼は毎晩、わたしのベッドで過ごしてます。間違いないと思ってください」

「なにも間違いないとは思いませんよ、ミス・ケント」ウェスが重い口調で言った。「切断された遺体が関わっているときは」

エレンは視線をさげた。サイモンの指に力がこもる。

ウェスがサイモンを見つめた。「あのふたりを脅したそうだな。話によれば、首をもいで内臓を引きずりだすと言ったとか。そして今回、まさにそのとおりのことをした人間がいる。

おもしろいと思わないか？」

「おれじゃない、ウェス」サイモンが静かに言った。

ウェスがうなった。「町を出るな」

去っていく警部補を見送った。エレンはサイモンの閉ざされた顔を見あげた。サイモンの閉ざされた顔を見あげた。彼は目を合わせようとしない。大きく開こうとしていたドアは、ふたたびしっかり閉じてしまった。

「サイモン？」声をかけた。「さっき……なにか言いかけなかった？」

サイモンが目を合わせた。うつろで悲しげな目。エレンの手を唇に掲げ、やさしく長いキスをした。「いや。いまはいい」

「じゃあいつ？」エレンは焦った。「いまじゃなかったら、いつ言ってくれるの？」

サイモンが首を振り、手を離した。「すまない、エル」

背を向けて歩きだし、屋台のあいだに消えた。

エレンは彼が消えた方向を見つめた。叫びたかった。パイを投げて自分の手を食いちぎりたかった。信じられない。目の前まで来たと思ったのに、なにもなくなってしまった。

「それで？」ライオネルが言った。「そこでそうしてなにもせずに、彼が夕日に向かって去っていくのを見ているつもりかな？」

エレンは慌てて周囲を見回した。「母を探して、ミッシーの手伝いをするように言ってもらえませんか？」と頼む。「一緒に後片づけと金庫の管理をして、家まで送ってくれる人がいないと――」

「早くお行き」ライオネルが手を振る。「わたしたちでなんとかする。ミッシーなら心配ない。さあ早く、急いで！」

それ以上、急かされる必要はなかった。彼が消えていった屋台のあいだを駆け抜け、フェスティバル会場を走った。髪を振り乱して乳房を揺らし、サンダルをパタパタいわせながら人ごみをすり抜ける。だれに見られてもかまわなかった。

この通路にはいない。展示のテントをかいくぐり、次の通路を探す。サンダルの片方が飛んでいった。探すより、もう片方も脱ぎ捨てた。裸足のほうが速く走れる。エレンは地上を飛んでいた。彼女を動かす強力なエンジンは胸のなかにあった。人ごみのなかに長身で優雅な体の線と髪の輝きを探すあいだも、脚は動いて体を運びつづけた。

とうとう川岸の公園に彼を見つけた。バイクにまたがろうとしている。その姿を見て、最後にもう一度だけ、必死のエネルギーが爆発した。

「サイモン！」大声で呼ぶ。「待って！」

サイモンが向きを変えて首を振った。バイクが駐車スペースを出て通りへと向かう。エレンが先回りしようと道路を横切ると、危うく彼女を轢きそうになった車二台が、急ブレーキをかけてけたたましくクラクションを鳴らした。エレンはサイモンに飛びつき、逃げられる前に腕にしがみついた。

サイモンがブレーキを踏む。「いったいなにを――」

「あなたをつかまえにきたの」喘ぎながら言った。バイクの彼の後ろにまたがる。「絶対に行かせたりしない」

「ちくしょう、エル、おりろ」腰から彼女の手をほどこうとしたが、エレンはますます強くしがみついた。「事態を悪化させてるだけだぞ」

「なんとでも言って。こんなふうにこっそり出て行くなんて許さないわ、サイモン・ライリー。だからあきらめなさい。あきらめるの！」

サイモンが広い肩を丸め、がっくりとうなだれた。「くそったれ」とつぶやく。「ちくしょう、ちくしょう、ちくしょう！」

バイクが急発進した。エレンは背中に顔を押しつけた。

彼の長い髪が顔を打つ。ぎゅっと目をつむり、美しい肉体に触れる肌のいたるところで、できるだけたくさん彼を吸収しようとした。汗で湿った薄いシャツに胸を押し当て、その下の硬く引き締まった筋肉を味わう。あらわな太腿でジーンズに包まれたお尻を挟み、両手で腹筋にしがみつく。怒りともどかしさが熱波となって、彼の体から放出された。かまわない。怒ったサイモンを受け入れる。そんな彼しか手に入れられないのなら。

# 21

ブラッドは流れと戦うことを願い、流れは願いを聞き入れた。力強い泳ぎ手なのにいつの間にか急流にさらわれ、どうにか脱出して流れの向こう側へたどり着いた。へとへとだった。とはいえ、最初からへとへとだったが。

呑みこもうとする暗い水の強い力は抵抗しがいがあった。怒りをぶつけさせてくれた。水深が胸くらいで流れが少し緩やかな川岸のほうへ向かった。心臓がばくばくいっていた。カーブを曲がったとき、コーラの姿が見えた。川堤の岩棚に立ち、ブラッドが岩のあいだをよろよろと岸へ向かうのを眺めている。コーラの視線を浴びると、素っ裸でむきだしにされた気がした。溺れたネズミのように哀れな気が。肌に触れる水は恐ろしく冷たい。濡れたジーンズが脚にまとわりつく感覚や、手でつかむごつごつした岩の感触、引きずりこもうとする水の力を痛いほど感じた。

感覚が鋭くなっていた。川の水音が耳を聾《ろう》する。殻を割られ、押し広げられた気分だった。世界が騒々しく荒々しく押し寄せてきて、侵略する。コーラの耳を飾る金色のコインのイヤリングが、ふくらませた黒髪を背景にきらめく。彼女の足元に視線を落とした。すらりとした褐色の足は埃っぽい。ペディキュアは銀色がかったグリーン。ビーチサンダルにはビニール製のデイジーがあしらわれている。

美しい足だ。長く優雅な骨格。大胆で陽気なビニール製のデイジーを見て、ブラッドの胸は締めつけられた。

その痛みで自分が溶けて液体になっていく気がして、胸の内が危うくなった。

川堤の岩棚にたどり着き、体を押しあげて上半身を載せた。冷たく濡れた手で彼女の両足を挟むと、うつむいてキスをした。

コーラがよろめいてさがろうとしたものの、ブラッドはくるぶしをつかまえて濡れた顔を足に押しつけた。土埃の味がしたが、髪からしたたる水が埃を洗い流してくれた。やわらかくなめらかな肌。上は褐色で両側はピンク色。

届く場所すべてにくちづけた。足の甲の湾曲、くるぶしの曲線とくぼみ。どんな女性の顔にしたキスよりも情熱的なくちづけを捧げた。

いまこの瞬間まで、キスがなにかを知らなかった。祭壇にブドウ酒を注ぐかのごとく、彼女の足に惜しみなくキスの雨を降らせた。

ペニスがこれほど硬くなったことはなかった。すっと伸びた褐色の足指のあいだに舌を滑りこませたとき、太腿を開いて彼女のなかに舌を滑りこませるところを想像した。

いままでコーラに口で奉仕したことはない。それに気づいて驚いた。コーラとは何度もセックスをしたし、いつもそうとう激しかったが、彼女がどんな味かを知らなかった。恋人にはめったに口で奉仕しない。相手にせがまれないと思いつかないのが常だ。しかしいまは、コーラの体を味わいたかった。

川から岩棚によじのぼり、膝を突いたままじっとした。立ちあがれなかった。ブラッドは背が高いので、立てばコーラを見おろす格好になる。そうなったらおしまいだという予感があった。どこからともなくやってきた、この激しく壊れやすいものは、あまりにも繊細で不安定だった。

水を滴らせながら、ただ肩で息をしていた。コーラに逃げられるなど耐えられない。それを防ぐためならなんでもする。コーラが後じさりはじめる。ブラッドはさっと手を伸ばし、彼女の手をつかんだ。

コーラが凍りつく。「ちょっと！　なにを考えて——」

「なにも考えていない」ブラッドは言った。「そもそも考えることをしていない。行くな。ひとりにしないでくれ。お願いだ」

コーラの手が震えた。「信じられない、あんたが人にお願いするなんて。その言葉があんたの辞書にあることさえ知らなかった」

「あるとも」と請け合った。

彼女の両手を口元に運んでキスをした。コーラが片手を振りほどき、顔を拭った。

「コーラ？」残された手のひらにキスをした。

コーラが激しく洟をすすった。「なに？」

「ライフセーバーの資格を持っていると言ったろう？　もしぼくが溺れたら、助けるか？

心肺機能蘇生術を施すか？」

コーラが口元を震わせながら彼を見おろした。「ええ」

「どうして？」やわらかい手首にキスをする。「ぼくを憎んでるんじゃないのか？」

「そうよ」コーラが言う。「あんたは最低。だけど人はだれしも救われる価値がある。だれにでも、ものごとを正す最後のチャンスが与えられるべきなの」

「ぼくにそのチャンスをくれるか？」

「あたしからあげられるチャンスは使い果たしたじゃない」コーラが小声で言った。「何年も前に」

ブラッドは彼女が引っこめたほうの手をふたたび取った。「もう一度だけチャンスをくれ。溺れかけてるんだ、コーラ」

完ぺきな太腿が顔の正面に来るよう、身を乗りだした。コーラは貝殻の飾りがついたデニムのミニスカートを穿いている。両手は褐色でひび割れやたこがあり、どの指にも安っぽいシルバーの指輪がはめられている。ブラッドはあらゆる関節、あらゆる指の節に、表から裏からキスをした。やわらかい指のまたや、敏感な手のひらにも。時間をかけてくまなく探り、やさしいキスを捧げた。

太腿に顔を押しつけた。コーラが身をこわばらせたので、上ではなく下に向かった。長く優美な筋肉の曲線をキスで伝いおり、膝にたどり着いた。嘆願するように彼女の手を引っ張る。彼女が膝を突いてくれたときは、自分の幸運が信じられなかった。

コーラはとても温かくやわらかかった。香りは甘い。食欲をそそるスパイシーなにおいだ。彼女を引き寄せて水のしたたるひたいをおでこに当てると、巻き毛が顔と肩をくすぐった。そうせずにはいられなくて、両手にキスをした。

あたしは頭がおかしくなったにちがいない。そうでなければ、ブラッド・ミッチェルに触れさせるわけがない。十七年の辛い日々を、この男に埋め合わせられるとでもいうの？　あたしはとっくの昔に学習して、おとぎ話を信じなくなったんじゃないの？

それがいま、白いホルタートップを押しさげられて、すぼまった乳首の片方をあらわにされている。ブラッドをぶん殴って人でなしと叫びたいのに、乳首に吸いつかれて焦がすほど熱い感覚に呑みこまれていく。彼の体からしたたる水の冷たさと相まって、不思議と鋭くすばらしく感じた。

言葉にならなかった。ぶん殴る代わりに、短く濃い濡れた髪に指をもぐらせて、頭を抱きかかえていた。

足にされたのと同じように胸にキスされた。慈しまれた。昔でさえ、こんなふうに触れられたことはない。あのころのブラッドはほんの十八で、一刻も早くペニスを突き立てることしか頭になかった。コーラにも異存はなかった。望んでいるのは同じものだったから。若く愚かで、なにもわかっていなかった。

濡れた手が太腿のあいだに滑りこんできて、サテンのパンティを擦った。コーラは大きな肩に腕を回し、快楽の波間をただよった。懇願するように胸を吸われ、太腿のあいだで欲しがって燃える濡れた部分を指で撫でられる。焦らすように、なだめるように。手がパンティのゴムの下に滑りこんだ。

「コーラ。これは」ブラッドがうなった。「まるっきり……」

「ええ」コーラはささやいた。「そうよ。二週間ごとにポートランドでブラジリアン・ワックスをしてもらうの。そこはむきだしなのが好きなのよ。気に入った?」

「ああ、すごい」布の下に手をもぐりこませて脚のあいだを覆った。

それだけで達してしまった。何年分かと思うほどのオーガズム。長く苦しく、それでいて心地よい。体のなかで泉が湧きだしたかのようだった。濡れた体に抱き寄せられていなかったら、倒れていただろう。ブラッドは彼女の快感を手のなかに閉じこめて自分だけのために取っておこうとでもいうように、脚のあいだを覆ったままだった。

「ああ」ブラッドがかすれた声で言う。「コーラ、頼む」

気がついたときには平らな岩の上に仰向けにされていた。ブラッドが慣れた手つきでパンティを脱がせ、脇に放る。

まさに昔のとおりだった。トップスからは乳房がこぼれ、スカートは腰にからみつき、そしてブラッドはあの表情を浮かべている。興奮でコーラにわれを忘れさせる表情を。

彼から離れようと身をよじったが、ウエストをつかまえられた。

「待て」とすがる。「見るだけでいい。触れるとすごく気持ちよかった。驚くほどやわらかかった。その部分を目で見たい」

脚を広げて太腿のあいだに手を滑りこませると、親指と人差し指の先で、花びらのように彼女自身を開いた。それから身を屈めた。そこにキスしようとするかのように。

コーラは慌てふためいた。突然、事実が降ってくる。暗闇にふたりきりで、ブラッドはとても大きく力も強い。ジーンズを開いて彼自身を突き立てるのはどんなにたやすいか。そうなったら、ああ。

必死で彼の手から逃れ、ふらつく脚で立ちあがった。バランスを失ってよろめき、強く両膝を打ちつけた。

ブラッドが飛びあがる。「危ないじゃないか、コーラ！　ばかだな——」

「ばか呼ばわりしないで！」甲高い声で言った。「触らないで」

「レイプするつもりなんかなかった」尊大な口調が戻っていた。「きみをイカせようとしていただけだ。一回目は気に入ったようだから」

コーラは後じさった。「それを許してたらどうなってたか、わかる？」

「へえ？　どうなっていた？」

へたりこむまいと膝に力をこめた。「あたしたちはセックスをしてた」

「ああ。最高のセックスを。きみも気に入ったはずだ」

さらに後じさった。「冗談じゃない！　あんたとはできないわ。むかっ腹を立ててるんだから、何年もずっと。それをあっさり水に流すなんて無理、単に……単にあんたがその気になったからって！」

ブラッドが狭めた目でじっと見つめた。「そのむかっ腹が収まるまでにどれくらいかかる？」

「さあね」見当もつかない。「一生じゃない？　どうやったら収まるの？　そもそもあんたと寝たりするんじゃなかった。どこまでおめでたかったんだろう。プリンストン行きが決まってる金持ちのお坊ちゃんが、輝かしい未来に踏みだすまでのあいだ、トレーラーハウス育ちの女の子をもてあそぶ。なんてありふれた話」

「そんなふうに思っていたのか？」厚かましくも傷ついた声。

「いいえ」コーラは言った。「そうだと思ってたんじゃない。そうじゃないかと不安だったの」

傲慢で端整な顔を、薄明かりが引き立てる。この表情ならよく知っていた。自分の思いどおりにならなくて拗ねた少年の顔。それを見ると、気絶するまで引っぱたいてやりたくなった。それからベッドに押し倒して、慈悲を乞うまで苦しめてやりたくなった。

どんなに彼女を必要としているか認めるまで。

危険な思考の流れに、思わず後じさった。「どうかしてるわ。ここに来るべきじゃなかった。家に帰らなくちゃ。あたし――」

「ぼくが家まで送る」

図々しさに笑ってしまった。「ありえない！　ひとつ、あんたに送ってもらうことは絶対にしない。ふたつ、あんたは半裸で裸足で、おまけにずぶ濡れ。そういうわけだから、いつもの王さまごっこはやめるのね」

ブラッドが難しそうにジーンズのポケットに手を突っこみ、キーチェーンを引っ張りだした。「それでも車のキーは持ってる」

「びしょ濡れのお尻をポルシェのレザーのシートに載せる気?」コーラは舌を鳴らした。

「後悔するわよ」

「それか、通りに脱ぎ捨てて素っ裸で運転するか」ブラッドが言った。

ブラッドがその力強くたくましい裸体をポルシェのやわらかいレザーに横たえている姿が、即座に頭に浮かんだ。太いペニスは硬く熱く、準備万端。猫を思わせる緑色の目は興奮でもやがかかっている。そして表情は静かにこう語る――こっちへ来て王さまを悦ばせろ。

張りつめた沈黙から、向こうもかなり似通ったことを考えているのがわかった。

コーラは向きを変え、茂みをかき分けて歩きだした。ブラッドが根気づよく追ってくる。見えない障害物を裸足で踏んでは悪態をつきながら。ハイスクールのフットボール場の脇にある、平らな草地に出たところで、彼に追いつかれた。歩くたびに濡れたジーンズが軋る。横顔に注がれる鋭い視線をひしひしと感じた。

五十ヤードラインまで来てはじめてブラッドが口を開いた。「今夜はきみと一緒にいたい」

そう来たか。率直なのは認める。

「だめよ」コーラはきっぱりと言った。

「コーラ。もう一度、チャンスが欲しいんだ。ぼくは絶対に――」

「あんたとセックスしようなんて絶対に思わないわ、この先、結婚しないかぎり」コーラは言った。「少なくともそれくらいは学習したの」

この気の利いたひと言で、ブラッドの熱意が瞬時に冷めるだろうと思った。案の定、ブラッドが立ち止まった。放っておいて、さっさと前に進んだ。

数秒後、また彼が追いついてきた。「結婚？」

「ありえないでしょう？　あきらめなさい、ブラッド。あんたには政治的な野心がある。あたしみたいな人間と結婚だなんて、したいと思ったって――思うわけないけど――できないの。セクシーリップ・マコーマーは政治家の妻に向いてない。ひとつには、きまじめなスーツ姿をだれにも見られたくない。あたしは知ってのとおり体にぴったりした服が好きなの。もうひとつには、まじめくさった顔を保てない。ね？　望みはないわ。あたしとは結婚できない。絶対に。ゆえにセックスもできない。以上、おしまい」

フットボール場は野球場につながっており、その先には川岸の公園が広がっていた。遠くにフェスティバルの明かりが見え、人々のざわめきが聞こえた。

「だがきみも望んでるんだろう？」ブラッドが言う。

当惑した声に腹が立った。「まったく、ブラッド！　あんたって人は、どうしてそこまで鈍いの？」

ブラッドが答えようと口を開け、すぐに閉じた。怒ったように短く肩をすくめて首を振る。

わけがわからなくて戸惑っているのだ。

彼の胸に指を突きつけると、ブラッドが後じさった。「ねえ、知ってた？」コーラは言った。「あんたのママが母親の役目を果たして、あんたがあたしを捨てて、噂が広まったあとのこと。あたしはこの町では終わったも同然だった。破滅だった。男どもはこぞってあたしを暗い裏通りやバーのトイレに連れこもうとしたけど、だれひとりとしてピーチ・フェスティバルのダンス会場やすてきなレストランでセクシーリップ・マコーマーと一緒にいるのを見られたがらなかった」

ブラッドが弁解がましい顔になる。「ぼくの考えは――」

「あんたの考えなんてどうでもいい。最後まで言わせて。あたしはこの町を出なくちゃならなかった、正気を保つために。学校に入った。三つ仕事をした。ストレスを発散しようとパーティしまくった。あんたと別れたあとにたくさん恋人を作ったし、うぬぼれでなく、こう言って差し支えないと思う――あたしはフェラチオの女王っていう名誉の肩書きを自力で手に入れた。その王冠を誇りを持ってかぶるわ」

ブラッドが肩をつかんだ。「きみの挑発ゲームはもうたくさんだ！」

彼の手を払いのけた。「あたしはあんたの二枚舌を引っこ抜いてやりたいだけよ！　あたしが変化に富んだ過去を持つセクシーな生身の女だって事実を受け入れられないなら、あんたみたいなチンケな負け犬に貴重な時間を費やしたくないの」

ブラッドがしばし黙りこみ、いまの言葉を考えた。「つまり、もしぼくがきみの変化に富んだ過去を受け入れられるなら、ぼくのようなチンケな負け犬に貴重な時間を費やす気になるかもしれないということか？」

コーラは鼻を鳴らした。「あんたってほんとに弁護士ね」

「根っからの」ブラッドが応じた。

「弁護士の卑怯なトリックをしかけようなんて思わないこと」ぴしゃりと言った。

「じゃあぼくを混乱させるのをやめてくれ。フェラチオがうまいって？　実感できたら信じよう」

「夢でも見てなさい」

「見るとも」ブラッドが言う。「毎晩。それで？　ここにはきみとぼくと、だれもいない野球場があるだけだ、コーラ。そのすばらしい技術を披露してくれ。きみのテクニックに感動したい。すごく硬くなってるんだ。ここで、ホームベースの上でしよう」

しかるべきこきおろしの言葉を探したが、頭のなかはエロティックな想像でかき乱された。髪を揺すってこう言うのがやっとだった。「期待しないことね」

ふたりはいまや野球場を出て公園に向かっていた。「それで、昔とはどうちがうんだ？」ブラッドが尋ねた。

面食らったあとに、まだオーラルセックスの話をしているのだと気づいた。「もう、しつこいわね」

「教えろよ」ブラッドはあきらめない。「知りたくてたまらない」

また呼吸できるように、肺のなかに閉じこめられた空気をすべて吐きだした。「そうね」と始める。「あたしがすることは、百パーセントのお返しを要求するの。相手の男性は、あたしを満足させられるほどのクンニリングスの達人でなくちゃいけない。覚えてるかぎりでは、ブラッド、これはあんたの特技じゃなかった。あたしたちのあいだの、さらなる越えられない溝のひとつ」

「じゃあコーチしてくれ」ブラッドが言う。「特技にしてみせる」

自分の足につまずきそうになると、ブラッドがさっと手を出して支えてくれた。落ちつかない気持ちで、彼のぎらついた目からたくましい胸へと視線を走らせた。太いペニスが濡れたジーンズを押しあげている。

なるほど。彼女に口で奉仕すると思ったら興奮したわけだ。コーラはぎゅっと太腿を押しつけた。

「覚えはいいほうだ」ブラッドが言う。「集中力が高いし、やる気もある。いまここで始めたっていい。あのヤナギの下はどうだ？　草の上に横になって脚を広げろよ、コーラ。最初のレッスンをしてくれ」

ブラッドからにじみだす攻撃的な性欲に、思わずたじろいだ。「そんなに急がないでよ。セックスについては、まだ話す段階でもないわ。その前に片づけるべき問題が山ほど——」

「挙げてみろ。すぐに取りかかろう」

「何言ってるの！」ブラッドの胸を突き、すぐに手を引っこめた。肌に触れただけで危険なほど疼いた。「それだけ？　そんなに単純だと思ってるの？」

「きみが許せばそうなるさ」

「あのね、まず言わせてもらうけど、あたしとセックスの話がしたいなら、文明人らしいふるまいをしてちょうだい」

　ブラッドが眉をひそめる。「つまり？」

「つまり、ミッシーとエレンに謝れってこと。サイモンにも」

　ブラッドが身をこわばらせた。「冗談じゃない！」

「いいわ」コーラは手をぱたぱたとはためかせた。「それじゃあここでお別れね。さよなら、ブラッド。いい人生を」

　背を向けたとたん、手首をつかんで引き戻され、考える前に反応していた――もう片方の手を振りあげて彼の顔をたたいた。「もしまた横暴な扱いをしたら、その手をちょん切るわよ！」

　ブラッドが即座に手を離した。「なんだよ、コーラ。そう深刻になるな」

「深刻で悪かったわね！　失うものはなにもないし、妥協すべき理由もない。あんたの横暴さにはもう、うんざり。じゃあね、おやすみ」

「待てよ！」ブラッドが手を伸ばしかけて思いとどまり、降参したように両手を掲げた。「待ってくれ。認めるよ、ミッシーには必要以上に辛くあたった。あの娘がおどおどするのを見ると、いらっとくるんだ」

コーラはうんざりした声をもらした。「かわいそうなミッシー。あんたは鬼よ、ブラッド」

「わかった、彼女には謝るよ。だがサイモンとエレン？」憤慨した声だ。「ぼくと婚約してるのに陰でヤリまくっていたんだぞ！」

「そういう宿命なのよ、ブラッド」コーラは言った。「あんたはずっとろくでもない人間だった。ツケがたまってるの」

「あのふたりに謝罪するような借りはない！」

コーラは肩をすくめた。「いいわ。あんたの言うとおり。みんなだれにも借りはない。この腐った世界では、仲間の人間に礼儀正しく親切にする必要はない。まったくの任意。そんなにろくでなしでいたいなら、どうぞ。ただし周囲にそれを見せないで」

「コーラ――」

「さてと、ここでお別れね。あたしはここで曲がるの」暗い森へと消えていくツイン・レイクス・ロードのカーブを手で示す。「家へ帰るわ。メロドラマはもうお腹いっぱい」

「歩いて？」ぎょっとした声だ。

「トラックは修理に出してるの」コーラは言った。「帰りは友達に乗せてもらうつもりだった」

「友達？」ブラッドが顔をしかめる。「どんな友達だ？」

近所に住む親切な七十五歳のご婦人とは言わなかった。彼にはまったく関係ない。「あきらめて、ブラッド」

「トレーラーパークまで三キロ以上あるし、あの一帯は安全でもないんだぞ！」

「お言葉だけど、あれはトレーラーパークじゃなくて、れっきとした住宅の集まりです」コーラは言った。「それに立派な地域よ。あたしと同じ、まっとうな労働者しかいないわ、頭の固い俗物さん」

「もう暗いし、きみはサンダル履きだし、道路には酔っ払い運転のピックアップトラックがばんばん走ってる」怒ったようにブラッドが言う。「それに、きみがスカートと呼んでるその布切れの下のお尻はむきだしじゃないか。ぼくが車で送る。反論はなしだ。車は市の建物のところに停めてある。おとなしく一緒に――」

「あたしのお尻がパンティを穿いてないのはあんたのせいでしょうが」コーラは言った。「あたしのことは心配しないで、ブラッド。自分の面倒はずっと自分で見てきたんだから。今夜だって同じこと」道を歩きだした。

「車を取ってきてきみを拾うからな！」ブラッドがどなる。

「意味ないわよ」コーラも大声で返した。「ヘッドライトが近づいてきたら、茂みに飛びこむわ。絶対に見つからないから、時間をむだにするのはやめなさい。大丈夫、酔っ払い運転のトラックにも見つからないわ」

ブラッドがのけ反り、いらだちの叫び声をあげた。首の腱が浮きあがる。「きみの生意気には頭がどうかなりそうだ、コーラ！」

コーラは後ろに飛びすさり、ふたりのあいだに距離を置いた。「おやすみ」

ブラッドの目はスカートに隠れたむきだしのお尻を睨んでいた。コーラは背筋を伸ばし、振り返るなと自分に言い聞かせつつ、足早に歩いた。

角を曲がったとたん、肩がさがって目に涙があふれた。暗い道をサンダルが許すかぎりの駆け足で進む。安全な場所に身をひそめ、丸くなって傷を舐めたかった。静かなわが家で。ブラッドはトレーラーパークをばかにしたが、コーラは自分が手がけた清潔なダブルワイドを誇りにしている。荷台部分やバーベキュー台、菜園や花壇を。トレーラー内部も好きなように整えた。家具や装飾品はすべて慎重に選んだ。背中の贅沢、キングサイズベッドまで。ブラッドがそこにいる姿を想像しないよう努めた。淡いブルーのサテンのシーツに裸で横たわった姿を。思い描くのもだめ。

ドライ・クリーク橋に差しかかったとき、後ろから近づいてくるヘッドライトに気づいた。意味不明の混乱に襲われ、砂利と土の斜面を這いおりてその下の溝に隠れた。とげだらけのブラックベリーの茂みに身をひそめ、ここがガラガラヘビの巣ではないことを祈った。

車がゆっくりと橋を渡っていく。力強いエンジンの低いうなりが聞こえた。車がスピードを落として止まり、小さな音とともに窓がおりた。

「コーラ？　家まで送るだけだ。絶対に触れないし失礼な態度もとらない。きみが夜にひとり歩きをしてるなんて、考えただけで耐えられない」間を空けて待つ。「お願いだ」大声でつけ足した。

コーラは砂利にうずくまり、とげで引っかいた膝に濡れた顔を押しつけた。車のドアが開き、ブラッドが降りたって橋から身を乗りだした。「コーラ！」大声で呼ぶ。怒りともどかしさが伝わってきた。

心臓の音が彼に聞こえないのが不思議だった。こんなにやかましく鳴っているのに。ここにいると叫び返したくて、胸が痛いほどだった。けれどもし家まで送ってもらったら、今夜、ブラッドは泊まっていくだろう。

いまは防御がゆるみすぎて、そんな危険は冒せない。ブラッドはそうしたいと思えば彼女を破滅させられる。そしてコーラは彼がどんなに残酷になれるかを知っていた。

いま彼女を敬うことを学ばないなら、今後、ブラッドに用はない。日照り続きを解消するための簡単でお手軽な女になってたまるか。敬意をもって接してもらう。レディのように、特別に慈しんでもらう。それができないなら、勝手にくたばればいい。

ブラッドが悪態をつきはじめた。最初は静かに、だんだん大声で。コーラがどこかに隠れていて、声が聞こえているのを知っているのだ。ドアがばたんと閉まってエンジンがうなり、タイヤを軋らせながら車は走り去った。最後に一度、腹立ちまぎれのクラクションが響いて、夜のしじまに消えていった。

# 22

バイクはガスの家へとつながる長いでこぼこのドライブウェイを進み、ポーチのそばに停められたユーホールの隣りに停車した。

サイモンがエンジンを切ってスタンドをおろした。しがみついたエレンの手の下で、胸が上下している。手のひらに速い鼓動を感じた。

エレンはバイクから滑りおり、彼にもたれかかって髪に顔をうずめた。サイモンが顔をあげて身を引き、エレンを眺めた。急にコーラから借りた服のことを思い出した。裸でいるよりあらわにされた気がした。

サイモンはなにも言わず、ただ見つめつづけた。「裸足じゃないか」しばらくして口を開いた。「靴はどうした？」

「あなたを追いかけてるあいだになくしたの」

サイモンがひらりとバイクから降りて隣りにうずくまった。エレンの片足を掲げ、けがはないかと足全体にやさしく指を這わせる。もう片方の足も調べてから、立ちあがって腕のなかにすくいあげた。

「サイモン、大丈夫よ」エレンは言った。「自分で歩ける——」

「だめだ。この前庭には古いプルタブやガラスの破片がわんさか散らかってる」

エレンは彼の肩に腕を回し、運んでもらえる安らぎと、手の下で力強い筋肉が収縮する感触を味わうことにした。サイモンが網扉を引き開けて暗がりに足を踏み入れ、エレンをそっとおろした。

真っ暗ななかに立ちつくした。マッチがシュッと音を立て、つかの間、オレンジ色の炎が灯油ランプに火をともすサイモンの顔を照らした。炎が高く躍り、煙を立ち昇らせる。サイモンがろうそくの芯を調節してガラスのほやをかぶせ、がらんとしたキッチンテーブルに置いた。

色あせた壁に影が躍る。空っぽになった部屋はいっそう殺風景に見えた。サイモンが謎めいた目で彼女を見つめた。「今日も下着を着けていないのか？」

エレンは両腕を宙に放った。「そうよね。話し合わなくちゃいけないことが山積みなのに、あなたの頭はそのことでいっぱい。あきれたわ」

「だからどうした」サイモンが言う。「それで？　どうなんだ？」

「下着を着けてないほうがお好み？　調整するわよ」スカートをたくしあげて親指をパンティのゴムに引っかけ、ずりおろした。脚を抜いて布を掲げる。「ほらね？　下着は着けてないわ。これで重大問題は解決したかしら、サイモン？　先へ進んでいい？」

パンティを投げつけた。サイモンが見もしないで空中でキャッチし、大きなこぶしで握りしめた。

「おれを怒らせようとしてるのか？」サイモンが尋ねる。

声が勝手に出た。うなりとも悲鳴ともつかない声が。「いいえ、わからない人ね。わたしはあなたを誘惑しようとしてるの」

「よせ」サイモンがキッチンの隅に積みあげられた段ボール箱の山からひとつを抱えあげ、ドアの外に運んだ。表のユーホールの荷台にどさりとおろす音がする。新たな箱を取りにサイモンが戻ってきた。

次に彼が戻ってきたとき、エレンはその腕をつかんだ。「わたしを無視するの？」サイモンが彼女の手を見おろした。エレンはぎゅっと握りしめた。

「忙しいんだ」サイモンが言う。「一緒に来いとは言ってない。きみはここへ来るべきじゃなかった」腕を振りほどいて別の箱を抱えた。

彼が箱を運びだすたびに、ふたりのあいだにまたひとつ、レンガを積み重ねられた気がした。サイモンの手から箱をたたき落としたかったが、彼に力で歯向かうほど愚かではない。次にサイモンが入ってきたとき、エレンは残りわずかな箱と彼のあいだに立ちはだかった。

「やめて、サイモン。こんなふうに逃げるなんて許さない」

サイモンが背を向けて外へ出た。エレンはあとを追い、彼がバイクの先をトラックの荷台に持ちあげるのを眺めた。後ろを抱えあげて奥に押しこみ、両手をジーンズで拭った。

エレンは玄関の前に陣取った。「あなたはここの人間なの。わたしと一緒にいるべきなの。

行っちゃだめ。わたしが行かせないわ」

サイモンが人形のように軽々と彼女を抱えて脇にどかせた。「ひとつ教えてくれ、エル」

望みがありそうに聞こえた。少なくとも会話を始めてくれた。エレンは彼に続いてキッチンに入った。「なんでも聞いて」

サイモンが新たな箱を腕に抱えた。「なぜウェスに、今朝おれはきみと一緒にいたと言った？　嘘をついてほしがっていると思ったのか？」

「いいえ」エレンは答えた。

「じゃあなぜだ？」サイモンの声は厳しかった。

「それは、もしあなたが〝悪夢を見たから雨のなかをあてもなく歩きまわっていた〟と言っても、ウェスが信用しないのはわかってたからよ！」大声で言った。「そんな話を信じるのは、わたしくらいあなたを知ってる人間だけだわ」

「そうか？」サイモンが網扉を蹴って開ける。扉が外壁にたたきつけられ、サイモンは外へ消えた。エレンは荷台にどさりと箱をおろす音を待った。

「ええ、そうよ！」戸口に現れたサイモンに言った。「そんな話、もっともらしくないし滑稽だしばかげて聞こえるもの。聞こえるだけじゃなく、実際にそうだわ」

サイモンの顔は張りつめていた。「じゃあ、やったのはおれじゃないと思ってるのか？」と尋ねる。「おれが殺したんじゃないって？」

エレンは唖然とした。「ああ、サイモン。当たり前でしょう」

サイモンが荒いため息をついた。両手の緊張が解け、肩がさがった。

「もちろんあなたが町をのし歩いて、犯人を八つ裂きにしたいと触れまわったのは、まったくの逆効果だったけど。わたしは警察に任せましょうと言ったのに、ミスター・マッチョはなんでも自分でやらなくちゃ気が済まないのね」

「あいつらをきみに近寄らせたくなかった」サイモンが言う。「ああいう言葉でないと、ビボップやスコティーみたいな連中には通用しない。もしこの手でつかまえていたら、たしかに殴っただろうが……そこまでは」

エレンは食いしばった歯のあいだから絞りだすように言った。「ばか」

サイモンの顔は暗かった。「エル、おれはそうするしかないなら人を殺せる男だ。そのための訓練は受けた。だが冷酷さや楽しみからそんなことはしない」

「わかってる」エレンは言った。「わたしを説得する必要はないわ」

「そうか？　ライオネルはどうだ？」サイモンが尋ねる。「きっとおれが家を出て行く物音を聞いただろう。それにきみのお母さんは？　彼女は眠らない、きっと聞こえただろう。ふたりとも賢い。そのふたりが、森のなかをあてもなくさまよっていたという話を信じると思うか？　それについて考えたあとでも、おれと同じ屋根の下で眠りたがると思うか？」

「じきに本当の犯人が見つかって、そんなのは関係なくなるわ」エレンは言った。

サイモンが首を振る。「おれの人生はけっしてそんなふうには転がらない」

「ああ、いつもの〝かわいそうなサイモン〟の妄想はいいかげんに――」

「妄想じゃない！」サイモンが手をテーブルにたたきつけた。灯油ランプが跳ね、サイモンがとっさに素手でほやを押さえる。ガラスで手を火傷して、かすれた声を漏らした。「くそっ！」

エレンはランプをつかんでキッチンカウンターに避難させた。サイモンの手を取り、指を横切る火傷のあとを調べて、手のひらにキスをした。「かわいそうに」とささやいた。

サイモンが手を引っこめた。「妄想じゃない」とくり返す。「感じたんだ、ここへ来るやいなや。まるで……まるでなにかがおれを待ち構えていたかのような。無視しようとしたが、すればするほどひどくなった。おれが触ったものはみんなだめになるし、いまは死体まで発見された」

「だけどビボップとスコティーが殺されたこととあなたと、どう関係があるの？」

「知るか。そんなのは問題じゃない。どうやったらおれに関わってくるのか、おれにもわからないんだ。あいつらのことはほとんど知らない。向こうが頭からナイロンストッキングをかぶっていなければ、通りですれ違ってもわからないだろう。だが問題はそこじゃない。ふたりは死んだんだ、エル。毎日、新しい災難が起きて、その災難はどんどんひどくなっている。それを食い止めるには、おれがここから出て行くしかないんだ」

「だけどサイモン、どれもあなたが引き起こしたことじゃないのに！」エレンは叫んだ。

「そうか？」サイモンがとげのある声で言った。「自分の家を見てみろ、エル。きれいな窓はどうなった？　何千ドルという損害だ。自分の脚を見てみろ。あざだらけじゃないか。宿泊客はいなくなり、トラックは破壊された。きみを説得するのに、あとなにが必要だ？」

「ひとつも後悔してないわ」エレンは強情に言い張った。「あなたと一緒にいられるなら、なにも惜しくない。どんな代償を払おうとも。だけど現実はそうじゃない。あなたがつまらないことにこだわってるだけよ」

サイモンがこわばった顔で家のなかを見まわした。「必死で取り組めば解ける謎だと自分に信じこませようとしてきた」と言う。「なぜガスが自殺したのか、あのメールはなんだったのか、解き明かせたら。なぜこの土地がおれに意地悪なのか、どんなものでもいいから手がかりがつかめたら。だが、だめだった。この家を徹底的に調べたが、なにひとつ見つけられなかった」

エレンはためらいながら口を開いた。「なにも見つからなかったから、あなたは、その、呪われてる、というの？」

サイモンが顔を背けた。「そうやって言葉にされるときまり悪いが、あまり何度も痛い目を見ると……」

エレンは彼の手をつかんだ。「だけどあなたはいいこともたくさんしてきたじゃない。きっかけ作りをしてくれたわ。いまのミッシーを見て。すっかり変わったのよ。今夜はトラみたいに勇ましくわたしを守ってくれた。ブラッド・ミッチェルの靴にアイスクリームをぶちまけたの」

サイモンが苦々しく笑った。「すばらしい。おれのおかげでミッシーは攻撃的な衝動に馴れ親しんだわけだ。手始めにアイスクリームをぶちまけて、きみはそれをかわいいと思うのか。子猫が威嚇してるみたいだって？　だが行きつく先はどうだ？　気がついたらM16をぶっ放してるかもしれない」

「もうやめて！」エレンはどなった。「あなたの〝謎めいた一匹狼〟の妄想にとって都合がいいと、すぐに裏の意味に気がつくのね。都合が悪いと目も耳も貸さないばかりか、石みたいに頑なになるのに」

「現実に合わないのはおれの妄想じゃない」サイモンが彼女を指差した。「きみのだ、エル。きみの〝めでたしめでたし〟の妄想だ」

エレンは身をこわばらせた。「つまりわたしの愛はそんなものだと思ってるの？　妄想にすぎないと？」

サイモンが手をおろした。「ああ。そう思ってる」

抱きしめようと彼に手を伸ばした。「違うわ。あなたも知ってるはず」

サイモンが後じさり、彼女の腕から逃れた。「予言が現実になるのを目の当たりにするといい。おれは出て行く。いま。これ以上、なにかが壊れる前に。おれはきみを愛してない。本当だ。帰ってくれ」

エレンは彼の首に腕を巻きつけた。「信じないわ」

サイモンが腕をつかんで無理やり離させた。「くそっ、エル」声が緊張で震えている。「手荒なまねをさせるな」

「わたしを愛してると言ったじゃない」エレンは言った。「ゆうべ——」

「大人になれ」テーブルのほうに彼女を押しやる。「ああ、言ったさ。男は抱いた相手にときどきそういうことを言うものだ」

エレンはひるまなかった。いきなり彼のシャツのボタンを外し、肩の下までおろした。

「じゃあ……じゃあもう一度抱いて、サイモン」と言う。「もう一度、聞きたいから」

サイモンが彼女を抱えあげてテーブルに座らせ、脚を大きく開いた。「それが望みならもう一度抱いてやる。だがそれだけだ。これまでも、これからも」

彼の首に腕を回し、胸にキスをした。「あなたはもうじゅうぶん自分を傷つけてきたわ。わたしはだませない。だまそうとしても滑稽なだけ。どんなに怖がらせようとしても、ふりなのはわかってる」

キッチンテーブルに仰向けに押し倒された。押さえつける手をつかみ、首をひねってキスをしようとした。「あなたが欲しくてたまらない」

「へえ、そうか?」サイモンがスカートをたくしあげて太腿の内側を撫でおろす。「またいつものきみだ、エル。やさしくて献身的な天使。おれの欲望という祭壇に自らを捧げる」

彼の手のなかで官能的に身をよじった。「あなたの欲望の祭壇が大好きよ、サイモン。きれいなキルトをかけて枕を載せて、わたしの永遠のベッドにしたい」

サイモンが体を二つ折りにして苦々しく笑った。「やれやれ、自分の罠に引っかかった」とつぶやく。「エル、きみはイカれてる」

「あなたにね」エレンは言った。「ずっと前から」

サイモンが顔をあげ、ビスチェを綴《と》じているアイボリー色のサテンのリボンに指を引っかけた。「これは違法にちがいない。いったいどこで手に入れた？」

「コーラに借りたの」と白状した。「彼女に言われたわ、わたしは、ええとなんて言ってたかしら……そう、〝反省服〟をやめるべきだって」

「聞くまでもなかった」胸の谷間に指を滑りこませた。「これは〝反省服〟じゃない。恥知らずで大胆不敵な誘惑だ」

「恥知らずというのは当たってるわ」エレンは言った。「自分がしたことをこれっぽっちも恥じてないもの。とりあえず、あなたが帰ってきてからは」

リボンの結び目をほどいたサイモンは、引き寄せられていた布が乳房に押されて左右に開き、サテンのリボンがするすると抜けていく様子を一心に見つめた。「きみがこれを着ている姿を見て、おれを罰しようとしてるんだと思った」

「ええ？　そんな」エレンは口ごもった。「わたしは――」

「世界中に体を見せつけて、おれを嫉妬でおかしくさせよう、おれを刺激して、なにか愚かなことをやらせようとしてるんだと思った。まあ、きみの勝ちだ。いま、おれはとてつもなく愚かなことをしようとしてる。おれだけじゃなく、きみも」

「待ち切れないわ。そうよ、あなたを興奮させたかった。刺激というのをそういう意味で言ってるなら」

サイモンがレースを引っ張り、もつれたリボンとレースに囲まれて上下に弾む乳房をあらわにした。「おれを見ろよ。きみのせいで死にそうだ」

「あなたのほうがひどいわ」エレンは言い返した。「あなたはいつもわたしをからかうけど、わたしはあなたをからかったりしない。すべてを差しだしてる。だから受け取って。わたしを」

サイモンが目を閉じた。一瞬、その顔があまりにも大きな苦痛でこわばったのを見て、彼を苦しめることに罪悪感を覚えそうになった。

外に停まっているユーホールを思い出すと、揺らいだ決意が戻ってきた。すべてがこれにかかっている。今夜、彼を行かせてはならない。

広げた脚のあいだに手を伸ばし、指でひだを開いて自分自身に触ってみせた。「もう濡れてるの」とささやく。「とっくに準備はできてるわ。あなたが欲しくて体が疼いてる」

「くそっ」サイモンがジーンズのボタンをむしり取るように外し、そそり立ったものを自由にした。「これがきみの妄想に合わなくてもおれを責めるな」

エレンは彼に手を伸ばした。「責めたりしない。これまでも、これからも」

テーブルに押し戻された。「黙れ、エル。もうなにも言うな」

ペニスをあてがい、エレンの埃っぽい手をつかんで胸に当てさせると、有無を言わさずねじこんだ。

エレンは瞬時に達した。火薬にマッチを投じたようなもの。テーブルの上でのけ反り、大声で叫んだ。激しい快感に歪んだ彼女の顔をサイモンがじっと見つめ、それからおもむろに動きはじめた。

エレンは彼の二の腕につかまった。何度も愛し合ったのに、彼がどんなに強いか本当にはわかっていなかった。いま、それを実感した。しっかりつかむ大きな手に、容赦なくたたきつける腰に。彼の情熱の力でテーブルががたがたと揺れた。

すばらしかった。サイモンは彼女を悦ばせずにはいられないのだ。口ではなんと言おうと、彼女を愛しているのが全身でわかる。彼を引き寄せて体を重ねた。サイモンが体をつないだまま、彼女を抱えあげた。

壁際に連れて行かれた。体で押さえつけて下から突きあげる。さっきよりもすばらしかった。これだと彼の首に腕を巻きつけて髪に顔をうずめ、のどに荒い息を感じられる。みじんの疑いもなく彼の力に身を任せた。それは彼女を溶かし、圧倒して、変容させた。

サイモンもそれを感じ、むだな抵抗を試みた。彼の体の鋼のようなこわばり方で、必死に抗っているのがわかったが、エレン同様、サイモンも魔法の前では無力だった。ふたりを呑みこんで苦しいほどの切望へと変える甘美な融合の前では。

嵐が起こり、ふたり同時に恐怖と驚きの悲鳴をあげた。

サイモンは彼女の首筋に顔を隠し、激しいオーガズムの余韻が収まるのを待った。エレンは彼の頭のてっぺんに鼻先を擦りつけ、体に残っているなけなしの力で抱きしめた。

サイモンがゆっくりと体を離し、エレンを床におろした。「まだ勃ってる」おぼつかない声で言う。「あんな果て方をしてまだ勃ってるなんて、信じられない。どうかしてる。すぐにでもできる」

エレンの膝がくずおれた。彼につかまって体を支える。「じゃあ、して」

サイモンが彼女の手を肩からむしり取り、壁に押し戻した。「これでなにかを証明できたと思うな。できたとしても、おれがきみを貫くのが好きなことと、チャンスが訪れたらいつでも奪うことだけだ。驚いたか？」

震える太腿を精液が伝った。エレンは両脚をぴったり閉じた。「あなたの真実を知ってるわ」と言った。「あなたがなにを言おうとも、わたしを愛してないと思いこませることはできないの」

「なにを言おうとも」サイモンがくり返した。「なにをしても、か？」エレンにくるりと向きを変えさせ、テーブルにうつ伏せで押さえつけた。片腕でウエストを抱くと、ペニスを奥深くまでうずめた。

「こんなことをしたらどうだ？」サイモンが言う。「終わったらとっととジーンズを穿いて、表に停めてあるユーホールに乗り、この地を去る。そうしたらきみも納得するか？　どうだ、まだ足りないか？」

もうたくさんだった。サイモンが追いつめられるたびに盾として持ちだす暗い残酷さに、これ以上は耐えられなかった。

「いや」エレンは言った。「やめて。こんなあなたには耐えられない」

サイモンが体を離した。エレンは起きあがり、スカートを撫でおろした。勇気を出して振り向くと、サイモンは硬いペニスの上からジーンズの前を留めていた。慎重に目を合わせようとしない。ふたりは躍る影のなかに立ち尽くし、やがて沈黙は耐えがたいまでになった。

「この家を売ってやるときみのお母さんに伝えろ」サイモンが言った。「ここにはほうんざりだ。プリンプトンの事務所に連絡してくれ。事務手続きは彼らに任せる。おれが正義に追われる身にならないと仮定して」

エレンは口を開いたが、サイモンが両手を掲げて一歩さがった。「だめだ。なにも言うな、エル。このままにしておけ。悪化させるな」

「どうやったらこれ以上、悪化させられるの?」エレンは尋ねた。

サイモンがカウンターに身を乗りだしてランプを吹き消した。暗闇が重く息苦しくおりてくる。「知らないほうがいい」サイモンが言った。

そして外へと歩きだした。網扉が彼の背後で閉じ、エレンはひとり、闇に残された。彼を追ってポーチに駆けだし、たわんだ階段を走りおりた。

サイモンがユーホールの荷台の扉を閉じて鍵をかけた。運転席に乗りこみ、エンジンをかけて走り去った。

エレンは赤いテールランプが曲がりくねったドライブウェイを遠ざかっていき、道路で止まってハイウェイのほうへと曲がるのを見送った。トラックは坂をのぼって丘を回り、ついにランプは見えなくなった。

エレンは石や木の根につまずき、アザミやイバラで引っかきながら、丘を家のほうへと向かった。ライラックの茂みにからまった髪をほどき、手入れの行き届いた芝生をよろよろと横切った。

ポーチのライトがぱっと点いた。まぶしさにまばたきをし、目が慣れてから見ると、戸口に母が立っていた。

「よかった。そろそろ帰ってくると――なんてこと！　彼になにをされたの？」

エレンは小さなビスチェの左右を合わせて、あらわな乳房を隠そうとした。「わたしが頼まなかったことは、なにも」

ライオネルが母の後ろからひょいと顔をのぞかせた。と同時に引っこめた。「なんとまあ」と息を呑む。「あの若者は卑劣な男だったということか？　わたしが行って話を――」

「いいえ」エレンは服を合わせようとするのをあきらめ、両腕で乳房を隠してふたりのそばを通り過ぎた。「その必要はないわ。彼は行ってしまったの。もう戻ってきません」階段をのぼりはじめる。「ああ、そうだ。彼の家を買いたかったら買えるわよ、お母さん」

「あの……エレン？　大丈夫なの？」

エレンは母とライオネルの心配そうな顔を見おろした。ほほえんで、ふたりが安心するような気丈なことを言うのが正しいとわかっている。

けれどエレンはただ首を振り、階段をのぼりつづけた。

# 23

ハイウェイはユーホールのタイヤの下を猛スピードで過ぎていき、ヘッドライトはタンブルウィードが転がる荒れ地を小さく照らすだけだった。認識できるわずかな部分。サイモンが一度に受け入れられる現実。朝はそこまで迫っているはずだが、どうにか雲のあいだをすり抜けた陰気な光は、空がどんなに暗く不穏かを見せるのみだった。

少し休まなくては。幻覚が見えはじめていた。まずいコーヒーを飲めば、引きつるような胃の痛みは完ぺきになる。痛みのせいで起きていられるかもしれない。

トラックのサービスエリアで車を停め、よろよろとレストランに入った。カウンター席に座ると、髪をふくらませてあごがたるんだ年配の女がコーヒーを注いでくれた。名札には〝ダーラ〟と書いてある。

ダーラが同情の目でサイモンを眺めた。「あらあら、ずいぶん疲れた顔ね。留置場で夜明かしでもしたの？」

サイモンはコーヒーをすすった。「まだだ」とつぶやく。「今後はわからない」

「警察から逃げてるの？　安心して、絶対に言わないから。ここにはいろんな人間が来るのよ」

サイモンは顔をさすった。「それほど単純だったらいいんだが」

ダーラが舌を鳴らした。「連邦捜査官?」

サイモンは首を振った。「女だ」

ダーラの表情がやわらいだ。「なんだ、そういうこと。ここにお酒がないのが残念ね。デザートはどう? 砂糖が役に立つこともあるわよ」

「なにがある?」

「そうね、パイならひととおり」ダーラが言う。「ハックルベリーに――」

「くそっ、どうして」サイモンは手で顔を覆った。「パイは勘弁してくれ」

ダーラがひとりにしてくれた。サイモンはコーヒーマグを両手で抱え、コックがたまごを割って鉄板に載せるのを眺めた。じゅーじゅーいう音はやけに耳障りで、食べ物のにおいには吐き気をもよおした。ハンバーガー用の肉を焼くグリルの下で炎が躍り、悪夢を思い起こさせた。黒く焦げた大地に横たわる裸のエル。迫り来る炎の輪。

距離を置いたのに、胃のなかの恐怖はちっともよくならない。むしろ悪くなっている。

コーヒーポットを手に店内を回っていたダーラがサイモンの背後で立ち止まり、マグに注ぎ足してから、親しみをこめてお尻をたたいた。「ねえ、裏にトラック運転手用のコインシャワーがあるのよ。行って浴びてきたら?」ダーラが言った。「少しは気分がましになるかも。それにあんた、きれいにしたらすごくハンサムになりそう」

「ありがとう」コーヒーを飲み干してカウンターに何ドルか置くと、ゾンビのような足取りで店を出てトラックに向かった。

大きくて不格好なトラックを憎らしい思いで見つめた。バイクの旅が懐かしい。バイクなら、休みない轟音と風圧が、思い出と感情を吹き飛ばしてくれる。

静かなトラックの運転席にひとりでいると、つねにそれらに小突かれ、意識させられた。

荷台からバイクをおろして、トラックは置いていこうか。どうせ積んでいるのは本当に必要ではないものばかりだ。暗室の道具を広げる場所はないし、アルバムを見せる相手もいない。荷物はすべてどこかのレンタル倉庫に突っこんで、料金だけ忘れずに支払えばいい。なんの意味がある？

あるいは捨ててしまうのがベストだろうか。手放して前へ進む。鳥のように身軽に。

しばし目を閉じてから決断を下そう。運転席に乗りこみ、空気を入れようと窓をおろして、頭を後ろに倒した。コーヒーは胃を焼いたが、カンフル剤にはなってくれなかった。

まぶしい稲光に驚いて目を開けた。

サービスエリアの駐車場に母がいた。ユーホールの正面に。遠い記憶のまま、ガスの写真のとおり、若くて美しい。長い黒髪が、近づく嵐の風にたなびく。母は優雅な手のなかに、なにかを載せていた。それを掲げてサイモンに見せる。それは彼が作った粘土の伝書鳩だった。

サイモンが見ている前で、像は波打って広がって大きくなり、鷲の像に変わった。母が苦もなく鷲を掲げて空に送りだすと、鷲は強く羽ばたいて西へ向かい、燃え立つ夕焼けを目指して飛んでいった。

母の黒い目は厳かだった。「早く」唇が動いて音のない言葉を伝える。サイモンは低く美しい声を頭のなかで聞いた。「行きなさい」

次になにが起きるかわかっていた。辛くてほとんど見ていられなかった。母が石の像になり、永遠に失われた。サイモンは空間を突き抜けてどんどん小さくなり、母はどんどん大きくなって、地球と同じくらい巨大になった。サイモンは母の目のかすかな光まで舞いあがったが、それは光ではなかった。炎だった。あの怪物だった――

どんどん大きくなって近づいてくる。サイモンが黒く焦げた大地に猛スピードで向かうと、裸で丸くなっているエルの姿が目に入った。炎が迫りくるのも知らず、黒い大地で眠っている。

耳をつんざくような雷鳴に、はっと目を覚ました。稲光がひらめく。そのまぶしいほんの一瞬、トラックの外にガスを見た。あごひげを後ろにたなびかせ、目は非常な切迫感に燃えていた。

次の瞬間、伯父は消えた。

サイモンの心臓は早鐘を打った。雷鳴が空を裂く。そしてまた稲光。今度はぎゅっと目を閉じていた。もしガスがまだ外にいるとしたら、見たくなかった。

重たい雨だれがフロントガラスをたたいた。ひとつ、またひとつ。ざわめくような轟音が窓から勢いよく流れこみ、熱い埃が泥に変わるときの甘いにおいを含んだ湿った風を運んできた。サイモンは窓をあげた。

早く。行きなさい。

鳥。伝書鳩。家。苔むした像になった母。命を得て西へ向かい、燃える夕焼けのなかへと飛んでいった鷲の像。迫りくる炎の輪。その中心で眠るエル。

おまえの母さんが証拠を守ってくれる。

ああ、そうだったのか。なんてばかだったんだろう。エルが言ったとおり、目も耳も貸さないばかりか、石みたいに頑なだった。サイモンは助けと導きを求めつづけ、母と伯父は一所懸命与えようとしてきた。これでもかと夢を浴びせかけてくれたのに、サイモンは自己憐憫と暴れるホルモンで忙しく、真意を見抜くことができなかった。当然の報いだ。

エンジンをかけてトラックを方向転換させ、来た道を向いた。それから車が尻を振るほどの猛スピードで、濡れたアスファルトを走りはじめた。

シーツは洗って漂白し、部屋は磨きあげたけれど、〝脱サイモン〟の浄化の儀式でエレンの気分が上向くことはなかった。

車が停まる音が聞こえ、物干し綱にかけたシーツの陰からのぞいた。ポルシェを見て心が沈んだ。ああ、神さま。いまブラッドと顔を合わせたら、まさしく泣きっ面に蜂。それでも威厳を保とうと身構えた。

ブラッドが車を降りてこちらへ歩いてきた。エレンは自分を奮い立たせ礼儀正しく会釈をした。ブラッドも礼儀正しく会釈を返す。ここまでは順調。

エレンはかごのなかの枕カバーをつかんだ。「こんにちは、ブラッド」

「うん、やあ」いつもの落ちつきがない。度胸が必要なにかをするために集中力を高めているように見える。ブラッドがステンドグラスの窓を見あげた。「あれがこのあいだの夜の結果か」

エレンはうなずいた。

「直せるのか?」

「一九三〇年代に曾祖父に送られた原画が運よく見つかったの」エレンは言った。「オリンピアにいるステンドグラス・アーティストに連絡したら、ここまで来て見てくれるって。できるだけオリジナルに忠実なものを作ってもらうつもりよ」

「そうか。ならよかった」

「ええ。元どおりになったらうれしいわ」ブラッドが脚を見ているのに気づいた。「なあに?」

色とりどりに咲き乱れつつあるあざを、ブラッドが手で示した。「痛そうだ」

「ずっとよくなったのよ」エレンは請け合った。「もうほとんど痛くない」

刻々と時間が過ぎていく。エレンはもどかしさに地団駄を踏みたくなった。「ブラッド、どうしたの?」と問いつめる。「なんだか変よ」

「きみにひどい態度を取ってすまなかった」言葉が飛びだした。

手にしていた枕カバーがぱさりと草の上に落ちた。

ブラッドがそれを拾って差しだす。「謝るのは得意じゃない。だけど言うべきではないことをきみに言ったのはわかってる」

エレンは面食らって彼を見つめた。「わたし……その——」

「心配ない。ぼくたちの関係が終わったのもわかってる」ブラッドが急いで言う。「よりを戻そうとかそういうのじゃないんだ。きみがサイモンを求めてるのも知っている。ぼくはただ……その、謝りたかったんだ」枕カバーを物干し綱にかけた。「ところでサイモンは？」

エレンはうつむいた。「行ってしまったわ。ゆうべ。惜しかったわね」

「そうか。じゃあ、もし連絡があったら——」

「ないわ」エレンは言った。「本当よ。絶対にない」

気詰まりな間が空いた。「そうか、わかった。だけど万が一、連絡があったら、ハイスクール時代にぼくが彼を殴ったのは、コーラに手を出していると思ったからだと伝えてくれ。本当はそうじゃなかったのに。だから悪かったと」

「ええ。伝えるわ」エレンは別の枕カバーをかごから拾った。

「それから厩舎の火事の件も」ブラッドが言う。「直接言えたらいいんだが——」

「厩舎の火事の件って？」エレンは言った。「なんだかいろいろあったのね」

「厩舎に火をつけたのは父だった」ブラッドがぶっきらぼうに言う。「自分でやったんだ。

理由はまるでわからない」

「まあ、なんてこと」

「昨夜わかったんだ。それ以来、だれも父を見ていない。たいした損失じゃないが。息子のぼくでさえ、それほど会いたくないからね」

「お気の毒に、ブラッド」

ブラッドが怒ったように肩をすくめた。「変に聞こえるかもしれないが、じつはあまり驚いていない。ぼくは……本当はなにかあるんだと思いこもうとしてきた。父にも本物の、ふつうの感情が、どこかにあるんだと。だけどそのうち、思いこもうとするのをやめてしまった。そのほうが楽だった」

「気の毒に」エレンはもう一度言った。「悲しい話だわ」

ブラッドがカーキパンツのポケットに両手を突っこみ、自分の靴を見おろした。「ミッシーはいるかな？」

また困惑。「どうして？」エレンは尋ねた。

ブラッドが目を逸らす。「少し話がしたいんだ」

エレンはキッチンのほうに大声で呼びかけた。「ミッシー！　ちょっと来てくれない？」

ミッシーがエプロンで手を拭いながら裏のポーチに出てきた。ブラッドを見て目を丸くする。エレンは手招きした。

しばし疑わしそうにためらってから、ミッシーが近づいてきた。

「失礼な態度を取って悪かった」ブラッドが早口に言う。

ミッシーが唇を引き結んだ。「二度としないで」

ブラッドの唇が引きつる。「もちろんだ。二度としない」ポケットのなかで手をもぞもぞさせながら一歩さがった。「さてと。ありがたい、これで終わった。もう行くよ。なにか困ったことがあったら知らせてくれ。いつでも力になる」

「そうするわ。ありがとう」かすかな声でエレンは言った。

なだらかな芝生を駆けていく後ろ姿を見送った。ブラッドが手を振って車に乗りこみ、走り去った。エレンとミッシーは顔を見合わせた。

「いま、ローラースケートに乗った豚の群れが駆け抜けていった？」エレンは尋ねた。

ミッシーが噴きだした。エレンは続かないようこらえた。だけどついに笑いの筋肉を抑えきれなくなったとたん、涙の筋肉も抑えきれなくなった。そのふたつは同じだから。

案の定、堤防が完全に決壊するまでに〇・五秒もかからなかった。ミッシーがエレンの体に腕を回し、一緒になって泣きだした。そのままエレンの気がすむまで、ずっと抱きしめていてくれた。

コーラは自分をけしかけて、なにがあろうと冷静でいようと努めたが、〈ウォッシュ・アンド・ショップ〉の外にポルシェが停まると、コイン式の洗濯機に詰めようとしていた洗剤の箱は手から滑り落ちて床に転がった。

すぐさま拾おうと床にうずくまった。ピンクのミニワンピースの裾から下着がのぞかないよう、慎重に。彼に気づいていないふりをした。フェラガモのローファーがむきだしの膝から数センチのところで止まった。

ゆっくりしなやかに立ちあがり、とっておきの魔性の笑みで挨拶をした。「あら、ブラッド。どうしたの?」

「やったぞ」

洗濯機に箱を詰め終えて蓋を閉じ、鍵をかけてリセットしてから、返事をした。「やったって、いったいなにを?」

「謝るのを。三人ともに。いや、厳密に言えばサイモンはその場にいなかったが、もし連絡があったら謝っていたと伝えてくれるよう、エレンに頼んできた」期待の目でコーラを見る。

「それも勘定に入るだろう?」

コーラは眉をつりあげた。「だから? よかったじゃない、ブラッド。進歩だわ」大型洗濯機に歩み寄り、湿ったシーツの山を引きずりだしてカートに載せた。向きを変えて別の山をつかんだところで、ふたりの体が触れそうなことに気づいた。

「なに?」鋭い声で言う。「あたしになにを望んでるの?」

「きみに言われたとおりにした」ブラッドが言う。

コーラは彼を睨みつけた。「なにがほしいの? メダル? もうあたしとファックできるくらい人間性のポイントを稼いだかどうか、知りたいの? 夢でも見てなさい。少しはましなふるまいができるようになってほんとによかったと思うけど、まだ怒ってるの。だから期待しないで」カートを押して乾燥機に向かう。

ブラッドがついてきた。「結婚したらセックスすると言ったよな」

湿ったシーツに肘まで埋もれたまま、動けなくなった。「そうは言ってない。結婚しないならセックスしないいって言ったの」

「どこがちがう？」

シーツを乾燥機に押しこんだ。「あたしの選択する権利とコントロールの度合いがちがう」

コーラは言った。「つまり、絶対的」

「少なくとも、結婚したらセックスする可能性はぐんとあがるということは認めるだろう？」ブラッドが追及する。

コーラはあんぐりと口を開けて首を振った。「あたしは悪夢を見てるの？　それとも、たったいま人類史上もっとも失礼かつ洗練されてないプロポーズを聞かされた？　やるわね、ブラッド。あんたには驚かされっぱなしよ」

ブラッドがいらだって弁解がましい顔になった。「いまのは正式なプロポーズじゃない。きみの真意を推し量ろうとしてるだけだ。ルールを整理しようと」

「ルール？　これはテニスの試合じゃないのよ。ちゃんと頭を使って考えなさい。いったいあんたの高飛車な両親はどんな教育を――」

「フライングのセックスはできるわけだ」

コーラはぎょっとして動きを止めた。「まさかあたしを利用して両親をこらしめようとしてるんじゃないわよね?」

「とんでもない。親のことは考えてもいない。あのふたりはぼくにひどい嘘をついた。地獄に堕ちればいい。もう顔も見たくない」

「まあ、それはちょっと難しいかもね、なにしろ一緒に住んでるんだし――」

「もうあそこには住んでない」ブラッドがさえぎる。「昨夜、家を出た。サメットの〈デイズ・イン〉に部屋を取った。別の場所が見つかるまでの仮の宿だ」

「へえ」かごを引き寄せると、ブラッドが殴られまいとして後ろに飛びすさった。「そのへらへら笑いはなに? うちに来ないかと誘われるんじゃないかなんて、一秒だって思うんじゃないわよ。話はまとまってないの。ぜんぜん」

「そうなのか?」かすかに傷ついた声だった。

コーラは目を狭めて彼を見た。「あんたはいま、ものすごく高い山のふもとにいるの。ここから先は、長く険しく、保証はないけどお金はかかる、求愛の道のりよ。最後にあたしがどんな決断をくだすか、あたしにもわからない。イエス? ノー? 寝る? 寝ない? すべてはあたしの気分しだい」

「本当に底意地が悪いな」賞賛しているような声だった。

「二度と意地悪呼ばわりしてごらんなさい、歯を全部へし折ってやる」

乾燥機に押さえつけられた。「やってみろよ」

「バットを取ってきてくれたら、やってあげてもいいわよ」コーラは言った。

見つめ合ううちに熱が高まっていった。ひりひりと激しく、そして奇妙に。ブラッドが震える息を吐きだした。「わかった。どれくらいかかる？」

「なんの話？」コーラは鋭く切り返した。

「金がかかると言っただろう」ブラッドが言う。「ぼくに使える金があってよかった。なにを買えばいい？」

コーラは彼の胸を突き飛ばした。「感受性や想像力や品のよさがお金で買えなくて残念ね」

ブラッドがしょげた顔になった。「じゃあ……花とか？」

「ああ！」コーラは両手を宙に放った。「ちょっと、いまの聞いた？ 天才的なひらめき」

「高価な花は？」ブラッドが必死で考える。「ランとか？」

コーラはため息をついた。「出てって、ブラッド。仕事があるの」

「チョコレートは？」

「出てけ！」コーラはどなった。「帰れ！」彼の向きを変えさせて大きな背中をドアのほうへ押しだした。ああ、こんな筋肉を蓄えてるなんて、ずいぶん鍛えているにちがいない。すてき。もう一度、背中を押した。もう一度、触れたいがために。

「宝石は？」ブラッドが辛抱強く言う。

コーラは魅惑的な筋肉から両手を離した。「それで思い出したわ、ブラッド。エレンの婚約指輪をあたしにつかませようなんて考えるんじゃないわよ。そんなことしたら一巻の終わりですからね」

「あの指輪はものすごく高かったんだぞ!」ブラッドが反論する。

「みみっちい」コーラは言った。「さよなら、ブラッド」

戸口でブラッドが振り返った。「もうひとつだけ質問がある」

コーラは天を仰いだ。「早くして」

「きみは結婚するまでセックスはしないと言ったが――」

「本気よ」と請け合った。

「それにはクンニリングスも含まれるのか?」

コーラは店内を見まわした。キャンディー・ハンクスが笑うまいとして体を二つ折りにした。ジョアンナ・ピルスナーは四歳の娘を店の外に引きずりだしてばたんとドアを閉めた。

ドアベルがけたたましく鳴った。

「練習を始めたい」ブラッドが言う。「初夜までに、きみ史上最高になっておきたい。だがきみ以外の人で練習する気にはなれないから――」

「ならないほうが身のためよ」

「となると、深刻なジレンマに陥ってしまう」ブラッドが締めくくった。

信じられない。コーラが、ラルーの緋色の女が、フェラチオの女王が、親指を恒久的に鼻にあてがった彼女が、赤くなっている。「声を落として」かすれた声で言った。「こっちへ来て」

お説教をしてやろうと、手招きして事務所スペースに呼び寄せた。小さな空間にブラッドが入ってきたとたん、圧倒された。ブラッドは明かりをさえぎり、空気をすべて奪った。その体が放つ熱のせいで汗がにじみだす。マツのような香りにはめまいがした。

ブラッドが身を屈め、コーラの耳から数センチのところでささやいた。「きみが怒ってるのはわかってる、コーラ。ぼくがろくでなしだったことも。その償いをしたい。ぼくの計画はこうだ。これから毎晩、二、三時間ほどふたりきりになれる場所へ行って、きみのかわいい奴隷になる。きみが横になるのにちょうどいい、やわらかいソファがある場所で。ぼくはきみのパンティをおろして、きみがイクまできれいなむきだしのあそこを舐める。何度も、くり返し。これがぼくの妄想だ」

「ちょ、ちょっと待って」コーラはささやき返した。「急がないで」

「いいとも。時間をかけよう」ブラッドが約束する。「きみの望むとおりにする。ぼくの舌は長くて強い。ほかのものも長くて強い」

「あんたのものはよく知ってるわ」コーラは言った。「見栄を張らないの」

どうやったのか、この卑劣漢はいつの間にかコーラをデスクのほうに追いつめ、自分は彼女の脚のあいだに陣取っていた。「それで?」ブラッドが問う。「ぼくの計画に乗るか?」

冷静に、と自分に言い聞かせた。「地獄の苦しみを与えてあげる」と言った。「誘惑に負けて、ああ、もういいからセックスしましょうなんて言わないわよ。忘れなさい。ありえない」

「そう言うと思った」ブラッドが言った。

「かわいい奴隷、ですって？」可能性が広がりだす。「それってつまり、アロマオイルでマッサージしてくれるってこと？　カクテルを作ってくれるの？　ペディキュアを塗ってくれる？　ＣＤをアルファベット順に並べてくれる？　下着の引き出しを整頓してくれる？」

ブラッドの目が輝いた。「下着の引き出しにはどんなものが入ってる？」

コーラはつま先立ちになり、今度は彼の耳を息でくすぐった。「知りたい？」甘い声で言う。「なかをのぞきたいなら、その前にレースのついた膝上ストッキングを洗ってもらうわ。それからご近所さんが見てるなかで、表の物干し綱につるしてもらう」

「ああ」ブラッドが息を弾ませた。「ぼくをいじめて楽しみたいんだな」

「それがいやならとっとと逃げだすのね、ブラッド。だれも止めないわ。だけどあたしには、あんたがうちのキッチンにいる姿が想像できる。裸で。勃起して。黄色いゴム手袋だけをはめて。泡のついたスポンジモップでうちのリノリウムの床を何度も磨くの……ぴかぴかになるまで」

ブラッドの体が驚きの笑いで震えた。「参ったな。そうしたらきみの怒りは収まるのか？」

彼の耳たぶを歯のあいだに挟み、息を呑ませるほど強く噛んだ。「それはやってみないとわからない」

「痛《いて》っ。まったく、きみの意志は鉄釘みたいに固いんだな」ブラッドがこぼした。

「あんたもそうなったほうがいいわよ、〝そのとき〟が来たら」

ハンサムな顔に大きな笑みが浮かんだ。「その点は期待してくれ。だが初夜まではおあずけだぞ。土下座して頼んでもだめだ。こいつがどんなに硬くなっていても」

コーラはジーンズのふくらみに視線を落とし、大きなうねに人差し指を這わせた。「土下座して頼むのはあたしじゃない気がする」

「それはやってみないとわからない、だろう?」ブラッドが言った。

魔法をかけられたように見つめ合った。ふたりのあいだで震える性的なエネルギーは、手で触れられそうなほど濃密だった。まるでハチミツのように。

「ああ」ブラッドがつぶやく。「早く結婚してくれ」

「じゃあ仕事に取りかかりなさい」コーラは言った。「ほら早く。説得して」

ブラッドが彼女の体に腕を回してキスをした。

コーラはたちまちとろけ、燃えあがった。感情の力が脈打ちながら全身を駆けめぐり、ブラッドも彼の力でそれに応じた。渇望、切望、激しい情熱、どうしようもない期待。

それらがひとつにからみ合い、突然、まぶしくて意外でまったく新しいなにかになった。ブラッドが大きな体を擦りつけ、ペニスのふくらみをもっとも敏感な部分に押しつける。温かい唇で唇を愛しながら、やさしさと許しを求めた。熱く激しくすばらしく燃えあがる情熱も。

与えずにはいられなかった。自分の気持ちは否定できない。ブラッドが体を離すとひどい喪失感にさいなまれ、思わず引き戻したくなった。「いったいどこへ行くつもり?」

「花屋へ」ブラッドが言う。「そのあとはチョコレート屋へ。ミルク、それともダーク?」

「ダーク」息を弾ませて答えた。「ラムとシャンパンのトリュフ」

「好きなランの色は?」

「ピンク」と言った。

「ピンクと言えば、その服はすてきだ。すごく似合ってる」

コーラはしわくちゃのピンクのワンピースを撫でつけた。「ねえ、ブラッド。その……政治の世界に入りたいんじゃなかったの? あれはほんとよ、あたしが政治家の妻にはふさわしくないって——」

「それが自分の求めてることなのかどうか、わからなくなった」ブラッドが言う。「この世で唯一、求めていると断言できるのは、きみだけだ」

彼の表情に言葉を失った。機知に富んだ切り返しに事欠いたことのない女性が。ブラッドの顔に抑えきれない笑みが浮かんだ。うぬぼれても、勝ち誇っても、優越感に浸ってもいない。

純粋に、幸せそうな笑みだった。

気がついたらコーラも笑っていた。あふれる涙を押さえながら。劇的なことが起きたときに備えて、マスカラをウォータープルーフにしておいてよかった。

「好きな宝石は?」ブラッドがてきぱきと事務的な声で言った。「ダイヤモンドが嫌いなのは知ってる。ルビーとかエメラルドとかサファイヤはどうだ?」

「条件は三つよ、ブラッド」コーラは言った。「大胆。カラフル。独特」

ブラッドが満面の笑みを浮かべた。「まさにきみだ」

# 24

エレンは夕闇が迫るのを恐れていた。することをなにも思いつかない。ベッドルームの窓からガスの家が見えるのもまずかった。視線がそちらに泳いでは、揺れる木々の海のなかに屋根を探してばかりいた。

山を望むほかの部屋で眠るべきかもしれない。空室は四つもある。これこそ落ちこみがいのある事実。空室が四つ。ひと晩につき、数百ドルの儲け損。

この問題に見合う不安を感じようとがんばってみたものの、結局は、どうでもいいと思っていることを認めるしかなかった。サイモンへの気持ちと比べたら、一時的でくだらなく思えた。それに――

目の隅でなにか妙なものをとらえ、くるりと向きを変えた。反射のいたずらにちがいないとは思うけど――

ちがう。また見えた。ガスの家の二階、かつてサイモンの寝室だった部屋から、明かりがまたたいた。抑えた黄色い光。壁に躍る影。だれかが灯油ランプを手に歩きまわっている。

心臓が高鳴った。だめ。希望を持ってはいけない。そんな考えは形になる前にもみ消すの。

だけどもしサイモンではないなら、すぐにでも警察に通報しなくては。

とはいえ、もしなにかの奇跡でやっぱりサイモンだったとしたら、警察はもっともおしゃべりをしたくない相手だろう。

唯一の解決法は、もっと近くまで行って外に停まっている車を確認すること。それがわかれば、次の行動も決まってくる。

自分の分別に拍手を送りながらサンダルを履いたが、階段は軋らないところを選んでそっとおりた。ガスの家に侵入者がいるかどうかを調べるという心もとない思いつきについて、母やライオネルと論じたくなかった。

キッチンのドアから外に出て、できるだけ静かに網扉を閉じた。逃亡者のごとく影から影へ、芝生を駆け抜けると、ライラックの茂みをかき分けて進んだ。心臓がどきどきして、めまいを覚えた。

どうにかガスの草原を通り抜けられるほどの明るさだった。大きなマツの下の暗がりに停められているのがなにかわかるまで遠巻きに目を凝らした。

黒と銀の大きなＢＭＷのバイク。ああ、神さま。はち切れんばかりの喜びに体は軽くなり、家までの残りの道のりはただよう雲に乗って運ばれていった。たわんだポーチを飛び跳ねて、軋る網扉を押し開け、暗いキッチンをのぞいた。

「サイモン？　上にいるの？」大きな声で呼びかけた。

答はなかった。胸の悪くなるような疑念に足取りが重くなる。もしかしたら彼女に会いたくなくて、上で静かに運の悪さを呪っているのかもしれない。彼女がこのまま消えることを祈りながら。

エレンはその思いを打ち消した。ここへ戻ってくる勇気を奮い立たせたなら、彼女とも向き合えるはず。ほとんど真っ暗ななか、壁を手で探りながら進んだ。「サイモン？　いるなら返事をして」

そのとき、においに気づいた。鼻を刺す強烈なにおいに、涙がにじんで胃がうねる。灯油。階段がいちばんにおいが強い。きっとサイモンがこぼしたのだろう。

ゆっくりと階段をのぼった。彼女をここまで連れてきた浮き立つような喜びはすっかり消えていた。もしかしたら寝室のドアが閉じていて、それで声が聞こえないのかも――

ちがう。階段をのぼるにつれて、天井で躍る影が見えてきた。寝室のドアは開いている。だしぬけに悟った。恐怖の波が深く冷たく足下でうねる。混乱にからめとられてその場から動けなくなった。

バイクにだまされた。これはサイモンではない。サイモンからにじみだすエネルギーを知っている。

この吐き気をもよおす有毒な恐怖の波は、それとはまったく異質だ。

意志の力を振り絞って麻痺した筋肉に命令し、静かにつま先で後じさりはじめた。来た道を戻って、こっそりドアから抜けだせたら――

「やあ、エレン。これはうれしい驚きだ」

レイ・ミッチェルが階段のてっぺんに現われた。汚れてしわだらけになった服をまとい、灯油ランプを片手に掲げている。遠近両用眼鏡のレンズに映った小さな炎が躍る。もう片方の手にはピストルが握られており、銃口はエレンに向けられていた。

「動かないでくれ」楽しそうな声で言った。「さもないと殺さなくてはならないからね」

サイモンは母の彫刻の庭へと向かういちばんの近道の入口に停車した。買ったばかりの電池を懐中電灯に入れ、砂利の斜面を滑りおりる。鉄条網の柵を飛び越えて、暗闇のなかでは危険なほどのスピードで森を駆け抜けた。ゆっくりしている暇はない。この速さが唯一の選択肢だ。

マツの木立で自分に急ブレーキをかけ、懐中電灯を点けた。押しやられたせいで闇はいっそう濃さを増し、よそよそしくなった。周囲に光を投げかけて鷲の像を見つけ、そばに膝を突いた。信じられないほど手が震え、思わず笑いそうになった。

落ちつけ。おれという存在の謎を解こうとしているだけだ。残されたいくばくかの正気を守ろうと。

重たい陶器を両手でつかみ、埋めこまれている土から抜き取った。そっと地面に寝かせて、できた空洞を懐中電灯で照らした。

光は折り畳まれた透明なビニール袋を照らしだした。震える手でつかみ取る。密封式のビニール袋のなかには何枚もの写真とネガ、それに一枚の紙が入っていた。中身を取りだし、写真に目を通した。

地獄を撮ったモノクロの映画スライドだった。何枚かはピントがぼやけているものの、それが物語るストーリーは打ち消しようがなくはっきりしていた。

軍服に身を包んだ若者が、泣き叫ぶベトナム人少女の脇の下をつかまえて地面を引きずる。

同じ若者が少女と老人を見おろし、ふたりの上に白いプラスチック製容器から液体を注ぐ。

少女と老人の目は恐怖に見開かれていた。

最後の写真では、地上のふたりは炎に包まれ、軍服姿の男の顔は克明に映しだされている。

燃える犠牲者を見つめる男の目は、高揚感に輝いていた。

サイモンは写真を袋に戻し、手紙に視線を移した。ガスの見慣れた太い筆跡。

親愛なるサイモン

おまえがこれを見つけたということは、おれは死んだということだな。おれを殺したのは写真の男、レイ・ミッチェルだ。やつはおまえの母さんも殺した。殺人を愛しているんだ。みんなおれをイカれてると思っているから、だれも信じちゃくれない。だがこの写真があれば、おまえを信じてくれるかもしれない。

気をつけろ。もう一度、おまえに会いたかった。

親愛なる伯父
オーガスタス・パトリック・ライリー

目の前が真っ暗になった。手紙が地面に落ちる。拾おうとうずくまり、めまいが収まるまで頭をさげていた。

立ちあがり、すべてをビニール袋に戻した。脚がゴムのようで、頭蓋骨は疼いた。心臓が脈打つたびに、重たいハンマーが頭を殴った。悪夢のなかの幻影ではなく、本物の怪物がうろついている。その怪物のそばにエルを置き去りにしてしまった。

体をエルのほうへ向けるやいなや、脚は猛スピードで走りだし、目ではろくに見えていない障害物をかいくぐって、溝を越え、猫のように着地した。ガスの家へとつながる小道にたどり着いたとき、窓の明かりに気づいた。

銃声が響き、二階の窓が割れた。

恐怖の悲鳴。エル。

サイモンは稲妻のごとく走りだした。

エレンはレイの目で躍る炎を見つめた。ガラガラヘビのすぐそばを踏んでしまったときのことを思い出した。蛇は首をもたげて尾をうならせ、飛びかかろうと身を引いた——が、サイモンがナイフを投じてことなきを得た。

いまはあのときよりひどい。蛇は生き延びようとする罪のない野生動物にすぎなかった。エレンが踏み誤ったのは、彼女よりも蛇にとって災いとなった。レイ・ミッチェルは怪物だ。腐って膿んだ怪物。

そしていまは救ってくれる人などいない。

「あがっておいで、エレン。きみがここへ来たからには、誤解を取り除くために少し話をしたほうがいい。話し相手は大歓迎だよ」

レイが着ける仮面のことを、いつも陰で冷ややかに見ていた。いま、その仮面はばらばらに崩壊していた。次から次へと異なる仮面の断片が顔の上に表われるものの、目で燃える異様な炎は変わらない。レイがなぜ表の顔しか見せないのか、ようやくわかった。

裏の顔はまともではない。

「あの、じつは、ここへ来たのはあなたをサイモンだと勘違いしたからなんです」必死で言った。「だから、その、わたしは失礼して——」

「うご……くな」

エレンはぴたりと止まった。レイの声には死がひそんでいた。

「わたしをサイモンだと思った？」レイが言う。「それはかわいそうに。昨夜、きみたちがここへ戻ってくるのを見たよ。きみはこの家に入って、出てきたときは半裸だった。彼に好きなようにさせたんだろう？」レイが舌を鳴らす。「あんなふうに利用させて。悲しくなったよ。腹も立った。男はときどき下劣な生き物になる」

娘に言い聞かせる父親のような声だった。そのせいで目の異様さがいっそう際立つ。

「ここでなにをしてるの?」エレンは尋ねた。

「掃除だよ」レイが言う。「貸し借りの清算だ。おいで、エレン。きみがせがまなければ、巻きこんだりしなかったのに。ライリーから離れてさえいれば、痛い思いはせずにすんだ」

「こんなことはやめて」

「いいからおいで。一歩ずつのぼるんだ。行動を誤ったきみが悪いんだよ。きみはとてもいけない子だった。そのツケをいま払うんだ。さあ、引き金を引かせないでくれ。それはわたしの望む展開じゃない」

ゆっくりと階段をのぼりはじめた。「こんなことをして、ただじゃすまないわ」

「おや、いままではすんできたぞ」楽しげな笑い声は、お化け屋敷の偽の陽気さに似ていた。

「これまで一度も咎められたことはない。わたしは炎が好きでね。子どものころに火で遊ぶことを覚えた。最初は小さな動物から。幼少期の秘密の趣味、といったところだ。猫に火をつける話を聞いたことはあるかな?」

エレンは身をすくめた。「言わないで」

「簡単なことだよ。猫にガソリンを浴びせて——」

「いや!」両手で耳をふさいだ。「やめて」

その反応を見て、レイがくすくすと笑った。「気分が悪くなりやすい質《たち》かな? わたしはちがう。だが猫ではもう満足できなかった。人はひとたび前に進んだら、後戻りはできないんだよ。馬はうってつけの素材だったのに、サイモンのおかげで台なしになった。彼はすべての馬を逃がしたんだ。わたしの楽しみを壊した。サイモンはなにもかも破壊した」

エレンは廊下の壁際に身をすくめた。「そういうことだったの？　ただ殺したかっただけ……？」

「ああ、そうだ。馬のいななきを聞きたかった」あごで寝室を示す。「むだ話はここまでにしよう。おとなしくなかに入りなさい」

しかたなく寝室に入った。銃身が髪のあいだにもぐりこみ、うなじに落ちつく。骨に染みるほど冷たい。

部屋は空っぽだったが、灯油缶が置いてあった。窓は閉じられ、床には臭い液体がまき散らされていた。

レイがエレンのまわりをゆっくりと歩く。「幼いころからわかっていた、いつの日か、人間に火をつけるのがどういうものか、目の当たりにすることになるだろうと」なにげない会話をするような口調で言った。

「お願いよ」エレンはか細い声で言った。「知りたくない」

「しかしこうして話をすると気が休まる」悲しげに言った。「秘密を守りつづけるのは多大なストレスを伴う作業だからね。いま、そのストレスを解放してやっているんだよ、エレン」

顔に向けられた銃口を見つめた。「じゃあブラッドとダイアナは……その秘密を知らないの?」

レイの表情が変わった。〝厳かで誠実〟が異様さを隠す。一瞬、いつもの愛想がよくて穏やかな中年男性が戻ってきた。「まさか、知るわけがない」エレンがなにかぎょっとするようなことを言ったかのように、目をしばたたく。「ブラッドとダイアナは非の打ち所がない。こういうことを機能させるには、状況が正しくなくてはならない。仮面は完ぺきでなくては。ブラッドとダイアナは完ぺきだ。ブラッドとダイアナを愛している」

「ああ」父親のことを語るときに、ブラッドの顔に浮かんだ痛みと怒りを思った。

「ガスがいなくなったいま、秘密を知るのはきみひとりだ」銃でエレンの髪の房を掲げた。柔和な顔になって彼女の体を眺める。エレンの恐怖は深まった。「そう考えると……とても親密な気持ちになる」

彼の目に浮かぶ飢えを見て、思わず身を引いた。レイが銃身をあごの下に突きつける。

「おやおや、エレン。いい子にしなさい」

「そんな目で見ないで」ほとんど声にならなかった。冷たい金属を押しつけられた痛みで、細く乾いた音しか出せなかった。「いけないわ」

「そんなことはない。わたしの秘密を知る女性はこれまでひとりもいなかった」しばし考える。「少なくとも、そう長く知っていた女性は」と言いなおした。「きみも同じ道をたどることになるだろうが、楽しめるあいだは楽しむつもりだよ」

話しつづけさせなさい、と心のなかで必死な声が叫んだ。「ひ……秘密って?」

「火だよ」レイがうっとりと言う。「わたしのなかの。これは秘密にしておかなくてはならない」銃の先を唇に当て、少年のようにいたずらっぽく笑った。「それが秘訣だ」

「秘訣？」話しつづけさせられるなら、どんな寄り道にもしがみつく。「なんの秘訣？」

「完ぺきな状況を生みだすための。したいことがなんでもできるように。戦時中は楽だった。いたるところに暴力と死があったからね。しかし平時でも、頭を使えば正しい状況を作りだせる。じゅうぶんな知力と権力と財力があり、慎重さを忘れなければ、際限なく楽しむことができるんだよ。無限にだ、エレン。果てしなく」

エレンは首を振った。「もう終わりよ。厩舎を燃やしたのはあなただと、みんな知ってるわ」

いらだちがレイの顔をよぎった。「それについては残念だよ。スコティーとビボップの死後の復讐といったところだな。あんなばかを使ったわたしの責任だ」

銃身でのどを撫でおろされ、エレンはごくりと唾を飲んだ。「じゃあ、あのふたりを殺したのはあなた？」

「ああ、あんなのは数に入らない」軽い口調で言った。「なんの技巧も用いなかった。単なる大掃除だ。目的を果たしたから処分した。ガスを処分したように」エレンは喘いだ。「ああ、ガス」

驚いたが、冷静に考えると驚くにはあたらなかった。

「ガスはベトナムでわたしの邪魔をしてね」レイの声に〝寝物語〟の調子が戻ってきた。

「間違ったときに間違った場所にいた。まったくライリー家の人間ときたら。わたしは彼を撃ったが、彼は死ななかった。しぶとい男だよ。しかし最後には息の根を止めた。そうとも、最後はわたしが勝ったんだ」

レイがくすくすと笑いだした。エレンは後じさった。「レイ――」

「アメリカに戻ってしまえば問題にならなかった。だれも彼を信じなかった。信じるわけがない。怪しげな風体のイカれ男が、勲章をもらった将校にわめいてどうなる？　ガスは精神病院に入れられた。お似合いの場所に。彼は感情をコントロールできなかった」レイが首を振る。「一度、見舞いに行ったよ。彼の妹の家を焼くのがどんなに楽しかったか、話して聞かせた。彼女をなかに閉じこめたまま」しばし幸せな思い出に酔いしれたが、すぐに視線をエレンに戻した。「あの日から、彼は本当におかしくなったのだと思う」

いまでは驚きを通り越していたものの、恐怖にかぎりはなかった。「あなただったの？」ささやき声で尋ねた。「サイモンのお母さんを？　あなたが？」

「ガスに話して聞かせた。もしまたわたしの邪魔をしたら、次はおまえの甥の番だと。そのころには、だれも自分の言葉を信じてくれないと彼にもわかっていた。そう、学んだんだよ」

話しつづけさせなさい、と心のなかの声が急かしたが、言葉はなにひとつ思い浮かばなかった。のどは嘆きと恐怖で凍りついていた。

レイが銃の先であごをやさしく擦る。ぞっとするほど性的なニュアンスを含んだ仕草だった。「ブラッドがきみを選んだときはじつにうれしかった。きみは完ぺきに見えた。美しいだけでなく、品もいい。わたしの完ぺきな家族にふさわしい、完ぺきな義理の娘になると思った」銃身が胸に移動し、乳首のまわりをなぞった。「ところがそこへ汚らわしいライリーが舞い戻った。あの男がきみに触れたとたん、すべては崩れ去った。あの男はきみを汚した。なぜそんなことを許した？」

恐ろしい死を招かない返事は思い浮かばなかった。目を逸らしたまま、息を吸って吐きだす。これができるうちは、まだ望みはある。

脈絡のない考えが頭をよぎった。もしサイモンがこの町に戻ってこなかったら、エレンはなにも知らずにレイ・ミッチェルの死の機械に迷いこんで、理由もわからないまま、恐ろしい毒で病気になっていたかもしれない。

その思いに、意識がさえわたった。頭のなかで声が叫んでいる。勇敢な作戦を考えてなにがなんでも生きつづけろと。「わたしが死んだら、だれも自殺や事故だと思わないわ」エレンは言った。「もう終わったのよ、レイ」

レイの甘やかすような笑みがいやらしいものに変わった。「なにを言う、まだ始まったばかりじゃないか。わたしはついに自由になった。仮面を脱いだ。もう取りつくろいはしない。きみのような人間には想像もつかない壮大な宴が始まるんだ。いま、ここで。きみと」ランプで室内を示す。「がらんとした暗い部屋、美しい娘、灯油缶……失うものはなにもない」

彼の体からにじみだす歪んだ性的なエネルギーは、有毒なガスのようだった。レイが銃身を彼女のあごの下にあてがい、顔を引き寄せた。

エレンはとっさに身を引き、床に両手両膝を突いてうずくまった。銃声が響いて窓が割れる。エレンは悲鳴をあげて床を転がり、必死で這い進んだ。

顔に銃口を突きつけられて止まった。レイが息を弾ませながらエレンの脚を蹴って開かせ、彼女の上に灯油ランプを掲げた。

「昨夜はこんなふうに奪われたんだろう」レイが言う。「ここにはベッドすらない。古い毛布一枚も。床の上で犯されたんだろう？　この薄汚いふしだら女」

銃口を向けられるのは悪いが、床に倒されて銃口を向けられるのはなお悪かった。こんなことに段階があるとしたらの話だが。最後の悪あがきでもいいからと、ありったけの気力を奮い立たせた。ああ、震える手足が言うことを聞いてくれたら。

「ミッチエル。こっちだ」サイモンの静かな声が戸口から響いた。

一瞬の出来事だった。レイの銃がサイモンのほうを向くと同時に、怒りで力を得たエレンの足がレイの股間を蹴る。もう片方の脚で床を押し、身を翻した。

レイが悲鳴をあげた。銃がぐらついて暴発し、木屑が飛ぶ。銃口がふたたびエレンのほうを向いた。

ぐさり。見ると、サイモンのナイフの柄がレイの肩から突きだしていた。

レイの汚れた白いドレスシャツに赤い染みが広がる。目が見開かれて灯油ランプが手から落ち、レイの足元で砕け散った。炎が燃料を見つけてやわらかい音とともに燃えあがり、恐ろしい速さで灯油がしみた床を這い進んだ。炎がレイのズボンをのぼりはじめる。レイが悲鳴をあげ、跳ねまわりながら両手でたたき消そうとした。

サイモンが部屋のなかに駆けこんできた。「来い！　早く！」

エレンは飛び起きて炎を迂回し、サイモンが伸ばした手をつかんだ。力強い手に引かれて部屋を出た。

すでにレイの絶叫は人のものとは思えなくなっていた。ふたりは身を屈めて階段を駆けおり、キッチンへと向かった。「上に灯油缶があるの」エレンは叫んだ。「爆発する――」

大きな熱い手に平手打ちされたかのごとく、爆風で床になぎ倒され、エレンはサイモンの上に着地した。炎が階段を駆けおりてくる。刻一刻と、家全体が明るくなっていった。「大丈夫？」エレンは金切り声で言った。「サイモン、答えて！」

体の下でサイモンが身動きした。「大丈夫だ」どうにか立ちあがり、ふたたびエレンの手を取った。「行くぞ。命がけで走れ」

家はあっという間に火に包まれた。窓という窓から炎が噴きあげる。草原を走るふたりの背中を熱が焦がした。

エレンがつまずいて転ぶと、サイモンも倒れた。

炎をあげて燃える家を見つめるうちに、途方もない恐怖の叫びがこみあげてきた。ずっと抑えていた恐怖と怒りが、はけ口を求めて暴れだした。エレンは両手を顔に当て、地獄の火を見つめながらすべてを叫びに託した。

サイモンが腕のなかに抱き寄せ、胸に顔をうずめさせた。「終わった」肩で息をしながらくり返した。「もう終わった。なにもかも」

「どうしてこんなことがありえるの？」エレンは彼の腕のなかでもがき、暴れた。「どうやったら人間の心があそこまで腐って死んでしまえるの？　どうして神さまはそんなことを許すの？　どうして？　ねえ、どうして？」

サイモンがきつく抱きしめた。「わからない」震える声で言った。「おれにも」

「受け入れられない！」エレンは叫んだ。「絶対に」

「受け入れろなんてだれも言ってない」サイモンが言う。「おれたちがなにを考えようと、だれも気にしない。ありのまま、ただそれだけだ」

飾り気のない言葉を聞いてエレンは彼の母親のことを、そしてレイのおぞましい告白を思い出した。体が震えだした。「サイモン？　あなたのお母さんは――」

「知ってる」サイモンの腕が抱きしめる。「ガスが教えてくれた」

「ああ、そんな」彼の首に腕を巻きつけ、一緒に草の上に倒れこんだ。「かわいそうに。ひどすぎる」

彼の腕に力がこもった。「平気さ」サイモンがつぶやいた。「きみがこうして抱きしめていてくれさえしたら、なにも怖くない」

「引き離そうとしたって離れないわ。今度こそ。あなたになにを言われようと。だからあきらめなさい」

「そうだな」サイモンが言った。「逃げるのはやめた。金輪際。おれはきみのものだ」

「それでいいの。ああ、サイモン。信じられないわ」

サイモンが顔中にキスの雨を降らせた。「なにが信じられない？」

「あなたを叱ってるのが」エレンはささやいた。「命を救ってもらった直後に」

サイモンが彼女のおでこから髪をかきあげてキスをした。「きみが彼の股間にお見舞いした必殺の蹴りがあったからこそだ。きみはたいした女だよ」

たいした女という気はしない、ばらばらになりそうだ、と言いたかったが手遅れだった。すでに意識を失い、無数の震えるかけらになっていた。この世で唯一たしかなものは、サイモンだけだった。

彼の腕に抱かれ、やさしく揺すってあやされる。やがてやってきた救急車の明滅する光を、おぼろげに感じた。どこかの時点で、サイモンに運ばれて家に帰った。

そのあとのことは断片的にしか覚えていない。唇を青くして、甲高い声で早口にまくしたてる母。青い顔でウイスキーをあおる、珍しく無口なライオネル。みんながなにをしゃべっているのかわからなかったが、目を閉じることもできなかった。まぶたを閉じるたびに、躍る炎が見えて灯油のにおいが鼻を刺し、人のものとは思えないあの高い悲鳴が聞こえた。しこたま飲んだウイスキーのおかげで少しは気持ちが落ちついたものの、心を向けられるのはサイモンだけだった。彼がどんなに美しく、勇敢で立派か。穏やかな声が話したり説明したりするのを聞いていると、ばらばらになった世界が一枚の風変わりなキルトに縫いあげられていく気がした。無意識に落ちていくときも、彼の像を心に抱いていた。炎を遠ざけるお守りのように。

欠けていく月は銀色に輝き、谷を光で満たしていた。サイモンは〈ケント・ハウス〉のドライブウェイのいただきでエンジンを切り、緩やかなカーブを惰走した。カエデの下にバイクを停め、ハンドルにヘルメットをかけて、ガソリンスタンドで買った櫛《くし》をポケットから取りだした。

もう一度、湿った髪に櫛を通し、ていねいにひたいから後ろへ撫でつけた。ヘルメットのあとがついた格好悪い髪型のまま、運命の女性にプロポーズなどできない。

〈ケント・ハウス〉の芝生を回り、調査をした。客間の明かりは点いている。思ったとおり、ライオネルとミュリエルはまだ起きていた。フレンチドアからふたりの声がもれ聞こえ、サイモンは光の輪に近づかないよう慎重に歩を進めた。

鼻を刺す煙がいまも空に重く垂れこめている。この数日、豪雨が続いて本当によかった。そうでなければ丘全体が燃えていたかもしれない。ガスの古い家は真っ黒に燃え尽きたが、その喪失を嘆いてはいなかった。あの家は不幸に蝕《むしば》まれていた。それを火が浄化してくれた。悪は去った。サイモンは自由だ。

まだ恐怖と不安に苛まれていたが、以前とはちがう。希望が支え、愛が前へ進ませてくれる。

　いくつかドングリを拾って家を回り、エルの部屋の窓の下に立った。ひとつ目を窓に投げる。

　ひとつ……ふたつ……みっつ……ひょっとしたらウィスキーを飲まされすぎて、気絶しているのかもしれない。四つ……五つ……六つ……残りはひとつだ。これで彼女が目を覚まさなかったら、観念して玄関に回り、ミュリエルと顔を合わせよう。

　一瞬だけ目を閉じ、心をこめて無言で彼女に呼びかけた。最後のドングリを投げた。

　窓枠が押しあげられる音に、胸が躍った。エルが窓から身を乗りだしてほほえみかける。疲れてやつれ、とても美しい。「サイモン？」

「ああ、月光のなかのきみはすごくきれいだ」サイモンは言った。

　エルが笑う。「嘘つき。いまのわたしは地獄から来た魔女みたいだわ」

「すてきだよ。裸なのか？」

　エルが窓を開けて前に出ると、乳房のふくらみが月明かりに照らしだされた。「そこでなにをしてるの？」エルが尋ねる。「どうしてあがってこないの？」

「ジレンマに苦しんでる」サイモンは言った。「正式なプロポーズをしにきた」芝の上に両膝を突いた。「きみの足元にひざまずいて花嫁になってくれと懇願するつもりだ。なぜなら、エレン・エリザベス・ケント、おれにとって、この世にきみより大切なものはないから」

「ああ」エルがささやいた。

「正しくやりたいんだ。運命の相手にプロポーズできるのは一度きりだから。それも大胆かつロマンティックにやりたい。最初は木にのぼるのがいいだろうと思ったんだが、ふと不安になった。こそこそしてると思われたくない。闇にまぎれたこそ泥みたいに」

エルがくすくすと笑った。「なにを言ってるの。肩の力を抜いて。あなたはすばらしい人よ。わたしの英雄だわ」

サイモンは先を続けた。「そこできみに任せることにした。木にのぼって窓から入ってほしいか、それとも正式に、玄関のベルを鳴らしたほうがいいか？」

「夜中の三時に？」

「あのふたりは眠らない」しかめ面で言った。「選択肢その一には簡単というメリットがある。その二には公認というメリットがある。きみがその二を選ぶなら、まずきみのお母さんにひれ伏して、ライオネルから紳士のふるまいについて講義を受けよう。そこで男らしさを証明できたら、ようやくきみの寝室にあがって心と財産をきみの足元に差しだす権利を手に入れられる」

エルの楽しそうな笑い声で、サイモンの胸は熱気球のごとく舞いあがった。「わたしに男らしさを証明する必要はないわ、サイモン・ライリー。もうじゅうぶん知ってるもの。いますぐ木をのぼりなさい。くだらない話はそこまでよ」

「ありがたい」サイモンは心から言った。

木に飛びついて枝から枝へとよじのぼり、窓の暗い口に飛びこんだ。目が慣れるまで、その場にいた。エルの石けんとろうそく、ラベンダーのシーツ、そして花の甘い香りがする。愛おしい体のにおいも。

やみくもに暗がりに手を伸ばした。エルが腕のなかに入ってきて、ぴったりと体を寄せた。そのやさしさに包まれて、サイモンはやっと完全になった。


エレンは彼に腕を巻きつけた。「いったいどこにいたの?」

「きれいにしたかった」サイモンが言う。「汚い格好できみにプロポーズできなかった。ハンソンのモーテルに部屋を取って、体をごしごし擦った」

「おかしな人! ここに泊まればすぐに——」

「いや、それはだめだ」サイモンが言う。「おれの自尊心が許さなかった。いまのおれは、あの安っぽいモーテルの石けんにできるかぎり清潔で、おれに残された最後のきれいな服を着てる。きみのために」

「そこまでしてくれたなんて感激だけど、その服を脱いでくれたほうがうれしいわ」エレンは言った。「いますぐ」

サイモンがためらい、エレンの髪に鼻を擦りつけた。「おれが裸になったらどんなチャンスでもつかみ取るのは知ってるだろう、エンジェル。だがきみは本当にしんどい夜を過ごした。無理しなくても——」

「お願い」エレンは頼んだ。「一緒にベッドに来て。この世界にも、すばらしく美しく完ぺきなものがあることを思い出させて。必要なの」

「ああ、おれもだ」サイモンがつぶやいた。

ふたりは甘いくちづけを交わし、どうやったのか、協力してサイモンの服を脱がせるあいだも唇は離れなかった。サイモンはブーツの紐と格闘し、エレンはボタンに襲いかかる。サイモンがベルトのバックルを外すと同時に、エレンはズボンを引きさげた。

一緒にベッドに横たわり、ビロードのようにやわらかい感触と、甘く熱い肌と肌との触れ合いにため息をもらした。

サイモンが彼女をやさしく枕に寝かせ、エレンは彼にリードをゆだねた。この人が助けにきてくれた。この人が正式な愛の誓いを口にしてくれた。いま、彼はその誓いを体で裏打ちしようとしている。

サイモンが体中に触れながら、ゆっくりと慈しむように舌を這わせた。体で体を覆い、彼女の脚のあいだに腰を落ちつける。「愛してる、エル」キスの合間にささやいた。「精一杯努力して、最高の夫になる。子どもを作ろう。いい父親になるよ。絶対に嘘はつかない。どんなものからもきみを守ってみせる。この先なにがあろうと、きみのそばを離れない。それから……その、罪悪感に訴えるつもりじゃないが、きみがいないと生きていけない」

エレンは両手で彼の顔を包んだ。「ああ、サイモン」とささやく。「愛してるわ」

「見たんだ、炎のなかで」サイモンが打ち明ける。「きみなしの人生がどうなるかを。とてもじゃないが耐えられなかった。きみなしじゃいられないんだ、エル」

エレンは胸がいっぱいで、答える言葉を知らなかった。

サイモンの腕に力がこもる。「その、急かすつもりはないが、早く答えてくれないと、おれは気が変になっちまう」

笑って肺のなかの空気を押しださなくては、話すための空気を吸えなかった。「イエス」喘ぎ混じりに言った。「もちろんイエスよ」

サイモンがゆっくりとやさしく貫いた。エレンは純粋な信頼と震える喜びをもって、彼にすべてをさらけだした。どちらが導き、どちらが従うのでもない。ふたりの体は一緒にうねり、やさしいダンスを踊った。

互いに溺れて。けれどついにわが家を見つけて。

# 訳者あとがき

あなたは初恋を覚えていますか？　まだ人を愛することはおろか、好きになることさえよくわからないときに訪れる、一生に一度きりの恋を。

よく初恋は実らないと言いますが、実らないからダメだとは聞いたことがありません。むしろ実らないことにこそ、初恋の美しさがあるようにも思えます。何年も経った予期せぬときに、ふとよみがえる当時の輝きや甘酸っぱさ。こみあげてくる、切ないようなくすぐったいような気持ち。

もしかしたら淡い想いが相手に届くことなく、思い出のなかにタイムカプセルのように大切にしまってあるからこそ、初恋のきらめきはいつまでも色褪《あ》せないのかもしれません。

本書のヒロイン、エレンもそんな思い出を胸に秘めて生きているひとりです。彼女の初恋の相手は、かつて隣りに住んでいたサイモン。アイルランドと先住民族の血を引くエキゾチックな顔立ちの少年です。エレンの両親は仕事や慈善事業で忙しく、孤独な少女時代を送る引っ込み思案な彼女にとって、なんやかやとかまってくれるサイモンは唯一、強い絆を結べた人物でした。

しかし家は隣りでも、社会的に見ればふたりのあいだには遠い隔たりがありました。エレンは由緒ある裕福な家庭で育ち、両親のいないサイモンは、アルコール依存症で世捨て人のような伯父のもと、いわゆる札つきの問題児として成長しました。エレンがどんなに恋焦がれようとも、夢のなかでしか結ばれようのない相手でしたが、それでも彼女はサイモンに惜しみなく愛情を注ぎました。そうせずにはいられなかったから。

そんなある日、とんでもない事件が起きます。町の有力者であるミッチェル家の厩舎が火事になり、サイモンが放火の罪を着せられたのです。それまでに数々の補導歴があったうえ、伯父の暴力にも悩まされていたサイモンは、これを機に町を出ることを決心します。そしてエレンにさよならを告げに行き、気がつけばそれまで異性として意識したことなどなかった彼女と、激しく愛を交わしていました。

エレン十六歳、サイモン十八歳のときのことでした。

時は流れて十七年後、エレンは生家をB&Bに改造し、まずまずの業績をあげていました。おまけに町の有力者の息子にして一流弁護士であるブラッドと婚約。幼いころから温かい家庭に飢えていたエレンにとって、ブラッドは家族を約束してくれる堅実な相手といえました。彼女はまさに順風満帆の人生を歩んでいたのです。ところが、そこへ思いもかけない人物が現われました。そう、初恋の相手、サイモンです。いまや報道写真家として活躍しているサイモンは、約五ヶ月前に自殺した伯父の死に疑問を抱き、遠いアフガニスタンから故郷へと帰還しました。

十七年ぶりに再会して燃えあがるふたりの情熱。しかしエレンはすでに婚約した身。一方のサイモンも自らの悪運体質を怖れて彼女に近づくことをためらいます。荒れ放題の人生で唯一の〝いいもの〟であるエレンだけは傷つけたくないと考えて。

互いに求め合っているという単純な事実と、隔たれた歳月のあいだに複雑に入り組んでしまった現実。

サイモンはつきまとう悪運という呪縛から解き放たれるのか。そしてサイモンの伯父の死にまつわる謎とは。

幸か不幸かエレンの初めての恋は、初めての――だけでなく一生に一度の――愛でもありました。その愛がどんな軌跡をたどり、いかなる結末を迎えるのか、読者のみなさまにはご自身の初恋を振り返りながら、最後までおつきあいいただけると幸いです。

最後にわたくしごとではありますが、つたない訳者を支えてくださった担当編集者の藤野さんはじめ二見書房のみなさまに深い感謝を捧げます。ひとりの人間の限界と複数の人間の可能性をあらためて感じさせられた日々でした。それからいつもどおり、家族と友達にも心からのありがとうを。

二〇〇九年三月

ザ・ミステリ・コレクション

# 夜《よ》明《あ》けを待《ま》ちながら

著者 シャノン・マッケナ
訳者 石原未奈子《いしはらみなこ》

発行所 株式会社 二見書房
東京都千代田区三崎町2-18-11
電話 03(3515)2311 [営業]
03(3515)2313 [編集]
振替 00170-4-2639

印刷 株式会社 堀内印刷所
製本 関川製本


ISBN978-4-576-09037-5
http://www.futami.co.jp/

そのドアの向こうで
シャノン・マッケナ
中西和美［訳］
〔マクラウド兄弟シリーズ〕
亡き父のため11年前の謎の真相究明を誓う女と、最愛の弟を殺されすべてを捨て去った男。復讐という名の赤い糸が激しくも狂おしい愛を呼ぶ…衝撃の話題作！

影のなかの恋人
シャノン・マッケナ
中西和美［訳］
〔マクラウド兄弟シリーズ〕
サディスティックな殺人者が演じる、狂った恋のキューピッド。愛する者を守るため、燃え尽きた元FBI捜査官コナーは危険な賭に出る！ 絶賛ラブサスペンス

運命に導かれて
シャノン・マッケナ
中西和美［訳］
〔マクラウド兄弟シリーズ〕
殺人の濡れ衣をきせられ、過去を捨てたマーゴットは、彼女に惚れ、力になろうとする私立探偵デイビーと激しい愛に溺れる。しかしそれをじっと見つめる狂気の眼が…

真夜中を過ぎても
シャノン・マッケナ
松井里弥［訳］
〔マクラウド兄弟シリーズ〕
かつてショーンが愛したリヴの書店が何者かによって放火された。さらに車に時限爆弾が。執拗に命を狙う犯人の目的は？ 彼女の身を守るためショーンは謎の男との戦いを誓う！

夜の扉を
シャノン・マッケナ
松井里弥［訳］
美術館に特別展示された〈海賊の財宝〉をめぐる陰謀に、巻き込まれた男と女。危険のなかで熱く燃えあがる二人を描くホットなロマンティック・サスペンス！

危険すぎる恋人
リサ・マリー・ライス
林 啓恵［訳］
雪嵐が吹きすさぶクリスマス・イブの日、書店を訪れたジャックをひと目見て恋に落ちるキャロライン。だがふたりは巨額なダイヤの行方を探る謎の男に追われはじめる……。

## あの夏の秘密
バーバラ・フリーシー
宮崎槙［訳］

八年前の世界一周ヨット・レースに優勝したケイト一家のまえに記者のタイラーが現われる。レースに隠されていた秘密とは？ 暗い過去を抱えるふたりの恋の行方は？

## その愛に守られて
バーバラ・フリーシー
嵯峨静江［訳］

ひと夏の恋に落ち、シングルマザーとなったジェニー。13年後愛息ダニエルの事故が別々の人生を歩んでいたはずのかつての恋人たちの運命を結びあわせる…ＲＩＴＡ賞受賞作

## めぐり逢う絆
バーバラ・フリーシー
宮崎槙［訳］

親友の死亡事故に酷似した内容の本――一体誰が、何のために？ 医師のナタリーは、元恋人コールと謎を追う。過去と現在が交錯する甘くほろ苦いロマンティック・サスペンス！

## 翡翠の迷路
バーバラ・フリーシー
嵯峨静江［訳］

アンティーク・ショップの次期オーナーである父親が、謎のドラゴン像とともに姿を消した。娘のペイジは像の持ち主・ライリーと反発しあいながらも行方を追うが…

## なにも言わないで
バーバラ・フリーシー
宮崎槙［訳］

ロシアの孤児院の前に佇む幼女の写真を目にしたとき、ジュリアの人生は暗転する。カメラマンの息子とともに真実を追うが、二人に得体の知れない恐怖が迫り……

## かなわない愛に…
エリザベス・ローウェル
中西和美［訳］

愛してはいけない男性を好きになったとき……陰謀と暴力が渦巻く世界でヒロインが救いを求めるのは？ ＲＩＴＡ賞作家が贈る全米の読者が感動した究極の愛の選択

二見文庫 ザ・ミステリ・コレクション